U0014270

BEST 嚴選

奇幻基地出版

【A Cosmere Novel】

翠海的雀絲

Tress of the Emerald Sea

布蘭登・山德森 著

傅弘哲 譯

Brandon Sanderson

BEST嚴選

緣起

在繁花似錦的奇幻文學花園裡，你或許還在門外徘徊，不知該如何抉擇進入的途徑；也或許你已經置身其中，卻因種類繁多，或曾經讀過不合口味的作品，而卻步、遲疑。

BEST嚴選，正如其名，我們期許能透過奇幻基地對奇幻文學的了解，以及對讀者的理解，站在出版者與讀者的雙重角度，為您精選好作家與好作品。

他們是名家，您不可不讀：幻想文學裡的巨擘，領域裡的耀眼新星。

它們最暢銷，您怎可錯過：銷售量驚人的大作，排行榜上的常勝軍。

這些是經典，您務必一讀：百聞不如一見的作品，極具代表的佳作。

奇幻嚴選，嚴選奇幻。請相信我們的眼光，跟隨我們的腳步，文學的盛宴、幻想世界的冒險，就要展開。

excellent bestseller classic

獻給愛蜜莉，
我所有的愛皆屬於她。

目錄

致謝

這眞是一段不得了的旅程。

當我心血來潮坐下來寫這本書時，完全不知道這一整個計畫最後會成眞（記得看一下書末的後記，談論了這本書的靈感來源，如果放在開頭會有點劇透）。

我原本就預料二〇二二年Kickstarter集資專案的祕密計畫這四本書會很特別，但我的團隊的表現遠遠超過了我的期望，最終的成果實在是太美了。我知道你們有些人是聽有聲書版，當然那也是種獨特的藝術形式——但如果有機會，請記得去翻一下紙本書，那眞的是令人讚嘆不已的作品。

因此在一開頭，先向Howard Lyon致意十分恰當。我早已想像這幾本書會是「藝術家的展示品」，我們要挑選藝術家並且讓他們自由創作書中的內容。Howard爲這本書做了非常多的努力，封面、封底、內頁插畫——說眞的，整體設計都多虧了他。謝謝你，Howard，願意接下這麼重大的專案，你的成果太出色了。

Izaac Stewart是我們龍鋼公司的藝術總監，他在完成這項專案上扮演了不可或缺的角色。Rachaek Lynn Buchanan則是我們的藝術助理。美國列印裝訂公司的Bill Wearne在原物料短缺的情況下，依舊成功協助我們生產了這些書，感激不盡，Bill。我也要感謝生產鏈中的所有人，從紙廠到封面與金箔的材料供應商、壓印廠、裝訂廠以及物流司機。

在龍鋼裡，我們的營運長是Emily Sanderson，編輯部門成員有Peter Ahlstrom、Karen Ahlstrom、Kristy S. Gilbert以及Betsy Ahlstrom。Kristy Kugler是我們的版權編輯；生產部門則是Matt「布蘭登，你以後每本書都要來這招嗎？」Hatch、Emma Tan-Stoker、Jane Horne、Kathleen Dorsey Sanderson、Makena Saluone 以及Hazel Cummings。公關與行銷部成員爲Adam Horne、Jeremy Palmer以及Taylor Hatch。

我的作品倚靠這些人的優秀工作才得以完成，他們獲得的掌聲實在遠遠不夠。尤其在這次Kickstarter集資計畫中，我極其需要他們的熱忱與絕妙的點子（舉例來說，訂閱禮物箱其實是Adam幾年前提出來的點子）。安排並執行這一切的工作量非常龐大，所以如果各位有機會，請記得當面感謝我的團隊。

還有，當然了，我們必須對我的執行部門獻上特別感謝：Kara Steward的團隊工作了很長的時間，只爲了把書送到你們手上，他們值得一輪熱烈掌聲，成員包含Christi Jacobsen、Lex Willhite、Kellyn Neumenn、Mem Grange、Michael Bateman、Joy Allen、Katy Ives、Richard Rubert、Sean VanBuskirk、Isabel Chrisman、Tori Mecham、Ally Reep、Jacob Chrisman、Alex Lyon以及Owen Knowlton。

我要感謝Kickstarter的Margot Atwell、Oriana Leckert，以及團隊的其他成員。此外也要感謝BackerKit團隊的Anna Gallagher、Palmer Johnson、Antonio Rosales，以及其他成員。

我們有一位特別的感官讀者Jenna Beacom爲這本書提供了協助，她實在太棒了。如果各位需要有人幫忙你在書中展現聽障族群的樣貌，或是如何書寫瘖啞人士角色，找Jenna就對了。她會協助你做到盡善盡美。

這本書的初稿試讀者有Adam Horne、Rachael Lynn Buchanan、Kellyn Neumann、Lex Wilhite、Christi Jacobsen、Jennifer Neal以及Joy Allen。

第二版試讀者有Matt Wiens、Ted Herman、Robert West、Evgeni "Argent" Kirilov、Jessie Lake、Kalyani Poluri、Bao Pham、Linnea Lindstrom、Jory Phillips、Darci Cole、Craig Hanks、Sean VanBuskirk、Frankie Jerome、Giulia Costantini、Eliyahu Berelowitz Levin、Trae Cooper以及Lauren McCaffrey。

第三次校對讀者也包含了Joy Allen、Jayden King、Chris Mcgrath、Jennifer Neal、Joshua Harkey、Eric Lake、Ross Newberry、Bob Klutz、Brian T. Hill、Shannon Nelson、Suzanne Musin、Glen Vogelaar、Ian McNatt、Gary Singer、Erika Kuta Marler、Drew McCaffrey、David Behrens、Rosemary Williams、Tim Challenger、Jessica Ashcraft、Anthony Acker、Alexis Horizon、Liliana Klein、Christopher Cottingham、Aaron Biggs以及William Juan。

最後但也同樣重要的，我想特別感謝Kickerstarter集資專案的所有人員。我並沒有企圖達到募資金額的第一名——更別說超標兩倍之多了。我只是想做些不一樣的事情、有意思的事情、有點酷的事情。各位的支持對我來說一直如此意義重大。謝謝你們。

布蘭登・山德森

I

女孩

在大海的正中央，有個女孩住在一塊岩石上。

這片大海與你想像中不一樣。

這塊岩石也與你想像中不一樣。

不過，這名女孩也許與你想像中一樣——如果在你的想像中，她會深思熟慮、說話輕聲細語，而且還非常喜歡蒐集杯子的話。

有些男人常說女孩有著小麥色的頭髮，其他人則會說是焦糖色，或偶爾稱之爲蜂蜜色。女孩心想，爲何男人總是用食物來描述女人的外表？對於男人體內的那股飢渴，還是敬而遠之比較好。

照她的想法，「淺褐色」就足以清楚形容了——不過她的頭髮最引人注目的特質並非色澤，而是亂翹的程度。每天早上她都要拿著刷子與髮梳齊上，以英雄之姿馴服一頭亂髮，再用緞帶與編髮辮緊緊縛好。然而還是有些髮絲總會成功脫逃，隨風飄揚，歡快地向每個路人打著招呼。

女孩一出生便很不幸地被賜與了「葛洛伏」這個名字（別太嚴厲批評了，這是家傳的），但她雀躍不羈的髮絲讓她有了個更廣爲人知的名字：雀絲（Tress）。按雀絲的意見，這個綽號應該是她整個人最有趣的地方了。

從小到大，雀絲養成了一種無法被剝奪的務實態度。這是住在荒蕪小島並且永遠無法離開的人常有的缺點。當每日所見的景色只有黑色岩石時，確實會對人生觀造成重大影響。

這座島的形狀像是老人彎曲的手指，從海中浮出，指向地平線。整座島皆由黑色、荒蕪的鹽岩所構成，大小足以乘載一個頗具規模的城鎮，以及一座公爵的宅邸。雖然本地人都稱這座島爲「巨石」，但它在地圖上的名字其實是「迪根之尖」。沒人記得迪根到底是誰，但他顯然是個聰明人，因爲他替巨石命名後就離開了這裡，再也沒有回來。

傍晚，雀絲時常會坐在自家門廊上，拿著鍾愛的杯子之一啜飲鹹茶，眺望綠色的海洋。沒錯，我確實說了海是綠色的——而且還是乾的——我們快講到那裡了。

日落時，雀絲會想著那些乘船來訪巨石的人們。不過，沒有腦筋正常的人會認爲巨石適合觀光。這裡的黑色鹽岩非常易碎，會沾得到處都是，還完全杜絕了農業活動，任何從島外帶來的土壤最終都會被汙染。島上唯一自行生產的食物只能種植於堆肥上。

雖然巨石上有深井，能從地底深處的含水層抽水——正是來訪船隻所需的補給——但鹽礦中運作的機具也會將黑煙不斷地排放到空氣中。

總而言之，空氣品質糟透、岩地無比貧瘠、景觀令人頹喪。喔，我剛才說到致命孢子了嗎？

迪根之尖位於翠綠月極（Verdant Lunagee）附近。要知道，月極這個詞代表了雀絲所處星球上迫近得嚇人的十二顆月亮的靜止軌道點。那些月亮大到可以占據三分之一的天空，而且無論你走到何處，總是能看見其中一顆。月亮主宰著你的視野，就像眼球上的疣。

當地人將這十二顆月亮當成神祇崇拜，我們都同意，那比你們這裡膜拜的玩意來得荒謬多了。不過，其實很容易就能看出這項迷信的來源為何，尤其是考慮到那些孢子——長得像有顏色的砂粒——就是從月亮落到地面上的。

孢子從月極點傾瀉而下，而翠綠月極就在這座島視野所及大約五、六十哩外。你大概不會想要靠月極更近了——那可是噴灑出彩色粉塵的巨大噴泉，活力充沛又極度危險。孢子填滿了這個世界的海洋，創造出並非水而是異質粉塵所構成的廣大海域。在這裡，船就如同在水面一般航行在粉塵上。你不該覺得這有多不尋常，你又去過多少星球了？也許其他地方的船全都是航行在花粉上，你的家鄉才是那個奇怪的地方。

孢子只有在你弄溼它的時候才有危險性。考量到即便是一個完全健康的人，每天也會從身體流出不少溼玩意，這可是個大問題。只要一丁點水就能讓孢子爆炸性地發芽，造成的後果從不太舒服到致人於死地都有可能。舉例來說，只要吸進一股翠綠孢子，你的唾液就會讓藤蔓從你嘴裡冒出來——或者更有趣的是，長進你的鼻腔再從眼睛周邊竄伸出來。

有兩樣物品能讓孢子失效：鹽與銀。這就是為何迪根之尖的居民並不太在意他們的飲食總是帶有鹹味，他們也會教導孩子這項至關緊要的規則：「鋪銀灑鹽，安心好眠」。如果你是喜歡雙押韻的野蠻人，這順口溜還算可以啦！

不論如何，有了孢子、黑煙，還有鹽，你可以看出為何公爵效忠的國王會下令巨石上的居民不准離開了。喔，他的理由包含了許多重要的軍事用詞，例如「必須人員」、「戰略補給」以及「友善的停泊港」，但所有人都清楚眞相爲何。這地方實在太不宜人居，就連霧霾都嫌這裡不舒服。船隻會定期造訪這裡進行維修、將穢物投入堆肥，還有補充清水，但是每艘船都嚴格遵守國王的規定：不能帶當地人離開迪根之尖。絕對不行。

因此，雀絲會在傍晚坐在階梯上，看著船隻揚帆離去，太陽從灑下孢子柱的月亮後方現身，逐漸朝地平線下沉。她會從畫著馬的杯子內啜飲鹹茶，心裡想著：這也別具美感。我喜歡這裡。我覺得一生都待在這裡也很好。

2

園丁

也許你會對最後的話感到驚訝。雀絲想要留在巨石上？她喜歡這裡？她的冒險精神到哪去了？她對新天地的渴望？她的求知欲呢？

這可不是你該問問題的故事段落，所以請把嘴巴閉好。話雖這麼說，你必須理解這個故事是關於那些既表裡一致又表裡不一的人。兩者兼具。這是關於矛盾的故事。換句話說，這是關於人類的故事。

以這個例子來說，雀絲並不是一般的英雄——因爲她眞的是非常一般。的確，雀絲認爲自己很無趣。她喜歡半溫不熱的茶；她深愛雙親，偶爾和弟弟拌嘴，而且不亂丟垃圾；她的烘焙技巧很不錯，針線活還算可以，但沒有其他値得一提的才能了。

她沒有偷偷學劍術。她沒辦法和動物對話。她沒有隱藏的皇家或神祇血脈。雖然她的葛洛伏曾祖母據說曾向國王揮手過一次，不過她是從巨石頂端對著好幾哩外經過的國王艦隊揮手，所以雀絲覺得應該不算數。

簡而言之，雀絲是個普通的少女。她清楚知道這點，因爲其他女孩常說她們跟「其他人」不一樣，到最後，雀絲覺得「其他人」這個群體裡，應該只有她一個人。其他女孩顯然是對的，因爲她們全都知道如何才能獨一無二——她們實在太擅長了，所以所有人都一起做。

雀絲比多數人想得更多一點，而且她不想造成別人的麻煩，因此不喜歡開口要求自身所望。在其他女孩取笑她或把她當成笑柄時，她總是保持安靜。畢竟，她們看起來很開心。如果她放肆地要求她們停止，因此破壞了氣氛，那就太無禮了。

有時候，比較愛鬧的年輕人會討論前往外面的海洋冒險的事。雀絲覺得這個想法很嚇人。她怎麼能離開父母和弟弟？況且，還有她的杯子收藏品呢！

雀絲很珍愛她的杯子。她擁有上釉的精瓷杯、觸感粗糙的陶土杯，還有陳舊耐用的木杯。有些常在迪根之尖停泊的水手們知道她的喜好，不時會從橫跨十二座海洋的各地爲她帶回杯子。那些遙遠之地，孢子的顏色據說是緋紅色、蔚藍色，甚至是金色的。她會親手烤派送給水手做爲交換，裡面的食材原料是她用刷窗戶的報酬買來的。

他們帶給她的杯子通常都又破又舊，但雀絲毫不介意。有缺角或凹陷的杯子代表有故事。所有杯子她都喜歡，因爲它們把世界帶到了她面前。每當她使用一個杯子啜飲時，都會想像自己嚐到異國的料理或飲食，或是似乎對製作杯子的人有了些微的了解。

每次雀絲拿到新的杯子，她都會帶去給查理（Charlie）看。

查理聲稱自己是巨石頂端的公爵宅邸的園丁，但雀絲知道，他其實是公爵的兒子。查理的手沒長繭，跟公爵的手一樣細緻，而且他的餐食比鎮上任何人都豐富。他的頭髮總是修剪整齊，雖然他每次見到她都會取下印戒，但手指上那圈淡色皮膚表明了他通常都戴著戒指——就在代表貴族身分的那根手指上。

況且，雀絲不太確定查理要修剪的「花園」到底是指什麼。畢竟這座宅邸建造在巨石上；宅院裡本來是有棵樹，但它做出了合理決定，在幾年前枯死了。當然也還是有幾株盆栽，可以讓他假裝一下。

她爬上通往宅邸的道路，灰色微塵在她腳邊隨風盤旋。灰色的孢子代表已經死了——巨石周遭空氣中的鹽分就足以殺死孢子——但她還是屏住呼吸、快速通過。她在岔路左轉（右轉是去礦坑的路），沿著之字形道路登上巨石外懸的頂端。

宅邸坐落在此處，有如臃腫的青蛙蹲踞在蓮葉上。雀絲不太明白為何公爵喜歡高處。這裡離霧霾比較近，也許他是想要有脾氣類似的同伴吧。一路爬上來很辛苦，但考慮到公爵一家人衣服的鬆緊度，或許他們覺得有必要多運動些。

有五名士兵負責看守宅院——眼下只有史納古和李德當值——而且他們表現良好。畢竟已經很久沒有任何公爵的家族成員遭受巨石上的各式危險而身亡（那些危險包含了無聊、踢到腳趾，還有被果醬餡餅噎到）。

她自然也帶了派給士兵們。在他們吃派時，她想著是否要展示新杯子給兩人看。它整個是錫製的，表面刻印的文字由上而下書寫，而非由左至右。但算了，她不想打擾他們。

雖然今天並不是她清洗宅院窗戶的日子，他們依舊讓她通過了。她在後院找到查理，他正在練習擊劍。當他瞧見她後，就立刻放下練習劍，急忙拔下印戒。

「雀絲！」他說。「我以為妳今天不會來的！」

查理比她大兩個月，最近剛滿十七歲。他有許多種不同的笑容，而她能夠辨認出每一種。

舉例來說，現在這種對她露出牙齒的笑容，代表他很開心有藉口不繼續練習擊劍。他對這項活動並不如他父親所期望的那麼熱衷。

「在練劍啊，查理？」她問。「這也是園丁的工作嗎？」

他撿起纖細的決鬥劍。「這個？喔，這是園藝用的。」他拿劍對著露臺其中一株盆栽隨便一揮。那株植物確實還在苟延殘喘沒錯，但查理削斷的葉子肯定沒幫上忙。

「用劍，」雀絲說。「來做園藝。」

「他們在國王島上都是這樣做的，」查理又揮了一下。「妳知道的，那邊總是有戰事。所以仔細思考後，妳就會覺得園丁拿劍修剪樹木很合理。妳可不想在手無寸鐵的狀況下被伏擊。」

他不太會說謊，但雀絲就是喜歡他這點。查理很眞誠，就連謊話都說得很眞誠。看到他說謊說得這麼差，實在是很難因此討厭他。這些謊話太明顯了，甚至比許多人的實話還來得好。

他再往植物的約略方向揮了一劍，然後看向她，挑起一邊眉毛。她搖了搖頭，他便給了她一個「被妳逮到了，但我不能承認」的笑容，接著把劍插進花盆的土中，撲通一聲坐在花園矮牆上。

公爵的兒子不該發出撲通聲的。如果有人因此認爲查理是個天資聰穎的年輕人該怎麼辦？

雀絲在他身旁坐下，籃子放在腿上。

「妳帶了什麼給我？」他說。

她拿出一個小肉派。「鴿肉，」她說。「還有胡蘿蔔，配上百里香風味肉汁。」

「眞是高貴的組合。」他說。

「如果公爵的兒子在這裡的話，他肯定不會同意。」

「公爵的兒子只被准許吃菜名裡面有外國字的料理，」查理說。「而且他不能因爲吃東西而停下練劍。所以，還好我不是他。」

查理咬了一口派。她微笑觀看著，然後就出現了：滿意的微笑。她一整天都在思索，想著她能夠用港口市場特價的食材做出什麼料理，就是希望能夠看到這個笑容。

「所以，妳還帶了什麼？」他問。

「園丁查理，」她說。「你才剛吃了一個免費的派，現在居然假設還有別的？」

「假設？」他滿嘴都是派，用空著的手戳戳她的籃子。「我知道還有別的。快拿出來。」

雀絲咧嘴一笑。她不敢麻煩大多數人，但查理不一樣。她拿出了那個錫杯。

「啊，」查理把派放到一邊，雙手崇敬地拿起杯子。「這一個確實很特別。」

「你認識上面的字嗎？」她殷切地問。

「這是古依瑞雅利文。」他說。「他們消失了，妳知道吧？整個民族呼一聲就不見了。前一天還在那裡，隔天就消失了，整座島空無一人。那是三百年前的事，所以沒有任何在世的人見過他們。據說他們的頭髮是金色的，就像妳一樣，彷彿陽光般的顏色。」

「我的頭髮才不是陽光的顏色，查理。」

「如果陽光是淺褐色的，妳的頭髮就會是陽光色了。」查理說。

你可以說他說話很有一套。一套接一套，越套越遠。

「我敢打賭這個杯子有很長遠的歷史，」他說。「由一名依瑞雅利貴族所鑄造，就在眾神帶走他——還有他的同胞——的前一天，杯子被留在桌上，接著被第一個抵達島上卻驚恐地發現整個民族消失無蹤的可憐漁夫撿走。他把杯子傳給孫子，後來孫子成爲了海盜，最終把爲非作歹得來的財富全都沉進了孢子深處。在掩埋了數世紀的黑暗後，最近才被發掘，輾轉來到妳手中。」他把杯子舉高，迎向日光。

雀絲全程微笑聽他說話。在清洗宅邸窗戶時，她偶爾會聽見查理的父母責備他說太多話了：他們認爲這樣太傻氣，有損他的地位，所以他們幾乎不讓他說完話。她覺得很可惜。沒錯，他有時候確實會滔滔不絕，但她能理解那是因爲如同自己喜歡杯子這般，查理喜歡故事。

「謝謝你，查理。」她悄聲說。

「因爲什麼？」

「因爲你給了我想要的東西。」

他懂她的意思。她不是在說杯子或故事。

「永遠，」他把手放在她手上。「永遠都是妳想要的，雀絲。而且妳隨時可以告訴我妳想要什麼。我知道妳不常對其他人這麼做。」

「那你想要什麼，查理？」她問。

「我不知道。」他承認。「只除了一件事以外。一件我不應該要，卻很想要的事。但我本該想要去冒險，就像故事裡寫的一樣。妳知道那些故事吧？」

「有柔弱少女的那些故事嗎？」雀絲說。「總是被綁架，然後幾乎什麼都沒做？也許偶爾呼救一下？」

「我想確實是這樣。」他說。

「爲什麼她們都是柔弱少女？」她說。「有不柔弱的少女嗎？還是其實是『揉握』，就像捏麵團那樣？我可以當這種少女。我會捏麵團。」她笑著聳了一下肩。「我很慶幸我不在故事裡，查理。我肯定會被抓住的。」

「而我大概很快就會死掉了。」他說。「我是個膽小鬼，雀絲。這是事實。」

「才不是。你只是個普通人。」

「妳……看過我在公爵身旁時的模樣嗎？」

她沉默下來。因爲她看過。

「如果我不是膽小鬼，」他說。「我就能告訴妳我不能說的事了。不過雀絲，如果妳被抓走了，我還是會去救妳的。我會穿上盔甲，閃亮的盔甲，也可能是暗沉的盔甲。如果我認識的人被綁架了，我大概不會有時間擦亮盔甲吧。妳覺得那些英雄在有人遭受危險時會先停下來擦亮盔甲嗎？聽起來沒什麼用。」

「查理，」雀絲說。「你眞的有盔甲嗎？」

「我會去找一副。」他承諾。「我肯定會想出辦法的。就算是膽小鬼，穿上全套盔甲也會變得勇敢，是吧？這類故事裡有很多死掉的人，我應該能從他們身上——」

宅院裡面傳來一聲叫喊，打斷了對話。查理的父親正在大聲抱怨。就雀絲到目前爲止的了解，公爵在島上唯一的工作就是大喊，而他也非常認眞地執行。

查理瞥向聲音來源，整個人變得緊繃，笑容也消失了。喊叫聲並沒有繼續靠近，所以他又轉回來端詳杯子。剛才的剎那消失了，但和平時一樣，另一個剎那取而代之。沒那麼親密，卻依舊珍貴，因爲還是跟他在一起。

「我很抱歉，」他柔聲說。「說了像是柔弱少女還有從死人身上搶盔甲這些傻事。但我喜歡妳無論如何依然會聆聽。謝謝妳，雀絲。」

「我很喜歡你的故事，」她接過杯子翻過來。「你覺得你剛才說的杯子故事是眞的嗎？」

「有可能是，」查理說。「這就是故事最棒的地方。妳看這裡的字，寫著它曾經屬於一名國王。他的名字就在這裡。」

「你是從哪裡學會這種文字的……？」

「……從園藝學校，」他說。「確保我們能夠讀懂危險植物外包裝上的警告標語。」

「而你穿著貴族的緊身上衣和長襪則是……」

「……如果有刺客想要刺殺公爵的兒子，我就是絕佳的替身。」

「你說是就是吧。那你爲什麼要把戒指拿下來？」

「呃……」他瞥向自己的手，再與她雙眼對視。「我想是因爲，我不想要妳把我誤認成其他人。其他我不想成爲的人。」

他露出微笑，是膽怯的微笑。他的「雀絲，拜託跟我演一下」的微笑。因爲公爵的兒子不能公然和洗窗戶的女孩過從甚密。但如果是假裝成平民的貴族？假居低位以了解他屬地內的臣民？喔，理所當然。這在很多故事都出現過，幾乎已經算是規定了。

「這個說法，」她說。「非常合理。」

「現在呢，」他拿起他的派。「跟我說說妳今天做了什麼。我一定要聽聽看。」

「我去市場上挑食材，」她把一束脫逃的頭髮塞回耳後。「買了一磅魚——是從艾瑞克島進口的鮭魚，那邊有很多湖。波羅尼以爲魚快壞掉了就打折出售，但其實快壞掉的是旁邊的另一桶魚，所以我用超划算的價格買到了好魚。」

「太妙了。」他說。「妳去的時候沒人大做文章嗎？他們沒有叫自己的小孩出來跟妳握手？拜託，再跟我多說一些，我想知道妳是怎麼發現魚還沒有壞掉的？」

在他的鼓勵下，她繼續闡述自己平凡的日常生活。每次會面，他都會要求她這麼做。做爲回報，他則會專心聆聽。這證明了他喜歡說話並不是缺點，他同樣也是個很棒的聽眾。至少對她來說是這樣。不知道原因爲何，查理居然覺得她的生活很有趣。

雀絲繼續說話，感到一股暖意湧現。她來訪時常常有這種感覺——應該是因爲她爬到高處，比較靠近太陽，所以也比較暖。顯而易見。

只不過現在是月影，也就是太陽被月亮擋住的時間，整體環境也會變涼好幾度。而且今天她已經厭煩那些她對自己說的謊言了。也許她感到溫暖有另外的原因。也許原因存在於查理現在臉上的笑容中。她知道也存在於她自己的笑容中。

他喜歡聽她說話並不只是因爲他嚮往平民生活。

她來拜訪他並不只是因爲喜歡聽他說故事。

事實上，追根究柢來說，這根本就跟杯子或故事無關。是關於手套才對。

3

公爵

雀絲發覺一雙手套能讓她的日常工作輕鬆許多。她指的是那種好手套，由軟皮製成，隨著長期使用會逐漸貼合成你的手形。只要有上油、不過度曝曬，手套永遠不會硬掉，舒服到你去洗手的時候，會驚訝地發覺自己居然還戴著它。

完美的手套是無價之寶。而查理就像是一雙好手套。兩人相處的時間越久，在一起的感覺就越對。就算是月影時也感覺光芒閃耀，她心裡的負荷也爲之減輕。她確實喜歡有趣的杯子，但一部分也是因爲每個杯子都讓她有藉口來看他。

兩人之間萌發的感覺實在太棒、太美妙，讓雀絲不敢將之稱爲愛。從其他人口中聽起來，「愛」是危險的。他們的愛看似是關於嫉妒與不安，是關於激情的爭吵與更加激情的和好。那感覺上不像一雙好手套，更像是會燙傷手的煤炭。

那種愛總是讓雀絲感到害怕。但當查理再次把手疊在她手上時，她感受到一陣熱意。她總是害怕的那股火焰。那顆煤炭確實存在，只是被包圍了——有如一個溫暖的火爐。

她突然想要不顧一切邏輯，投入他的火熱之中。

查理也一樣愣住。當然，他們以前也碰觸過很多次，但這次不一樣。這個剎那。這個夢。他臉紅了，卻沒有移開手。接著，他終於舉起手，用手指梳過她的髮絲，然後靦腆地笑了。因為他是查理，所以沒有搞壞氣氛，只是讓空氣變得更加甜蜜。

雀絲思索著最適合的回應。在這個當下，可能的回應多不勝數。她可以說：「查理，你能在我散步的時候握著這個嗎？」接著把手伸向他。

她也可以說：「救命，我不能呼吸了，看著你讓我喘不過氣。」

她甚至可以說出些徹底瘋狂的話，例如：「我喜歡你。」

結果她說了：「呃。手好暖喔。」再搭配一段中途被嗆到的笑聲，完美模仿海象的嚎叫聲。純屬巧合。

你可以說雀絲說話很有一套——套住雙腳、害自己跌倒的那種套法。

查理微笑回應。美妙的微笑，隨著維持的時間越長，就越有自信的那一種。她從來沒見過的那一種。那像是在說「我想我愛妳，雀絲。就連海象的部分也是。」

她也對他回以微笑。接著，越過他的肩膀，她看見公爵就站在窗戶內。

公爵站得又高又挺，一身軍服看起來就像是用各種獎章固定在胸口上的。

他肯定沒有微笑。

確實，她只看過公爵笑過一次，那是在老洛塔力的處罰儀式上——他想要藏在商船內偷渡離開島上。那似乎就是公爵唯一一種笑容；也許查理把全家的笑容儲量都用完了。不管如何，如果公爵確實只有那一種笑容，他的補償方式則是一次露出了太多牙齒。

公爵的身影隨後隱入室內的陰影中，在雀絲與查理道別時，他的存在感依舊籠罩著她。走下階梯時，她原本預期會聽見大喊，但反而是不祥的寂靜跟隨著她。那種閃電劃過之後的緊繃寂靜。

寂靜一路追著她到家裡，她咕噥著對父母說感覺疲累，回到房間裡等待寂靜終結。等待士兵敲門，要求解釋爲何洗窗戶的女孩膽敢觸摸公爵的兒子。

類似的事情並沒有發生。她暗自希望是自己把公爵的表情想得太糟了。但她又想起了公爵唯一的笑容。在那之後，她整夜都被擔憂侵擾著。

隔天她很早就醒了，努力把頭髮綁成馬尾後，再緩步前往市場。她翻找放過頭的貨物與快腐壞的食材，尋找她能負擔得起的材料。即便時間還早，市場已滿是活動人潮。有人將死去的孢子掃離街上，其他人則聚成一團閒聊著。

雀絲做好接獲消息的心理準備，心想著不會有比她整晚擔憂的情境來得更糟的狀況了。

但她錯了。

公爵發布了公告：他將舉家在今日離開島上。

兒子

離開。

離開島上？

人不能離開島上的。

邏輯上，雀絲知道這不完全正確。皇家官員可以離開，公爵也偶爾會離開、去向國王報告，而且他的獎章來自於去了很遠的地方、殺了很多長相有一點點不一樣的人。顯然他在這些戰爭中表現英勇，他的部隊成員大部分都陣亡了，但他卻活了下來，由此可知。

但以前公爵從來沒帶他的家人離開過。「公爵繼承人已成長適齡，」公告內容寫著。「我們將攜他與各開化海洋的眾公主商討婚約事宜。」

雀絲確實是個務實的年輕女子，所以她只是想像把自己的購物籃扯成碎片來表達忿怨。她僅僅只是考慮放聲大叫是否合乎時宜而已。她幾乎沒有打算直接衝到公爵的宅邸，要求他改變主意。

取而代之的是，她麻木地繼續購物，靠著熟悉的動作爲她突然崩毀的生活提供一點正常。她找到一些確定能用的大蒜，幾顆還不算太乾縮的馬鈴薯，甚至是一些米蟲已經大到可以輕鬆挑掉的穀物。

若是昨天，她會對這些成果感到很滿足。但是今天，除了查理以外，她什麼也沒辦法想。實在太不公平了。她才剛剛承認自己對他的感覺，一切就馬上風雲變色？沒錯，她預期會感到痛苦。愛總是包含了痛苦。那就像茶裡的鹽巴，但不是也該加點蜂蜜嗎？其中不是也該包含了——她放膽想像著——激情？

她只得到了浪漫關係的害處，卻一點好處也沒享受到。

不幸的是，她的務實再度佔了上風。只要他們兩人能繼續假裝，眞實世界就無法置喙。但假裝的日子已經結束。她想過這會怎麼發展嗎？難道公爵會讓他兒子與她結婚嗎？她以爲自己能給查理這種地位的人帶來什麼好處？她和公主比起來根本不值一提。想想看她們買得起多少杯子！

在假裝的世界裡，婚姻是關於愛。在眞實世界中，婚姻是關於政治。這個詞包含了很多意思，但大致上可以總結爲：這是只有貴族——以及（不太甘願地承認）有錢人——才能討論的事。與平民無關。

她結束購物，開始往家的方向回去。在家至少能獲得父母的安慰。但看來公爵一點時間也不想浪費，因爲她隨即看見一條人龍正朝碼頭蜿蜒而去。

她轉身從另一條路回到碼頭，緊接在隊伍之後抵達，看見他們正在把公爵家族的行李裝入商船。沒人能離開這座島。除非他們是有頭有臉的人。雀絲擔心她沒有機會再與查理說到話，接著開始擔心起，也許有機會，但查理不想見她。

幸好，她發現他就站在人群邊緣，在竊竊私語的民眾間掃視著。他一發現她的身影，就馬上跑了過來。「雀絲！喔，月亮啊，我還擔心無法及時找到妳。」

「我……」她該說什麼？

「我的好女士，」他鞠躬行禮。「我必須告別了。」

「查理，」她柔聲說。「不要試著假裝了。我了解你。」

他的臉色黯然下來。查理穿著旅行外套，甚至還戴著帽子。公爵不認爲帽子算是正式服裝，但旅行時例外。「雀絲，」他的聲音漸柔。「恐怕我騙了妳。妳看……我其實不是園丁。我是……嗯……公爵的兒子。」

「太驚人了。即便年紀相同、長相相同、衣著也相同，有誰能想到園丁查理和公爵繼承人查理，居然是同一個人呢？」

「呃，是。妳在生我的氣嗎？」

「生氣現在正在排隊，」雀絲說。「它排在第七號，夾在困惑與疲憊之間。」

在他身後，查理的父母已登上商船。他們的僕人尾隨在後，正將最後的行李拿上船。

查理盯著自己的腳。「看來，我要去結婚了。對象大概是某國的公主。妳有什麼想法？」

「我……」她該說什麼？「祝你幸福？」

他抬頭對上她的目光。「永遠，雀絲。記得嗎？」

雖然很艱難，但再躊躇一小段時間後，她成功地找到了躲在角落的那句話。「我想要，」她抓緊話語。「請你別那麼做。不要結婚。不要跟別人結婚。」

「哦？」他眨眼。「眞的嗎？」

「我的意思是，我很確定她們人都很好。我是說那些公主。」

「我想那是她們的一部分職責，」查理說。「就像……妳聽過故事裡的她們會做的事嗎？復活兩棲動物？告知父母說小孩子尿床了？應該只有算是好人的人，才會做這些好事吧。」

「是啊，」雀絲說。「我……」她深呼吸。「我還是……希望你不要跟公主結婚。」

「好吧，那我就不會。」

「我不相信你有選擇，查理。你的父親要你結婚。這是政治。」

「啊，但是妳等著看，我可是有祕密武器的。」他抓起她的手，身子傾向她。

後方，他父親登上船艏向下望，面色猙獰。然而，查理露出了調皮的笑容。他的「妳看我有多偷偷摸摸」的微笑。只是他露出這種笑容的時候，通常都不太偷偷摸摸。

「查理，什麼樣的……祕密武器？」她問。

「我有辦法無聊透頂。」

「這不算武器吧。」

「也許在戰爭時不算，雀絲。」他說。「但是在相親的時候？那就像銳利的細劍一樣厲害。妳知道我可以一直講，一直講，一直講。」

「我喜歡你可以一直講，查理。我不介意你一直講。事實上，有時候我很享受你的一直講。」

「妳是個特例。」查理說。「妳……好吧，這聽起來有點蠢……但妳就像是一雙手套，雀絲。」

「我是嗎？」她突然哽咽。

「是的。這不是壞事，我的意思是，當我需要練劍的時候，我會戴手套然後——」

「我了解的。」她悄聲說。

查理的父親在船上大喊要他快一點。雀絲發覺——就像查理有很多種微笑——他父親也有很多種怒吼。她不太喜歡現在這一種之中所隱含的針對她的看法。

查理握緊她的手。「聽著，雀絲。我答應妳。我不會結婚。我會去那些王國，但我會無聊到難以忍受，讓任何女性都不想要我。

「我有很多事不在行。我和父親練習擊劍時連一分也拿不到。我在正式晚宴上會打翻湯。我話講得太多，就連我的男僕——他聽我說話可是能賺錢的——都會想盡辦法打斷我。前幾天，我在跟他講魚和鷗的故事，他就假裝踢到腳趾，然後……」

公爵再次喊叫。

「我辦得到的，雀絲，」查理堅持說完。「我會做到的。我到每一站都會挑一個杯子送給妳，好嗎？只要我把當下那個公主無聊到死——到了我父親決定我們要去下一站時——我就會寄一個杯子給妳，等著吧。」他又握緊一次她的手。「我會做到的，不光是因爲妳會聽我說話，而是因爲妳了解我，雀絲。妳總是能從我身上看見其他人看不見的特質。」

他終於轉身，回應他父親的叫喊。雀絲抓緊他的手，不願意結束這一刻。

查理送給她最後一個微笑。雖然他很明顯地想要表現出自信心，但她了解他的微笑。這是他的不確定微笑，有希望但也有擔憂。

「查理，你也是我的手套。」雀絲告訴他。

在這之後，她必須鬆手讓他跑去登船。她已經造成太多麻煩了。公爵強迫兒子進入船艙，商船隨即駛過巨石周邊灰色的死孢子，進入眞正的翠綠海（翡翠海的別稱，Verdant Sea）。海風鼓起帆，將船推向地平線，在後方留下一道令人不安的翠色塵埃。雀絲沿著上坡走回家中，從懸崖眺望船逐漸縮小到杯子的尺寸。接著變成微塵的尺寸。接著消失。

在這之後，等待就開始了。

有人說，等待是人生中最痛苦不堪的折磨。這裡的「有人」當然是指作家，他們閒閒沒事做，整天都在想著該說什麼話。任何有正事要做的人都會跟你說，有時間等待實在是太奢侈了。

雀絲有窗戶要洗。有飯要煮。有弟弟要照顧。她的父親勒姆在礦坑中出了意外後就一直沒有完全恢復，雖然很想幫忙，但他連走路都有困難。他整天都在幫雀絲的母親烏爾芭編織襪子，出售給水手，但扣掉毛線的成本後，利潤非常微薄。

所以雀絲沒有等待。她在工作。

但第一個杯子抵達時，她還是鬆了一大口氣。那是船上的打雜小弟霍德（Hoid）送來的。（沒錯，就是我。你是怎麼發現的？難道是因爲名字嗎？）。那是一個美麗的瓷杯，連一道缺口都沒有。

世界在那一天亮了起來。雀絲閱讀附上的信件時，幾乎能聽見查理說話的聲音。這封信詳細描述了他與第一位公主會面的經過，他以英雄般的單調語氣列出在每一種夜晚睡覺姿勢下，他的腹部會發出的各種聲音。當這樣還不夠時，他又補充說他會保留所有剪下的腳趾甲，而且還會幫它們取名字。這次奏效了。

奮鬥吧，我囉嗦的愛，雀絲隔天刷洗宅邸窗戶時想著。要勇敢，我有點噁心的勇士。

第二個杯子全身由紅色玻璃製成，又高又細，實際容量比看起來少，也許它來自於一間特別小氣的酒館。他阻擋這個公主的方法是鉅細靡遺地解釋他的早餐，他不但幫每塊炒蛋編號，還照尺寸排列整齊。

第三個杯子是實心白鑞製的巨大酒杯，份量十足；也許這來自於查理編出的那種地方，所有居民隨時都需要攜帶武器。雀絲很確定她可以用這個酒杯揮倒任何入侵者。這次的公主無法抵擋關於標點符號益處的冗長討論，其中還包含了一些查理自己發明的符號。

第四個包裹中的卡片沒有寫字，只畫了一個小圖案：兩隻手套握在一起。杯上的圖案是一隻蝴蝶在紅色的海洋上方飛翔；她覺得很奇怪，這隻蝴蝶居然不害怕孢子。也許牠是囚犯，被迫飛越海洋、迎向末路。

第五個杯子從來沒抵達。

雀絲假裝不在意，告訴自己一定是運送時出了狀況。畢竟，在孢子上航行的船隻可能會遇到各式各樣危險，像是海盜，或是……你知道的……孢子。

但一個月接著一個月過去，每個月都比前一個更難熬。每次只要有船靠岸，雀絲都會前去詢問是否有她的信。

什麼也沒有。

她每個月都這麼做，直到距離查理離開，已過了一整年。

然後，終於傳來了一道消息。不是查理傳來的，而是來自他的父親，而且對象是整個鎮上。公爵終於要返回迪根之尖了，同行者有他的夫人、他的繼承人……還有他的新兒媳。

5

新娘

雀絲坐在門廊，斜倚在母親身邊，凝望著地平線，拿著查理寄來的最後一個杯子。有著自殺蝴蝶的那一個。

微溫的茶嚐起來像是淚水。

「這有點不切實際。」她對母親低聲說。

「愛很少是實際的。」她母親回應。她是一位豐滿的女性，厚實的身子令人欣喜。五年前，她還跟蘆葦一樣細瘦，然後雀絲發現她母親會把僅存的食物留給孩子們。從那天起，雀絲就接下了採買的工作，盡可能讓他們的錢能撐得更久。

一艘船出現在地平線上。

「我終於想到我應該說什麼了。」雀絲把髮絲從眼前撥開。「當他離開時，我說他是一雙手套。那不像聽起來這麼糟糕，因為他先前也才剛說我是一雙手套。我想了一年，然後才發覺其實我可以說更多的。」

母親抓緊她的肩膀，船隻逐漸接近。

「我應該告訴他，」雀絲喃喃地說。「我愛他。」

她起身，母親伴隨在旁，一起走下坡道，前往碼頭迎接船艦，就像前線的士兵準備迎上砲火。她父親因為傷腿所以留在家中——這是好事。根據他過去幾個月對公爵與他兒子所表達的憤怒，她擔心他會大鬧現場。

但雀絲發覺自己沒辦法怪罪查理。身為公爵的兒子並不是他的錯。這可能發生在任何人身上，眞的。

人群已經聚集。公爵的信上說他要舉行慶祝——而且會提供食物與酒。不論眾人對於新來的公子夫人有何想法，他們都絕對不會錯過免費酒水的。（這是恆久不變的道理，受歡迎的祕訣就是送禮物。此外還有把任何不喜歡你的人都砍頭的權力。）

雀絲與母親來到人群後方，但麵包師傅荷姆斯揮手要她們站到他的臺階上，好讓她們能看得更清楚。他是個和善的男人，總是會留下麵包邊，然後以極低的價錢賣給她。

因此雀絲清楚看見了公主在碼頭上現身的那一刻。她很美麗，有著玫瑰紅的臉頰、閃耀的秀髮、精緻的五官。她實在太完美，就算是橫跨各海洋最技藝高超的畫家，也無法將她的肖像畫得比眞人更美了。

至少查理最終成為了故事裡的一份子。雀絲努力為他感到開心。

公爵接著現身揮手，好讓大家知道要替他歡呼。「讓我介紹，」他大喊。「我的繼承人！」

一名年輕男子走上甲板，站在公主身旁。

那絕對不是查理。

這個男子的年紀與查理差不多，但身高大約六呎半，下巴線條剛直到其他男性都會懷疑起自己的性別。他渾身肌肉——當他揮手打招呼時，雀絲發誓能夠聽見他的衣服縫線正在大聲求饒。

十二月之下啊，發生什麼事了？

「在一場不幸的意外之後，」公爵對噤聲的人群宣布。「我被迫收養我的姪子德克，並任命他成為我的新繼承人。」他暫停一下，讓群眾消化這個資訊。「他是一名絕佳的擊劍手，」他繼續說。「回答問題的時候只會說一句話，有時候甚至只用一個字！還有，他是戰爭英雄。他在廁湖之戰中折損了一萬人！」

「一萬人？」雀絲母親說。「哎呀，那可眞多。」

「現在，讓我們一同慶祝德克與多曼西公主的婚姻！」公爵大喊，高高舉起雙手。

人群沒有反應，依舊處於困惑。

「我帶來了三十桶酒！」公爵大喊。

人群歡聲雷動。

派對就此開始。鎮民領頭爬坡，往宴會廳前進。他們恭維公主的美貌，也讚嘆德克走路時居然能保持平衡。他的身體重心八成落在胸骨上方。

雀絲的母親說她會問出答案，接著便跟上人群。當雀絲終於從震驚中回復過來，她發現飛立克——公爵的僕人之一——站在登船板旁、正向她招手。他是個和藹的人，兩隻寬耳朵看起來像是在等待正確的時機高飛而去。

「飛立克？」她低聲說。「發生什麼事了？什麼意外？查理在哪裡？」

飛立克瞥了眼走往宴會廳的人龍。公爵與他的家人也已加入人群。他們離得夠遠，任何怒吼都會因爲風阻與重力而失去效果。

「他希望我把這個交給妳。」飛立克交給她一個小袋子。她接過時，袋子裡頭發出敲擊聲。裡面是一些陶瓷碎片。

第五個杯子。

「他很努力了，雀絲小姐。」飛立克低聲說。「喔，妳眞該看看少爺的英姿。他用盡全力讓那些女士反感。他牢牢記住了八十七種不同三合板的名字還有用途。他鉅細靡遺地向每位碰面的公主形容他的兒時寵物。他甚至開始討論起宗教。我以爲他們在第五個王國逮住他了，因爲那位公主是個聾子，但少爺在晚餐時吐在她身上。」

「他吐了？」

「直接落在她腿上，雀絲小姐。」飛立克左右張望，向她招手要她跟上。他將一些行李搬離碼頭，刻意領著她走到比較隱密的地方。「但他父親學聰明了，雀絲小姐。搞清楚少爺在玩什麼把戲後，公爵氣到不行，眞的是氣到不行。」

他指向她手上袋中的杯子碎片。

「是，但查理怎麼了？」雀絲問。

飛立克別開目光。

「拜託，」雀絲問。「他現在在哪裡？」

「他航向子夜海（Midnight Sea）了，雀絲小姐。」他說。「航向薩納司密亞的月亮之下。

魔女抓走了他。」

那些名詞令雀絲感到一陣寒意。子夜海？魔女的領地？「他爲什麼要做那種事？」

「我想是他父親逼他的。」飛立克說。「魔女還沒成婚，而且國王一直都想減低她所造成的威脅，所以……」

「國王派查理去跟魔女結婚？」

飛立克沒有回答。

「不對，」雀絲察覺。「他是派查理去送死。」

「我沒有那麼講，」飛立克說完，迅速離開。「如果有人問起，我沒講過任何類似的話。」

雀絲麻木地坐上碼頭的矮柱，聽著孢子翻攪，發出類似於沙子滑動的聲音。就連住在如此偏僻島嶼的雀絲也聽過魔女的名聲。她會定期派出船隻掠奪翠綠海的邊界，而且非常難以對抗。她的要塞隱藏在偏遠的子夜海中，也就是所有海洋中最危險的那一片。想要抵達那裡，還得先穿越緋紅海（Crimson Sea），那是一片無人居住的海洋，只比前者稍微不致命一點點。

發現查理被魔女抓走，就好像發現他飛去了月亮上一樣。雀絲不能只相信一個人的說詞，尤其是這麼重大的事情。她不敢再以問題打擾其他人，卻待在一旁聽著僕從們低聲與好奇的碼頭工人交談。他們正加快速度卸下船上的貨物，以便去參加派對。他們的答話都很類似：是的，查理被派去子夜海了，這是公爵與國王共同下的決定，所以肯定是個好決定。畢竟，總得有人阻止魔女繼續掠奪，而在所有人之中，查理……呃……是最佳人選……因爲……種種原因。

雀絲被這些話其中的含義嚇壞了。公爵和國王發覺查理故意作對，而他們的解決辦法居然是直接除掉他。在查理的船失蹤後的幾小時內，德克立刻就被任命爲新的繼承人。

在貴族的眼中，這是個優雅的解法。公爵終於獲得引以爲傲的繼承人。國王因爲德克與公主的跨國聯姻得到了有利的政治盟友，而所有人都會將另一條人命怪罪於魔女身上，將大眾觀感推向下一次戰爭。

過了三天，雀絲終於鼓起勇氣去打擾本史威克——公爵的男僕——哀求更多資訊。因爲他喜歡吃她的派，所以坦承他們收到來自於魔女的勒贖信。但公爵以睿智判斷，這不過是魔女引誘更多船進入子夜海的詭計罷了。而且國王已正式宣布查理的死訊。

幾天過去了，雀絲過得渾渾噩噩，發覺根本沒人在乎。他們稱其爲政治，然後就不再關心。雖然新繼承人的才智大概只跟一片溼麵包差不多，但他很受歡迎、又很英俊，也非常在行於派人送死。而查理……就只是查理。

雀絲花了好幾周鼓起勇氣，前去詢問公爵，請他支付贖金。對她來說，這種大膽的行爲非常困難。她不是膽小鬼，只是麻煩其他人……嗯，並不是她會做的事。但在她父母的鼓勵下，她邁出腳步前進，小聲地向公爵提出要求。

公爵只回她是「榛子色頭髮的賤貨」，然後禁止她清洗任何鎮上的窗戶。她被迫與父母一起編襪子，收入也大幅減少。

接下來幾周，雀絲整個人了無生氣，感覺自己不像個活生生的人，只是個僅僅活著的人。就這麼簡單，巨石上的其他人回歸日常生活中。沒人在意這件事。沒人對此做出行動。

在公爵回島兩個月後，雀絲做出一個決定。

確實有一個人在意這件事，所以自然也要由這個人行動。雀絲不能再麻煩其他人了。

她要自己去救查理。

PART II

6 查驗官

雀絲下定決心後，感覺心中有個結解開了——就像終於梳開一束特別頑固的頭髮。

她會做到的。雖然她完全不知道該怎麼做，但她會找到方法離開島上，跨越恐怖的緋紅海，深入子夜海，然後救出查理。沒錯，每一件事都像是不可能的任務，但設想必須度過沒有他的餘生，感覺更加不可能。

首先，雀絲先找了父母一起討論。（這種故事裡的人應該要更常這樣做。）她先請他們坐下，向他們解釋她對查理的愛，而她發覺沒有人會去幫助他，以及她決定要去尋找他——不過她也表達了擔心自己離去會造成家人生活變得艱難。

兩人都靜靜地聽著她說。其中一部分原因是她烤了鵪鶉蛋派給他們吃。如果嘴巴滿滿，就難以反駁女兒的一時瘋狂之舉了。

她說完後，勒姆要了第二個派。這是需要兩個派的那種困境。烏爾芭只吃了半個派就向後靠坐，沒有繼續動剩下的半個。這也是只需要半個派的那種困境。

雀絲的父親小心翼翼地吃著第三個派，從上往下、由內而外，把酥皮留到最後。終於，他也把派皮啃完，然後盯著盤子看，時間長到讓人不自在。

或許……這會是……需要三個派的困境？

「我想，」他開口，轉頭看向烏爾芭。「我們就讓她去做吧。」

「這根本就瘋了！」雀絲的母親說。「離開島上？前往子夜海？從魔女的眼皮底下偷走囚犯？」

勒姆用餐巾擦拭他的短鬚，清理食物的殘渣。「烏爾芭，妳同不同意，我們的女兒比我們務實？」

「是啊，我通常會同意。」烏爾芭說。

「那妳同不同意，她比我們更深思熟慮？」

「她總是在思考。」雀絲的母親贊同。

「她什麼時候曾因爲自己想要的事情而麻煩或要求過別人？」

「幾乎沒有。」

「考慮以上這幾點，」雀絲的父親說。「讓她離開肯定是正確的選擇。她絕對已經考慮過所有選項了。離島去拯救她的愛人也許很瘋狂，但如果已經確認其他所有選項都不可行，那也許——在這個情況下——瘋狂就是最實際的選項。」

雀絲感到有點振奮。他居然同意了？

「雀絲，」她父親把他一度健壯的手臂靠在桌上。「如果妳離開了，我們有辦法照顧妳弟弟和自己，不用擔心我們，妳在這部分已經做得太多了。但我們兩人都無法跟妳一起去，妳了解嗎？」

「了解，爸爸。」她說。

「我總是在想，對妳這樣的人來說，這座島是不是太小了。」

這句話讓雀絲皺起眉頭。

「妳爲什麼有那種表情？」他問她。

「我不想要太無禮。」

「那我堅持妳要跟我說明，妳這樣不講顯得更無禮。」

她的表情變得更苦。「嗯，你爲什麼說這座島對我來說太小了，爸爸？我根本沒什麼特別的地方。硬要說的話，我對這座島來說才是太小了。」

「妳每個地方都很特別，雀絲，」她母親說。「所以才沒有哪一項特別突出。」

嗯，這就是父母會說的話。他們必須看見孩子身上的所有優點，不然跟這些小神經病住在一起是會發瘋的。

「所以，你們同意了我嗎？」雀絲問他們。

「我還是覺得這是個糟糕的主意。」烏爾芭補充。

勒姆點頭。「確實是。但執行得很完美的糟糕主意，總是比執行得很糟糕的完美主意來得好。我的意思是，看看鵜鶘就知道。」

「沒錯。」雀絲的母親說。「但我們有辦法做到任何一種完美嗎？」

「沒辦法，」雀絲說。「但也許我們能把整件事分成許多小步驟來執行，從整體來看，不認識我們的人就會覺得看上去很完美。」

所以，他們就開始做準備了。雀絲很清楚查理現在可能正在受苦，但她決定不要急躁。如果她要做出離開島上這種蠢事，至少應該從長計議。也許蠢度會被時間稀釋，就像好麵粉可以稀釋不新鮮的麵粉，改善派皮的風味。

她帶著襪子到懸崖邊編織，觀察船隻來去。她母親開始在碼頭邊的桌上製作長襪，以便紀錄。她們每晚都會對照筆記，雀絲的父親會在一旁聆聽，再提出意見。

雀絲一直都有點好奇運輸的機制，現在終於有了動機去深入了解細節。頻繁離開巨石的共有兩種人：第一種當然就是各艘船的船員。在船靠港後，他們會上岸來採買或造訪在地的酒館。巨石上沒有太多娛樂，但布瑞克的啤酒是附近區域中數一數二的。再加上，只要你喝得夠多，其他娛樂也會變得好上不少。

另一種能離開巨石的人則是政府官員。不光只有公爵與他的家人，還包括了其他皇家雇員，例如收稅員、皇家信差，還有貨物查驗官，他們可以自行決定是否需要離開；來訪的貴族人士也可以自由離開——當他們發現自己決定來訪是多大的錯誤時，通常都會迅速離去。

雀絲最大的挑戰就是現任貨物查驗官。那位嚴厲的女人在認證往來商人的令狀後，就會檢查是否有偷渡的貨物。雖然巨石是個沒人想住的地方，這裡卻有許多人想要的東西。舉凡礦坑內的鹽、布瑞克的啤酒，甚至是海鷗的羽毛。

除了持有國王授命令狀的船隻之外，鎮民是不准把貨物賣給其他人的。貨物查驗官負責監督這一切。現今這位查驗官在今年初到任時，拒絕說出自己的名字。她堅持眾人只要單純稱呼她為「查驗官」，聲明自己在巨石上的時間不會長到需要自我介紹。

雀絲不記得有哪個查驗官比她還嚴格。那個女人總是在觀察、揮舞著隨身攜帶的長桿、尋找任何祭出懲罰的機會。她嚴厲到不像是人類。就好像她不是人生出來，而是製造出來的——彷彿她不是自然長大成人，而是直接轉移、出現在此處。

雀絲與她母親花了很多時間，祕密研究查驗官如何檢查即將出港的貨物：每袋羽毛都會被秤重；她會刺穿鹽袋，確認沒有偷渡品藏匿在其中。但有些出貨的貨品——例如本地釀造的桶裝啤酒——是無法在不損害內容物的狀態下打開檢查的。如果有人躲在酒桶裡又如何？他們能不能填充鹽粒之類的東西來調整重量和平衡？

很不幸的，查驗官對此類的偷渡計畫早有準備。在檢查酒桶時，她會使用一種特殊的聆聽工具，類似於醫生用來聽病人心臟的器具。查驗官會停在每一個酒桶前，凝神聆聽裡面是否有動作或呼吸聲。據說查驗官的聽力好到能聽見偷渡客的心跳。

有沒有什麼辦法能繞過這些檢查？有沒有什麼漏洞可以利用？

有一天晚上，就在她下定決心離開的兩周後，雀絲坐著研究自己寫滿點子的筆記本。翡翠之月一如既往清亮，靜靜地掛在天上。孢子在遠方傾瀉而下，彷彿是月光的結晶。

她父親一跛一跛地靠近，坐了下來，揮手要雀絲把她的計畫拿給他看。他仔細地閱讀，接著點點頭。「這有可能行得通。」

「是有可能，」雀絲打了個呵欠。「但我覺得沒辦法。我也許能騙過一些水手，但我絕對騙不過布瑞克、葛瑞米和梭爾的，他們會發現事情不對勁。」她揉揉眼睛。近來她總是憂心忡忡，因此幾乎沒睡好覺。（有人說過憂慮就像是情緒的食腐動物，它會被其他更好的情感所吸引，如同戰場上的烏鴉一般。）

「也許妳不需要騙過他們，」她父親說。「也許他們會願意幫忙。」

「我不能要求他們這麼做，」雀絲說。「要是查驗官抓到我怎麼辦？其他人也會陷入大麻煩的。」

她父親再次點頭。當然，雀絲就是會說這種話。所以他提議要她上床去睡覺。雀絲看起來像是話講到一半就要昏迷了——這真的很嚴重，尤其她可是成功聽完無數個查理的故事，而且中途一個呵欠也沒打過。

當她上樓之後，勒姆拿起拐杖，穿上外套，跨出家門，打算去履行更進一步的父親職責。

7

父親

勒姆並不是個窮人。

對此，你可能會說：「霍德，故事到目前爲止的內容完全相反。勒姆全家總是縮衣節食過活。」然後我會回答：「請不要再打斷我說故事。」

雀絲去睡覺的那晚，勒姆跛著腳沿著長長下坡路，來到了布瑞克的酒館。他很確定葛瑞米和梭爾會在場，畢竟酒館兩點才關門。

勒姆蹣跚進門。時間還早，酒館內的氣氛仍然熱鬧歡快。酒館的夜晚，如你所知，就像是壁爐內的火焰，有著兩種不同的生命週期。

他們會度過熊熊燃燒、大肆慶祝、與高采烈的階段，接著夜晚開始拖長，酒館變得更冷、更暗、更安靜。待到第二週期的顧客們想要的不是友誼，只是陪伴。

那階段距離現在還有好幾小時，勒姆經過了大笑的礦工們，他們一邊喝酒，一邊分享生活中的無聊小事。一如往常，他發現葛瑞米與梭爾坐在一起。這對碼頭工人與碼頭管理員長得如同釘子的兩頭。葛瑞米——身材矮寬，頭型扁平——頂上的髮型就像在問「哪樣最便宜？」；梭爾是葛瑞米名義上的頭兒，但他很少提起這點，避免被誤解他打算請客。他坐得又直又挺，啜著啤酒，因爲他不想被人看見自己其實喝得起紅酒。

布瑞克當然是待在吧檯後方，他得站在腳凳上才能與酒客們身高相當。雀絲需要這三個人的幫助，但勒姆並沒有直接去找他們。他反而來到了飛鏢板附近。朱歐正在玩飛鏢，邀請勒姆加入下一局遊戲，他欣然接受了。

勒姆投出的第一支飛鏢射中了靶子下方數呎，落在一處木紋節點上。木板在此處有兩個節點，上面滿是飛鏢戳出的洞。

朱歐投以讚賞的目光，接著丟出自己的飛鏢，一樣也落在勒姆的鏢附近。

「我聽說，」勒姆準備投出第二支鏢。「你上次又幫葛瑞米付了帳。你人眞好，願意那麼做。」

朱歐點點頭致意。

下場遊戲對上旅店老闆，老羅德。不幸的是，勒姆前兩把失手了，其中一支鏢居然偏到射中了靶子，不過第三支鏢就有好好射中下方。

「好樣的，」羅德說。「勒姆，難道枴杖改善了你的平衡感嗎？我發誓在你出意外後，飛鏢技巧就越來越好了。」

「拿拐杖對飛鏢技巧沒什麼幫助，羅德，」勒姆說。「但整天閒著沒事做就……」

羅德咕噥一聲。

「你周末還是會幫布瑞克釀酒嗎？」勒姆問。

「常常都會吧。」羅德投出飛鏢，接著離開，讓下個人接手玩，然後又輪到下一個人。每個人和勒姆交手時，都聽出了他問題中的弦外之音。

他們都記得以前有次羅德喝得酩酊大醉，是勒姆帶他安全回家的。還有朱歐，當他家的屋頂被強風吹垮後，是勒姆替他搭了新的屋頂。類似的故事還有好幾十個。勒姆就像是人型深水井，在你需要時總是充滿了清水。他會幫助你，卻不求回報。事實上，他甚至再也不會提起那件事。

除非是情況緊急。

除非是事關重大。

這種狀況下，也許勒姆是缺少了那種可以繳稅金的貨幣沒錯，但提到另一種更重要的貨幣，他可說是非常富有。

當天晚上，話就傳開了。勒姆需要某種協助，尤其是需要葛瑞米、梭爾與布瑞克的協助。勒姆——這個從來不欠人的男人——是如此需要幫忙，他幾乎都要開口問了。在這類男人的語言中，這已經和哀求沒兩樣。

勒姆繼續玩著飛鏢，還得了不少分。如果你還在想，爲什麼他們瞄準的位置這麼奇怪，那是因爲數年前的某個晚上，有人發現牆壁高處的木紋看起來很像一張臉。如果你把一旁的紋路當成頭髮，然後把鏢靶當成胸前的家徽的話，那看起來尤其像是公爵的臉。

然後，嗯，再往下一些就是那兩團木節點了。位置剛好就在兩腿之間。

勒姆出手，旁邊的人不禁瑟縮了一下。「好樣的。」有人叫好。

隨著夜晚靜靜流過，男人們清算了隱形的帳簿。他們做出了決定，卻沒有親口說出來。沒有這個必要，因為隔天早上——對他們來說都還太早了——雀絲發現酒館老闆、碼頭工人與碼頭管理員就站在她家門前。不論她打算做什麼，他們都堅持要協助她。

所以大約一周之後，有個大酒桶被放到了碼頭上，準備接受檢查。它與另外五個酒桶都是葛瑞米推過來的。

雀絲想執行計畫的完美船隻已經抵達，是一艘名為「兀特之夢」的船。目標船隻上的船員必須不常造訪迪根之尖，並且要有國王的令狀，授權他們購買布瑞克的啤酒。

兀特之夢的水手們差點在尚未檢查前就把酒桶運上船，但船長細讀了令狀上的條款。「貨物應該要先檢查過，不是嗎？」他要求。「在完成前我們不能離港。」

因此，查驗官被叫來了。她抵達時的表情凶得可以殺掉孢子，她的桿子已準備好執行正義。她開始檢查第一個酒桶，接著用上她的聆聽工具。

梭爾在附近看著他的懷錶，一邊讀秒、一邊心臟怦怦跳。查驗官繼續檢查剩餘的酒桶，葛瑞米在旁擦拭頭上的汗珠。布瑞克輕推他一下，試著提醒他別表現得這麼可疑。

終於，查驗官聆聽著最後一個大酒桶。大小剛好足以讓一個女孩躲在裡面。查驗官仔細聆聽，然後……什麼也沒聽見。

她揮手叫水手開始裝貨。三名同謀互看了一眼。直到查驗官突然停止動作，轉回身子。接著，她突如其來地踢了最後一個酒桶一腳。

桶子發出砰的一聲。

接著發出噢的一聲。

「我就知道！」查驗官從碼頭上抓起一把撬棍，撬開酒桶頂蓋，露出內容物——裡面躲著一名鴉色頭髮的年輕女子，打算溜出島上。「用羽毛來隔音！」查驗官大吼。「妳以爲這樣就能逃過我的耳朵嗎？」

在那之後，事情急轉直下。「不可能沒有任何人協助她！」查驗官對碼頭管理員怒吼。「這種行動不可能沒有同謀！」

可憐的葛瑞米承受不住，站在原地就開始哭了起來。布瑞克嘗試要他安靜，而梭爾正在幻想是否能讓葛瑞米頂替他接受處罰。

「國王早就懷疑你們的忠誠了，」查驗官嗤之以鼻。「他警告過我要注意鎮上的人。他會得知一切的，得知你們居然打算合謀違逆他的法條。船長，付他們五桶的錢就好。」

剩下五個酒桶被運上船後，船隻便離港出航，將啤酒送往翡翠海（Emerald Sea）的核心群島。查驗官也跟著一起離開——留下助理管理碼頭——她宣稱要親自向國王稟報迪根之尖的叛國行爲。

現在你可能已經注意到了，躲在酒桶裡的年輕女子並非雀絲；你可能也認爲她其實躲在其他的桶子裡。

雀絲並沒有躲在其他貨物中。

雀絲連躲都沒躲。

雀絲正是查驗官。

8 偷渡客

雀絲覺得自己能看見眞的查驗官出現在遠方的碼頭上，一個不滿的小小人影，生氣地指著已經遠去的船。他們會告訴她是船長堅持在查驗前就先離開。到了這時候，桂塔——碼頭管理員的女兒——應該早爬出空桶、離開現場了。留在巨石上的目擊者就只有布瑞克、葛瑞米與梭爾——他們欠的人情債已清償。

就這樣，雀絲自由了。這一次，在遠方越變越小的是迪根之尖。基本上，雀絲熟識的一切人事物都在那座島上，但很快的，她就看不見那裡了。

離開並不令人感到興奮，反而沉重。每個孩子都盼望著某一天會走上與父母不同的道路。雀絲只希望她選的這條路不是筆直通往懸崖。

但她的確自由了。她毫無意外地脫逃了。她心想，不知道其他部分會不會也這麼順利？會這麼想，是因爲她不知道什麼叫作戲劇性的轉折——畢竟她沒學過這類藝術。

她把目光轉向天上。遠離礦坑霧霾後，天空看起來好藍。感覺上有點不道德，就好像看見了天空沒穿衣服的樣子；空氣聞起來……不再有鹽味了，而是純淨的味道。也是危險的味道。沒有鹽就代表孢子可以自由飛散。

幸好，甲板的欄杆上鑲著銀。當然，如果沒辦法確保某種程度的安全性，人們是不會在翡翠海洋上航行的。船帆受風鼓動使船隻轉向，水手們工作時呼喊著彼此。他們被迫要帶上她，國王的採購令狀寫明了船長必須義務載運任何需要離開巨石的政府官員。

所以船員們把雀絲獨自一人留在上甲板靠近舵輪的位置，船長正在此處與舵手聊天。雀絲穿著查驗官的制服，一件過膝的流金艷紅長外套。外套是他們前一晚偷來的，這是查驗官衣櫃裡的備用外套。雀絲的母親將之修改成完美符合雀絲的尺寸。另外，在查驗官房內的船隻登錄表上，兀特之夢的離港時間也剛好登記「錯誤」，讓她晚了一些才現身。

雀絲隨身帶著的物品只有一小包衣物以及一袋杯子。其中她最鍾愛的就是查理寄來的第四個杯子，上面畫有蝴蝶的那一個。這個簡單的圖案不知爲何深深打動了她。

她很慶幸水手忽略她的存在，因爲她很難掩蓋自己看著綠孢子海看到呆的表情。雀絲並不明白船隻漂浮的原理，但那其實挺有意思的。在深處的海床上有裂縫，會向上噴出空氣，孢子被擾動後，運動模式就會變得類似於液體。這個現象在任何世界都會發生，你的世界也不例外，被稱作「流體化」。只要從一盆沙的下方打入空氣，你就能見到類似雀絲看見的景象。

氣泡從四周的孢子下湧出，讓海洋翻騰波動，孢子撞擊船殼後又退開，四處噴灑，造成波浪。那並沒有非常像水，質感太厚重了，而且波浪的尖端常碎化成一團綠色的孢子雲。事實上，這片海洋看上去有著那類幾乎如出一轍的假貨才會表現出的不對勁。令人熟悉，卻又異於常態。它就好像是會在液態的祖母葬禮上講出不恰當笑話的表弟。

這裡的船的航行方式與一般水上的船相同，但唯有氣泡生成的時候才能移動。在雀絲的世界，人們稱這種現象爲「翻騰」。這個現象會隨機產生，通常能讓整座海洋流體化數天。翻騰時不時會平息下來，所有船隻都會因此被困在原地。這類中斷時間都不長，但偶爾會持續數小時，甚至好幾天。

一陣波浪高高擊中船側，揚起一陣孢子。雀絲忍不住驚叫退開，但孢子已經快速變灰死亡。

「沒怎麼航海過，是吧？」船長在附近發問。他有嚴重的口臭、皮膚曬得黝黑、毛躁的頭髮結成一團，長相大約就像是以下問題的答案：「如果你家浴室排水孔的汙垢變成活人會長怎樣？」

不過，他還是雀絲觀察這幾周以來的最佳人選，所以她沒什麼好抱怨的。即便是他又在下一次孢子濺起時取笑她也一樣。

「我們有足夠的銀，」他朝甲板周圍欄杆上的鑲條揮手，其中一條線還通向桅杆頂端。「所有靠過來的孢子都會死亡。妳很安全，查驗官。」

雀絲點點頭，嘗試看起來滿不在乎。但她還是扣緊了外套，不自覺地將呼吸放淺，暗自希望能有個帶鹽的面罩。

她拿出筆記本繼續思考計畫。她成功離開島上了。下一步，她只需要等待。這艘船會將她送到核心群島的國王島上。在那邊，雀絲要想辦法進入王宮，取得查理勒贖信的副本。

感覺這是最簡單能夠拯救他的方法。沒錯，要靠她獨力支付贖金幾乎是不可能的，但確實比偷溜進入子夜海去對抗魔女來得簡單些。希望只要她找到方法支付贖金——或說服國王付錢——查理就能安然回到她身邊。

船長走近時，甲板嘎吱作響。「查驗官，妳的頭髮眞漂亮，」他說。「就像一杯上好的蜂蜜酒！」

雀絲啪的一聲闔上筆記本。「也許我該回去我的艙室了。」

他微笑。這個男人就是那種覺得房間裡每個女人都在想他的類型。她們的確會想著他——是努力想著希望他能盡快遠離自己。他揮手要雀絲跟上，兩人離開上甲板，走向底下的船艙。謝天謝地，她不必下令，船長就自行離開了。這間房間雖小，但保有隱私，房門上也有鎖。雀絲在確保安全後感到舒服多了。她在蝴蝶杯中倒了些水，坐在床上思考。

現在這一切感覺眞實多了。她眞的這麼做了嗎？她眞的離開家裡了？那些奇怪的七彩鴿子是哪來的，爲什麼牠們在對她說話？

最後那部分是船長在雀絲的水裡下了毒的副作用。很不幸的，這個故事裡，沒有會說話的鴿子。只有會說話的老鼠。

9 老鼠

雀絲醒了。真不錯。

她非常滿意自己沒有在冒險的第一天就丟了小命。然而，她還是頭痛欲裂，而且只能見到一片黑暗。人能看見黑暗嗎，還是那代表你看不見了？你能聽見寂靜嗎？能嚐到無味嗎？從木板的嘎吱聲來判斷，她現在在船底艙內。她呻吟著坐起，再四處摸索，手指碰到了欄杆。原來她身處於一個籠子裡。

「妳找不到方法出去的。」一個安靜的聲音發話。聽起來像是男性，但聲音有點尖細，就好像有人抓住這些話，然後把汁都擠掉了。

「你是誰？」雀絲小聲說。

「另一名囚犯。我聽見他們談論妳。妳是一名查驗官？」

「是的，」雀絲說謊。「國王指派的。我不敢相信他們居然攻擊我。」

雀絲的內心其實慌亂無比。船長肯定識破了她的偽裝。這艘船絕對是要返回迪根之尖向眞正的查驗官回報，然後一切都會毀了。

不。一切已經毀了。

她頹然坐下，背靠在欄杆上。

「妳的選擇還眞瘋狂，查驗官。」那個聲音說。「居然獨自登船？妳以為事情會怎麼發展？妳想要自己對付他們全部嗎？」

「對付？」雀絲問。「對付什麼？」

「妳……不知道？」

如果你是新來的，記住這個問題的後面肯定不會跟著什麼好事。

「這是艘走私船，」那聲音解釋。「他們假造了國王的商業令狀，讓他們能免稅進行買賣。」

雀絲發出呻吟，將頭靠在欄杆上。「然後他們以為我起了疑心。他們以為那才是我登船的理由。」

「難道不是？」聲音接著開始大笑。或者說，雀絲認為那是笑聲。她聽到的是一連串高亢的嘰嘰聲——像是一頭過度換氣的驢子。「這完全是巧合？喔，妳這可憐人。」

雀絲在黑暗中雙手緊緊抱胸，承受著嘲笑。至少她不會被帶回迪根之尖、交給公爵處置。取而代之的是，走私販肯定會殺了她然後棄屍。

她決定不要哭。哭泣非常不實際。所以就這樣決定了。絕對不准哭。

她的雙眼堅決反對這項決議。

「嘿，」聲音說。「嘿，沒事的。至少妳離開巨石了，對吧？」

做。

「你知道巨石嗎？」雀絲拭乾雙眼問。笨眼睛。八成只是因爲看不見，所以想要找點事

「我原本在前去拜訪的途中，」聲音說。「但水手們發現了我，就把我關在這裡。」

「你爲什麼想去拜訪迪根之尖？」

「我有我的理由，」聲音說。「我的族類做事就是這麼神祕。」

「你的族類？」

「讓我展示給妳看。但妳可能會想遮一下眼睛。」

接著，光線從船殼上的一個小孔灑入了艙室中。雀絲眨眨眼，把她的亂髮從眼前撥開，試著觀察周遭。關著她的牢房是直接建在底艙內的，每邊大約四呎長，高度也沒多多少。

在她對面的一些箱子頂端，放著一個小得多的籠子。裡面坐著一隻普通的黑色老鼠。他用自己的小爪子從洞裡拔出了軟木塞。

「我總是把它塞上，」他說。「他們才不會發現。我不想要他們把籠子移去別處，妳懂吧？我……」

老鼠轉過頭來，在見到她時停止說話，接著歪著頭。

「怎麼了？」雀絲問。

老鼠保持沉默。唯一的聲音是船在孢子中擺蕩，以及從上方甲板傳來的腳步聲。雀絲向後退。她不喜歡老鼠用那黑珠子般的眼睛盯著自己看。

「怎麼了？」她質問。

「他們帶妳下來時，我沒看清楚。我沒發現……沒預料到妳居然那麼年輕。妳不是皇家查

驗官。」

「我有娃娃臉。」

「我很確定。」老鼠移動到籠子邊緣用後腿坐下，身體前傾，小爪子碰在一起。這動作看起來很像老鼠會做的，雀絲覺得還算合理。

「妳想偷渡離開島上。」他說。「月亮在上，妳爲什麼要這麼做？」

「我告訴過你了，」雀絲怒回。「沒人想要待在迪根之尖。不管怎樣，水手相信了我的演技，所以你不要再那樣盯著我看，我的脫逃計畫成功了。」

「除了不小心嚇到一群走私販的部分，懂了。」

雀絲又擦了擦眼睛。「我們能不能把對話倒回去一點點？感覺我們錯過了主軸。我不想無禮，但你是一隻老鼠耶。」

「是啊，顯而易見。」

「而你在說話。」

「同樣的，顯而易見。」

「是沒錯，那……是怎麼辦到的？」

「用嘴巴說的，」他說。「還有，請參考我先前的回答。」

她咬住下唇。她會追問到這個地步顯示了她的情緒狀況有多糟。問說話的老鼠爲什麼會說話是不是很沒禮貌？如果有人問她爲什麼會說話，她大概也會覺得不高興。

老鼠起身去撿起軟木塞。「我想，我會說話的原因是有個故事沒錯，但我並沒有特別想講這個故事。」

「嗯哼。」雀絲說。

「怎麼了？」

「只是……我不太習慣別人說那種話。」

老鼠啃了啃軟木塞，接著將其移向洞口。

「你可不可以繼續開著洞？」雀絲問。「再一下就好？」

老鼠嘆氣，他幾乎已經要把木塞歸位了。但他再次把它放回了籠子的地面上。上方的腳步聲聽起來加快了速度。也許他們正在轉向？

「所以……走私販。」雀絲說。

「走私販。」老鼠點頭，嗅聞空氣。「我在大嚼他們糧食的時候被抓住了，還被迫公開我會說話的祕密，否則就會被當成害蟲丟下船。結果他們覺得會說話的老鼠大概值點錢。我想過要警告他們我說不出什麼有趣的話，但又想到貶低自己的價值可能不是個明智的決定。」老鼠繼續啃著木塞。「因爲戰爭迫在眉睫，現在每兩個船長就有一個是走私販，所以妳也不要因爲落入其中之一的手中而太難過。」

「戰爭？」雀絲問。

「對魔女開戰。」老鼠說。「近來她派了更多船去掠奪，而國王也在蓄積軍力——像小孩抓糖果那般沒收商船。看看近來的船隻有多容易就被沒收，難怪許多水手突然間道德標準有些失衡，我們就這麼想吧。」

「你覺得我能跟他們做交易嗎？」雀絲說。「向他們解釋我其實不是眞的查驗官？」

「喔，妳突然又不是了？」

「只要能離開這個籠子，我什麼都可以當。我有個朋友陷入了麻煩，我必須去救他。」

「他？」老鼠說。「妳因爲一個男人而離開家鄉嗎？」

雀絲沉默不語。

「親愛的，沒有任何男人値得妳送命。」老鼠說。「如果妳成功脫逃了，就該回去妳在巨石上的家。」

「他不是普通男人，」雀絲說。「而且——」

外面某處發出一聲響亮的砰聲，打斷了她。雀絲歪著頭聽。這種聲音出現在海上還眞奇怪。會是什麼呢？

命運以一顆砲彈回答了她。

限時急送，直接穿透船殼。

10 育芽人

砲彈擊穿了對面的牆，飛越底艙中間，當它擊中另一面牆時，碎裂成一片片溼答答的陶瓷碎片，以及一些看似金屬球的物體。小球散在地板上，與碎裂的木板混在一起。上方的甲板充斥著尖叫聲與慌忙的腳步聲。

「發生什麼事了？」雀絲對老鼠大喊。

他後退，躲回籠子的邊緣，縮成一團顫抖著。「我們被攻擊了！」

「我是說，」雀絲。「你能看到外面發生什麼事嗎？去看看你的洞外面！」

雖然砲彈在牆上留下了第二個更大的洞，但離雀絲太遠了，她無法看見太多外界的景象。令人恐懼的是，每次船身越過一陣波浪，這個新的破洞就會下沉到足以讓孢子漏進船內的程度。這她倒是看得非常清楚。

「我看見另一艘船了，」老鼠說。「沒看見旗幟。」

「是海盜嗎？」雀絲問。

「海盜不會直接開火，他們會先要求投降，」老鼠說。「把你的目標沉進孢子海底有什麼好處？一定是皇家船艦發現這是艘走私船，決定要以文明的方法處置我們。」

「文明？」外面傳出另一聲砲響，雀絲尖叫。幸好這一發似乎打偏了。

「文明的社會才懂得製作砲彈。怎麼？妳以爲那會自己從森林裡長出來嗎？」

每聲砲響都會害她畏縮一下，但更迫在眉睫的危險是那些孢子。隨著船隻搖晃，有更多更多的孢子湧進底艙，像是綠色池塘般逐漸朝她接近。有些孢子死去，變成昏暗的灰色。但上方甲板上的銀距離太遠了，依然有許多孢子存活下來。每次船隻隨著波浪上下、讓地板朝她傾斜，孢子堆就會更靠近一點。

雖然有時會被說像是灰塵，但乙太孢子其實更重一些——更像是細沙，所以在沒有強風時，它並不會像灰塵一樣在空中飄蕩。不過雀絲還是把衣服領子翻起遮住口鼻，一臉恐懼地緊盯著。

孢子不斷接近砲彈的碎片——以及其潑灑在牆面上的水。在當下，雀絲很快上了一課孢子海域的海戰原理。敵人可以使用無聊的金屬砲彈沒錯，但他們用的是會炸開、噴出水的那種——讓射擊變得更有趣。（假設你跟我一樣，覺得創意死法很有趣的話。）

一點活孢子終於接觸到水了。

它們立刻以迅雷不及掩耳的速度成長。想像那是一道閃電，但是由藤蔓所構成。藤蔓抽長，互相纏繞，幾乎一瞬間就長成十呎高的扭曲樹叢，轉眼就有一道藤蔓——約莫是樹的形狀——穿入船殼，藤蔓的「根」擠裂了船底，藤蔓的「枝條」則向上頂起甲板。

雀絲忍不住想像起有些孢子會伸進她的口鼻。雖然她搞錯了一些細節，但知道基本原理。

如果你的想像力沒那麼豐富，那剛開始感覺上像是有人用手強迫撐開你的嘴，接著藤蔓會塞滿你的喉嚨，長滿所有空間，蔓延進你的肺部；藤蔓會撞掉你的牙齒，將之擠進你上顎的軟組織與鼻腔內，但通常不會伸進腦部，所以你可以在藤蔓把眼球從眼眶擠出去時，一邊感受到窒息而死的快感。

不用謝我了。

對雀絲來說幸運的是，一名水手很快就提著燈籠從樓梯上跑下來，他臉上圍著布面罩，還揹著一些奇異的工具。其中有一項奇怪的裝置被稱為「莢盒」。（這個裝置的大小——我完全是湊巧得知的——剛好可以裝得下一顆人頭。）

水手舉起莢盒對準船殼上的破洞，小心地從上面滴進幾滴水。盒子的前方長出了一片粉紅色的石頭，如混濁水晶般的半透明石片與周圍的木板結合在一起，堵住了破洞。

水手用銀刀把石片從盒子前方切下。雀絲世界的每艘船上，至少都會有一個水手接受過掌控孢子的訓練，稱之為「育芽人」。

雀絲充滿驚奇地觀看。她聽過這種物質：玫瑰岩。那是由玫瑰海（Rose Sea）的粉紅色孢子所長成的。玫瑰海鄰著翡翠海，而且不像緋紅海或子夜海，那邊有住人——代表那種孢子不像其他種類那麼致命。不過她覺得看起來還是挺危險的。嘴裡長出藤蔓已經夠糟了，長出水晶的感覺更糟糕。

但這個水手居然隨意地使用它來維修船隻，如繃帶般運用玫瑰岩堵住破口。

可以利用孢子？它們有實際用途？

就這樣，雀絲的海戰課被掃到一邊去，由效益經濟學課取而代之。

補好破洞後，育芽人解下背在肩上的裝置，那看起來像是一支長桿，底部連著一片金屬板。當他用裝置掃過地面，剩餘的綠色孢子都變暗下來。雀絲發覺那肯定是銀製的。他望了一眼長大的藤蔓，想必是認爲它當下不會造成更多的傷害，決定置之不理，轉身走向通往甲板的階梯。

「等等！」雀絲對著他呼叫，抓住籠子前方的欄杆。「外面那艘肯定是皇家船艦，對吧？因爲它沒有要求贖金或投降，而是直接攻擊我們？他們是來剷除走私販的。」

「希望最好不是這樣，」水手對她說。「不然，管妳是不是查驗官，都會跟著我們一起沉下海。」他朝她做了個粗魯的手勢，在他們的星球上通常是朝對方彈指，像是要把水滴彈過去。

「那正是我的意思！」雀絲說。「如果他們知道船上有一名皇家查驗官的話，你覺得他們還會對我們開火嗎？」

育芽人盯著她好一段時間，接著趕忙跑去拿牢房鑰匙。

11

小偷

當雀絲從底艙爬上來後，看見的景象就連巨龍也會感到不安。那艘朝他們開火的船艦比她想像中近得多——近到她都能看清對面甲板上的水手。

敵船共有兩具大砲，一具在前甲板，另一具在後。你也許曾在故事中聽過兩側各有超過一打大砲的大戰船，但雀絲的世界水準還沒到那種高度。這裡大部分的船都只有一具大砲，安裝在可以旋轉的平臺上，船員中通常有一名砲長負責瞄準。

兀特之夢只在前甲板上有一具小型砲。目前，這艘走私船正全力進行迴避動作，並沒有回擊。

雀絲不清楚航海技巧，她只是單純盯著敵方船隻靠近，在它用前方大砲朝兀特之夢開火時咬緊牙關。炮彈擊中了右舷的孢子海面，接著——不像剛才擊穿船殼的那發砲彈——這發一碰就碎，將裡頭的水噴灑在孢子上。

如樹木般的藤蔓爆發成長，距離雀絲不過幾吋遠，形狀比圖書館員的羅曼史還更扭曲。

（相信我，他們眞的很怪），藤蔓互相纏捲扭曲。那讓雀絲想起自己每天早上還沒拿出梳子前的頭髮。

捲曲的藤蔓抓住了船，纏住了舷緣，朝著銀生長的藤蔓就像孢子一樣變灰死去，但依然緊緊纏住船殼。這種轟炸方式看上去能夠直接將船扯碎，不管船上有沒有銀都一樣；或是緊抓的藤蔓會將船困在原地、任人宰割。

雀絲被推到一旁，一群帶著斧頭的水手衝過來揮砍藤蔓，嘗試解放船身。「太靠近了！」船長對著舵手大喊。「古斯投，繼續迴避！」他就站在附近，在他轉身對著把雀絲拉上甲板的水手說話時，雀絲——很遺憾地——可以聞到他的口氣。「月亮在上，你抓那女的要幹嘛，多普！」

「她是皇家查驗官，船長。」多普朝雀絲一揮手。「如果他們見到她，就不會那麼想弄沉我們了，船長大人！」

船長的表情從憤怒轉爲興奮。「多普，這是你出生以來第一個好主意。把她拖去上甲板。如果有需要，就把她吊到高處！然後跟月亮祈禱這能讓那些狗娘養的停下來！」

雀絲在過程中努力保持自己的尊嚴。他們很快就讓她站在上甲板邊緣，用盡全力揮手，希望她的紅外套能說服對方停火。

很不幸的，攻擊他們的船要不是沒看見，就是一點也不在乎。因爲下一發砲彈擊中了上甲板艙壁，把船長的艙房弄得一團糟。

育芽人咒罵出聲。「眞是個餿主意。」他怒氣沖沖地抓著雀絲的領子將她拖進船艙，準備把她再次關回籠內，再檢查是否有更多裂縫。就在他們進入艙底一秒鐘後，船突然變慢了。

突如其來的減速害得雀絲絆倒，臉朝下摔在船底的死孢子堆上。她趕緊爬起身，慌忙地用手快速拍掉孢子。要是有幾粒還活著怎麼辦？

育芽人的手已鬆開了她的領子。「不，」他轉身盯著樓梯上。「不，不，不。」他們周圍的船身發出聲響，慢慢滑行至停止，緊接著一切陷入寂靜。就連腳步聲都停止了——她過了一下才理解發生了什麼事。翻騰——讓孢子流體化的氣泡——停止了。船基本上就是在海面擱淺了。在翻騰再次開始之前，他們都被困住了。只能停在原地。

「不不不不！」育芽人大喊，忘了雀絲的存在，快速奔上樓梯，雀絲幾乎立刻就理解了他驚慌的原因。敵人的大砲已經直直瞄準他們，而他們現在不能動了。

一秒後，一顆砲彈穿過船尾底艙，扯出一個大洞。雀絲尖叫著護住頭部，砲彈從她上方飛過，直接砸穿船的前段，沒有像原本應該的那樣碎裂成片。

雀絲蹲伏在地上，等待著下一發無可避免的砲彈。接著，在恐懼之中，她的務實感掌控了她。她轉身，抖掉背上的木屑，從船殼上新開的大洞向外探看。越過海面，直勾勾地看向敵船，對方也被困在數百呎遠的位置。

海洋基本上變成了固體。或至少是跟沙丘差不多的質地。那是由致命孢子構成的，但人能在其上行走。雖然敵船上的人可能會想要對她不利，兀特之夢上的人卻肯定是想對她不利。

她沒花太多時間就下了決定。她站起身，越過船艙內的藤蔓，朝著洞口前進。

「小心！」老鼠在她身後大喊，同時有什麼落在了她身上。那個育芽人看見了她的舉動，從破碎的階梯上跳下、擒抱住她。

「現在嘛，」他說。「這才是個好主意。妳要把外套交給我，然後我要去求那些人饒我一命。」他開始撕扯她的衣服，她慌亂地四處摸索武器。她的手指抓到了某樣金屬物品，向上一揮，砸中水手的頭。他像裸奔者的褲子一樣直接落地。

雀絲倒抽一口氣，在地板上不停喘氣，接著望向自己抓住的東西。是一個白鐵杯。

等等，是她的白鐵杯。

嗯哼，她心想，沒想到跟想像中一樣有效。

她環顧四周搜尋，發現她的東西就在附近，是和其他東西一起被剛才的爆炸拋過來的。接著另一發炮彈擊中船隻上方某處，讓她尖叫出聲，上方的人們也發出慘叫。

雀絲抓起自己的布包，蹣跚地來到老鼠籠前。「差一點就忘了你了，」她說。「抱歉。」

「這是人類常有的缺點，」他說。「別讓我開始抱怨你們對我們族類的看法。」

「做好準備，」雀絲說。「我沒有工具能切開籠子，所以……」她舉起沉重的金屬杯，用力向下揮，砸爛了小鎖頭。

老鼠把鼻子探出籠子，隨即跳上她的手臂，爬到她肩膀上。看著地面上滿是孢子的模樣，她不能怪他想要盡量往高處去。

「我的名字是……」老鼠咳了一聲。「我的名字是……哈克（Huck）。就這樣吧，我不覺得我眞的名字能管用。」

「是某種人類說不出來的老鼠語嗎？」

「差不多吧，」他說。此時她轉身走向船身的大洞。「妳呢？」

「雀絲。」她說。

「好吧，雀絲。」哈克說。「準備好做些瘋狂無比的事了嗎？」

「很不幸的，這好像已經變成我人生的主軸了。」語畢，雀絲走入外頭的孢子之上。

12

烏鴉

孢子在她腳下擠壓作響。

雀絲努力淺淺地、慢慢地呼吸。即便她再度把衣服拉起來遮住了口鼻，還是覺得自己暴露在外。只要一顆孢子就完了。

另一顆砲彈從頭上咻地飛過，擊中船隻。不過，她還是小心地走、緩慢地走，盡量不把孢子踢向空中。穩定又慎重，就是這樣。即便她全身上下都因焦慮而緊繃不已，心裡清楚明白翻騰隨時都會開始——她就會下沉死去。

「這景象真了不起。」哈克在她肩膀上低聲說。

雀絲冒險回頭看了一眼。不知為何，一群海鷗開始在兀特之夢周圍聚集。最近的一發砲彈擊傷了幾名水手，而其中一人從船側掉了下去。

他正在流血。

可憐的男人尖叫著四肢亂揮，將血液撒在孢子上，使藤蔓爆發性生長，揮舞纏捲在船體上，彷彿隱藏身形的海怪所伸出的巨大觸手。那個水手消失在扭曲的藤蔓之內，但她還是可以聽見他在其中尖叫，直到被壓碎，流出更多血液餵食依然飢渴的海洋。海鷗朝藤蔓俯衝，興致高昂地攻擊植物。這又是爲什麼？

雀絲轉身面向前方，繼續一步一步朝著敵船前進。在底艙內時，兩艘船看起來距離很近，但到了外面後，感覺上有好幾哩遠。

「我從來沒這麼做過，」哈克在她肩膀上說。「妳知道的，就是在這外面走路。」

「我也沒有。」雀絲努力不要過度換氣。

只要。繼續。前進。

「我不想嚇到妳，」哈克說。「只是翻騰隨時都有可能重新開始……」

雀絲點頭。她知道基本狀況。大約每隔一、兩天會出現一次比較長的靜止期，持續大概數小時。有時候靜止會超過一天以上，但很罕見。

大多數靜止期只會持續幾分鐘。好像翻騰是住在海底的歌手，只是稍微停下來換口氣。

她試著加快腳步，但在孢子堆上行走比乍看之下困難得多。她的腳不斷打滑，而且月亮在上啊，她的鞋帶繫得不夠緊。她可以感覺孢子跑進了鞋子裡，卡在襪子的纖維之間，摩擦著她的腳。

要多少汗水才會引發一顆孢子？

只要繼續前進。

一步。接著。一步。

她聽見孢子擠壓聲接近，回頭看去。一個走私販見到了她的舉動，也開始奔向對手的船。

但他踢起太多孢子了。她渾身緊綳，做好準備，擔心——

啪。一叢藤蔓從他的眼眶內長出，他馬上倒地抽搐，導致更多藤蔓在他周圍生長。雀絲繼續前進，但另一名水手以更加穩定自信的步伐超越了她，比她膽敢的速度更快。

他們已經超過抵達對方船艦的中途點了。

拜託，翡翠之月，她祈禱著。拜託，再一點點時間就好。

她可以看見另一艘船的水手聚集在前甲板上。他們已經停了火。他們不再需要武器了。在遠方，大量的藤蔓從流血水手落海的船側蔓延，完全擠碎了走私船。

雀絲感到敵方水手的目光集中在她身上。尤其是其中一人——筆直地站在船頭，頭上戴著斜插漆黑長羽毛的帽子——看起來非常不祥。那個人影舉起一把長槍，瞄準雀絲。

然後人影稍微轉向。長槍震動，緊接著爆裂聲傳來。雀絲前方往船隻大步前進的水手倒地，他的血造成了另一座扭曲藤蔓構成的駭人尖塔。

雀絲停下腳步，準備承受第二發子彈。槍聲未響，使她決定再次前進。現在回頭已經太晚，而且那個方向等待她的也只有死亡。

所以她繼續邁步，感受著越來越緊綳的可怕張力，好似弓弦被越拉越緊、越拉越緊、越拉越緊。她等待著槍響，或是腳下的地面開始震動。或是有顆孢子不小心接觸到她的眼睛。

當她終於來到擱淺的敵船陰影之下時，感覺上就像有人拿刀抵著她的喉嚨，逼她走了永恆那麼久。

水手聚集在欄杆邊，朝下齊看著她。她沒看見有人穿制服，也許除了中間那個人之外。太陽在接近地平線處閃耀，讓頭戴黑羽帽的人成爲一道剪影，表情也藏在陰影之下。

沒有人說話。水手們沒有開口邀雀絲上船，但也沒射死她。因此，在缺乏其他選擇下，雀絲把她的一袋杯子繫在腰間，嘗試爬上船。不幸的是，這艘船的龍骨與船殼是由光滑的棕木所造，嘗試幾次後，雀絲就明白要攀爬上去是不可能的。

「我很抱歉，」哈克說。「我覺得我弄錯了。上面那些人看起來不像國王的下屬。雀絲，我希望……我希望我……」

雀絲思索了一下身處的狀況。接著，她把手指上的孢子擦掉，把指頭含在口中。她在指甲上沾了點口水，深呼吸，然後把水彈向數呎外的孢子。

孢子上長出了一棵中型的「樹」，不斷螺旋著向天空伸展。雀絲伸手抓住，感覺手指下的粗糙藤蔓如繩索一般。

她開始攀爬。

「就是這樣！」哈克從她肩上爬下，沿著藤蔓往上。「快來，雀絲。趕快！」

她用盡全力，向上爬了大約十呎，直到她能搆著船側的一扇舷窗。她抓住舷窗、貼緊船殼，哈克再度跳到她的肩上。在此處，她能看見由金漆所繪的船名：烏鴉之歌。

上方有些水手發出笑聲，以無所謂的歡快語氣談論著她的掙扎。她撐在原地，努力踩穩在舷窗下方突出的一小點木條上，孢子從她的靴子中瀉出。

「來了，」哈克說。「妳聽。」

一開始是讓船隻震動的低鳴。緊接著，孢子開始翻滾，空氣從間隙噴出。船隻傾斜——差點把雀絲甩下去。上方傳來張帆的命令。

雀絲的藤蔓繩梯滑開，沉入突然變爲流體的海洋。她曾向兀特之夢，那艘船往一側傾斜，被纏繞於上的藤蔓拖下海面。船隻震動，接著翻覆，最後完全沉沒。

沉船殘骸中的眾人尖叫，將體內的水分獻給海洋，藤蔓簇擁而出，海鷗群隨之紛飛。雀絲現在身處的船航向沉船，但在抵達前，兀特之夢就完全消失了。只有三名船員倖存，兩名待在一塊木板殘片上，另一名則坐在小救生艇內。三人都用圍巾纏住口鼻，緊閉雙眼。

甲板上傳來兩聲槍響，殺死了殘片上的兩人。不知爲何，烏鴉之歌的船員放過了救生艇上的人。整船走私販中唯一的生存者。雀絲的首航迎來了……不榮譽的結局。

她抓緊烏鴉之歌的船殼。她的手指在燃燒，手臂痠疼，但再往上就沒有能夠抓住的地方了——況且，上方的甲板與舷緣是朝外突出的，就算她有辦法爬到那裡，也不覺得自己有足夠的力氣或技巧能夠翻越邊緣。

所以她繼續抓住。盡全力抓緊，抵禦船身的起伏與搖晃。上方時不時會出現人臉，查看她是否還在原處，然後他們會向同伴更新她的狀況。

她還在。

她還在。

「去吧，」她對哈克耳語。「你是老鼠，你爬得上去的。」

「我很懷疑。」他說。

「你可以嘗試。」

「這是事實。我可以。」

他們一起抓在原處。就像是度過了永遠。終於，她開始抓不住了。她痠痛的肌肉在尖叫，還有——

一條繩子落在她身旁的木板上。她麻木地盯著繩子，心裡想著不知道自己還有沒有餘力向上爬。所以她只是抓住繩子，掛在上面，頭緊靠著手臂。

幸好，上面的水手開始拉扯，讓繩子往上移動。當她的位置夠高時，一個綁著黑髮辮的魁梧男人向下伸手，抓住她的手臂，把她拋上甲板。甲板上的銀殺死了她身上殘餘的孢子。

「烏鴉船長說如果妳撐過十五分鐘，我們就拉妳上來。」另一名較矮的女性水手說。「沒想到妳撐得過，挺強壯的嘛。」

雀絲咳嗽著，躺在地上，虛脫的手臂被人拉著。十五分鐘？居然只過了十五分鐘？感覺上像是好幾個鐘頭。

「我不強壯。」雀絲的聲音沙啞。「只是很固執。」

「那更好了。」那名水手說。

「你們是誰？」雀絲對水手發問。「國王的船？還是私掠船？」

哈克很明智地保持安靜，但在另一名水手打算伸手抓他時咬牙威嚇。

「都不是。」另一名水手說。「我們很快就會掛上國王的顏色，不過是騙人的。那只是我們的漂亮門面。道格正在繡一面新旗幟，下一次就能用了。紅底黑圖。」

紅底黑圖？原來他們是海盜沒錯。跟走私販相比，這算是升級還是降級？還有爲什麼他們沒有要求贓物，而是直接擊沉另一艘船？

一個結實的人影推開水手們。烏鴉船長——從她帽子上的羽毛來判斷身分——臉部線條嚴厲，膚色古銅，緊皺的眉頭深如海洋。烏鴉……嗯，我認識幾個像她一樣的人。她看起來太過嚴酷，滿溢憤怒。她就像某種初版的人類，尚未加入幽默或仁慈之類的軟化效果。

「把她丟下船。」船長說。

「可是妳說了我們能拉她上來！」矮個子女人說。

「我是說了，你們也做了。現在把她丟下去。」

沒人聽命行動。

「看看她有多瘦。」船長怒斥。「查驗官？我認識幾個這種傢伙——他們做這行就是為了圖個清閒。她肯定一輩子都沒做過正經工作，烏鴉之歌上沒有位子給這種沒用的傢伙。」

海盜們看起來還是有點遲疑。他們為什麼要在意她？但他們的猶豫給了她機會。所以雀絲——既暈眩又虛脫——跪起來爬過甲板。她剛才發現這裡放著水桶與刷子，因此她有條不紊地——以她瘦痛的手臂所能及的最快速度——取出刷子，開始刷起甲板。

烏鴉船長斜眼看她。此刻唯一的聲響是孢子的翻騰聲以及刷子來回刮刷的聲響。

最終，船長從皮帶上解下一個酒壺，大口飲下。那看起來是個好酒壺。外表是皮革製的，上面印著羽毛印記。即便筋疲力竭，雀絲也認得出高品質的飲水器具。

烏鴉無聲離去，沒有再下令處理掉雀絲。海盜們一一回到崗位上，也沒人把她丟下船。

她依舊繼續工作。繼續刷著甲板，哈克在耳邊悄聲鼓勵她。她持續工作到深夜，直到渾身因疲倦而麻木，終於蜷縮在甲板一角沉沉睡去。

PART III

13 打雜小弟

雀絲隔天醒來，滿臉都是頭髮。她渾身僵硬，像條很久沒被送去清洗的抹布。她從甲板上伸展起身，試著綁好頭髮，然後依稀記起昨晚被人踢了一腳，叫她別擋住路，移去別的地方。她移動了，又因爲相同原因被踢醒了兩次。甲板上似乎沒有一個地方是她不會擋住路的。

她的下個思緒不是關於食物。也不是關於飲水，或其他生理上的需求。而是關於查理。

雀絲從來沒覺得自己這麼天眞過。她居然以爲自己可以就這樣離家去拯救別人？就算她連船都沒搭過？她覺得自己很傻。更而甚者，她爲查理感到心痛。他被獨自囚禁，肯定害怕極了。他的痛苦就是她的痛苦。

感覺上，那些能感人所感的人似乎一生都完了。一個人的痛苦還不夠嗎？爲何雀絲這類人需要爲兩人、甚至更多人而痛苦？但我發現，最快樂的人也是那些學會如何感受的人。這需要努力，你懂的。需要練習。而那些（在人生中）能夠與兩人、三人，或一千人有所同感的人……原來他們早就比其他人更有優勢了。

同情就是情緒上的賠錢賣特惠商品。它最終會賺回自己應有的價值。

但這對當下的雀絲提供不了什麼慰藉，她在甲板上悲慘地發覺——在她幻想要如何幫助查理之前——她得先找到方法拯救自己。她蜷縮在舷緣側邊，聽見船艙內有人呼喊要「第一班」上食堂。

哈克低聲說了些什麼，便離去進行調查。雀絲咕嚕作響的胃提醒了她上次的飲食是那些引起鴿子幻覺的水。「食堂」就是船上吃飯的地方，對吧？也許他們不會注意到她……

一個瘦長的人影站到她前方。他穿著長軍服外套，釦子敞開，禿頭，下巴有鬍碴，男人腰側插著長劍，兩把手槍掛在皮帶上。砲長拉戈特是這艘船的大副，他精瘦的身材、長長的脖子與光頭，顯示他的家族樹裡可能帶有禿鷹的血統。

他上下打量雀絲。「第一班可以吃飯，」拉戈特說。「因爲他們是今天準備負責航海的男女。妳今天會操縱船帆或鎖具嗎，蜜髮妞？」

「……不會。」她低聲說。

「第二班會接著用餐，」拉戈特說。「他們整晚都在工作，只要輪替的人來了就能去吃飯。」

「那……我是第幾班？」雀絲柔聲問。

「船長說妳是第三班。」拉戈特丟下這句，一笑離開。

最終第二班被呼叫了，水手們交換崗位。雀絲等待，既昏沉又僵硬。她接著等待。又接著等待。你可以說她這天早上成了接待。

第三班一直沒被呼叫。雀絲懷疑她是唯一被「分派」到這一班的人，所以盡力忽略自己的肚子，反而觀察著海盜們工作。如果她學會他們的工作，就能預期什麼時候要閃去旁邊。

她整個早上都專注於此，幸好多數水手並不在意她的存在。這組船員的表現並不是很振奮，但他們仍然非常認眞。有幾次，雀絲發現烏鴉船長拿起酒壺飲用時從一邊看著自己。她的瞪視讓雀絲覺得自己就像窗戶上的頑固汙垢。

最好還是投身於工作中。她翻了翻袋子，確認杯子都還在，接著取出她的梳子。在把頭髮屈打成招、綁成辮子之後，她拿起水桶與地板刷——然後發覺自己沒有水及肥皀了。

她像個呆瓜一樣站著，直到有人拿了新的水桶給她。她向他道謝，接著——嚇了一跳——發覺她認識他。他是霍德，哨弓號上的跑腿小弟。絕不會有人認錯他那細瘦身材以及純白頭髮。雖然大家都叫他「小弟」，但他看上去已經三十幾歲了，而且心智十分正常——直到他開口說話為止。

「我的牙齦喜歡舔舔！」他對她說完，便曲腿彈跳著離開，看起來像隻搖搖晃晃的酒醉企鵝。

沒錯，那是我。

不，我不想討論。

我一邊離開一邊把鞋帶塞進鼻孔，雀絲則走到了上甲板，因為這裡人比較少。她繼續工作。結果，雀絲還滿擅長刷甲板的。那跟刷窗戶很類似，只不過最終你不需要把它刷成透明。事實上這太簡單了，根本是侮辱她的清潔技巧，就好像雇用世界頂尖的外科醫師來幫你切除三明治的麵包邊一樣。

在她休息時，她便觀察著船員。她能夠認出其他幾張臉，就像霍德一樣，只是更模糊一點。船隻來到巨石常會放下一些船員，在查驗官認可後，他們就會被其他來訪的船隻雇走。這組船員看起來並不是非常凶狠，他們的組成混雜，包含許多種族，男女人數也差不多。這在孢子海上並不罕見，你會帶上所有願意的人，性別歧視對獲利沒好處。

爲何這麼普通的船組員會成爲海盜？而且不是普通的海盜，還是要脅財物前就先擊沉船隻的嗜血海盜？

他們甚至沒有遮住船名，雀絲心想。甚至還留了一個水手活命。這艘船有哪裡不對勁。

「我一直想用我的衣服漱口！」我從旁走過，用雙手指著她，眨了眨眼。「但我上禮拜把它吃掉了。」

雀絲歪著頭看過來，我又晃著離開。在她這麼做時，哈克奔過甲板，爬上她的肩。

「那個人有什麼問題？」老鼠輕聲問。

「我不是很確定，」雀絲耳語。「我以前遇過他。他人不錯。只是……很奇怪。」

「會集郵的人才奇怪，雀絲。那個男人的一打蛋裡少了兩顆——而且他還沒發現剩下十顆其實都是石頭。」

唉。

好吧，事情是這樣的。我在幾年前遇見了魔女——嗯，更像是和她起了衝突。這麼說吧，她擁有我需要的某種東西，但要從她那裡取得比我料想中來得困難。結果呢？魔女對我下了一道她著名的詛咒。你看，就算是最優雅的舞者，偶爾也會絆倒的。

我的詛咒奪走了我的味覺，還有，嗯，我的其他四感。

「你發現什麼了？」雀絲問老鼠。

「我偷了點食物，」哈克說。「但是只有足以餵老鼠的份量，抱歉。還有，他們眞的在縫海賊旗。我想他們才初出茅廬。也許這就是爲什麼他們不小心把那艘船擊沉了。」

「不，」雀絲低聲說，繼續回去刷地板。「他們故意留了一個水手活口，而且沒有遮住船名。他們擊沉那艘船並不是因爲沒有經驗……」

「……他們是爲了宣告自己的存在。」哈克認同。「就像是雇用叫賣人來宣傳鞋店大特價，只不過是海盜版。月影啊，他們可是殺了將近三十人呢。」

雀絲抬頭看向在崗位上工作的船員們。早先，她把他們的動作解讀爲集中與專注，現在她看出了其他端倪。一種想要沉浸於工作中的急迫欲望。也許是爲了避免回想前一天所發生的事。

這艘船上有什麼非常不對勁，她再次心想。

不幸的是，在她能更深入思考前，另一件事——某種糞學相關的事——佔據了她的注意力。

14 道格們

烏鴉之歌比雀絲先前搭的船大得多。兀特之夢是雙桅帆船，類似於你們稱之爲前桅橫帆雙桅船的種類。烏鴉之歌則是一艘大四桅帆船，速度快速，又有足夠的貨艙與多層甲板，大約等同於你們的中型帆船。上頭約有六十名船員，在雀絲的世界裡算是挺多的。

我不會要你記住他們全部人的。主要是因爲我自己也記不住他們全部。

因此，爲了敘事便利性以及確保我們不會發瘋，我只會告訴你烏鴉之歌上比較重要成員的名字。剩下的人，不管性別，我一律稱之爲「道格」。

你會很驚訝這名字有多常在各個世界出現。喔，有些地方會唸成「德格」或是「道葛」，但這名字總是會出現。無論當地語言學發展爲何，父母最終就是會把孩子命名爲道格。我曾在一個星球待了十年，上面唯一的智慧生物長得就像是鬆餅一樣，而且靠著放屁互相溝通。我不騙你——其中一名也叫道格。不過我得承認他們在「講」這名字時也伴隨著非常特殊的氣味。

「道格」就是姓名中的趨同演化，只要它出現，就不會再離開。語言學上的大過濾理論。

一旦社會抵達道格高峰，它就該坐去角落，好好反省自己到底幹了什麼。

話說回來，烏鴉之歌上至少有一名女性的名字眞的是道格，但我記不清她是哪一個了。所以爲了故事通順起見，他們全都是道格。

雀絲接近一人——遲疑地——詢問廁所的位置。道格對她指著向下的階梯，表示「中層甲板廁所」是給低階船員用的。

她開始探索，哈克則待在她的肩上。這艘船共有四層。道格們稱頂層——露天的那層——爲「頂層甲板」。「中層甲板」有餐廳及武器庫之類的地方，還有幹部們的小房間。「下層甲板」則是大多數水手懸掛吊床休息的擁擠空間。

再往下是底艙，一處如洞穴般的儲物空間，用來放置海盜豐富的贓物——如果他們未來有學會別把貨都沉到海底的話。

這裡有好幾間廁所，還有汙水管系統，感謝月亮。她瞄到一間無人間，發現了馬桶，但沒有浴室。船員要怎麼洗澡？她很希望自己能夠洗澡，因爲她一直在衣服皺摺中發現死掉的孢子。只要想到自己身上到底沾了多少孢子，就讓她渾身打起冷顫。

她在只有一扇小舷窗提供光源的狹窄廁室解決內急。不需她特地提醒，哈克就很有禮貌地待在外頭，以一隻老鼠來說還滿紳士的。雀絲感覺好些了，溜出來後讓他再跳回她肩上。他們在海上要怎麼處理人的穢物？全部留下來給島上的堆肥？長途航行要怎麼辦？倒出船外感覺很危險，而且也很噁心。該叫「危噁」嗎？

在她返回頂層甲板的途中，聽見廁所附近的某間房間傳來人聲。她暫停腳步，向內偷看，見到一個男人站在櫃檯後方——就是把她拉上甲板、留著髮辮的巨大男子。我說了「巨大」，你可能會想像他體重很重，或是很壯碩。沒錯，他兩者都是，但這兩種形容詞都無法確切描述本船的補給士，佛特。

佛特的巨大不是那種「嘿，記得吃點沙拉」，也不是那種「嘿，你是運動選手嗎？」，而是「嘿，你是怎麼穿過門框的？」的那種。原因並不是因爲他很肥胖——雖然他是有點過重——而是他看起來像是以與全人類不同的比例所建造的。你可以想像碎神在創造他之後說：「也許我們做得有點過頭了」，然後決定把接下來的所有人都縮小百分之十以節省資源。

佛特拿著一顆陶瓷砲彈，在他手中顯得很小。他兩手的手指都不自然地糾結，要不是舊傷，就是某種先天性疾病。這種症狀肯定會影響他手指的靈活度吧。

他身旁是一位穿著背心與長褲的高瘦女子，頭髮剪得非常短。安（船上的木匠）有著如飛鏢般的鼻子，身上各處總共掛著不是一把，也不是兩把，而是三把手槍。

佛特把砲彈遞給安，雖然他拿起來好像很輕盈，但從她托住砲彈的姿勢就知道事實並非如此。他再拿起一面看起來像是塗黑的木製標語板，大約有兩呎長，寬度則再窄一點。

「你檢查過武器庫的每一顆了？」安問。

佛特瞥向木板背面，接著點頭。

「沒有找到任何有損壞的？」安問。

佛特輕點木板背面，文字就出現在了前方。**一顆都沒有**，板子上寫道。**我檢查到的每一顆引信都正常，設定為在擊中船之前就爆炸，以捕獲對方、搶奪貨物。**

安把砲彈重重放回櫃檯上。「好吧，如果其他砲彈都沒有損壞，我們應該就不會又意外擊沉另一艘船了吧？」

佛特再度用食指指節輕點木板的側邊。他這麼做後，板子上的文字就改變了。

我不喜歡事情的發展，安。我們發射的砲彈應該只是要癱瘓敵船，而不是要擊沉對方。我很不喜歡我們最後殺害了那些人。我也不喜歡船長後續的舉動，感覺沒有道理。

「你想表達什麼？」安問。

我只說我不喜歡事情的發展。這不是我們同意的那種海盜行為。

「我也不喜歡，」安說。「但現在改變心意已經太晚了。至少比被徵收來得好。」

有嗎？真的嗎？我可不想背負那些人的死，安。

安沒有回應。最終，她站起身走向房門。雀絲感到一陣驚慌，不想被人發現她在偷聽，只好逃回了廁所裡。

雀絲聽見安爬上樓梯離開。「哈克，你怎麼想？」雀絲悄聲問。

「不知道，」他說。「聽起來他們並不是刻意擊沉兀特之夢的，還算合理。但在第一顆砲彈擊穿船殼，導致船開始下沉之後，海盜們肯定就決心要繼續到底了。」

雀絲點頭，雖然她不確定自己對此做何感想。

「不過他們還是難辭其咎。」哈克補充。「成爲海盜攻擊船隻，他們以爲會有什麼後果？他們不能在決定搶劫別人之後，才突然爲了對方的死而傷心。這些海盜現在是亡命之徒了，雀絲。」

「就算那個補給士沒有親自開砲，國王還是會吊死他，」她說。「感覺不是很公平。」

「法律很清楚。更精確來說，是致死重罪法條。犯罪導致他人死亡？這就是謀殺，就算你不是有意爲之。皇家海軍會開始獵捕這組人——當他們被抓時，我們最好不要還待在船上，以免官方人員不相信妳其實是俘虜。」

這是個明智的建議。這艘船是個死亡陷阱——船長最終可能還是會厭倦她，或是她會死在無可避免的戰鬥之中。她還有拯救查理這件要事，不能在這裡浪費時間。

但要如何逃脫呢？她不能直接跳下船。再者，乾渴的喉嚨警告她還有更急切的擔憂。如果船長不讓她進食，她根本活不到成功逃走的那一天。

她再次躡手躡腳來到補給士的房間，偷看到房內那位巨型男子正背對著門。他正在整理櫃檯後方眾多箱子內的物品。也許她能偷點東西吃？或著哈克能幫她偷？她瞥向他。

「什麼？」哈克大聲問。

雀絲瞪他一眼，比出安靜的手勢。

「我想他是聾子，」哈克說。「我早先在探查的時候，聽見有人提到補給士聽不到。」

確實，佛特繼續工作，依舊背對他們。他沒注意到他們在說話。

「我有一次遇過一個耳聾的人類，」哈克說。「她是個舞者，而且是月亮之下最厲害的舞者之一——至少是我看過最厲害的。我很享受跟她共度的時間，但最終被一些突發事件打斷了。確實很可惜，但事情就是發生了。我也沒機會跟她談話——妳知道的，跟我的身分有點關係。我不想暴露自己。」

「也許，」雀絲建議。「這是另一個不要說話的好場合。除非你想要某個海盜發現他們船上有一隻說不準價值連城的老鼠。」

「對，有道理。」他說。「只是在被抓住前，我在那艘走私船上躲了好幾個禮拜，感覺有點孤單。有人可以聊天真的很好⋯⋯」

她斜眼看他。

「……我現在就閉嘴。」

雀絲轉身離開——但就在她這樣做時，腳下的一塊木板發出了聲響。佛特立刻轉身看向她的方向，接著在見到她時瞇起眼睛。他也許聽不見，但我遇過的每一名補給士都有種第六感，能夠察覺有人在他們的物資旁鬼鬼祟祟的。

承受著這名巨大男人的注視，雀絲十分想要拔腿就跑。但他確實是伸手將她拉上甲板的人。所以她反而站在原地，直到他從櫃檯上拿起他的奇怪板子。

過來這邊，女孩，上面寫著。

逃跑沒什麼好處。

雀絲步入房間，感覺上就像走進了龍的巢穴。

15 補給士

佛特以粗壯的手指搓揉下巴，上下打量著她，他最終輕點木板背面，對她顯示出文字。

妳有名字吧？

「雀絲，大人。」

妳真的是皇家查驗官嗎？

「我……」雀絲呑口水。「不是。那件外套並不屬於我。是我偷來的。」

妳現在是海盜了，佛特寫。**妳偷來的東西就是屬於妳的。**

「我不是海盜。」她說。

如果還想活命的話，妳就是海盜，佛特寫。**別告訴任何人妳不打算加入我們。那種話會害妳被丟下海的。**

雀絲點頭。「謝謝您，大人。」

別叫我大人。我很久以前就丟掉那個頭銜了。我的名字是佛特。有人餵過妳了嗎？

她的肚子發出咕嚕聲回應。她搖搖頭。

佛特彎腰至櫃檯下方，取出一個盤子，薄薄的陶瓷夾在他的拇指與食指之間。早些時候，她以爲他會因爲手指的狀況而不夠靈活——那看起來就像骨頭被打斷成好幾截，恢復時又沒有使用夾板。但他控制得挺好的，有些動作確實會多費點勁，有時手也會顫抖，但他明顯能自力做好事情，即便與常人有點不同。

把盤子放在她面前後，他拿出一口鍋子，在底部刮了刮，倒出一些硬掉的薯餅在她盤子上，又補上了些稀溜溜的炒蛋。

*是剩下來的早餐，*她心想，*是其他人沒吃完的殘渣。*

她努力忍住，沒有立刻張口大吃。他觀察她，接著在盤上放下一支叉子。她把這視爲開動的信號。

味道糟透了。

薯餅煎過頭，口感就像是甲蟲殼——與炒蛋是絕配，因爲那味道會讓人想起甲蟲殼*裡面*的東西。你不必身爲大廚，也能嚐出這些食物很難吃，但對雀絲這樣的人來說更是糟糕透了。餵她吃又冷又硬的剩菜——而且完全沒調味——就像是把鋼琴大師關在房裡，然後不斷播放卡祖笛版的走音世界名曲。

雀絲沒有抱怨。她需要進食，不會拒絕別人給予的僅有食物。即便那嚐起來不像食物，比較像食物最後會變成的東西。

爲了從她的「餐點」上轉移注意，她朝佛特用來溝通的板子點點頭。「眞是奇特的裝置。」

他遞給她一杯水（一只沒有額外裝飾的黃銅製水杯，但在光源下會閃閃發亮）。至少水喝起來很純淨。雀絲熱切地大口灌下。

是不是？佛特寫。**妳說的話會出現在背面這邊。它還可以辨別聲音，如果是新出現的人在說話，前面就會出現標記。**

「哇。」雀絲說。

現在，你可能會想爲何佛特不讀唇語就好。我，就如同許多聽力正常的人，曾經認爲那就是讓人能在聽障世界中來去的神奇解法。但如果你沒聽說過——這是刻意雙關——唇語並不是像故事裡那麼運作的。那是很繁複的技巧，需要很多猜測，而且非常累人。即便對專家來說也是如此。

不過佛特以前也是依靠唇語，忍受著這種技巧的低精確性過活，直到他取得了這個裝置。它有很多功能——有些他還不知道。舉例來說，如果他寫的字數少，字體就會比較大。但當他寫下較長的訊息時，字體就會縮小以配合版面。

它真的很棒。佛特寫。**這是我幾年前從一名巫師那裡取得的。**

「巫師？」雀絲問。

從星辰之外來的，佛特說。**一個奇怪的傢伙。他用這個來翻譯我們的語言。我用盡全力才交易到它。當他發現這裝置對我的幫助有多大時，似乎很驚訝。對我來說，像一般聽障人那樣靠寫字溝通很困難，因為我沒辦法寫出某些符號。**

順帶一提，那名來自繁星的「巫師」並不是我。我總是在想是誰把這裝置交易給佛特的。那是納西斯科技，內含聯繫預測識喚電路。

佛特翻過板子讓她看背面，他可以輸入字母，裝置就會列出常用字。板子還會預測他的需求，提供可能的選項。裝置的運作速度奇快無比，幾乎就像是在讀他的心。

它每周要曬一次太陽，不然就會失效。佛特寫。**而且它的魔法只對我有反應，所以別妄想偷走它。**

「我哪裡敢。」雀絲嚇了一跳。「我是說……你這麼善待我。」

這不是和善，佛特寫。**是交易**。

「交易什麼？」

還沒決定，佛特寫。**回去吃妳的東西，女孩**。

她照做了。真不幸。

在她英勇地繼續嘗試進食時，另一個水手走了進來。是前一天公然反對船長的那名矮個子女人，她頭上的黑髮捲成小捲。她大步走入，把某些東西拍在櫃檯上，幾乎無視雀絲的存在。該怎麼形容舵手薩雷呢？她與佛特是相同民族，也和他一樣出身於寶藍海（Saphirre Sea，清風海的別稱）的羅布列島，那裡的清風孢子在沾水後會噴發出空氣。她的五官精緻，但一點也不脆弱。

「好吧，佛特，」她說。「我給你三個。」

她朝桌上丟出三枚小耳環。

我告訴過妳了，薩雷，佛特寫。**耳環對我來說沒用處。只會害我耳朵發癢**。

「那就四個。」她多放了一枚在櫃檯上。「這是我跟道格們玩牌贏來的，我只有這些了。它們是純金的，你去任何地方都找不到這麼划算的交易。」

聽到「交易」這個字，佛特突然有了興趣。他細細檢驗起耳環。

「好了啦，佛特，」薩雷說。「我得回崗位上了。」

佛特搓搓下巴，抓了抓留著髮辮的頭，接著從櫃檯底下拿出一件物品放在櫃檯上給她：是一只懷錶。

「終於。」薩雷從櫃檯上抄起懷錶快步離開。

佛特微笑著檢查每一枚耳環。他是用不上耳環沒錯，但……這交易的確很划算。對佛特來說，划算的交易本身就是種獎勵。

雀絲成功嚥下最後一點食物。她覺得自己應該為此得到一枚獎章。佛特只是給了她另一杯水，便揮手趕她走——但在她離開前寫：**在大家都吃完晚餐後再回來，也許我會有點東西給妳吃。**

雀絲點頭道謝。她離開時，我正好從旁經過，一步一跳地坐上了佛特櫃檯前的凳子。補給士又拿出了一些「食物」給我吃。

「我的最愛！」我說。

這次別再打算吃盤子了，拜託。佛特寫。

我大快朵頤，因為食物的口味而哼著歌。

什麼？對啊，我嚐得到味道。我怎麼會沒辦法……

喔，喪失五感？對，我是說過魔女的詛咒讓我喪失了味覺。你以為……你以為我說的是那種味覺？喔，你這無辜的傻瓜。

她奪走的是我對另一種品味的感覺。重要的那種。

除此之外，還有我的幽默感、我的穩重感、我的使命感，以及我的自我意識感。最後一項讓人最痛苦，因爲我的自我意識看來與我的智慧息息相關。畢竟，那就寫在了我的名字裡。

結果就是，容我向你隆重介紹：跑腿小弟霍德。

總之，這就是你目前需要記住的所有人了。烏鴉船長。大副（兼砲長）拉戈特。補給士佛特。木匠安。舵手薩雷。剩下其他人都是道格，我想是吧……

喔，對。我差點忘記烏蘭（Ulaam）。

但因爲他已經死了，所以不太算數。

16

屍體

肚子裡滿是「食物」的雀絲再次回到頂層甲板，以補充後的活力繼續她的刷洗工作。她不知道上次有人好好清過甲板是多久以前的事，但甲板上已經黏了一整層發黑、黏稠的死孢子，要花很多力氣才能刷出底下的木板，所以她的進度並不快。

「哇。」哈克在她肩膀上說，比較著前方暗沉骯髒的木頭與她剛才清理過的鮮棕色木板，鑲在其中的銀還閃閃發光。「差別還眞大。」

「孢子汙垢幾乎會黏在任何東西上，」她用力刷洗。「我從來沒找到比肥皀和用力刷來得更有效的方法。不過我刷完後，這些木板會需要上點瀝青。」

就一個基本上對航海一竅不通的人來說，雀絲對水手的認識算是挺多的。她聽過眾多男女抱怨海上生活，而聽他們說話本身就是一種苦差事。許多放假待在酒館的水手都被指派去刷過甲板，所以雀絲知道在木板上塗瀝青可以封住木材、塡起裂縫，而且也能讓地板不那麼滑。你刷的方向永遠都要與木板垂直，不能與其平行，才不會讓木板中心凹陷。

她的腦中滿是類似的智慧：抱怨的智慧。那也教會了她船上的階級制度。除了幹部以外，絕大部分的水手都是平等的。她已經見過所有幹部了，只有兩個人除外：船醫，還有育芽人。她從來沒弄懂最後那個名詞，直到她在上一艘船見到了那個使用孢子的男人。

她在工作中度過中午，並忽略再次叫起來的肚子。經過早餐的摧殘後，她的肚子眞該學聰明點。幸好，她發現了哪裡可以取得飲水——就在底艙的木桶裡——每次她去裝滿水桶時都能舀一杯來喝。

此外的時間，她都在刷甲板。很不巧的，這項工作——與清洗窗戶類似——都是會讓人大量思考的工作。而她的腦海裡，我相信先前已經說過，通常滿是思緒。

這是人們常犯的嚴重錯誤之一：假設進行底層工作的人不喜歡思考。肢體勞動其實對心智很有益處，因爲那讓你有時間能評斷世界。其他工作，例如會計或書記，不太要求體力，但會吸乾腦子的能量。

如果你想要成爲說故事的人，以下是個提示：販賣你的勞力，而不是你的心智。要我每天花十小時刷甲板，喔，我能想出多少故事啊。要我每天花十小時加減乘除，結束後我心裡就只會想著溫暖的床與整晚放空。

雀絲的腦袋快速運轉，想著補給士對於砲彈的評論。是哪裡出了錯？她實在是太好奇了，所以當她選擇下一個刷洗的地點時，就來到了船前大砲附近。

沒過多久，一名道格呼叫她。「嘿，妳！」他說。「新來的女孩！對，就是妳。現在過來，我需要妳幫忙！」

有點擔心，但又不敢拒絕，雀絲只能將水桶與刷子收好，拍拍膝蓋，然後跟著道格走。他帶她來到底艙，在此處從一個桶子裡拿了一些砲彈。

「妳拿那個。」他指向牆邊的另一個小桶子。

雀絲遲疑地拿起來，發現比她預想中來得輕。「這是什麼？」她問。

「清風孢子，」男人說。「從寶藍海來的。」

她震驚到差點將桶子掉在地上。孢子？一整桶孢子？她搞懂爲什麼他叫她來幫忙了。果然，他熱切地選擇搬運重得多的砲彈，把運送孢子的任務交給她。

「爲什麼，」她說。「我們會有一小桶孢子？」

「發射大砲用的。」道格解釋。「只把砲彈放進去是沒用的，你需要會碎的東西，讓砲彈飛出去。」

孢子？他們是用孢子來發射大砲？她抬桶子上樓梯的動作因此變得更加小心。

「通常，」道格說。「這算是老威孚的工作，因爲牽涉到孢子之類的東西。」

「威孚？他是船上的育芽人嗎？」

「他以前是，」道格的表情變得陰沉。「好傢伙。有他作伴還不錯。他很不會吹牛，妳懂吧，所以我每次玩牌都贏他。」

「發生什麼事了？」

「他不想當海盜。」

「所以他在港口下船了？」

「喔，他是下船了沒錯，」道格說。「但不是在港口……」他瞥向烏鴉船長，她站在上甲板啜著酒壺，讓風吹拂著她帽子上的黑羽。

「船長殺了他？」雀絲耳語。

「當她提出這項新工作時，」道格說。「他是唯一敢反抗她的人。結果，現在威孚只能在海底工作了。育芽人都是些瘋子，總是花太多時間在孢子堆裡混，但他不該落得這種下場的。他只是問了我們都在想的問題。」

他陷入了沉默。至少她現在知道爲何她還沒遇到船上的育芽人了。你現在也知道我爲何沒有要你記住他的名字了。還有，他不是那具屍體。好吧，他確實是具屍體了。但不是船上的那具屍體。那是另一個人。試著跟上好嗎？

道格帶著雀絲來到砲長的崗位。拉戈特目前不在，而前方大砲則是與全套裝備一起固定在原地。道格開始把砲彈放入一個桶子內。

「好了。」他告訴雀絲。「我要再下去搬一些砲彈上來補充。看到那邊的大木桶了嗎？那跟妳手上的小桶子一樣，都鑲著一層能夠保護孢子不被銀殺死的玩意。我們需要活孢子才能朝別人發射大砲。

「不過砲長需要裝成小袋的孢子，他才能在戰鬥中快速填充砲管。大桶裡面有空袋子，妳要做的就是把孢子倒進袋子裡——一顆都不能灑出來——然後再把袋子綁緊。還有，妳要在大桶裡面倒孢子，因爲這樣鑲條才能保護孢子。」

道格站在甲板上不自在地搖晃，兩手插在口袋看著她。

「好吧。」雀絲說。

「沒有要抱怨？」他問。

她搖頭。她寧可不要做這項工作，因爲她怕極了孢子。但她也不能讓害怕造成船上其他人的不便。畢竟，她是船上資歷最淺的人。由她來做沒人想做的危險工作非常合理。

雀絲走到大桶邊打開蓋子。桶子底部還有幾個裝滿的小袋子，有更多空袋子掛在連向外面的小網子上。

「妳……眞的沒有要抱怨？」道格問。「他們逼我做的時候，我可是用力大抱怨了。」

「我大概沒你聰明吧，」雀絲說。「有什麼訣竅嗎？」

「裡面有漏斗、護目鏡，還有手套。除此之外……盡量不要太緊張。這種孢子不算最危險的，妳應該沒問題。」

「應該」這個詞的中間可以塞得下許多種危險。但雀絲能活下來，也是因爲船員們沒有聽令於船長將她拋下船。最好還是讓他們留下好印象。所以雀絲只是點點頭，接著開始工作。

17

木匠

雀絲被藍色的孢子深深吸引住了。這是她第一次近距離接觸來自另一顆月亮、另一片海的孢子。它很美麗，幾乎像是結晶。它可能會害死她這一點只是讓它更迷人。就好像專業的鐵匠以關愛、專注與汗水鑄造出了長劍，好讓你某天能以最美麗的方法做最醜陋的事情。

她小聲地叫哈克離開，避免將他捲入危險。接著她悄聲向月亮祈禱，想起了查理。取得船員的信任是她抵達最終目標，也就是救出他的最好方法。執行船員自己不想做的工作終將讓她得到機會。就連洗窗戶都曾讓她獲得許多機會。其中最重要的就是讓她能遇見查理。

考慮過一切——還有戴上面罩與護目鏡後——她將小桶放入大桶時只感到一點點害怕。大桶側邊有鉤子讓她能掛上小桶，小桶的底部則有一個龍頭——就像倒啤酒用的——讓她能以穩定的速度倒出孢子。但在她以漏斗把亮藍色的孢子裝入第一個小袋時，雙手還是抖個不停。

雀絲綁好袋子，小心地放在桶底的其他袋子旁邊。她開始進入某種節奏，塡滿袋子，注意不要灑出任何一顆孢子。這項工作很緊繃，比清潔甲板辛苦多了。但雀絲——身為雀絲——還是沒辦法不去想別的事。

她想著具體來說究竟要如何用這些孢子來發射砲彈。她想著不知道船的武器庫裡還有沒有別種孢子——而且育芽人已經死了的現在，又是誰在管理這些孢子。

還有，她想著爲何大桶子會有一層假底板。

她很輕鬆就認出來了。畢竟，她可是花了好幾周做研究，成爲了桶內機關以及如何躲在裡面的專家。在她準備逃離巨石用的其中一個裝置裡，他們裝上了祕密的門閂，位置就在……那裡。

她在木桶箍附近找到了。那是一小片能夠搖動的金屬。當她移動金屬，木桶底板便出現一個洞口——比拳頭要大上一些。幾袋孢子掉了進去，害她嚇得停止呼吸。當她伸手取出孢子時，手指碰到了其他東西。

是一顆砲彈。藏在木桶假底板下方的凹洞內。底下的空間足以放下三、四顆。

她快速地取出小袋並重設機關。當她繼續工作時，手抖得更厲害了。她的思緒轉得飛快，很快就得換新輪胎了。

她懂了。她知道發生什麼事了。

砲長負責裝塡、瞄準以及發射大砲。他有一整排的砲彈，但有誰會在一旁觀看，發現他的砲彈是從夾層中取出的？八成不會有人。

她敢打賭那些被藏起來的砲彈絕對過不了佛特的檢查——它們肯定不是被設置成用藤蔓困住目標。砲長拉戈特是刻意要擊沉另一艘船的。

但是爲什麼？基於許多理由，這個狀況很不合理。不是因爲沒貨可搶。爲什麼要隱瞞擊沉敵船的意圖？爲什麼要繞這一大圈？

要合理解釋，唯有……

「所以是清風孢子作業啊。」雀絲背後傳來一個聲音。「現在威孚死了，我還在想道格們會逼誰來做呢。」

雀絲轉身，看見那名早先與佛特談話的短髮尖鼻瘦高女子。是安，船上的木匠。

每艘船都需要一名好木匠。喔，育芽人是可以用孢子快速填起船殼，但就算是完全硬化的玫瑰岩，也會被銀腐蝕。一個人不用在海上待多久，就會開始思考起自己與死亡之間的區隔居然如此輕薄。只有薄薄一層木板而已。如果你想要與自己的生死面對面，可以在晚上來到甲板，看向上方無盡的黑暗——此時你會發覺，你身下的黑暗其實更沉重、更廣闊，也更恐怖。此時你就會理解船上的好木匠值得你付出兩倍薪水。事實上，這還算太便宜了。

「我不討厭這項工作。」雀絲填起下一袋。「如果他們又叫我來，我會再來做。」

安走到了大砲旁邊，用手指輕撫大砲，讓雀絲心裡有點不安。她先前在跟佛特討論砲彈的事情。她是哪一邊的人？總共究竟有幾邊？雀絲把自己捲進什麼狀況了？

很可惜，她連全貌的一半都還不清楚。

「別說這種話，雀絲。」安說。「水手是不會主動接下任務的。這樣根本違反傳統。」

「妳知道我的名字？」雀絲說。

「消息在船上傳得很快。」安回答。「我是安。船上的木匠，也是砲長助手。」

拉戈特的助手？雀絲緊張地舔舔嘴唇——又趕快停下。在處理孢子的時候舔嘴唇肯定不是好主意。她再裝好下一袋。

安有見到她發現了密室嗎？

「妳有什麼想法？」安坐在附近的箱子上，一手撫著手槍，好像能從它得到慰藉。「妳現在是海盜了，雀絲。在人生道路上遇上了意料之外的急轉彎。」

「總比急轉直下進海底來得好。」雀絲說。

「哎，」安說。「是這樣沒錯。」

雀絲想要問更多問題，但感覺太過頭了。這些人饒了她一命，她哪有立場質問他們？所以她改說：「你們似乎很適應海盜生活。」

「很適應？這是什麼講法？」安向前傾身。「妳想要知道理由，對不對？我們變成海盜的理由？」

「我……是的，安小姐。我想知道。」

「爲什麼不直接問？」

「我不想顯得不禮貌。」

「不禮貌？妳怕對海盜不禮貌？」

雀絲臉紅了。

「我不介意談起這個話題。」安望向海面。在她們前方，船艏在孢子間切出一條道路。「船長說得很好聽。我們要嘛是落得去幫國王打仗的下場，要嘛是爲了自己出擊，甩掉那些關於令狀跟關稅的法條。再加上，船長說我們是在執行一項既重要又高尚的職務。」

「……重要？」雀絲問。

「經濟流通不可或缺的一環。」

「……嗯，我懂了。」

「眞的嗎？」

「其實並沒有。」雀絲承認。

「那幹嘛不直說咧，女孩？」安搖搖頭。「總之，我們的工作很重要。妳也知道有錢人是什麼樣子——他們會雇用其他人去海上航行，替他們買賣賺錢，最後賺的錢會到哪裡去？被鎖起來啦。被鎖起來的錢有什麼用？如果錢都被鎖在金庫裡，放在奶奶的結婚戒指旁邊，不就沒人能享受了？

「所以我們會拿走一些，重新注入市場，刺激經濟循環，幫助在地商家和那些只想掙口飯吃的平民。我們在進行很重要的服務。」

「用……偷搶的方式來達成。」

「就是這樣，」安往後坐，摸著手槍的手換了個地方。「至少原本的計畫是這樣。我們不該成爲逐死徒的。我想我們都知道有風險，但沒人會想到第一次搶劫就失敗。」

雀絲歪著頭，好不容易忍住替臉與護目鏡接觸的區域抓癢的衝動。即便甲板上有銀，孢子在她手指上的存活時間還是久到足以造成傷害。

「我……有點困惑，」雀絲說。「什麼是逐死徒？」

「妳不知道？」安說。「妳到底是哪種水手啊？」

「……不知道逐死徒是什麼的那一種？」她因爲不發問而被責備，問了問題又被嘲弄，因而感到十分不滿。

「海盜分兩種，雀絲，」安解釋。「一種是普通海盜、一種是逐死徒。普通海盜會搶劫船，但除非先被攻擊，否則不會殺人。只要你的航海技術夠好，能抓住正在追逐的船，他們就會投降、奉上贖金，然後他們可以活著離開，而你則發了大財。

「這才是原本的遊戲規則。這成了一種比賽，懂吧？基本上是賽船，只是加了點勒索以保持刺激感。國王的警衛隊有份紀錄，只要你准許肥羊離開，只要你不殺死船員……嗯，如果你被抓了，他們只會把你關起來，但不會吊死你。」

「聽起來非常文明。」雀絲說。

安聳聳肩。「文明會存在，是因爲大家都想要自己的內臟留在身體裡。你不會跟人初次見面就揍他，是因爲你也不想一遇到人就被揍。國王很懂這一點。只要他給海盜一個不要做過頭的理由，他們就會比較安分。」

「此外，誰不想要以追逐來取代戰鬥呢？商船上的可憐蟲們可不想因爲船主的財富而喪命；船主不想要船被偷或被擊沉。如果你每幹一票都要血洗甲板，那你這海盜也做不久。除非，你懂的，當你不小心殺了一個人。」

「或是一整船人。」雀絲說。

安點頭。「那你就成了逐死徒。你被抓就是殺無赦，甚至其他海盜也會恨你。沒有人願意接收逐死徒船員。你只能自力自強，像窮人湯裡唯一的一顆豆子一樣孤獨。」

月亮啊，這說得通。雀絲修正她對安的意見。那絕望的表情，那股後悔感——代表不論擊沉走私船的陰謀爲何，安絕不是其中一份子。

但拉戈特肯定是其中一份子。船長很可能也是。他們想要成爲逐死徒，所以才會有藏起來的砲彈，以及兀特之夢的沉沒。船長留下一人活口的原因，不正是想要他把消息傳出去嗎？

雀絲實在太深陷於思考之中，以致忘了自己在何處。她無心地搔了搔護目鏡下的皮膚，然後在半途中愣住。月影啊。

好吧，至少——

雀絲的臉在此時爆炸了。

18 另一具屍體

雀絲發覺自己躺在甲板上，護目鏡從臉上被吹飛。那是什麼聲音？痛苦的尖叫聲嗎？

不。是笑聲。

安正在放聲大笑。雀絲立刻用手摸臉頰。有些疼痛，但至少還連在她的頭上。有一、兩顆清風孢子跑進了她的護目鏡邊緣，然後接觸到了一滴汗珠。幸好，那麼一點孢子產生的力量並不足以害死她。

「這不好笑。」雀絲說著坐起身。

（她沒說錯，那是好笑極了。）

「來吧，孢子女孩。」安拉住雀絲的手臂幫她起身。「我們去讓船醫檢查一下妳。」她把那個要雀絲工作的道格叫來，要他把東西收拾一下，接著幫助暈頭轉向的雀絲下到中層甲板。

「妳眞的會使用那種東西？」雀絲問安。「在妳擔任砲長助手的時候？」

「嗯，如果他們讓我碰的話。」安說。

「爲什麼大砲不會爆炸？」

「會啊。那就是爲什麼砲彈會飛出去。」

雀絲決定晚點再思考這件事，因爲她到現在還沒搞懂。我必須補充一下，清洗窗戶這項職業的訓練內容，通常不包含完整的彈道學課程。

越過廁所，在船艄附近有扇門，先前雀絲下來探索時是閉著的。現在安推開門，領著雀絲進房。她見到一名男人，穿著俐落的套裝，是她從沒見過的剪裁樣式。那比公爵與查理所穿的制服來得簡潔，但更加優雅。顏色純黑，燙得筆直，前方沒有鈕釦。

他的髮色漆黑，五官銳利到不像是眞的，就好像他是圖畫或素描一般。他的膚色死灰，雙眼血紅。如果地獄有代表律師，肯定會是這名男人。

雀絲理當要害怕他，但她卻驚嘆不已。這樣的怪物怎麼會在海盜船上？他肯定是某種來自於時空與現實之外的鬼神。

某種程度上，雀絲是正確的。

而且，不，他還沒有把我的套裝還給我。

「唉唷！」烏蘭醫生以幹練卻興奮的語氣說。「妳帶了什麼來給我，安？新鮮的肉嗎？」

「她剛才在裝塡清風孢子，」安領著雀絲來到小房間邊上的座位。「然後有些跑到她的護目鏡裡了。」

「可憐的孩子，」烏蘭說。「新上船的嗎，嗯嗯嗯？妳的眼睛眞不錯。」

「如果他開口跟妳買，」安耳語。「記得討價還價。通常能夠拿到他初始開價的兩倍。」

「我的眼睛？」雀絲的聲音收緊。「他想要拿走我的眼睛？」

「自然是等妳死後囉。」烏蘭說。這間房間內充滿了櫃子與抽屜，他打開其中一個，拿出一小罐藥膏，接著回身面對她。「除非妳想要現在就做？我有些很棒的替代品可以換給妳。不要？那這一顆如何？」

「你……你究竟是什麼？」雀絲問。

「他是我們的殭屍。」安說。

「這說法太粗野了，」烏蘭回覆。「也不太準確，如同我告訴過妳的。」

「你沒有心跳，」安說。「而且你的皮膚像溼魚一樣冰。」

「這兩樣適應都能減少我的熱量攝取需求，」烏蘭說。「我的方式很有效率。我認爲所有人都不需要心臟，只要我能先解決人沒心臟就會死的問題。」他把藥膏遞給雀絲。「塗在皮膚上，孩子，這會減緩疼痛。」

雀絲收下，戰戰兢兢地用手指挖了一點。

「她很快就接受了，」烏蘭說。「她是很勇敢，還是很愚蠢？」

「我們還沒弄清楚。」安說。

「我……基於安所露出的笑容，」雀絲說。「認爲這肯定是某種惡作劇，所以還不如繼續配合下去。反正如果你們之中有人想要我死，我就跟被丟下海一樣死定了。」

「噢，」烏蘭說。「我喜歡她。我會好好盯著妳的，女孩。來，拿著這個。」

他把某樣東西放到她手上。

是一顆人的眼球。

她尖叫丟下，不過烏蘭很快地接住了眼球。「小心點！這顆是我的最愛之一。看看那股深藍色，如果妳用它交換妳的左眼——妳就會是藍綠異色瞳，看起來肯定會很美妙，非常醒目。」

「我……不了，謝謝？」

「啊，好吧，」烏蘭把眼睛收起來。「也許下一次吧。記得用藥膏，那不是惡作劇。我大概是這艘船上最不危險的人。」

「你是眞的會吃人耶，烏蘭。」安說。

「只有死人！唉唷！實在太危險了！就像土裡的蟲子或分解有機物的細菌一樣，它們才是我的同事。」

雀絲遲疑地用藥膏輕輕觸碰臉頰。疼痛立刻就消失了。她開始大範圍塗抹臉頰，對效果大感驚訝。烏蘭拿起一面手鏡，讓她發現皮膚不但沒有紅腫，甚至連一點傷痕也沒有。

「我們留下他是有原因的，」安說。「即使他跟雙頭蛇一樣怪。」

「身爲這偏遠地區唯一的現代醫學來源，」他說。「我認爲妳生動的譬喻並不準確；不完全軸向分枝在爬蟲類身上出現的機率比其他動物高得多了。所以如果妳想要說我很奇怪，至少選個雙頭鳥或哺乳類，效果才會好。」

兩名女性都盯著他，嘗試消化他所說的話。

「我吃過幾條雙頭蛇，」烏蘭說。「也模仿過牠們的型態，所以比起和牠一樣怪，我眞的和牠一模一樣過。很可惜，我沒有辦法把意識一分爲二，以兩倍的速度思考，那肯定會很有趣吧？」他從雀絲手上拿回藥膏。「總之，未來盡量不要再把自己炸飛了好嗎，嗯嗯嗯？那會讓屍體變形，而且會產生一種金屬味。」

如果你想知道，我能斬釘截鐵地說烏蘭在我充滿悔恨的病痛期間非常地享受。他沒有想辦法破除我的詛咒，而是把我特別羞恥的舉動記錄下來，然後寄給好幾名我們的共通友人。

確實，詛咒的法則阻止我分享任何如何破解的直接指示，但我對他的期望眞的比較高一點。到目前爲止，在他前來找到我並發現我的……症狀後，他就只是在船上住了下來。他一直都想當個探險家。「爲了冒險犯難的精神，嗯嗯嗯？」他說過。

船員們一開始不知道該對他做何感想。烏鴉船長對他開了幾槍，而他回憶說那項經驗「令人興奮」。他所屬的物種幾乎沒辦法被殺死，除了得吃屍體之外，留著他們其實是很有用處的——船員們也很快就發現了這點。

從此之後，他們就只是單純地容忍他，像是某種偶爾會拯救你免受致命傷的疹子。他不求回報，除了偶爾需要反正也沒啥用的屍體之外。沒錯，那很令人反感，但你會發現當某人能對你施以奇蹟時，接受他的怪癖就容易得多了。

雀絲——在與船醫首次互動後，可以理解到了有點麻木——被帶回了她的水桶與刷子旁。安離開去做其他的工作，所以雀絲輕戳著自己已痊癒的臉頰，決定回去繼續刷洗。

她還沒完成多少進度，哈克就匆忙地跑了回來。「發生事情了。」

「什麼？」雀絲問。「有襲擊嗎？」

「不，不。妳看嘛，因爲妳要我離開，所以我就想去偷點食物。我已經吃過了，但食物總是不嫌多，對吧？我去了底艙，就在——我之後會指給妳看——一個只有咬穿袋子才有東西吃的地方。人們總是痛恨我們咬穿袋子，如果他們眞的那麼討厭袋子被咬穿，爲什麼不把袋口開著讓我們進去就好？這樣就沒有袋子會受害，妳懂吧？然後——」

「你想跟我說什麼，哈克？」雀絲問。「發生什麼事了？」

「對，我快講到了。拉戈特來到底下的庫房裡。然後雀絲，他拿了幾顆砲彈。我看見他把炮彈藏進了袋子裡。」

有趣。是時候測試她的理論了。

她來到前方砲站附近刷著地板。不會太近，但近到能夠觀察。她再度成爲接待，接著等待拉戈特現身。

她沒等太久。

19

砲長

拉戈特匆匆來到大砲旁，將長脖子彎向大桶內，檢查著一袋袋的孢子。最終他宣布工作做得很好，稱讚道格們。

他們在這一刻發現了委外處理的美妙之處：能夠獲得所有讚賞、不必做任何工作，若是出了差錯還有代罪羔羊。雀絲並不介意，她寧願拉戈特別注意到她。

道格們離開去做其他工作，拉戈特則是大張旗鼓地表示他要親自清理砲彈——這項工作他從不假手於人。

雀絲刷洗著附近的甲板，隱形於眾人的目光之下。每次拉戈特轉向她所在的方向，她總是很不顯眼地低著頭工作。但其實她在仔細觀察，發現他偷偷地從自己的袋子裡取出了拳頭大小的砲彈，然後藏進了大桶底部的假底板下。

她是對的。他把動過手腳的砲彈藏在了密室裡，調整爲能夠擊沉船隻的砲彈。但是爲什麼？成爲逐死徒對他們來說危險得多，而且也搶不到贓物。當一名海盜的定義不就是搶劫嗎？

除了，你懂的，船之類的東西以外？

他想要船員們成爲逐死徒。不顧他們意願如何、是否知情。拉戈特完成工作，大喊斥責附近幾名道格太懶散，再把他的袋子背上肩。他闊步走向船長的艙房，烏鴉讓他進門——然後在關上門前，命令一個水手在門前看守。那個壯碩的道格看起來不太像警衛，但他徘徊的舉動讓雀絲想起晚間酒館內可能有人鬧事時，布瑞克的表弟在旁看守的樣子。

「我得知道他們在說什麼。」雀絲說。

「是啊，那會很棒，對吧？」哈克在她肩膀上說。「我敢說那肯定很祕密。」

「我需要有人溜進去。」雀絲說。

「也許我們可以問問某個道格？」哈克說。

「這個人，」雀絲說。「要很嬌小、又很敏捷，而且偷聽時不會被注意到。」

「該死，」哈克說。「不知道道格有沒有辦法那麼隱密。妳有聽見他們在甲板上的踏步聲嗎？我昨晚想要睡覺，但我敢發誓他們的鞋子裡一定有鉛塊。他……」他停止說話，注意到她正盯著他。「喔喔喔喔喔。老鼠。沒錯，沒錯，知道了。」

他從她肩上跳下，迅速跑到舷緣，沿著陰影跑向船長的艙房。看守的道格沒發現哈克跳上了船外側的突起，從船長的窗戶進入了房內。

也許你在想爲何哈克這麼快就決定幫助雀絲。嗯，對此我可以告訴你不少事——但簡單來說，在哈克身爲老鼠的短短生命中，他所遇見的所有人類都想要殺害他、捕捉他，或是販賣他。所有人類，除了雀絲以外。他對人的認識並不深，因爲他這一生大多都生活在封閉的環境——但他喜歡雀絲。他並不希望她死去。所以，他就決定去偷聽了。

雀絲開始用力刷洗以減輕焦慮感，每分鐘都如數小時般沉重度過，她擔憂因爲自己好奇而送入危險之中的哈克。這不是她一般會做的事。海盜生活已經開始影響她了。

但查理依舊在某處，既受傷又害怕。她必須找到方法逃脫，繼續進行她的任務。所以也許學會麻煩別人一點點也不錯。

「嘿，」哈克疾跑至她身邊的欄杆上。「妳有東西可以吃嗎？偷聽眞是種飢餓的差事。」

雀絲瞪著他，自己的肚子也發出叫聲。

「只是問問而已。」哈克說。「月亮啊，女孩，沒必要這樣盯著我吧。好像我把麵包中間吃空，只留給妳外殼一樣。」

「你有聽見什麼嗎？」她問。

哈克用一種他似乎以爲她會懂的方式抽抽鼻子，接著從欄杆上跳下，跑向甲板比較隱密的地點。她跟上，背對著道格。如果有任何人看過來，都會以爲她只是在做她的工作，努力刷洗甲板。

「好了，」老鼠在她面前的甲板上說。「我會告訴妳他們說了什麼。讓我進入角色一下。」

「……角色？」雀絲說。

哈克用後腳站立，兩隻小爪子握在身前，鼻子高抬在半空中。「我是烏鴉船長。」他意外地把她貴族式的語氣學得很像。「這邊跳、那邊跳，我說什麼就做什麼。哎唷，這酒壺裡的水還眞好喝。拉戈特，有什麼大砲的消息？一切就緒了嗎？」

雀絲等待下文，頭歪向一邊。

「妳當拉戈特。」哈克斷聲說。

「我又不在場！我不知道他說了什麼。」

「妳可以的。」哈克用爪子對她揮了揮。「來吧。演拉戈特。」

「呃……大砲……準備好了？」

「聲音要再粗一點，」哈克悄聲說。「還有像這樣伸長脖子，可以幫助妳進入角色。」

「但是——」

「很好，拉戈特，」哈克用他的船長聲音說。「但我在國王港的聯絡人以渡鴉傳來了不幸的消息。我們所擊沉的那艘船的殘骸被發現了，沒有生還者，只有一具屍體。我們留下活口的那個人顯然拒絕了我的寬宏大量，決定要侮辱我，藉著我們沒發現的傷口死了。」

「她這樣說？」雀絲耳語。「她眞的說了那些話？」

「這是戲劇化演繹，」哈克斷聲說。「怎麼，妳以爲我有寫下來嗎？用這個寫？」他對她揮揮爪子。「這是我盡可能記住的內容了。現在換妳當拉戈特。」

「嗯……眞不幸？」雀絲說。

「雀絲，他才不是這樣說。他是說『全都白做工了？那我們還得再擊沉一艘船！』」他揮揮爪子要她繼續。

雀絲嘆氣。「全都白做工了。那我們還得再擊沉一艘船。」

「月影啊，妳念臺詞還可以更沒感情嗎？」哈克說。「我覺得妳沒有認眞看待妳的角色耶。」

「我沒——」

「這是個問題，拉戈特，」哈克以他的船長聲音說，四腳著地來回踱步，依舊高抬著鼻子。「船員很不滿。我擔心有些人會逃走。」

「但為什麼？」雀絲說。

「我們快講到了，」哈克說。「這樣吧，拉戈特的戲分我也一起負責吧？妳休息一下。下次記得把臺詞記熟，好嗎？」

「但是——」

哈克伸長脖子，以猥瑣、沙啞的聲音說話。「確實有需要，船長，」他說。「佛特在醞釀麻煩，也許薩雷也是。如果我們想達成妳的目標，就必須用鮮血把他們束縛在這艘船上。」

哈克移動位置，再次當起船長。他以後腿站起，前爪靠著舷緣，模仿船長望向窗外的姿勢。「除非船員們別無選擇，否則不會願意跟我們前往危險海洋的。除非他們陷入絕望。我們要沉了另一艘船，拉戈特，這次留下兩名活口。」

哈克轉向她，恢復成比較像老鼠的姿態。「就是這樣。」

「危險海洋。」雀絲低聲說。翠綠海算是比較安全的海洋，但顯然烏鴉船長想要離開這片孢子，前往船員們在別無選擇的狀態下才肯去的地方。

「所以，妳覺得呢？」哈克問。「她打算對船員下特別的詛咒，是吧？用鮮血把他們束縛在船上？」

「不是詛咒。」雀絲低聲說，繼續刷著地板才不會顯得很可疑。

「但拉戈特說——」

「那是種譬喻，哈克。」雀絲說。「你不懂嗎？船長不確定她的船員是否忠誠。她想要航向更危險的海洋，但她擔心如果強迫船員，他們就會因此背棄她，所以……」

「所以她說服他們成爲海盜，接著『意外』擊沉幾艘船。」哈克說。「讓大家成爲逐死徒，被執法者追擊，被其他海盜孤立，他們就別無選擇，只能聽從她的命令。」哈克抽動鼻子，這好像是他的版本的點頭同意。「我了解了。是啊，妳大概是對的。不過妳……看起來有點憂鬱。」

「不是憂鬱，」雀絲說。「只是分心了。」

「爲什麼？」

「因爲，」她說。「我剛剛找到方法讓我們逃離這艘船。」

20

舵手

烏鴉船長很快就走出艙房，留下拉戈特自行走向船頭，她則是登上上甲板。雀絲到船底去裝滿水桶，讓哈克去找東西吃。回到頂層甲板讓她有藉口重新變換位置，所以她來到上甲板靠近船長的位置，船長就站在薩雷身旁——就是剛才拿耳環與佛特交易的舵手。

雀絲不想要顯得可疑，所以一開始沒有執行她的計畫。她繼續刷洗，感受著船在孢子上移動，聆聽著道格們呼叫彼此，以及木板的嘎吱聲。船在海上所發出的聲音有某種自由感。有種前往某處的移動感。在海上——就算是孢子海，只要翻騰還持續著——很難靜止不動。你要嘛掌握風浪爲己所用，不然就是被它們掌握。通常是巧妙地在這兩者之間拉扯。

雀絲起身伸展，目光橫越鮮豔的綠色海洋。月亮在空中錯誤的位置，讓她感覺有些怪異——那一直幾乎在正頭頂，但他們已航行得夠遠，所以月亮位置低了幾度。

她忍不住讚嘆起海洋的美麗。孢子在陽光下顯得豔麗無比，翻騰時閃閃發光。無盡的豐沛死亡，等待著因生命而爆發。就像先前的清風孢子，她被這種美迷住了。我們的心智想要讓危險的事物顯得醜惡，但雀絲感覺翻滾的波浪彷彿在邀請她。在這當下，她想像著孢子拂過她的肌膚，她不害怕，而是感到好奇。

危險不會讓事物不美麗——事實上，那會放大效應。就像燭光在最黑暗的夜晚中才顯得最明亮。致死性的美是最對比鮮明的，而你絕不會找到比海洋更加令人著迷的凶手了。

「往北，」船長手握著羅盤說。「往北，薩雷。朝向七重海峽前進。」

「前往運輸航線？」薩雷問。

「最容易找到我們的下個目標。」船長說著，把羅盤收好。

雀絲感知到了她的機會。她蹲下，用力刷地，接著低語：「你們又要大開殺戒了，對不對？」

她聽見船長在她身後移動，繼續低著頭。過了一下，她又低語：「你們殺的都是好人。可憐的卡普蘭，還有瑪波，還有瑪洛莉，全都餵孢子了。」

烏鴉船長走了過來，木板嘎吱作響。這是個危險的計畫，但……雀絲周遭都是在孢子海上航行的海盜。她成長時並不熟悉危險，但很快就跟它混熟了。

「妳在喃喃自語什麼，女孩？」烏鴉問。「或許是對船員們向妳展現的仁慈不知感恩？」

雀絲愣住，表現出害怕的樣子，接著丟下刷子抬頭看。「船長！我不知道妳……我是說……」

「妳是否不知感恩？」烏鴉問。

「我很感激你們饒了我一命。」雀絲低聲說，兩眼望著地板。

「但是？」

「但是我的家人都在船上，船長。我愛他們。」

「妳是皇家查驗官，怎麼會跟家人一起旅行？」

「這個？」雀絲嗤笑。「這是一名查驗官忘在一間我們去過的酒館裡的，我穿它是因爲我的家人總是因此被我逗笑。現在……現在他們全都死了……」

她讓話語盈繞。接著她往上望，看見船長露出思考中的表情。理解的表情。

不，妳沒有殺光兀特之夢上的所有人。雀絲心想。妳還留了一名活口。如果她逃脫了，然後告訴所有人是烏鴉之歌殺光了她的家人……

船長轉向薩雷，轉開她的酒壺。根據雀絲從船員那裡聽到的，壺裡面裝的只是普通的水，這解釋了爲何這女人沒有隨時都醉醺醺的。

「我改變心意了，舵手。」烏鴉說，然後喝了一口。「往東前進，前往閃耀灣。我們要去補充清水。」

「妳說了算，船長。」薩雷說。「不過我以爲我們的存量還夠。」

「水永遠都不嫌多。」船長說。「我的水壺可不能乾，是吧？況且，船上有老鼠。我們得弄隻船貓。」

轉眼之間，薩雷就對操作索具的船員下令，旋轉船的舵輪，他們隨即轉向自由。雀絲感到一陣興奮。

多數人都同意人類不會心電感應。我們沒辦法把想法或情緒直接傳送給其他人。不過，你在聽我的故事時，還是可以想像我所形容的事物——而且跟我所想像的一致。如果這不是一種心電感應，又該算是什麼？

除此之外，我們之中還有一些人，對他人的情緒有著不可思議的判讀能力。不是靠魔法，或是祕法聯繫，或是各種嘰哩呱拉。不，他們只是善於研讀人的本性。他們能從非常細微的身體語言接受到對方的情緒——例如他們的眼神如何游移，或是肌肉如何抽動。

他們有些是致力於修復心靈的醫師；有些則成爲教徒，尋找幫助人類靈魂的方式。然後還有像烏鴉船長這種人，利用閱讀他人來……獲得不同種類的優勢。

在甲板上的這個瞬間，烏鴉的腦裡有一部分認知到雀絲正覺得興奮。雀絲對船轉向閃耀灣感到欣喜。烏鴉沒有察覺自己認知到什麼，或是如何認知的，但——就像有人感覺得到消化不良的前兆——她知道自己不開心，而雀絲就是原因。如果你想打壞烏鴉船長的一天，只要指出她讓某人感到開心就行了。如果你想壞了她的一整周，就和她說她是在無意間做到的。

烏鴉沒有重新考慮航向港口的決定，她不是那種會懷疑自己決定的人。反之，烏鴉只是向後抬腳，接著靴子紮紮實實地踢中雀絲的腹部。

突如其來的攻擊讓雀絲大叫一聲，她在肥皀水灘中蜷縮成一團，眼淚從眼眶中流出。烏鴉緩步離開，輕鬆地吹著口哨，轉開水壺的蓋子。如果還需要補充，她就是爲何渾蛋這個字要有這麼多五花八門同義字的原因。你可以把現有的種類全都用盡，再多發明幾個新字，都還不足以形容她。她眞的是粗話詩篇的最佳靈感來源。

薩雷就是另一回事了。大家都認爲這位矮個女子很嚴厲，但她也曾承受過幾次無故的踢擊。幾乎不加思索的，她就將舵輪鎖在原位——除了緊急狀況，她都不該這麼做——然後走過來關心雀絲。

「嘿，」薩雷柔聲說，把雀絲翻向側邊。「讓我摸一下。如果妳的肋骨裂了，我們得帶妳去給船醫看看。」

「不要！」雀絲說。「他想要把我大卸八塊！」

「胡說。烏蘭連一隻鴿子都不會傷害。」

「……他不會？」

「不會。牠們沒有手能讓他做防腐處理。」她對雀絲擠擠眼，而雀絲——過了一下——也在疼痛中露出笑容。

薩雷輕戳雀絲的下側肋骨，聽著雀絲說哪邊會痛、哪邊不會。這讓兩人確信剛剛那一下除了雀絲的心情以外，沒有踢碎其他東西。所以薩雷回到了崗位上，將舵輪解鎖。

她持續觀察著雀絲憂鬱地在甲板上縮成一團，最終發聲。「妳以前操作過船舵輪嗎？」

雀絲遲疑地站起身，充滿疑問地看向她。薩雷往後退，朝舵輪伸手示意。

現在，我知道在你的星球上，駕駛船隻不是什麼大事。在很多地方，他們會把舵輪交給任何手指健全，而且其中一手沒有一直在擦鼻子的小孩手上。但在孢子海上，他們的規則不同。駕駛船隻是種特權，而舵手是一名責任重大的幹部。

所以即便雀絲是時常搭船的人——如她所假裝的那樣——也很可能從來沒有碰過舵輪。她充滿崇敬地靠近，再次與薩雷確認後，才把雙手放在舵手指示她放的位置。

「很好，」薩雷說。「現在，握緊一點，有感覺到震動嗎？那是翻騰在搖動舵。妳要小心別讓整艘船都跟著搖。緊緊抓住舵輪，任何動作都要慢慢來，順順地做。」

「如果翻騰停下了呢？」雀絲問。

「轉動舵輪上舵回正，才不會被孢子扯斷。但同樣的，妳必須要很小心。舵手如果突然有大動作，有可能害索具上的水手飛出去。」

雀絲點頭，想著把這麼重大的任務交給她，也許不是非常明智。然而，薩雷與烏鴉船長有點相似——她與船長是那種只有在兩人非常相似時，才會構成的完全相反。

薩雷一樣對人的感受有種直覺，而她注意到雀絲對刷甲板的專注。一名對單純的工作如此專注的女人……嗯，在薩雷的經驗中，這種態度是可以放大的。就像如果有個人充滿敬重地對待自己的舊笛子，你會更願意把自己的全新笛子借給他。

雀絲牢牢握住舵輪，感受著孢子的渾沌波動，沿著操舵索穿透木板，進入她的雙臂。她站在此處，感覺與海洋有了更深層的聯繫，而且——就算沒辦法駕馭它——也獲得了騎乘它的能力。成爲操舵者給予她一種力量。這是她從不知曉的自由，她也從不知曉自己如此需要它。生命的一大悲劇就是知曉世上多少人有能力翱翔、繪畫、歌唱或操舵——但他們從未獲得發現的機會。

每當有人發現喜悅的時刻，美麗就進入了世界。我們人類無法創造能量；我們只能駕馭它。我們不能創造物質；我們只能塑造它。我們甚至不能創造生命；我們只能培育它。但我們能夠創造光明。這是其中一種方式。發現目標的沸騰感。

然後雀絲看見船長走過甲板，她腹部感到的疼痛——有些不是踢擊直接造成的——回歸了。「如果船長看見我站在這裡，她不會生氣嗎？」

「她可能會，」薩雷說。「但她無能爲力。由舵手決定誰來操縱船的悠久傳統就跟海洋本身一樣老，連烏鴉也不敢唱反調。如果我想要，我甚至可以不讓她碰舵輪。」

就像要表明她的立場似的，薩雷向雀絲展示了船上的羅盤與星圖，兩者都放在舵輪旁的櫃子內。她要雀絲修正幾度船的航向，讓他們從東側繞過前方海面上突出的巨石群。

「舵手的工作就是，」薩雷的表情疏離。「保護這艘船。維持穩定，遠離危險。遠離風暴、遠離孢子爆發。不論如何，確保所有人安全……」

雀絲沿著薩雷的注視看去。她正盯著烏鴉船長看。

「她正在逼迫船員，」雀絲小心地選擇用字。「超越他們所願意的程度。」

「這是我們一起決定的，」薩雷說。「我們要承擔自己行爲的後果。」

「她比你們任何一人都不顧後果，」雀絲說。「她……」雀絲差點就要脫口說出自己發現了船長與拉戈特的意圖，但最後決定閉口不言。做出這種指控似乎不太謹慎。她對薩雷或其他船員幾乎一無所知。

「烏鴉非常嚴厲，」薩雷說。「這是眞的。不過這可能正是船員所需要的。尤其是現在我們是逐死徒了。」

薩雷嘴上是這麼說的。但她瞪向船長的目光就沒這麼尊重了。

「我不明白你們爲什麼要這麼做，」雀絲柔聲說。「成爲……你們現在的樣子。」

「這問題很合理，」薩雷回覆。「我想我們都有各自的理由。對我來說，不是成爲現在的樣子，就是放棄航海。也許我應該那麼做的。只是……站在船前，握住舵輪就是有種感覺。特別的感覺。月亮啊，這樣聽起來我像是個瘋子。我——」

「不，」雀絲說。「我理解的。」

薩雷打量她，接著點頭。「不論如何，海上有個我要找的人。總有一天我會抵達某座港口，發現我父親就在那裡。我可以付清他的債務、帶他回家。肯定就在下一個港口……」她舉起羅盤，望向地平線。

雀絲突然感到一陣羞愧，不過她不確定原因。沒錯，她了解薩雷嗓音中的情感——對陷入麻煩的人的想念。因爲沒人肯做，因而決定要做些什麼的決心。但沒有理由要感到羞愧——

舵輪在她手中抖動，整艘船開始搖晃。雀絲用力握緊，接著——擔心她會把水手從索具上甩下來——緩緩讓舵輪向右轉，將舵回正。烏鴉之歌停止震動，接著——在雀絲與舵輪的奮鬥之下——緩緩停住。翻騰停止了。

留著汗、喘著氣的雀絲看向薩雷，總是堅若磐石的舵手只是點點頭。「有可能會更糟的。」她注意到突如其來的靜止讓雀絲驚慌不已，因此又補充：「或許去休息一下吧。」

21

海盜

他們等待著靜止期結束，此時拉戈特呼叫下午當班者去吃晚餐。雀絲不想再更進一步吸引船長的注意，因此在大夥放鬆時回去工作，繼續刷洗地板。

一如往常，她利用這段時間思考著。

我會說天生擅於思考是種兩面刃，但我總覺得這個譬喻不太有意義。絕大多數的劍都有兩面刃，而我也不難發現它們並沒有比單面刃更容易傷到使用者。意外會不會發生不是取決於武器的銳利度，反而是使用者的敏銳度。

雀絲的思考確實如劍般銳利，但在這一刻反倒是種不幸。因爲雖然她找到了通往自由的道路，還是忍不住聽進了安靠在桅杆旁對拉戈特說的話。

「那個幫你的大砲裝孢子的人？」安的大拇指越過肩膀指向雀絲。「不是道格，而是她。我想你該知道這點。」

拜託別爲我發聲。雀絲心想，感到另一陣罪惡感。拜託不要提醒我，你們人有多好。

夜晚降臨，翻騰再度開始，讓船能再次啓航、駛向港口。

雀絲想要刷去自己的洩氣，但罪惡感不像孢子汙垢那麼容易清掉，而且沒過多久，我又漫步到她面前。

「妳的外套很漂亮，」我低聲對她說。「如果妳把一半漆成橘色，看起來會更棒。」

「橘色？」雀絲說。「那……聽起來很衝突。」

「衝突最時尚了，相信我。喔，佛特叫妳去找他拿吃的。」我眨眨眼。「我要去咬一下我的腳趾頭。嚐起來有命運的味道。」

雀絲本想無視這邀請，但哈克很快朝她彈跳而來。「嘿，妳餓了嗎？我餓了。我們有沒有要去找吃的？」

雀絲嘆氣，讓他爬上她肩上，接著舉步維艱地走向補給士的辦公室。到了那裡，在一盞小燈的照明下，佛特遞給她另一盤食物。味道沒有前一次那麼糟——也許是因爲她大部分的味蕾在度過早餐末日之後決定集體自殺了。

雀絲坐在佛特面前的凳子上，他——在那神奇的寫字板上寫著——堅持自己不是在幫助她，這只是一項交易。

雀絲看穿了他。她察覺他在看到她的杯子（是她上次用過的同一個黃銅杯）快空時會幫她倒水，還幫她留了一小塊蛋糕做爲甜點。那很難吃，跟其他東西一樣既不新鮮又乾硬，但心意就在那裡。

月亮啊，這眞是痛苦。不是在說食物，是在說她自身的背叛。她只認識這些人一天，但在烏蘭走進來與佛特殺價，獲得佛特特地留給他的海鷗骨頭當晚餐時，她還是笑了。她不是在笑殺價的部分，而是對兩人競技式的互動感到暖心。這艘船是一家人。即將被毫不在乎他們的母親領向末路的一家人。

雀絲得做些什麼。

「佛特，」她低頭盯著盤子，輕推著最後一點她希望是海鷗肉的東西。「我不認爲烏鴉船長眞的在意船員們的福祉。」

佛特愣住，握著他正在擦亮的杯子。那是個不錯的白鑞杯，杯緣有著重複使用導致的宜人缺角。雀絲不知道那是正宗的第七世紀霍格斯瓦羅杯還是複製品，但不管如何都是很棒的樣品。

「我……我偷聽了她說話，」雀絲說。「當她跟拉戈特——」

夠了，佛特寫。**再多講一句就會害妳被丟下海。不准討論叛變。**

「但佛特，」她壓低聲音。「你在擔心砲彈，而我發現——」

他重敲櫃檯打斷她，接著以非常大的字體明確地寫出，**別再講了**。

月影啊……他看起來很害怕，畸形的手指輕敲板子時不斷顫抖。

他很快就把字擦掉，望向門邊，滿頭大汗地搖晃板子，確認沒有任何證據留下。

船長來過了，問我為何要問東問西的。什麼都不該說的。妳什麼都不准說。她太危險了。

把食物吃完，佛特說。

「你們爲什麼都這麼怕她？」雀絲說。「她只是一個人。」

佛特睜大雙眼。**妳不知道**，他寫。**妳當然不知道。我也不會說；這不是我該說的。但她能夠殺死我們全部人，雀絲。輕輕鬆鬆。所以閉上嘴，別再問了**。他把板子放下轉身背對她，表明談話已結束。

向船員們警告船長的計畫看來是行不通了。她強迫自己吞下最後一口食物，接著溜出補給士的辦公室，無精打采地走回頂層甲板。她的胃沉甸甸的，雙腿則像是被鍊住了。

「月亮啊，」哈克在她肩上耳語。「我們得在狀況變得更糟前趕快離開。我們要怎麼逃走？妳一直都沒告訴我。」

做爲回應，雀絲舉起手向前一指。

翠綠之月雖是在遠處落下孢子，但還是近到發出的綠光足以照亮甲板。在船的前方，光線映照出一塊暗影。是陸地，名爲閃耀灣的港口都市。自由。

「我可以溜走沒問題，」哈克說。「但他們會盯著妳的。船長會派人看守妳，雀絲。他們不會讓妳走。」

「啊，但他們其實會的。」她說著，感到反胃。

船長已下令船員今晚待在船上，她說他們只是短暫停留，任何嘗試偷偷下船的人都會被鞭打。然後她要拉戈特當值。但雀絲就像昨晚一樣睡在甲板上——而且既然今晚不航海，她也就不會擋到別人了。

大約午夜時，拉戈特去了廁所。

他刻意用力踩踏樓梯以吵醒雀絲——其實她根本沒睡，但也很感激他的舉動。她站起身，安靜地拿起裝了杯子的袋子，接著走過無人的甲板。

「嗯哼，」哈克說。「如果他們不想要任何人偷溜……那爲什麼要放下通往碼頭的登船板？」

「因爲，」雀絲悄聲說，站在原地。「烏鴉希望我出去散佈兀特之夢沉沒的經過。記住，船長想要這組人成爲逐死徒。如果我能偷溜離開，她認爲我肯定會把這件事告訴所有人。

「然後船員們就會完全被困於船長的掌握之中。他們太怕她所以不敢叛變；只要他們也太過害怕法律因而不敢逃跑，就只能對她唯命是從，前往更危險的孢子海洋，基本上成爲她的奴隸。」

「可憐的瘋子們，」哈克說。「好吧，在我們落得同樣下場之前，趕快離開吧。」

雀絲在登船板頂端猶豫不決。閃耀灣離國王港還有好一段距離，但她可以找到辦法抵達那裡，繼續她的計畫，找出魔女替查理開出的贖金爲何，接著找到方法拯救他。

「雀絲，」哈克說。「我忍不住注意到妳並沒有動。」

「我應該留下來，」她低語。「幫助這些船員。」

「什麼？」哈克驚呼。「不，妳不該那麼做。」

「他們對我很仁慈。」

「妳才剛認識他們！妳沒欠他們任何東西！」

「我剛認識你的時候就救了你，」雀絲說。「我也沒欠你任何東西。」

「嗯，我的意思是……」老鼠搓著爪子。「是沒錯，但……好吧……嗯哼。」

她不知道自己救不救得了查理。她非常想要，但他的痛苦——即便對她來說辛酸刻骨——卻不是她能立刻阻止的。

這些船員則不同。

「如果我幫助船員們，」雀絲說。「也許他們會願意帶我去子夜海拯救查理。」

「他們是海盜。」

「他們是一家人，」雀絲說。一個計畫開始成形。她能祕密阻止烏鴉的方法。「而我……哈克，我必須做我力所及的事。爲了他們。」

她下定決心後，感覺心上重擔減輕不少。她不會放棄查理。但這是她必須做的事情。

「我的天啊。」哈克在雀絲轉身走回睡覺處時說。

「你該逃走，」雀絲告訴他。「離開這裡。我不會怪你的，哈克。這是明智之舉。」

他輕喀牙齒，她覺得那也許是老鼠版本的聳肩。「我對妳有種不錯的感覺，」他說。「但，我是說，妳眞的確定嗎？」

我當然不確定，雀絲心想。我離開巨石後還沒有任何一件事是確定的。

有東西在黑夜裡一閃。

一根火柴。

雀絲感到警戒，看到光線映照出一名人影，坐在通向上甲板的階梯上。是烏鴉船長。

她點起菸斗，臉孔邊緣被橘光照亮。

她有看見嗎？她有聽見雀絲對哈克說話嗎？船長抽著菸斗，甩滅火柴，讓臉龐再次陷入黑暗——背向月亮高掛的明亮夜空。

「船長？」雀絲問。

「妳該逃走的，女孩。」烏鴉說。「妳在這兩天已證明了自己的價値，我評斷妳値得繼續活著。所以走吧。溜進夜裡。」

「我……」雀絲深呼吸。「我想加入妳的船組。」

「加入我們？」烏鴉發笑。「今早妳還因爲我殺了妳全家而詛咒我呢。」

「我說謊了，船長。我想要妳可憐我，放我一馬。我知道妳看穿我了。妳踢的那一腳就是證據。我不該說謊的。」

「所以船上沒有妳的家人？」

「我是偷渡客。」雀絲說。「我不屬於那艘船，也不屬於閃耀灣。我覺得，也許我屬於這裡。」

船長起先並沒有回應。她轉開水壺蓋，聲響在夜裡特別明顯。雀絲覺得自己能跟上船長的心思。

如果雀絲沒有失去任何人，如果她沒有對這艘船感到憤怒——

烏鴉船長站起身，成爲夜裡的一道黑影。

「妳還是逃吧。這裡沒妳的位置。我們不需要妳整天趴在腳下刷地板。那是我用來處罰人的工作，妳把它做完了，就是奪走了一項我用來維持船上紀律的工具。船上的每個人都要有位子，妳什麼也沒有。除非妳想要擔任我們的錨。」

烏鴉轉身走向她的艙房，菸斗冒著煙。雀絲差點就聽從指示逃了，但是……

有一部分的她討厭被欺凌。討厭到凌駕了她不喜歡麻煩別人的個性。她討厭公爵欺凌查理。她討厭查驗官欺凌碼頭工人。她更加討厭此處的情況，討厭這個認爲自己可以對任何人爲所欲爲的女人。

「妳的船上沒有育芽人。」雀絲說。

烏鴉船長在艙房門前猛然停住。

「他死了。」雀絲繼續說。「妳需要有人擔任這個職位，但道格們就是不肯。不然妳早就指定其中一個人去接替了。他們叫我去裝清風孢子袋。他們怕死孢子了。」

「妳不怕？」烏鴉在黑暗中說。

「我當然怕，」雀絲說。「但我認爲對孢子有健康的敬重，有助於育芽人活下來。」

寂靜。

烏鴉是黑暗中的一道影子，觀察她、評斷她，煙霧飄向翡翠夜空。

「哎，」烏鴉說。「妳說對了。看來船上確實有妳的位子。妳確實靠雙腳跨越了孢子海、用臉接了一記清風孢子。仍舊願意做孢子工作，是嗎？確實……我能用上妳。事實上，我也許有屬於妳的完美去處。」

雀絲不禁皺起眉頭。她們是在說同樣的話題嗎？

「那麼，歡迎來到烏鴉之歌，育芽人。」船長走進艙房內。「妳要放棄前三次搶奪成果中妳的那一份，但在那之後可以得到幹部的分成。還有，妳不准和其他人一起吃飯。去找佛特要剩飯吃。育芽人都是怪人，我不想要妳把孢子帶進食物裡。」

「我……是的，船長。」

「還有別再對我說謊。否則我們就會知道若人吞下一袋清風孢子會發生什麼事。烏蘭醫生總是對那很有興趣。」

烏鴉把水壺舉到嘴邊，關上房門。

雀絲兩膝如油脂般癱軟，跪倒在甲板上，然後用力拉緊查驗官外套。她對自己的決定感到害怕，但也充滿決心。

她知道這是正確的；她能感覺到。

無論是好是壞，雀絲現在是一名海盜了。

PART IV

22

蠶蛋

隔天，烏鴉船長的大喊叫醒了雀絲。她應該要發覺這是第一道詭異的徵兆，因爲烏鴉並沒有動腳。烏鴉選擇不造成他人身體上的痛楚，就和銀行發放免費樣品一樣罕見。烏鴉反而帶著雀絲穿過中層甲板，抵達一間門上掛著大鎖的艙房。那種用來昭告天下的鎖頭。

「妳眞的不怕孢子，女孩？」烏鴉手指點著她鑰匙圈上的鑰匙。

「我說過了我會害怕，船長。只是最近，任何人事物都想要殺我，孢子只是其中之一而已，沒有比其他東西更値得一提。」

「沒有更値得一提？」烏鴉挑出正確的鑰匙。「好啊，態度不錯。眞是不錯，我的紅外套育芽人。」

鑰匙在鎖頭內轉動，發出有些不祥的音調，就像是陷阱闔上的聲音。烏鴉把鑰匙從圈上拿下，交給雀絲。「現在這是妳的了，女孩。」

雀絲接過鑰匙，沒有漏掉鑰匙圈上還有另一支相同的鑰匙。烏鴉推開房門，雀絲望向走廊另一端，有幾個道格在那邊偷看，竊竊私語著。當門一打開，他們全都整齊地後退一步。

雀絲做好心理準備，跟著烏鴉進入房中。這裡看起來沒多恐怖，卻能夠讓道格們做出那種反應。這是間細長型的小艙房，末端有一扇舷窗望向海面。孢子隨著船隻前進而波動，偶爾會湧上到窗戶的高度，短暫地使房間陷入黑暗。

房間一側有張床，對雀絲來說根本奢華至極，上面有毯子，還有枕頭。確實，床墊看起來有點結塊，枕頭也很小，而那張毯子大概從母音被發明後就沒洗過了。只不過如果你也睡過甲板，就會知道標準都是比較出來的。

床對面的牆邊是一張小工作桌，上方牆面安著一系列的抽屜。此外唯一一項值得注意的東西是桌上掛著的一大面鏡子，讓房間感覺更開放——也讓雀絲知道具體而言她的頭髮到底有多亂。那就像上古怪物從長眠中甦醒，朝著四周伸出觸手，使現實分崩離析，尋找處子之身，並要求獻祭一百瓶高級護髮乳。

烏鴉走向房間角落的一扇門，就位在床鋪前頭。她拉開門展示內部的小房間——高度勉強可以站一個人，地面凹陷，比外頭低了兩呎。還有排水孔？牆上還有龍頭？

是浴室？如果床已經算是奢侈，可以洗澡根本就是天堂。

「我們把那個龍頭接到了一桶裝滿水的水桶，」烏鴉說。「妳需要補充水的話就讓我們知道。威孚總是需要很多水來做實驗。」

「……實驗？」

「孢子的實驗，」烏鴉嘆口氣。「如果妳想要成為我們的育芽人，女孩，就得趕快跟上。妳每次使用孢子，都只能在這間房內操作，除非得到我的明確允許。我甚至偏好妳在這裡填充大砲用的清風孢子。」

「我明白了。」雀絲說。

「妳要確定。」烏鴉說。「妳的整間房都被鋁強化過，但外面還包了一層銀以防有東西跑出來。即便有這些保護措施，如果妳不小心，還是有可能把我的船弄得四分五裂。」

雀絲點頭。

「妳什麼概念都沒有，對吧？」烏鴉說。「妳現在在做什麼？我們預期妳要做的工作？妳沒概念自己的工作有多危險。妳眞的想要繼續下去嗎？」

「到時候我可以睡那張床嗎？」

「可以。」

「我加入。」

烏鴉微笑。那笑容比在眞正的鳥類烏鴉身上看見彎曲嘴唇與潔白牙齒還來得更不自然。「我會派烏蘭來爲妳簡介。但在妳太過享受自己的新禮遇之前，記得看一下地板。」

船長緩步離開，舉起水壺灌了一口水。雀絲坐在床墊上，試著搞清楚船長最後一句話的意思。地板看來很正常，由木板構成，只是有點灰塵，應該自威孚死後就沒有人再打掃過了。

她一邊觀察，一邊覺得奇怪。爲什麼沒有人住進這間房？有床、有鏡子，還有清水？只要威孚一死，水手們應該就會爭著……

她突然發現了。地板上沒有銀。

如果她在船上生活的時間再久一些，就能更快發現這點。除了大砲周邊的一小塊區域外，烏鴉之歌的所有甲板——底艙除外——都佈滿了銀。這是艘高貴的商船（他們甚至能支付得起鋁，雖然它已經不像以前那麼貴了，但依舊所費不貲），在建造時就考慮到乘員的舒適——以及更重要的——與安全。

除了這裡之外。育芽人需要在此操作孢子。雀絲望向舷窗外，看著翠綠孢子翻滾而過。每當船下沉，使房間陷入黑暗，她的心跳就會加快一點。

月亮啊。難怪沒人想住在這間房，你得是瘋子才能睡在這。

一小段時間後，哈克發現她躺在床上已微微打呼。不能怪她，在甲板上睡覺其實與沒睡覺差不了多少。

「雀絲？」他小聲說。「怎麼回事？妳有自己的房間了？」

她昏昏沉沉地坐起。「沒錯。這是個死亡陷阱，但至少很舒服。你上哪去了？」

「他們找來了一隻貓，雀絲，」哈克抱怨，看向房門。「一隻眞正的貓。這是種嚴重的侮辱，嚴重到會害我進墳墓……」

「跟緊我。」雀絲說。「我會把牠趕走的。」

哈克明顯抖了一下。「我討厭貓。」他小聲說。「再說，到底要多蠢才會因爲只發現一隻老鼠，就決定要養貓？就像，到底誰吃的食物比較多？是我，還是體重比我重十倍的動物？蠢人類。呃，其他的人類。名字不叫雀絲的人類。」

「我自己也是另一種蠢蛋，哈克。」她說。「尤其考慮到我居然還留在這艘船上。」

她嘆口氣，跳下床爬上頂層，取回她的杯子。回到房間後，她將杯子擺放在她的工作桌上，心裡想著查理每次見到她帶去的杯子後所講的那些故事。

她覺得自己像個叛徒。留下來幫助她幾乎不認識的人，而不是想辦法去救他？她一邊安放杯子，一邊向月亮祈禱，並對自己承諾她會找到辦法的。如果她幫了船員，但他們不願回報帶她去子夜海，也許他們還是能在其他方面幫忙？例如協助籌備贖金？

這點讓她感到反胃。她並不想靠搶劫別人來拯救查理。在這當下，手上握著畫有蝴蝶的杯子，她認清了一件事。她沒辦法支付贖金——她也不會靠海盜行為來籌錢。她得找出其他方式來拯救查理。

但要怎麼做？她能做些什麼？

她一面思考，一面忍住即將奪眶而出的淚水。此時門口傳來一道精力充沛的人聲。

「需要幫手嗎？嗯嗯嗯？」

「你應該沒有眞的帶一隻手來吧，是不是，烏蘭？」雀絲問。

烏蘭徒勞無功地把一隻手臂藏在身後。「我有那麼粗野嗎，雀絲小姐？」

「……有？所以我才問你？」

這名灰皮膚的男子（男人？生物？）咧嘴一笑，走進房內。在他身後，我向房內探頭——但因爲雀絲這裡沒有猴猴，所以現在引不起我的興趣。

「你知道這些是什麼嗎，醫生？」雀絲指向有凹陷與水龍頭的小房間。「船長說是實驗用的。」

「沒錯，威孚最愛的實驗『要如何騙過其他人，好讓我能洗個熱水澡？』他們會把水桶放在太陽下曬；我懷疑妳的洗澡水能有多暖烘烘，但至少不會凍掉身體部位。」他望向她。「如果眞的凍掉了，記得留給我，嗯嗯嗯？」

「所以這眞的是間浴室。」雀絲說。

「這個嘛，威孚確實需要一個房間來操作孢子——有時還需要激發它們——而且不能對船員造成太大危害。因此他的確需要能裝水的陶瓷凹槽，他只是再外加了些配備，眞是個狡猾的傢伙。除了最終那時以外。」烏蘭搖搖頭。「眞是浪費屍體。」

「船長說，如果我想留在船上，就得接手威孚的工作。除了處理清風孢子以外，還會有哪些工作？」

「妳要練習使用玫瑰岩，以防緊急時刻需要封閉破口，」烏蘭說。「還有在不弄壞東西的狀況下讓翠綠孢子生長，因爲藤蔓可以當成緊急糧食。沒錯，那是可食用的。我想只要妳夠樂觀，所有東西都是可食用的！」

「我很樂觀！」我再次探頭進房。「我有一次吃了一整顆石頭。不過我得先打敗它全家。」我發出低吼，又閒晃離開。

雀絲太專注在我的症狀上，幾乎沒聽進去我說的話。「你知道他的……問題是什麼嗎，醫生？」

「霍德的問題多到數不清，」烏蘭打探著桌上的抽屜。「如果我是妳，就不會太在意他的狀況。他解決問題的能力只比他創造問題的能力差了一點。」

她點頭，看向床鋪心想，烏蘭離開後，她能夠再睡一下嗎？她會不會因此被斥責太過懶散？

「是的……」烏蘭心不在焉地說。「霍德早該知道牽扯上魔女不是個明智的決定。事實上，他可能確實早就知道了。令人害怕的是，他的先見之明很少會影響到他決定要做的事。」

雀絲嚇了一跳，睡意全消。「魔女？」

「嗯嗯嗯？是啊，妳以爲他發生什麼事了？他擺出勇敢的樣子，假裝成普通蠢蛋，但我向妳保證，他可是超乎尋常的蠢蛋。眞的很了不起。我總是說，當麻煩找上門時，記得繃緊妳的嘴皮！或是眾多嘴皮。」

「這艘船上有個人，」雀絲小心地挑選措詞。「知道通往魔女根據地的路？他曾去過那裡，而且還活著逃出生天？」

「技術上來說，是的。」烏蘭說。「但我毫無頭緒霍德是如何辦到的——在我接到他的信，隨後抵達這顆星球時，就發現他已經變成這樣了。」

「這顆……星球？」她問。「意思是說，你來自於星星？」她聽過有關來自星星的訪客的故事，但只認爲那是幻想。不過近來在水手的談論之間，這類故事確實出現得越來越頻繁。

「嗯？」烏蘭說。「喔，是的。不過不是眞的來自於星星上，而是從繞著恆星轉的行星來的。不管如何，我不認爲妳能從受到詛咒的霍德身上問出任何有用的訊息。」

她把關於那麼遙遠的地點——還有他們會有的杯子種類——的想法暫時放到一邊。這裡……這裡就有人能夠幫她找到查理！霍德就是她的解方！她鬆了一大口氣，然後又感到一陣恐慌。如果她離開了船上，她就永遠都不會知道這件事了。

她頭暈目眩地坐下，理解到我正是她需要的關鍵，終於想出了一項具體的計畫：一項她有可能完成的計畫。從我這裡找出如何抵達魔女所在之處，也許還有學會如何對付魔女。

這項計畫依舊很困難，但比她先前的計畫好多了。她坐在那裡，心想也許這艘船——對船上的善良人們來說可能是座監獄——正好就是她所需要的。能夠救出查理的關鍵。

23 砲長助手

「總共有十二片海洋。」安解釋著。她坐在欄杆上，腳跟節奏性的敲擊木板。「所以，也有十二種孢子。妳怎麼可能不知道？」

「我從小就住在一個小小的採礦鎮上。」雀絲解釋。「沒錯，我們總是會說有十二片海洋和十二顆月亮。但我過去幾天學到好多新東西，所以我想最好還是確認一下。」

她問得很好，安，佛特舉起他的板子。**畢竟，事實上總共有十三種孢子。**

「才沒有。」安說。「你別在那散播謠言。」

那不是謠言，他寫。**是傳說。完全不一樣。**

「是胡說八道吧，」安說。「人們連『骸骨孢子』是什麼顏色都沒有共識。白色還是黑色？兩者都是？聽好，雀絲，總共只有十二種孢子。」

雀絲點頭。他們位在頂層甲板的船艏處，靠近前方的大砲。在這裡找到安，雀絲並不感意外——這名瘦長的木匠時常待在大砲附近，投以類似於青少女望向暗戀對象的目光。不過，雀絲今早確實有些驚訝，因爲發現佛特也坐在這裡縫補襪子。她心裡有一部分已經覺得佛特是他辦公室裡的一項永久擺設。

至於雀絲，她則待在砲臺的大桶內，小心地數著裝有清風孢子的小袋。她問過拉戈特，他說最好隨時都有四十袋備用。除了計算數量，這也給了她一個好機會，將它們從大桶中移到鋁盒內，才不會受到船上的銀所影響。

「十二片海洋。」雀絲說。「妳親眼看過其中幾片，安？」

「三片。」安驕傲地說。「翡翠海、寶藍海，還有玫瑰海。」

厲害喔，佛特寫。

「我知道，是不是？」

我去過十片。

「什麼？」安坐直身子。「騙子。」

我為什麼要說謊？

「你是海盜，」安說。「所有人都知道不能信任海盜。」

佛特用力地翻了個白眼，接著回去補他的襪子。雀絲猶豫了一下，看著盒中的小袋子。剛剛那是第二十二袋，還是第二十三袋？她微微呻吟，把袋子全部倒回桶子裡重新來過。

「哪兩片？」安輕點佛特讓他抬頭。「你沒去過哪兩片海？」

不難猜，佛特寫。

「子夜海和緋紅海？」

他點頭。

「子夜海。」雀絲一邊數一邊說。「魔女就住在那裡。」

「沒錯。」安說。「緋紅海則是龍的領域。但這不是人們不去那邊航海的理由。孢子才是原因，雀絲。如果妳要育芽，就得知道這些事。大部分的孢子都會致命，但這兩種可是會導致災難。記得遠離緋紅孢子和子夜孢子，好嗎？」

「好的。」雀絲說。「必須橫跨緋紅海才能抵達子夜海，對吧？所以我大概永遠也不會去。」她皺眉。「爲什麼會需要橫跨一片海才能抵達另一片？難道不能從繞著緋紅海邊緣航行，抵達子夜海嗎？」

「除非妳有辦法航行越過好幾座山脈，」安說。「或者，我想妳也可以繞世界一圈，然後從後方抵達子夜。」

這也是魔女以那裡做為根據地的原因，佛特解釋。**她控制了那一整個區域的航路——是環繞全球的必經之道。只有她的船能在子夜海航行。**

「不過，」安補充。「那裡已經很多年都沒有貿易活動了。國王不想付稅金，所以打算開戰。」

好像他覺得自己有辦法打敗她一樣。佛特搖搖頭。**他的艦隊甚至無法通過緋紅海。太危險了。**

雀絲點頭。這些聽起來像是她原本就該知道的事情。她正在惡補這些知識，這是她第二次慶幸自己沒有離這些人而去。她理解船上大概只有一個人與魔女有過直接接觸——但其他人也有很多能幫到她的資訊。

「這裡總共有二十五袋，」雀絲完成作業。「所以我要再去裝十五袋。」

「這次不要再把自己的臉給炸了。」安說。

「我的臉沒有被炸掉。」

「嚴格來說，我很確定有一些些地方被炸飛了，」安說。「眞可惜妳得到了那個藥膏。如果妳臉上有一、兩道疤，看起來肯定很悍。」

雀絲不置可否地聳聳肩，接著在安回去煩佛特之後，安靜地拉下機關，打開桶子的假底板開始計數。砲彈總共有五顆，每顆都比她的拳頭稍大。

先前在哈克把風之下，她從底艙裡取走了幾顆正常的砲彈。沒人在看守砲彈。畢竟有誰會想偷砲彈？現在，她開始把砲彈從自己的袋子中取出，換掉桶底的砲彈，同時努力讓自己不要因爲執行調包而流汗。

她很確定自己隨時都會被發現，但其實別人很少如你所想的那麼關注你；他們太過忙碌於擔心你是不是正在關注他們。因此雀絲能夠顆接一顆地將拉戈特的砲彈換成正常砲彈，接著她關上假底板，放上二十五袋清風孢子。

現在調包已經完成，她小心地擦乾雙手，而且沒有去碰她的面罩。任何人都會不小心炸掉自己的臉——有誰沒做過呢——但如果你連續做了兩次，就會顯得很蠢了。

雀絲扣上她的袋子。她還不確定要拿被動過手腳的砲彈怎麼辦。藏在她房裡？還是偷偷丟下船？

「嘿，雀絲，」安說。「妳裝彈藥的時候，可以幫我額外多裝幾袋嗎？讓我練習用？」

「有何不可，」雀絲說。「只要船長同意的話。」

「對，」安說。「當然囉。」她的語調裡帶著某種情緒，類似於有人談起打算要在「明天」完成的事項的語氣。她用手指輕撫過整支砲管，才漫步離去。

佛特專注在工作上，因而漏掉了剛才的對話。雖然他的狀況造成了許多不便，但我一直都很羨慕他只要別開目光，就能把別人講的蠢話完全阻斷在他的生活之外。

雀絲坐在他面前的甲板上，吸引他的注意。「安和大砲到底是什麼關係？我以為她是砲長助手？」

我想她確實還是吧，佛特寫。**畢竟她沒被正式卸除職位。但她應該很長時間都不會再射擊了。**

雀絲倒抽一口氣。「發生了什麼事？」她悄聲說，稍微靠近。

妳在說悄悄話嗎？佛特寫。

「嗯……對。」

可愛。

「你要不要告訴我安的事情？」

妳要用什麼來交易這項資訊？

「我們每次都一定要談條件嗎，佛特？」雀絲說。「我們就不能像朋友一樣聊聊天嗎？」

但是談條件正是最有趣的地方！他寫。**那讓我更了解妳。妳願意放棄什麼，又重視什麼。來嘛。妳難道不會對划算的交易感到興奮嗎？**

「我……還真不知道。」

妳要告訴我什麼，來換取我告訴妳安的事情？以資訊換資訊。妳可是害我從補襪子上分心了，妳懂的。我沒辦法一邊縫補一邊看板子。這是妳欠我的。

「但我不知道什麼值得拿來交易的事情。」

喔？那妳為什麼在這裡？是什麼原因會讓一名來自小鎮的善良女孩去偷取查驗官的外套，然後出海假扮海盜？

即便聽見他先前的評論，她還是向前傾身，小聲地問：「我的無知眞的那麼明顯嗎？」

女孩，如果在我們找到妳前，妳已經在孢子海航行超過一周以上，我就去吃我自己煮的東西。所以，妳到底出海要做什麼？

「我在找人，」她說。「一個對我來說很重要的人。」

啊，佛特寫。**所以妳是來海上尋人的，就跟薩雷一樣。每到達一座新港口，就希望能終於找到妳失去的襪子……**他刪掉最後的部分。**抱歉，有時候板子的預測不是很準確。妳希望能找到妳失去的人。**

雀絲越過船身望向舵手，她的站姿如桅杆般直挺，固守在上甲板的崗位，兩手握緊船的舵輪。一如往常，她的黑色眼眸鎖定在地平線上，臉上帶著只有人在執行最重要的任務時才會露出的表情，例如想從滿是空包裝紙的袋子裡找到最後一顆糖果。

她不眠不休地尋找她的父親。在薩雷的決心毅力之前，雀絲自己的任務似乎很可笑。

「那……不太一樣，」雀絲告訴佛特。「薩雷不知道要去哪裡找她父親。我很清楚查理的所在地。」

佛特馬上輕碰她一下。**喔？**他寫。**所以，只是要存些錢去救他出來囉？**

「恐怕比那糟糕的多，」她說。「他在魔女手上。她攻擊他的船，抓住了他。」

佛特的肩膀垮下。**喔**，他寫。**我很抱歉。**

「對啊。我幾乎不知道自己在做什麼，佛特。但我一定要找到他。」她繃起臉。「我先前說自己大概永遠都不會去子夜海。那是個謊言。我已經下定決心要去那裡了。不論以何種方式。」

如果魔女襲擊了他的船，他已經死了。我很抱歉。妳該放下了。

「他還活著，」雀絲說。「她向國王要求贖金以換取釋放查理。我想……也許我能賺到夠多的錢，然後說服國王支付贖金。」

雀絲，佛特寫，**魔女要求的贖金不是錢。她要的是靈魂，而且通常是要皇家血脈的人。單純金錢是滿足不了她的。**

雀絲漲紅了臉，覺得自己就像個瘋子。她早就發覺自己沒辦法付錢解救他了，但她無知的程度依舊深得讓人不安。就像一條魚努力想要跳出魚缸、投奔自由，她想要解決問題，卻沒有先停下想想她到底清不清楚自己的狀況。

妳說，魔女要求贖金來交換查理，所以他大概是個貴族，對吧？

「是的。」雀絲小聲說。

那些傢伙不在乎我們這種人，佛特寫。**我很抱歉，但這是事實。妳最好還是放下吧。**

「也許吧。」雀絲說。

好吧，妳給了我資訊。我也要給妳妳想要的，這樣才公平。我會告訴妳安的事。

「我沒有告訴你什麼重要的事，佛特。」雀絲說。「你不一定要接受這項交易。」

啊，他寫。**但關於安的資訊基本上毫無價值。大家都知道。妳遲早也會知道的。**

「可是你把那說的像是某種大祕密一樣！」雀絲說。

不，我只是問妳想不想要交易。他咧嘴笑，用指節輕戳她的手臂，接著繼續寫。別一臉忿忿不平的。顯露出情緒會讓其他人更容易佔妳便宜。這項建議免費送妳。

安會成為砲長助手是前任助手身亡後，她自願接任的。但在那之前，卻沒人想到先叫她試射一發那鬼東西。

「然後……」雀絲問。

那女人的準頭比騎著三腳駱馬的醉漢還糟糕。佛特寫。有一次她對目標開槍，卻差點射中我——我可是站在她旁邊呢。當她第一次操作大砲時，她的瞄準差到任何位置都比目標本身來得更危險。

「月亮啊，」雀絲說。「也許……她只是需要多點練習。」

那就交給妳去教她了。我會安全地躲在我加固後的房間裡，也許再穿上些盔甲。佛特看著她。有些事天生就是沒辦法，女孩。有時候妳只能接受。

「你是在說我。還有查理。」

也許吧。聽著，雀絲，就算他還活著，魔女也會對他下詛咒，就像可憐的老霍德那樣。她的詛咒有很多種不同類型，但她一定會對俘虜下咒，以便操弄他們。

「你怎麼會知道這麼多？」雀絲問。

船長告訴我的，佛特解釋。當時她要我去把霍德交易來我們船上。

「船長刻意想要霍德上這艘船？」雀絲問。「爲什麼？」

不知道。她聽說了他的詛咒以及他造訪過魔女。將他交易過來很不划算，因為他先前的船主很樂意趕走他，但船長堅持要他。

佛特搖搖頭，想著如果別人發現他花了多少錢才弄來一個瘋子當跑腿小弟，不知道對他的名聲會有多大損害。

不過，雀絲的好奇反而加深了。烏鴉船長操縱船員們成爲海盜，然後迫使他們成爲逐死徒——因爲她希望他們能航向危險的海洋。而且她還特別關注被魔女詛咒的人？

會不會，船長自己也打算要去找魔女？

雀絲望向烏鴉。接著，雀絲做出了讓她與多數故事中的角色截然不同的下一步。你可以說，這正是將她定義爲英雄的一步。

她做了一件了不起的事。我幾乎無法描述有多偉大。

我最好再多想想，雀絲在內心對自己說，不要妄下結論。

被詛咒的人

也許你會很疑惑我，你謙虛的說書人，爲何會對此這麼大驚小怪。雀絲停下來，思考自己是不是太快下結論，然後決定重新考慮？沒什麼特別的，對吧？錯了。讓人魂飛魄散的大錯特錯。

像我這樣的世界引領者，花了數十年去梳理民間故事、傳說、神話、歷史，還有酒吧內的醉漢歌曲，尋找最獨特的故事。我們尋獵的是勇敢、睿智、英雄主義，而我們找到非常多這類美德。傳說愛死這些了。

但是願意重新考慮自己意見的人？能夠好好坐下、思考生命意義的英雄？這才是眞正的璀璨寶石啊，朋友。

也許你比較喜歡有人面對龍的故事。嗯，這不是那種故事。（這更了不起了，因爲雀絲後來眞的那麼做了。但請別一直要我講後面發生的事。）我能理解你可能會想聽類似林吉的故事，他想要在沒有靈羽的狀況下航行世界一圈。

然而，我願意拿一打林吉去交換一名願意坐下該死的一分鐘、好好想想自己作爲的人。你知道有多少戰爭是可以避免的？只要有一個領導人願意停下來說：「你知道嗎，也許我們該確認一下，或許在他們的文化中，眨兩下眼不是代表侮辱？」

你知道有多少偉大羅曼史是可以不以悲劇收場的？只要英雄說：「你知道嗎，也許我該先問問她是不是喜歡我？」

你知道有多少漫長的冒險是可以被縮短的？只要英雄停下思考：「你知道嗎，也許我該更仔細確認一下，說不定我在尋找的東西其實一直都在我身邊？」

我被勇敢、睿智和英雄主義溺壞了。請行行好，讓我看些有點常識的人。在這當下，雀絲簡直是尊爵不凡。

我需要更多資訊，雀絲心想。*才能對船長的計畫下定論。我需要找方法偷窺她。也許我可以再請哈克幫忙*。

她點頭——在這當下，雀絲爲自己省下了很大的麻煩。畢竟，船長的計畫與魔女毫無關係，卻與船員爲何這麼害怕她有極大的關係。

雀絲拿起她的包包——假裝裡面沒有裝滿砲彈，雖然跟聽起來一樣困難——然後拿著它走向位於上甲板的船尾大砲。她在此處計算清風孢子袋時，也進行了相同的調包作業（她換出來的砲彈則放在包包裡面的第二層小袋子內。）

她把包包揹上，走下甲板，放進她的房間。然後她開始尋找我。一般而言，這會是她足具常識的最好印證。每個人的生命裡都會需要再多點智慧。除了我以外。我可以再減個一、兩磅。

不幸的是，我在這趟旅途的心智狀態並不是最頂尖的。她發現我正在跟一群道格玩牌。我用鞋帶在脖子上掛著一隻鞋子，因爲我認爲這肯定是下一季時尚流行的靈魂。我忘記穿褲子，而我的內衣褲也需要好好洗洗了。事實上，我整個人都很需要。

我正在試著玩一種我發明的，稱作「國王牌」的遊戲。這遊戲裡所有人都要反拿著牌，所以你不知道自己的手牌，但其他人都知道。我現在可以想出好幾種有趣的玩法——但在那時，唯一有趣的點是道格因此能夠贏走我所有薪水，還有我的一隻鞋子。

我到現在還是不知道我拿另一隻鞋子幹什麼去了。

道格們奪取完我僅有的價值後，就離開去尋找其他被害者。我坐在那裡心想也許我該把襪子繞在脖子上，直到雀絲在我身邊坐下。

「妳想要玩國王牌嗎？」我臉上帶著笑容問。「我還有內褲可以賭！」

「嗯，不了，謝謝。」雀絲說。「霍德，我知道你見過魔女。你……記得任何經過嗎？」

「有！」我說。

「太好了！你能告訴我嗎？」

「不……不……不……不能！」我敲著自己的頭。「話沒辦法這樣講，孩子。她把它變成其他東西了！」

「我不懂。」雀絲說。

「我也不懂！」我回應。「這就是問題！不能說任何你想的事情！那阻……阻……阻……」我聳聳肩，無法說出詞語。

「你的……詛咒禁止你談論自己的詛咒？」雀絲猜測。

我眨眼。主要是因爲有東西卡在我眼睛裡。但在這件事上，雀絲猜對了。魔女對每項禁忌都很明確：如果你想談論詛咒，就會口吃或是無法完整講出話來。你甚至無法告訴別人你被詛咒了，除非他們已經知道。

「所以，」雀絲說。「如果我想要你帶我去找魔女，就得想辦法破除你的詛咒——而我對這一無所知。再者，我得在你完全無法提供協助的情況下達成。」

我握住她的手。我盯著她的眼睛。我深呼吸，顫抖著。

「我有次一口氣吃了一整顆西瓜，」我告訴她。「然後就拉肚子了。」

雀絲嘆氣，把手抽走。「好吧，好吧。我想找到方法破除你的詛咒，會比靠我自己找到魔女來得有可能一點點。至少算是點進步。」

我心中確實有一部分——在很深處——知道發生了什麼事。魔女就是這麼殘酷。沒錯，把人變成傻子很有趣——但眞正的酷刑在於還讓他留有那麼一點點意識，驚恐地觀看自己的下場。

我心中有意識的那部分一直焦急地想找方法拯救自己。當然，烏蘭一點用也沒有。這就是永生者的問題——他們太習慣坐著等問題自己消失了。

但這裡有願意幫忙的人。我能說什麼？我能做什麼？我只有一小部分是清醒的，而且幾乎沒有任何控制力。再者，每次我想要說說與目前的症狀有關的事，詛咒就會啓動，把我推回去，再強迫我做一些恐怖的事，例如穿著襪子穿涼鞋。

警醒的一點星火開始消逝，而我掌握住這點。我自身的愚蠢。這項詛咒與許多類似的魔法相同，都是依靠對象的思緒——依靠他們的意圖。我可以利用這點，我知道。

火星再次燃起，就像半夜有人撥動了火堆的木炭。我朝雀絲伸手，放空心思，用力擠出一串話。

「聽著，這很重要，」我對她說。「我保證。妳一定要帶我去妳的星球，雀絲。重複一遍。」

「帶你去……我的星球？」

「沒錯，沒錯！如果妳那麼做，我就能拯救妳。」

「但你已經在這裡了！」

「什麼這裡？」我已經刻意忘記剛才說的話。「星球不重要。現在要尋找六顆一組的星星，雀絲！」

雀絲猶豫。六顆星星？不幸的是，我在這段話已用盡了全力。我向後一坐，臉上露出呆傻的笑容，決定要進行對不同腳趾風味的實地研究。

雀絲嘆了口氣，回到自己的艙房。她先前把房門開著讓哈克進出，所以抵達時並不意外聽見……

哭泣聲？

她衝進房內，發現船上的貓——名叫敲敲——蹲伏在地盯著床底，尾巴搖晃著。雀絲把牠丟出房外關上門，她在一片寂靜中能夠清楚地聽見正在過度換氣的老鼠聲音。

「哈克？」她發問，手腳貼地，看進床底。她發現他躲在角落，擠在牆壁與木頭床腳之間。他看見了她，於是膽怯地爬向她。她抄起他，感覺到他在自己的手心中顫抖。

「牠走了，」她說。「對不起，哈克。」

他維持沉默——很少見地完全沒有話說。他只是縮在她的手中，看起來……嗯，比他先前都更像是隻老鼠。

他終於開口，聲音顫抖著。「也許妳以後可以把門鎖上。地板上有道裂縫，我可以從下層走廊的柱子爬上來，再從那邊擠進來。」

「好的，」雀絲說。「你……會好起來嗎？」

哈克瞥向門口。「當然會，」他小聲說。「給我一點時間。我……還是不敢相信他們弄來了一隻貓。」

「你很聰明，哈克。」雀絲說。「你能對付一隻普通貓咪的。」

「對。當然。沒問題。但雀絲……我不確定。牠總是在監視。在潛行。貓咪應該要每天睡二十六小時的。知道牠就在那裡監視我，我該怎麼運用智慧，怎麼計畫？」

幾分鐘後，他看起來比較放鬆了。他對她點點頭，所以她把他放在床板旁，接著躺上床，盯著天花板——也就是船的頂層甲板。她能聽見水手在上行走的腳步聲，船搖晃時木板發出的嘎吱聲，他們越過的孢子持續發出的低沉波動聲。就像在耳語。有人在天花板上用刀刻出了些痕跡。是一些小小的交叉線段。

「我希望你今天過得比我好。」哈克靠在床邊的豎板上。這張床有結實的欄杆，讓她不會因爲搖晃而掉下床。

「是有點洩氣，」雀絲說。「但沒有生命威脅。」她想要的事遠不如他所需要的那麼緊急，她對只關注自己感到有點愧咎。「你跟貓咪之間的問題比較急迫。也許我們能把牠餵得很飽，讓牠不想獵捕你？」

「貓咪不會因爲吃飽就不想打獵，雀絲。牠們這點與人類很像。」

「抱歉，」她說。「我們巨石上沒有貓。」

「聽起來是個很棒的地方。」

「那裡很甜蜜也很安寧，」她說。「雖然鎮上的霧霾滿糟糕的，但大家對彼此都很和善。那是個好地方。眞誠的地方。」

「我有一天想要去那裡。我知道妳對冒險感到飢渴，但我已經經歷夠多了。」

「你可以走，」雀絲說。「你不必留在我身邊，哈克。」

「已經厭煩我了？」

「什麼！」她坐起身。「我不是這個意思！」

「妳太有禮貌了，女孩。」他抽動鼻子。「我就假設妳對老鼠的所知比對貓還少吧。試著想像自己大概跟三明治差不多大，而且世界上大多數動物也覺得妳跟三明治差不多美味。相信我，妳會做跟我一樣的選擇。」

「那是什麼？」

「找到一名同情妳的人，然後跟緊他，」哈克說。「況且，我對妳有種很好的感覺，記得嗎？」

「但你在某處一定有家人。」

「有啊，但他們不怎麼在乎我。」他說。

「他們……跟你一樣嗎？」

「你是說，他們會說話嗎？」哈克說。「會。」他停頓，頭歪向一邊，就像在尋找最恰當的解釋方式。「我來的地方跟妳的故鄉很像。我的同胞已經在那住了好幾代，但我的族人認爲是離開的時候了。去看看世界。他們也硬把我拖去了，結果並沒有好下場。

「他們不喜歡我跟你們混在一起。妳看，其實我不該跟你們說話的。但，就如我說的，我對妳有種很好的感覺。所以，我會待在附近。如果妳——出於妳的自由意識——決定前往比較不刺激的地方，我是絕不會反對的……」

雀絲試著想像，一處住滿說話老鼠的地方？聽起來既奇異又有趣。十二海是個奇怪又厲害的地方，到處都是驚喜。哈克繼續說話，告訴她當老鼠的生活是怎麼樣的。他的話音中有種令人鎮靜的感覺。那安撫了她，讓她感到放鬆，目光游移到天花板上的刻痕。有人——也許是前任育芽人——花了很多時間來刻它們。事實上……那些交錯放射的線段看起來有點像……星星？

雀絲猛然坐起，打斷了哈克。他趕緊爬過床緣來到她身旁。「怎麼了？」

星星。小小的放射刻痕。那邊有一顆，接著旁邊有兩顆。然後三顆……整面天花板的木板上都是，就好像有人拿刀站在床上用刀尖劃出來。

沒有六顆一組的星星，她心想。

「怎麼了？」哈克說。「妳在盯著什麼？」

「沒事。」雀絲再度躺回去。「我剛剛一度以爲霍德說了什麼重要的話。」

「妳居然聽他說話？雀絲，我以爲就人類來說，妳算聰明的。霍德是……妳懂的。」

「他說了有關六顆星星的話，」雀絲說。「但這裡沒有六顆一組的。」

「看得出來。」哈克說。「我告訴過妳他瘋了，雀絲。想搞懂他的意思只是徒勞無功。」

「我想是吧。」她說。

「況且，」哈克補充。「上面那些長得比較像爆炸。星星的話在床底下。」

雀絲愣住，隨即跳下床鑽進床下。床板的底側也有刻痕——而且圖案確實更像星星一點。那裡確實有一組六連星。雀絲感覺自己也快發瘋了，她按下圖案。

有東西發出喀的一聲，接著床架側邊彈出一個暗格。雀絲在裡面發現一個小鋁盒，大小跟火柴盒差不多。哈克爬到她肩上，她推開盒子。

她在裡面發現如子夜般漆黑的孢子。

25 獵物

所以，我是怎麼知道的？

嗯，我想有人告訴過你了。我專精於出現在我不該出現的地方。我對謎團有種內建的第六感。在我目前的狀態下，也許會認為背心底下不穿襯衫是時尚的頂峰，但我還是完全有能力進行一些建設性的偷翻東西。

雀絲停止呼吸。哈克微微發出噺聲。

子夜孢子。不知如何，威孚居然取得了子夜孢子。這提醒了雀絲，船長曾說過的話，所有育芽人——多多少少——都有些瘋狂。

她心想，威孚也許是偏多的那一種。（雀絲太客氣了。我曾說過他比硝化甘油冰沙還瘋狂。）

「快收起來，」哈克說。「不，最好是撒在銀上面。殺了它們，雀絲。子夜孢子很危險。」

「哪方面？」她問。「它能做什麼？」

「可怕的事。」

「所有孢子都會做可怕的事。」雀絲說。「具體來說這些會做什麼？」

「我……不知道，」哈克承認。「但我覺得妳拿著它的感覺太輕率了。」

也許她是。但危險就像冰水，只要你慢慢適應，就能習慣它。她把小盒子安全地收回祕密暗格中。她得問看看烏蘭是否知道——

上方鈴聲突然大作，讓她跳了起來。三聲短音，警告船上全員。遠方發現船隻，船長決定追擊。

雀絲慌忙跑出房間，但又停在走廊上，不想擋住趕往頂層甲板的道格們。等待非常痛苦，而她不想錯過任何事。

她不該擔心的。

當她終於抵達甲板時，發現道格們緊張地聚在欄杆旁看著遠方的船隻。一如往常，烏鴉之歌上掛著皇家商船的旗幟。他們不會隨便公開海盜身分，只有在戲劇性的適當時刻才會揭露眞身。就像劇曲充滿轉折的第三幕，只是還外加了大盜的元素。

接著發生了總共五小時的漫長追逐。

烏鴉之歌比多數船隻的速度都快，尤其是在丟棄了壓艙物之後，那原本的用處是讓船隻吃孢子更深一點，以模仿底艙載滿貨物的商船。但「速度」在海上只是個相對的名詞——尤其是在孢子海上，因爲翻騰隨時都有可能停止或啓動。

雀絲先前沒發覺她第一次搭的船被突擊是件多麼不尋常的事。今天的第二次追擊，花了船員與舵手很大的力氣，才讓他們緩慢卻篤定地追上獵物。

雀絲的緊張感在數小時內不斷堆疊。就是現在了。她調包砲彈計畫的最終測試。她越來越確定自己失敗了。肯定會有人發現她做的事。她肯定沒有聰明到可以騙過拉戈特與船長這類老練的殺手。

當烏鴉大喊命令時，她的心臟差點從胸口跳出來。「前方大砲準備！所有水手，上武裝！」

道格們奔向長槍——雖然他們追逐的船還離得很遠。雀絲不打算武裝自己，考慮到她這一生開槍的次數是精準的零次，她覺得繼續維持這項紀錄才是保住自己所有手指的好方法。但她站在船頭附近，可以看見安哀求拉戈特讓她發射第一發砲彈。他大罵她，命令她去跟其他人站在一起——一個道格非常明快地取走她手上的手槍，放上一把彎刀代替。過了一下，安又從腰帶後的槍套內取出另一把手槍。

「警告射擊，砲長！」烏鴉大喊。

雀絲屏住呼吸。拉戈特搖動曲柄轉動大砲，以便用他的望遠鏡觀察，再用另一支手柄將砲管抬高幾吋。他繼續這項作業，既嚴謹又精確地調整位置。最終，他從崗位上的一個水桶內抽出射擊棍。

他用棍子觸碰射擊盤，使清風孢子發出刺耳的爆炸。下一瞬間，砲彈直直朝逃跑的船隻飛去。這不是警告射擊，這是另一次的「意外」直擊——目標是擊沉，而非威嚇。雀絲聽見附近的安一邊看著砲彈軌跡一邊喃喃自語。

雀絲做好心理準備，體內的恐慌不斷堆疊，想著對面船上的可憐人。

接著，就像是只差了一剎那，砲彈爆炸了。如迫擊砲一般被設定爲空爆，砲彈將水噴向目標船隻的側邊——但沒有傷到船殼。當然，海洋立即做出反應，纏住船被沾溼的一側，以致命的握力抓住船隻。就算離了這麼遠，雀絲還是確定自己聽見船板在呻吟。

但船殼沒有裂開。這發精準的砲彈沒有摧毀船隻，只是抓住了它。

雖然船員都在歡呼——因爲這代表搶奪會很輕鬆——拉戈特卻微微咒罵了一聲，滿臉通紅。就像你在取出烙鐵全力擊打之前的熔爐顏色。

烏鴉越過甲板走向砲臺。她的瞪視能夠活活把貓咪剝皮，但她卻大聲說：「我不會說這是警告射擊，砲長。但這是……非常乾淨俐落的捕獲。」

「謝謝妳，船長，」拉戈特說。「抱歉無法達成妳的命令。」每個音節他都頓了一下，好像用鞭子把話逼出他的嘴唇一樣。

雀絲差點就因爲焦慮而過度換氣了。拉戈特剛才是用比平常更陰沉的表情看她嗎？他知道嗎？如果他懷疑有人壞事，那嫌疑犯只有一個人。

船長看起來像是想要下令再開一砲，但她瞥向群起歡呼的道格們。就算她的心是由冒煙的扭曲煤炭所構成，也明白提升士氣對她的船隻有多重要。一次簡單快速的搶劫就能達成這點。

「升起海盜旗，水手道格。」她說。

做爲回應，他們的獵物向空中發射了信號彈。是投降信號。道格們再度歡呼。雀絲開始冷靜下來。她……成功了。

很不幸的，當烏鴉之歌靠近被困住的船時，翻騰停止了。烏鴉之歌減速停擺，立刻澆熄了大家的熱情。

雀絲望向道格們，感到一陣擔心。有什麼問題嗎？每天都有像這樣的中斷時間啊。

「安？」雀絲走到她身邊。「有什麼問題嗎？」

「對面的船之所以投降，」安的聲音緊繃。「是因爲知道自己被打敗了。他們被藤蔓抓住，無法操縱船，而我們可以。但現在兩艘船都被困住，大海讓對決平手了。他們就會覺得也許自己能夠……」

她不再說話，因爲對方船尾開始冒出了一陣清風孢子的藍煙。緊接著是爆裂聲。

緊接著是尖哨聲還有破碎聲，炮彈直接擊中了烏鴉之歌的船頭，就在木板與孢子的交界處。

26 神槍手

道格們大喊大叫，四處跑動。安罵了非常惡毒的髒話，跟海鷗屁股出來的東西有關。

「射得該死的準，」拉戈特咕噥。「第一發就打中我們？他們有個了不得的砲長。」

烏鴉推開幾名道格，冷靜地舉起武器。那看起來……比道格們拿的老式長槍更流線，瞄準器也不一樣。

雖然烏鴉之歌與另一艘船的距離已經比較接近了，雀絲還是很驚訝船長有辦法用長槍瞄準敵人。她閉上單眼，然後開槍。遠方船上的一名男人——拿著沾溼的射擊棍，正在等待助手裝填大砲——噴出鮮血倒地。

「好吧，」拉戈特說。「我想他們曾經有個了不得的砲長。」

「木匠和育芽人，」船長放下長槍開始重新裝彈，把一小袋清風孢子塞進槍管，大聲下令。「我們被擊中了。當翻騰再次開始，半片海都會湧進船內——船上所有人將會知道孢子吃起來是什麼味道。也許妳們該去阻止這件事。」

「是的，船長！」安舉起手槍。「讓我先開一槍就好——」

至少有半打道格抓住她的手臂，硬是搶走了手槍。船長無視他們，再次舉槍瞄準，放倒了那名準備把砲彈放入大砲內的敵方水手。

這是雀絲看過最厲害的射擊技術。不過這也是她唯一看過的就是了。不論如何，我承認烏鴉也是我所見過射擊技巧最好的人之一。考慮到那把原始長槍用起來就跟觸電的蛇差不多，那確實很了不起。

「去工作，安，」船長的語氣平靜——又有種冰冷的威脅感。「不然下一發子彈就不是往另一艘船去了。」

「月影啊，」安趕緊跑到雀絲身旁。「那些道格眞的很想要用我的手槍，是吧？好了，我們去執行船長命令吧。別再耽擱了，雀絲！」她快速跑下甲板，雀絲跟在後頭。

「妳有帶著工具嗎？」安在她們抵達中層甲板時問。

「什麼工具？」雀絲問。「安，我今天早上才當上育芽人！完全沒概念要做什麼。」

「對，對。」安擦擦眉毛。在她們頭上，船上的大砲傳出射擊聲響。「我們需要玫瑰孢子，威孚的房裡應該有很多才對。」

雀絲點頭。她領著安到房間，但這名木匠在門口猶豫停步了。雀絲進入房內，打開裝滿玫瑰孢子的小桶。

「拿一些，」安說。「然後找一個那種金屬盒來裝。可以運送孢子的那種？沒錯，就是那個。嗯……我看過威孚還有拿另一些工具。我對這眞的不是很懂，孩子。」

雀絲在金屬盒中裝滿孢子，再拉開櫃子，門上的吊鉤上掛著各種金屬工具。她沒看見任何東西長得像是上一艘船育芽人所使用的盒子。這值得補充說明，威孚是一名純粹主義者，他偏好傳統工具，而非現代的版本。

「有沒有哪個看起來像的？」雀絲問。

「喔！」安說。「有一面像盤子一樣扁的那個，還有那個瓦刀，拿了它們。」

第二項工具確實長得像一把抹平灰泥用的小瓦刀，但雀絲覺得第一項比起盤子更像是個盾牌。像個小圓盾——正面扁平，背面有把手可以握住。

工具上有掛鉤可以勾在皮帶上，但現在沒時間做那種事。雀絲拿起工具，還有孢子以及裝在滴瓶中的水，快跑出門來到安身旁。安的雙手舉在前方，往後一退。

「好喔，」安說。「通常我會在育芽人做初步修補的時候去拿木材，但我想妳需要有人幫忙吧，嗯？」

「謝謝。」雀絲讓安領頭往下，前往底艙。閃耀的陽光照亮了平時陰暗的倉庫，從接近天花板處的破洞流洩而下。底艙的高度比其他甲板都高，破洞的位置在大約九呎高的半空。

「我去拿梯子，」安說。「妳要做的就是讓破洞那邊長出一些孢子，外表不用多好看——接下來幾天我會用木頭把它弄好看點的。我們只需要填上洞。玫瑰岩很能抵抗銀，只要固定好就能維持挺長的時間，所以可以當成很好的塞子，只要妳……妳懂的……沒有先把自己搞死了。」

「關於避免最後那點，有什麼建議嗎？」雀絲的聲音越來越尖細。

「我也希望有，孩子。那兩樣是正確的工具，但每次威孚拿出孢子時，我都躲得遠遠的，那傢伙比松鼠大便還瘋。沒有冒犯妳的意思。」

安架起梯子，接著退開，沒有再提供其他幫助，但雀絲依舊很感激。她爬上梯子頂端，往外看向孢子海。

目前海面安靜、平坦又穩定。但在翻騰起始的那瞬間，船隻就會向前移動——而翠綠孢子就會從破洞湧進來。即便底艙有鑲銀，船隻也還是很快就會過重、失去浮力。

雀絲沒有聽見上方傳來更多砲聲。她假裝這是個好跡象，同時把裝備設在附近放著布袋的架子上。最後，她打開裝著孢子的鋁盒。孢子看起來就像是玫瑰鹽粒。她顫抖著傾斜盒子，直到幾粒孢子落在了破碎的木板上。

不幸的是，當她打開滴瓶準備滴水時，孢子已經全都變灰，被上方甲板的銀殺死。雀絲覺得自己很愚蠢，她關上盒子——但裡面有些孢子也已經死了。

她深呼吸幾下。然後，她強迫自己繼續嘗試，在木頭上先滴了幾滴水——然後再打開盒子。她身子往後傾並擋住臉，將幾顆孢子撒在水上。

對於一項餿主意來說，這次的執行還算值得讚賞。

玫瑰孢子爆發成長為厚實的玫瑰岩晶體——類似大塊的石英，雖然並不銳利，有一支還是插進了天花板，另一支則是以對角線方向越過雀絲的頭側——差點撞在她臉上。

破洞並沒有被堵住——水晶之間的空隙太大了，而且重量導致它從木頭上剝落、掉了下去：一半掉進海裡，另一半掉進底艙。雀絲此時才慢半拍地倒抽一口氣。

「雀絲！」安說。「小心一點！」

月影啊……她在做什麼？整艘船現在都靠她了，但她對這件事的認識並不比武裝旗幟學多出多少。（小心那些單色旗。它們最危險了。）

妳在兀特之夢上見過那名育芽人工作，她提醒自己。他把洞填上了。雖然使用的工具不一樣，但妳知道填好的補丁要長什麼樣子。

拿取工具時，她注意到一件事：玫瑰岩還在生長。

雖然大塊的水晶剝落了，船殼上依舊黏著一些較小的碎片，而且在觸碰到水後，它們開始緩慢地擴張，有如蔓延的黴菌。

翠綠孢子也會有同樣的效應嗎？如果加更多水，藤蔓會繼續生長嗎？她不知道。但她在生長的玫瑰岩孢子上又滴了更多水。

沒錯，雖然速度很慢，岩石確實在生長。

太慢了，不足以填起破洞，她心想。不過，就像俗話所說，垃圾堆中的政客，是個好的開始。

她拿起看來像是盾牌的工具貼上玫瑰岩。水晶立刻做出反應，被金屬吸引過來。從灰暗的顏色來判斷，這工具的材質似乎是普通的鐵。另一項工具，那把抹刀，會排斥生長中的水晶。這一把的材質則是某種拋光的銀色金屬。（是鋼，如果你是那種非追蹤這類資訊不可的人。）

對，所以這兩項工具都能影響孢子生長。有道理。也許——

一陣低沉的震動聲從船殼外傳進。恐怖開始環繞。孢子波動的聲音。

翻騰又開始了。

「雀絲！」安大喊。

沒時間思考了。如果孢子開始湧進來，雀絲會是第一個死的人。她用左手拿起盾牌工具抵住破洞，另一隻手捏起了兩、三顆孢子——沒時間擔心手夠不夠乾了——丟進木頭破洞邊緣的積水上。

孢子爆發，但被盾牌吸引過來——阻止它們往其他方向生長。生長的力道差點把她震下梯子。安大叫一聲，抓緊梯子底部，幫助她穩住身子。

玫瑰岩開始長過盾牌的邊緣，雀絲抓起抹刀把它們推開。她可以將它們導向破洞的邊緣，有如使用著會隨她指示生長的灰泥。

風吹起船帆，讓整艘船向後傾，船頭因此上升。就在船頭落下前，雀絲才剛好封上最後一點洞口。她的塞子搖晃地發出聲響。另一側還有一點水，但長出來的藤蔓並沒有突破水晶——水量也不足以讓藤蔓能長大到能夠纏住船。

緊繃的時刻越來越長，被焦慮給繃緊，她屏住呼吸顫抖著。

補丁撐住了。

「喔，月亮啊，」安說。「妳眞的做到了。也許妳可以……再鋪上一層，或是……」

「我們還是別太依賴好運了。」雀絲試著把盾牌拔下來，它被過度生長的玫瑰岩卡住了。「我可能需要拿銀刀把它切下來。也許我們該等到船安全靠港的時候再來試。」

「好，沒問題，」安抓住梯子讓雀絲爬下來。「我很慶幸有妳在。如果沒有妳接下職位，就會是我要負責塡上破洞。我只會使用木板，但這次翻騰靜止期太短，對我來說時間根本不夠。」

上方傳來另一聲爆裂聲響。是槍聲。

「事情還沒完，」安說。「月亮慈悲，我希望那片補丁能撐住。來吧。」

27 噬孢者

雀絲短暫回到自己房內放下孢子以及僅剩的一支工具——再安慰又躲進床下的哈克——緊接著趕上階梯。當她抵達時，烏鴉之歌與目標間的距離已近到危險的程度。

商船的甲板上躺著三具流血的軀體。剩下的船員都舉起雙手，沒有任何人持有武器。看起來拉戈特又發射了一發砲彈——因爲有另一叢藤蔓覆蓋住了船尾，其中許多纏在大砲上。

又是另一顆雀絲調包的砲彈，在擊沉敵船前就爆炸了，但這可能還不夠。這艘商船讓烏鴉有很多憤怒的理由，雀絲擔心她會下令殺光這艘可憐船上的所有人。海盜們會取得貨物，而烏鴉則會得到逐死徒的名聲。

烏鴉之歌慢下來，數名道格朝商船丟出繩鉤。另一人拋下錨。雀絲緊張地看向船長，她已準備好長槍，站在前頭。

「全員，」烏鴉說。「拔刀。準備登船。」

雀絲感到一陣驚慌。

不！她為了保護他們，做了這麼多——

「船長！」一個聲音大喊，充滿力道與權威。

所有人都轉頭看向上甲板，薩雷站在那裡，一手扶著舵輪。現在船已下錨，她將舵輪鎖住，走向階梯。

「依照傳統，」薩雷說。「該由我負責處置被俘船隻的船長，是吧？」

道格們的武器持續對著商船，沒人說話。他們很清楚接下來幾分鐘內，很可能有人會中槍，所以不想表現出任何打算自願的樣子。

烏鴉轉身面對薩雷，一手輕握著長槍。

舵手沒有退讓，雀絲發覺自己正暗自向月亮祈禱。

「我們已經壓制住對方，」薩雷大聲說。「他們也投降了。我們成為海盜是為了自由。僅此而已。」她堅定地站著，姿態非常清楚。她不會袖手旁觀讓商船船員被殺害。

如果烏鴉今天想要大屠殺，就得先從薩雷開刀。烏鴉做得到；她已經對威孚下手了。但如果烏鴉想要維持船隻運作，她還能失去多少船員？

「如妳所說，」烏鴉最終宣布。「讓他們知道，對於他們發出投降訊號後又攻擊我的船，我感到……很不悅。這種……輕率行為會讓人送命。」

「他們必須繳上比平常更多的貨物，」薩雷說。「我會保證這點，船長。」

雀絲吐出一直憋著的那口氣。

水手們又開始行動，丟出更多登船鉤避免船隻漂離。

薩雷是第一個跳到商船上的人。

雀絲在通往上甲板的階梯上頹然坐下，感覺筋疲力竭，就像你在洗衣桶底發現的那條抹布被揉成一團後，又被其他衣服堆壓了好幾周，變得扁扁平平。

她被一道陰影籠罩。

「我們沒沉船，」烏鴉說。「代表妳有做好工作。」

雀絲點頭。

「她的表現很棒，船長，」安在身後說。「我敢說是天生奇才。她才試第二次就封住破洞了，幾乎不怕孢子。」

「確實。」烏鴉盯著雀絲的表情依舊難以解讀。「安，妳不覺得自己該去修補船板嗎？以防我們新育芽人的……絕佳作品並不如想像中堅固？」

「我想是吧。」她準備離開。

「安。」船長伸出手來。

安嘆氣，交出她不知在哪找到的手槍，接著消失在甲板下。

烏鴉走去觀看商船，此時道格們開始從對方的底艙中搬出一捲捲地毯——是船上的貨物。商船的水手在甲板上聚成一團，他們的船長則小聲地與薩雷談話。他的五官擠在一起，額頭與臉頰都太大，就好像你在湯匙上看見的倒影。

所有人都已冷靜下來，除了一人以外：一個水手跪在離其他人有點遠的甲板上。他的姿勢讓雀絲有點不安，所以她爬上階梯讓視線越過蔓延的藤蔓。沒錯，那個男人正摟著被烏鴉射死的其中一具屍體。是朋友？還是家人？

哭泣的男人抬起頭。莽撞、危險。

雀絲想開口警告，但男子突然起身，從皮帶抽出手槍。他用顫抖的手將手槍指向待在另一側的烏鴉。

所有人再次靜止不動。

所有人，除了烏鴉船長以外。她蠻不在乎地盯著槍管。

「斯莫奇！」商船船長大叫。「別做傻事，兄弟！你會害死我們所有人！」

男子，斯莫奇，站起身——身上沾著朋友的血——但沒有放下槍。他也沒有扣下扳機。烏鴉船長舉起她從安那邊拿來的手槍，瞄準男人。

然後烏鴉把手槍轉向，朝自己的頭開了槍。

這一瞬間，藤蔓從烏鴉的皮膚下湧出。它們扯開臉頰、從眼眶鑽出，不斷纏捲扭轉。其中一根藤蔓抓住了子彈。她的臉與手的肌膚波動，彷彿她的肌肉是活蛇一般。藤蔓扭動，接著往回縮，滑回她的身體裡面。

烏鴉的眼角流出一滴血，臉頰上的裂縫則滲出更多一些，除此之外，她的臉毫髮無傷。她放下手槍，從水壺喝了一大口水，最終她向斯莫奇招招手——好像要求他也朝她開槍。數名對方的船員擒抱住他，槍中的子彈射向了天空。

「我要船在一小時內啓航，」烏鴉大聲說。「裝滿比它應得更多的財富。」她的目光移向依舊站在薩雷附近的對手船長。「如果這還沒完，我就會拜訪你們漂亮的船，一個一個教你們所有人，跟烏鴉船長作對會有什麼下場。若你質疑我的誠意，就去問問兀特之夢的船員，翠綠海底的生活如何。」

船長消失在她的艙房內。雀絲再次頹坐在階梯上，顫抖著，腦海中都是藤蔓從烏鴉的身體中爆出的恐怖畫面。

她到底是什麼東西？

28

傑出的聆聽者

「船長是翠綠乙太的孵育體，」烏蘭醫生舉起一個小罐子，裡面漂浮的東西跟腎臟相似到令人不自在。

「她被賦予什麼？」雀絲坐在他的診療室內提問。

「不是賦予。孵育。在體內孕育。烏鴉身上寄宿著一種特別具侵略性的翠綠寄生體。在你們的傳說裡，這種人叫『噬孢者』。不過我覺得這名詞不準確。告訴我。孢子是哪裡來的？」

「從月亮上來的。」雀絲說。

「沒錯，」烏蘭說。「月亮上來的。就像食物是從廚房來的，或是陶器是從清風群島來的。絕對沒牽涉到其他步驟，嗯嗯嗯？這些東西就這樣神奇地出現了？」

「所以……你的意思是孢子是怎麼跑到月亮上的？」

「不如說，」烏蘭說。「是什麼在月亮上生產孢子？嗯嗯嗯？」

「我……完全不知道。」雀絲說。她以前也許應該想到這點的。

烏蘭在她旁邊跪下，把腎臟舉在她身側。他搖搖瓶子，抬起眉毛。「要交換嗎？」他問。

「這一顆會讓妳的尿有紫丁香的味道喔。」

「嗯……不了，謝謝。」

「妳要賣一顆給我嗎？」烏蘭說。

「再說一次，不要。」

「眞自私，」烏蘭說。「妳又不需要兩顆。」

「那你自己又有幾顆？」

烏蘭咧嘴笑了。「一針見血。」

「你還要打針？」

「不，意思是妳的反駁有道理。」他起身，搖搖頭。「言歸正傳，你們的月球上居住一群被稱爲乙太的貪婪個體。雖然眞正的乙太在其他世界與人類有共生關係，但你們月亮上的這些已經變得貪得無厭、猛烈勃發，多產如甘霖良田。」

「我被禁止說那個詞。」雀絲說。

「不，那意思是……事實上，那跟妳想的那個詞意思差不多，只是更禮貌一點的說法而已。不論如何，上面那些乙太正在快速地自我繁殖，而每一個都與一種原始元素有聯繫。植被、大氣、矽酸鹽類……

「這本身已經夠危險了，但你們這裡的種類又更加高度不穩定。只要有一點點催化劑——在這例子中就是水——它們就會直接從靈魂界抽出授予。爆發性地增生。這機制太了不起了。」

雀絲思考了一下，發現自己冒出更多問題。曾經，她可能會太有禮貌以致不敢開口問，畢竟他並不欠她任何解釋，但烏蘭有種特質讓人想繼續這類話題。原因肯定是這樣，而不是她正在改變。

「所以……」雀絲說。「船長是怎麼把那種東西弄到身體裡的？」

「我還沒找到令我滿意的答案。」烏蘭拉出一整排瓶裝腎臟，把手上拿著的那瓶收進去。「有人說那是隨機發生在掉進海中的人身上，也有人說你得吃下某種特殊的孢子。」

「所以她眞的有吃，」雀絲說。「也許吧。」

「也許吧。」烏蘭把套裝的袖子向後拉，露出灰皮膚的前臂。上面長著一隻耳朵。

「你手臂上有一隻耳朵！」雀絲驚叫。

「嗯嗯嗯？喔，是啊。」

「可是……爲什麼？」

「因爲若我把它長在大腿內側，」烏蘭說。「會一直聽到衣服摩擦聲音，非常令人分心。」

「難道你的頭上不是更好的位置嗎？」

「那裡已經有兩隻了，」烏蘭說。「妳沒注意到嗎？姑且不論耳朵，你們船長的症狀很嚴重。她是直接和月亮上的原始翠綠乙太聯繫在一起。它需要水才能生存，但月亮上完全沒有，所以它以某種方式感染了這個星球上的人。

「烏鴉船長體內的藤蔓特別飢渴，它們隨時都在吸乾她的水分。不知如何，它們能利用那些液體——還有從其他噬孢者宿主身上得到的——來餵養月亮上過度生長的巨型乙太。我還無法得知其中的機制爲何。」

「但那些藤蔓在保護她，」雀絲說。「它們擋下了子彈。」

「沒錯，」烏蘭說。「乙太藉由保護她來保護自己，但那是惡性的。永不饜足。無法進行理性思考，只會不斷吸乾她。這種症狀會與時俱進，從宿主身上抽取的水分會越來越多。我聽說那非常痛苦，而且絕對致命。」

「月亮慈悲，」雀絲低聲說。「我差一點就為她感到遺憾了。」

「是啊，嗯，大部分像烏鴉這樣的連續殺人犯都伴隨著某種悲劇。這讓妳不禁會思考誰才是眞正的怪物：是凶手，還是製造出他們的社會？」

雀絲點頭。

「這是陷阱題。」烏蘭說。「眞正的怪物就在妳旁邊的抽屜裡。我給了牠七張不同的臉。」

雀絲瞥向她座位旁小桌的抽屜。它在震動。她假裝沒注意到。

「至少我現在知道為什麼船員們都害怕她了。」雀絲說。「他們不敢叛變，因為她體內的東西會保護她。」

「沒錯。」烏蘭說。「我毫不懷疑船長能夠毫髮無損地殺掉船上所有人。只不過，妳知道的，那她就沒有船員了。就像古諺語說的，暫時性的無敵不會讓你有辦法只靠自己操帆。」

「那是古諺語？」

「怪，」烏蘭說。「我的意思是怪諺語。我現在用的舌頭有點磨損了，它以前可是能靈活的捲舌呢。妳知道那是基因相關的能力嗎？每四條舌頭中只有一條做得到。」他緊緊盯著她的嘴巴。

雀絲刻意不去捲舌頭。她反倒嘗試弄清楚烏鴉船長的目標。那個女人想要將船員推到極限，讓他們陷入絕望。就是因為她要死了，所以才要前往危險的海洋？她是想在死前盡量揮霍生命嗎？

「你覺得，」雀絲說。「船長還有多少時間？」

「很難說。」烏蘭說。「我聽說這類病徵通常會持續一年左右，但我想她度過的時間比那還長，能撐這麼久很了不起。但到了現在，我估計她連幾個月都不剩了，只剩幾周，甚至幾天吧。我注意到她幾乎必須隨時飲水，才能避免自己脫水，然後完全被吸乾。」

這是另一片拼圖。很不幸的，雀絲完全沒概念自己需要幾片拼圖，或是拼好的圖案會長什麼樣子。

「妳還需要什麼嗎？」烏蘭問。「我得到了第八張臉，妳看看，我想胸口下方應該還有位置能夠拼接上去。」

「子夜孢子有什麼效果？」雀絲問。

烏蘭皺眉。他安靜地拉下袖子，朝雀絲走近，身子前傾，以一隻眼睛打量她。「霍德！」他呼叫。

跑腿小弟走進房內。雀絲沒發覺我就在門外。

「你有給雀絲子夜孢子嗎？」烏蘭問。

「沒！」我說

「很好，」烏蘭回應。「我還在擔心——」

「我拿給威孚了！」我興奮地說。（我要爲自己辯護一下，我以爲那是某種甘草糖。）

烏蘭嘆氣，雙手抱胸。雀絲忍不住在想這動作會不會壓到他手臂上的耳朵，還有那會是什麼感覺。

「雀絲，」船醫說。「子夜孢子與其他種類的孢子是截然不同的危險。它需要生命體持續供應水分——也就是孵化它的那個人。」

「就像船長身上發生的事？」

「是的，」烏蘭說。「但在這個例子中是暫時的。」

「它的效果是什麼？」

「它會製造子夜乙太，」烏蘭說。「又稱作子夜精：一團能夠模仿附近物品或生物的黏液。只要你維持住，就能持續控制這種乙太，那比其他種類的孢子造物更有實用性——但也更惡質。如果妳打算使用……」

他停頓，看向她。「當妳打算使用時，務必在附近放上大量的飲水，還有一把銀刀。大部分的育芽人都用子夜乙太去刺探，但小心不要創造出比妳拳頭還大的黏液。所以，一次最多五、六粒就好。如果妳的造物過大，就有可能會逃脫妳的掌控。」

「我……只勉強理解一半你說的話，烏蘭。」她說。

「一半？唉唷，我就知道妳很聰明。妳的大腦——」

「——是非賣品。」雀絲說。

「喔！」我說。「你可以拿我的！它一直想跟我說不能用髒襪子來瀝乾麵條，就算那是對的，我也不想要去想它。」

烏蘭咧嘴笑，從外套內袋取出一本小筆記本開始書寫。「我要把最丟臉的話都記錄下來，」他回應雀絲困惑的目光。「等他好點時再給他看。我猜我能靠這個樂上好幾十年。」

他真的有。

「霍德，」雀絲說。「我必須要知道如何才能找到魔女。你就在那裡，跟她在一起。你能不能引導我，或是告訴我要如何橫越子夜海？」

「只要他還被詛咒影響就完全幫不上忙，雀絲。」烏蘭說。「妳得先破除詛咒。」

「要怎麼做？」她說。「你不知道該怎麼做。有誰會知道？」

我露出沉思的表情。在這段時期，那通常代表我正在思考咬到自己的嘴巴是不是代表我是食人族。但今天我是眞的在思考雀絲說的話。

而且這一次，我成功聽進去了。

「我能講話，」我柔聲說。「但我不能說任何事。我可以告訴妳每次去參加婚禮時都記得一定要穿白色的衣服。」

「基本上就是有講跟沒說一樣。至少是沒辦法說出與詛咒相關的事。」

「沒錯！現在，妳需要的是找到可以講話又說話的人。」

「有很多人符合這個條件。」雀絲說。

這很困難。詛咒把我的舌頭和腦筋都打了結。我眞的無法說太多。

「找到……不是……人……的人，」我說。「不應該……說話……卻能說話。」

雀絲歪頭。烏蘭走近。「這是他數個月以來講過最連貫的話了，雀絲。我想他剛說了非常重要的事情。」

「聽起來像胡言亂語。我覺得他在耍我。」

「嗯。如果眞的是這樣，那就跟以前的他更相似了。不是人的人？而且不該說話卻能說話……」

雀絲皺眉看著我，她的天才大腦運轉著，接著想通了。「會說話的動物？」她猜測。我癱倒在地，放鬆地嘆一大口氣。我很快又迷失在思緒中，想著牧羊人是不是眞的很會做派，還是只是個巧合。

「啊！」烏蘭用力拍手，然後因爲拍手聲太靠近耳朵而縮了一下。「肯定是這樣。他是要妳去找一隻使魔。」

「一隻什麼？」

「強大的授予——如果妳喜歡，也可以稱之爲魔法——使用者常跟隨著會說話的動物。我注意到你們的世界也有類似的傳說。是不是？」

「我想是吧。」雀絲回想起以前聽過的床邊故事。

「我得承認，」烏蘭再次捲起袖子，拿出一把手術刀。「在某些世界，這類謠言是我的同胞所造成的。不過，我不認爲這是本地案例的原因，同樣我也不認爲這是識喚術的結果。最有可能的解釋是魔女以及她的同類找到辦法授予動物，增強了牠們的認知能力。」

「你還在說柯立斯語嗎？」

「技術上來說是的，不過我是使用聯繫來翻譯我的思緒，那原本是使用另一種妳完全沒聽過的語言。無論如何，霍德認爲妳能夠找到一隻使魔——會說話的動物，如果妳偏好這樣稱呼。這類動物很可能在某種程度上與魔女有關聯。使魔通常是刺探用的小型動物，鳥類，有時候是貓科……」

「或是老鼠。」雀絲低聲說。「確實。」烏蘭說著把耳朵從手臂上割下來。

他還沒來得及把耳朵送給雀絲，她就奔出門外了。

29 使魔

她在自己的艙房內找到哈克，他正坐在床上，一邊咬著麵包硬皮，一邊讀著一本威孚關於翠綠孢子詳細用法的書。書是她留在床上的，看來哈克在咬麵包的間隔還順便啃了書本的角角——究竟他是有意爲之，還是老鼠的某種天性，就不得而知了。

「你一直在騙我。」雀絲關上門。

哈克蹲下，他的眼神游移，尋找著最佳的躲藏地點。

「爲什麼沒告訴我，你是使魔？」雀絲質問。

「呃……」哈克說。

「你是魔女的同夥嗎？你對她有什麼了解？你知道怎麼去她的島嗎？你一直以來都隱藏著這些資訊沒講嗎？」

「呃。」哈克以後腿站起，抽動鼻子。「我……沒錯，我就是使魔，所以我才會說話。妳是怎麼發現的？」

「霍德，」雀絲伸手指向醫務室的方向。「他很難在受詛咒的狀況下說話，但他還是給了我夠多的線索找出眞相。哈克，你爲什麼不告訴我？」

「我不想讓妳陷入危險，」哈克說。「魔女是個很壞的人，雀絲。妳不該想知道更多有關她的事，更是絕對不該想辦法去她的島上。」

雀絲走到床邊蹲下，雙眼平視老鼠的眼睛。「你，」她說。「要告訴我關於魔女你知道的所有事情。不然——」

「不然會怎麼樣？」他尖聲說。

「不然——」她深呼吸，表情緊張，有如要做出跟自己生命一樣重大的威脅。「我就不跟你說話了。」

「……妳沒有要把我丟下海之類的？」

「什麼？」她驚恐地問。「才不會！那太可怕了！」

「雀絲，妳眞是個差勁的海盜。」

「拜託，哈克，」雀絲說。「告訴我你知道的事。你能帶我去魔女的島嗎？」

他思考了一下，開口準備說話，卻又停了下來。他用前爪搓搓頭。「不。」他說。「我沒辦法，雀絲。我不是妳所想的那樣。我……不是使魔。嗯，我某種程度上算吧，但不是妳想像的那一種。我全家都會說話。我是在距離魔女的領地很遠、很遠的一座孤島上長大的。」

「所以你算是什麼？使魔的後代嗎？」

「這解釋不錯，」他嘆氣。「如果妳眞的想找到魔女，破除霍德身上的詛咒就是妳最好的方法。我沒辦法帶妳去找她。關於這一點，我說的是實話。我保證。」

「你至少能協助破除霍德的詛咒吧?」

他想了一下。「我……也許吧?我是說,我不該談論這些的,但如果僅限於霍德……好吧,所以問題就出在這。魔女的魔法禁止人談論自身詛咒的細節。」

「我已經知道了。」她說。

「但我聽說——從我家人那邊,妳懂的——有時候還是有辦法讓被詛咒的人揭露一些訊息。詛咒不是活的,而是靜態的,類似於契約上的規則,這代表不論魔女在上面花了多少心力,每條詛咒都還是有漏洞。」

「我不明白。」雀絲依舊跪在床邊。

「好吧。」哈克說。「假設妳有個朋友被詛咒了,如果去問他『你被詛咒了嗎?』他沒辦法給妳肯定的回答,但他無法回答這個舉動其實就是默認了,懂吧?所以在某方面來說,妳其實繞過了詛咒,獲得了妳想要的答案。」

「這跟破除詛咒有什麼關係?」

「每一個被詛咒的人都會親耳聽見咒語,因此都很清楚拯救自己的方法。魔女是個邪惡的人,嗜虐成性。她想要被害人心知肚明通向自由的方法,卻無法告訴任何人。」

「聽起來太恐怖了。」雀絲再次瞥向剛才霍德的所在位置。

「是啊。」哈克說。「聽著,就連談論她都非常危險。妳不該一直想去找她。」

「我一定會去,」她說。「我要嘛是根據你的資訊預先做準備後再出發,要嘛是一無所知前往,然後八成死在她手上。這是你的選擇,哈克。」

「唉唷,獸夾已經夾在我脖子上了,沒必要再用力踩吧,雀絲。我想要幫忙,但我沒有太多能說的。妳必須找到辦法繞過詛咒，就像……假設妳已經知道剛才那個朋友被詛咒了，所以妳問他：『我要怎麼破除你身上的詛咒？』那個朋友是無法告訴妳的。

「但假設妳告訴妳朋友一個故事，裡面有某個人解除了身上的詛咒，然後妳問他：『你的想法呢？』他也許能和妳討論故事情節，因為情節是關於其他人的——因此與他自身的狀況無關。也許妳就有辦法偷問出一些有用的資訊。」

「聽起來這裡面會包含很多猜測，」雀絲說。「還有困惑。」

「還有洩氣。還有痛苦。沒錯。但我只有這些能告訴妳了，雀絲。我不是專家。我認為妳該專注保住自己的小命，而不是這個尋找魔女的瘋狂任務。烏鴉想對妳不利。我感覺得到。」

「我原本也這麼以為，」雀絲允許自己分心，反正她也需要消化一下他所說的話，才有辦法繼續逼問。「但烏鴉的態度變了，她現在似乎很樂見我在船上。」

「難道這沒讓妳更擔心嗎？」哈克問。

「既然你這麼說了……我確實該起疑的，是吧？」

「落抱的沒錯。」哈克說。「我的意思是，烏鴉把子彈當早餐吃、痛恨所有人，還決心要讓全部船員都上處刑臺。但是她——稀鬆平常的——就這麼決定允許讓妳上船。毫無理由。」

雀絲打了個冷顫。「我們必須再去偷窺她。」

「呃……」哈克翻絞著爪子，又開始啃起書本。

「別再啃了！」

「抱歉，」他在她奪走書本時說。「啃東西會讓我感覺好一點。如果妳想，我會幫妳去偷窺她，雀絲。但……我的意思是，我不是很擅長做這種事。我很確定上次已被他們發現了。至此以後，船長艙房舷窗都關得緊緊的，再加上還有貓……」

雀絲手指輕扣書本。船長非常狡詐，但是就連霍德——他很明顯是個傻子（唉唷）——都能發覺哈克是隻使魔。一名女孩總是和太過訓練有素的老鼠待在一起？船長八成也起疑心了。

也許還有另一種方法。烏蘭是怎麼說子夜孢子的？那很適合用來刺探……

門上響起的敲門聲打斷了她。雀絲瞥向哈克，他——過度謹慎地——咬起麵包硬皮躲到了床下。雀絲前去應門，發現站在外面的人是薩雷。

「雀絲，」舵手說。「我們必須談談妳究竟是什麼人。」

30 國王面具

薩雷想知道她究竟是什麼人。

不幸的是，雀絲自己也對這個題目有些困惑。她年少時以為自己了解自己是什麼樣的人。但她現在居然與海盜一同航海，還在學習使用孢子。她發覺自己正向烏蘭索討答案，完全顧不上態度是否有禮貌。

她甚至不確定自己是否依舊是雀絲，或是她已成為了別人了。換句話說，你可以說她現在成了「不確思」。

「怎麼？」薩雷問。

雀絲沒有太多撒謊的經驗，但很諷刺的，最成功的騙子就是那些很少撒謊的人。所以她保持沉默，擺手邀請薩雷進門，而這恰好是最正確的舉動。

薩雷猶豫了。即便她表現得實事求是，但是對於進入育芽人的房間還是有些緊張。你會逐漸習慣身邊有銀的存在，那讓你可以在某種程度上忽略孢子——就像你通常可以忽略視野中間自己的鼻子。或是一般人會忽略知道自己的身體正日復一日地崩壞，隨著心跳聲逐步被時間推向忘卻的深淵。

然而，雖然薩雷的身材和脾氣都短小精悍，她的意志力可不短少。她毅然地踏進房內關上門，英勇地忽視爬上背脊的涼意，還有手臂上的雞皮疙瘩。

「妳想喝點茶嗎？」雀絲拿出兩個杯子。那是一對漂亮的淺瓷杯，杯緣有一圈銀。「是令人開心的微溫。」

「呃，不，」薩雷說。「聽著，我知道妳不是妳所假裝出的這個人。」

「我只是個不想被丟下海的女孩。」

「最好，才不是。」薩雷雙臂交疊。「我不會再被妳的演技騙過了，雀絲。」

雀絲有點煩躁。「妳想要我說什麼？」她少見地被激怒了。「我已經承認外套是我偷來的了。除此之外我只是個無足輕重的女孩，來自於一座無足輕重的小島。我一點都不特別。」

「哦？一名『不特別』的女孩，卻剛好不害怕孢子？只到船上不過幾天，就剛好成爲了我們的育芽人？」

「我怕死孢子了！」雀絲終於有一次不在乎自己是否無禮。「我需要船上的職位，這是唯一還空著的！」

薩雷向前傾身，打量著雀絲。「紗月啊，妳實在太厲害了。我連一丁點妳在說謊的表象都沒看出來。」

「因爲我沒有說謊！聽著，如果妳不相信我，那妳認爲我是什麼人？」

「一名皇家查驗官，」薩雷說。「身著僞裝。」

「這，」雀絲指著自己的查驗官外套。「能算是僞裝？」

「我承認，這計畫很聰明，」薩雷說。「妳知道我們立刻就會懷疑新來者。但理所當然，查驗官絕對不可能穿著那件衣服出現！除非他們正在執行查驗官的勤務。所以妳知道只要穿著外套，我們自然就會懷疑妳不是查驗官。」

「這眞是一種，」雀絲說。「有意思的思路……」

「沒錯，」薩雷說。「我得承認，如果我沒發現烏鴉曾經允許妳逃離，而妳卻沒照做，大概也不會想通這一切。」

喔。「關於那點，」雀絲說。「我只是不想拋下你們所有人。聽著，我沒有說謊。我不是查驗官。」

薩雷瞇起眼睛。「是嗎？那妳對砲彈動的手腳又怎麼說？」

雀絲愣住。

「啊哈！」薩雷說。「妳沒料想到我會知道這個，對吧？今天的商船沒被擊沉時，我看見拉戈特的表情了。他想要殺了那些人，但我還不知道爲什麼。我只知道妳是唯一一個有辦法對彈藥動手腳、破壞他計畫的人。」

月亮慈悲，雀絲心想。如果連她都發現了……或許拉戈特和烏鴉船長也知道了。她早該知道自己騙不過如此經驗老道的船員們。

雀絲坐在床上，滿心憂慮。薩雷看錯她了，但這名舵手……她挺身對抗了烏鴉船長。她阻止了一場大屠殺。如果雀絲打算信任這艘船上的任何人，她決定，應該就是薩雷了。

「我發現船長想要擊沉船隻，」雀絲說。「讓你們全都成爲逐死徒。她想要你們無條件地服從她。就算她能力再強，也還是會擔心叛變。」

薩雷彎腰，捲成小捲的黑髮落在臉頰兩側。「一個普通女孩——妳正在假裝的身分——搞清楚了烏鴉船長的陰謀？」

「純屬意外，」雀絲說。「眞的，薩雷。我完全不知道自己在做什麼。」

「假設我相信妳好了，」薩雷說。「接受妳並不是一名查驗官。妳能夠證明妳對船長的指控嗎？」

「砲臺木桶的底板是假的，」雀絲說。「拉戈特把動過手腳的砲彈藏在底下。我把它們都換成了普通砲彈，讓他無法擊沉船隻。我拿出來的砲彈還在我這裡，但我不確定這能證明什麼。只會變成我們各執一詞。」

「我不需要妳去跟他對質，」薩雷開始來回踱步。「我們只需要讓其他船員同意參與行動。今天稍晚我安排了與安及佛特會面。如果妳帶一顆那種砲彈來，也許就足以向他們證明。他們已經對船長的動機起疑，而且……」

薩雷停下腳步，走回雀絲面前。「而且妳居然誘導我說出了我們的祕密會面！該死，妳眞厲害。」

雀絲嘆氣。

薩雷再次盯著她的眼睛。「冷若冰霜。還心如寒鋼。」

「說眞的？」雀絲問。「我的表情在妳眼中是那樣？」

「沒錯，」薩雷說。「就藏在妳想用來影響我的虛假恐懼與困惑底下。但我相信妳講的一件事：妳不是皇家查驗官。」

「哦？」

「妳太聰明了，不可能是他們的一員，」薩雷說。「妳一定是一名國王面具！」

喔。那說明了一切。或者，雀絲假設如果她知道十二海的「國王面具」是什麼的話，就能說明一切了。

「大家都知道國王面具被問到眞實身分時必須撒謊，」薩雷雙手叉腰。「因爲他們要保護自己的任務，所以我不會逼妳承認。妳今晚會帶那種砲彈過來嗎？」

「如果妳認爲砲彈能說服其他人，」雀絲說。「那我就帶去。」她不確定他們能做什麼來抵抗烏鴉這樣的人，但能談談她所發現的事物總是好事。

「太好了，」薩雷說。「會議地點在補給士的房內，就在第二班晚餐後，夜班開始的時間。」她開始走向房門，又猶豫了一下。「在那之前，請不要暗殺任何人。」

說完後，她就走出門外。雀絲向後坐在床上，感到愕然，哈克此時現身。

「所以，國王面具，嗯？」他說。「妳肯定騙過我了。」

「我——」

「只是說笑而已，」他再次啃起他的麵包硬皮。「我猜妳連他們是什麼人都不知道。」

「完全沒概念。」

「他們是祕密殺手集團，」哈克說。「由國王管轄，專門執行重大任務。據說同一時間總人數絕不會超過五人。他們是菁英中的菁英。」

「而她居然覺得一名十八歲的女孩是其中一員。」

「面具們據說會喝下青春魔藥來僞裝年齡，」哈克說。「但……也有可能他們根本就不存在，但國王卻故意助長謠言，使大家畏懼他。

「別怪罪薩雷。這種船上的人就算沒當海盜，也尋常遊走在法律邊緣。像薩雷這樣的人一生都活在疑心之中。她不傻，只是不習慣跟這麼眞誠的人打交道。就好像妳們兩人根本在說不同語言一樣。」

「我得想個辦法，」雀絲說。「說服她相信事情的眞相。」知道有人居然認爲她是殺手，讓她全身都感覺很難受。

「如果我是妳，我不確定自己會不會去參加那場會議。」哈克說。「烏鴉船長已經對薩雷和其他人起了疑心，我想她打算殺了他們。」

「什麼？你怎麼知道？」

「記得我上次幫妳去偷聽嗎？我聽到了一些像是『祕密會議』還有『終於能擺脫他們』的話。這發生在他們開始講我告訴妳的辛辣資訊之前。」

這些話雀絲耳裡聽起來很不妙，但又太模稜兩可了。她再次起身，在小艙房內踱步，聽著外頭孢子刷過船殼的聲響。「我們知道的不夠多，哈克。我們不知道船長爲什麼想要逼迫其他人成爲逐死徒。我的意思是，她想要命令他們去做些危險的事，但理由是什麼？」

「對啊，」哈克說。「我也一樣沒頭緒。讓我想到我的一個朋友。他眞的很特別，我告訴妳。有一次，他得到了一塊起司——順帶一提，我們其實沒人類想的那麼喜歡起司，不知道這謠言是怎麼開始的。總之——」

「我想，」雀絲溫和地說。「我們應該專注一點，哈克。我們需要得到更多關於船長的資訊。」

哈克把麵包皮放下。「好吧，我想，」他說。「我是說，如果妳眞的想要我去……」

雀絲立刻感覺很愧疚，想起他先前的反對。她沒立場要求他將自身置於危險之中。

「算了，」她把一束不受控制的髮絲夾到耳後。「我想還有別的辦法。」她看向床下的祕密暗格，拿出裝滿子夜孢子的小盒子。

「雀絲……」哈克說。「妳在做什麼？」

「這完全超出我的能力範圍了，哈克。」她說。「我只是個喜歡杯子的女孩而已。我沒有接受過特殊訓練，也沒有特別經歷。除非我善用手上的資源，不然無法搶先烏鴉一步的。」她舉起盒子。「看起來，我唯一的優勢就在於跟其他所有人相比，我比較不害怕孢子一點點。」

「是啊，但子夜孢子？我們不是該……我不知道……循序漸進之類的嗎？妳不該一開始就去跑全程皇拉松，妳得先從慢跑開始。」

「什麼？」

「皇拉松，」他說。「總長四十哩的賽跑，每年國王誕辰時都會舉辦。」

「四十哩？」雀絲在威乎櫃子的各個抽屜尋找。她不是看過一把銀刀嗎？「如果他們跑那麼遠，最後肯定會跑到盡頭，然後掉出島外的。他們是繞圈跑嗎？」

「喔，雀絲，」他說。「大部分的島都比巨石來得大，妳知道吧？」

「眞的嗎？」她將刀子從抽屜抽出。「你的意思是，有些島有四十哩那麼長？」

「還有更大的呢，」他說。「我想清風海上有一座島有六十哩長。」

「月亮啊！」她嘗試想像在同一處有那麼大的陸地。如果你站在正中央，可能根本就看不見海！她對這瘋狂的想法搖搖頭，拿出幾個水袋。

開。

接下來她坐在床邊，挑出三顆黑色孢子，將它們放在床墊上。哈克拖著麵包硬皮向後退

她深呼吸，想著查理。她做得到的。爲了他，也爲了烏鴉之歌上的所有人。解開船上的謎

團，保護這裡的眾人，他們就會指引她通往查理的方向。

她舉起滴管，在孢子上滴下一滴水。

31 子夜精

我假定你不知道什麼是路海聯繫（Luhel Bond）。別傷心。在故事中的這個時間點，我還在忙著考慮自己能同時穿上多少種不同的橘色衣物。人各有志嘛。

大多數乙太孢子——例如翠綠孢子和清風孢子——和與任何聯繫都無關。它們的效果只是簡單的因果關係。壓縮的乙太以孢子的形式落在星球上，只要一點水就能引起爆發性的增長。

子夜孢子則不同——事實上，它的運作方式反而比較接近原本的乙太機制。子夜孢子活化後，會在乙太與宿主之間暫時形成類似共生關係的聯繫。不像納海聯繫需要的是意識及實體錨點，路海聯繫需要的是實際上的物質。以這個例子來說，就是水。

雀絲突然感到口渴，嘴裡變得乾燥。她朝水袋伸手，卻停下動作，目光被孢子的活動所迷住。

孢子冒泡波動，融化後又如氣球一般膨脹。不過幾秒，那一灘黏液——原本只是三顆孢子——就長成了拳頭般大小。幸好它停止繼續成長，但依舊不斷翻騰扭曲著。表面在某個瞬間出現了一張迷你的臉——拉伸著黑色的黏液。下一瞬間，臉又融化消失了。

提供，一股思緒印在了雀絲的腦海中。交易。水。給予水。

完全沒概念自己在做什麼，雀絲就同意了。

各種形式的子夜精都在尋求一種模式、一個範本。它常會從宿主或創造者處取得提示——在這個例子上，雀絲看了哈克一眼，他已經退到了床鋪角落，用麵包硬皮擋在身前，像是個被當點心啃過的盾牌。

子夜精開始有目的性地鼓動伸長。它長出黑色的尾巴。四隻腳爪。臉部與嘴喙……還有如變形塊莖般的身子。很快的，雀絲就發現自己正盯著一隻看起來幾乎就像沾滿黑漆的老鼠的生物。只不過它的毛髮不是獨立生長，更像是某種紋理，還有它的臉與腳趾缺少了細節。它太光滑了。漆黑又有光澤，有如焦油做出來的，或像是沒其他方式表現自己的藝術家用豬油刻出的雕塑。它在床上來回跑動，測試著四肢——又一次，它的動作幾乎就像是普通老鼠。

即便她越來越口渴——奇怪的是，她的眼睛也開始變乾——雀絲還是無法停止注視。她拿起水喝——發現自己居然大口灌下了水袋內所有水。她原本以為自己的胃裡沒那麼多空間，但當她補充水分後，路海聯繫就增強了。她提供了它所需要的東西，因此獲得了一部分操控它的權力。她周圍的世界逐漸消失，視野變得模糊。

接著她成為了那隻非老鼠。她能命令它移動，看見它所看見的，聞到它所聞到的。她立刻讓這隻東西朝哈克跳過去，害他嘰嘰大叫，躲到了床底下。出於某種無法解釋的原因，她覺得這樣很有趣。

但不了，她有工作要做。沒錯，重要的工作，包括了衝向床邊跳到地上。當她著地時，她的腳都被擠進了身體裡，她必須把它們再推出來。在這之後，她跑向房門擠進底縫，變成一團黏液從另一側流出，接著黏回原形。

陰影。她喜歡陰影。在甲板下方的走廊內，她幾乎是隱形的。就連階梯上也是陰影重重。在頂部，太陽已離開月亮後方了。可恨的太陽，不過它已朝地平線斜下，昏昏欲睡，沒有注意到她。子夜雀絲蹲在階梯上，聽著眾人的腳步聲，聞到他們鞋子的舊皮革味。

就是那裡。船轉彎了，桅杆的影子也隨之移位。她跳進影子內，沿著直線向前——在途中躍過甲板上的銀脈。她知道觸碰到銀會傷害她，但她比一般的孢子強大，只是身處在銀附近是傷不了她的。

她來到船長的艙房外，也就是上甲板正下方的房間。她理當是絕對無法擠進門與甲板之間小縫的，但她做到了。這次重新鼓起花了比較多時間，而她的眼睛最先成形，讓她能掃視房內。

烏鴉坐在舷窗旁的書桌前，就著夕陽漸弱的日光書寫著。她的帽子掛在門上的掛鉤，她的水壺打開放在身邊，身穿的外套也沒扣起。

當子夜雀絲的腳一長回來，就立刻衝進椅子下的陰影內。烏鴉聞起來不對勁，像是腐敗的雜草、燒焦的人肉，還有一些子夜雀絲認不出來的味道。其他人類聞起來像汗水，還有甜美的鮮肉。烏鴉不是。烏鴉不完全是人類。寄生物正在獲勝。

子夜雀絲發覺她應該要等待的。等到烏鴉和拉戈特開會的時候。她應該要先做計畫的。但計畫⋯⋯計畫是給還不存在的人用的。而雀絲已經存在。

烏鴉在寫的那本小書是什麼？子夜雀絲慢慢接近。她有辦法沿著影子爬近到足以閱讀裡面的字嗎？她彎起脖子，從地上抬頭，嘗試去看。但角度不對。她能否……

不。不，她得爬到烏鴉的正旁邊才能看到書的內容。這具身體讓她感到興奮，充滿活力，但……但就算在黑暗中，她也不是隱形的。

只要再靠近一點。她可以再靠近一點的。

雀絲努力克制自己。這就像是已經餓壞了，卻要忍住不吃東西。她想要去做她想要做的事。對吧？

不。不……

烏鴉很快就會離開。晚餐時間。她會像平常一樣去拿食物，然後回到房內。等等。

等等。

等等。

呼叫聲喊起。烏鴉闔上書本，從水壺灌了一大口水，接著站起身。她從掛鉤上取下帽子，走出房外，然後鎖上門。

現在！

子夜雀絲衝出影子。她以柔軟、可塑身子上異常尖銳的腳爪爬上桌腳，跳上桌面，過度急切地朝著書本而去，導致跑步的四腳都扭曲了，因此她從身側長出更多如腫瘤般的短腳。

她抵達書本邊，咬住書頁翻到烏鴉夾著書籤的那一頁。裡面的是……文字？

文字聞起來像灰塵。灰暗、骯髒、無聊、蠢笨、融化、墨跡的文字。爲什麼是文字？爲什麼她要在意文字？

文字。讀那些文字。

她不想，但還是做了，讓她的雙眼漲大到從臉上突出——以接收更多光線，讓細節更加清晰。大部分的字看起來像是用機器印刷的，但邊緣有手寫的字跡，她假定那是烏鴉寫的筆記。

終於有辦法擺脫它們了？筆記寫。從我的血中移除孢子的辦法？

令人好奇。子夜雀絲專注在印刷文字上。

有明顯證據顯示霽希司有治癒任何疾病的能力。一一零四年，據報一名祈求者身上極端具侵略性的癌症腫瘤被治癒了。這名人士，也就是清風群島的德爾夫，是一位眾所周知且飽受尊重的學者——他的話也值得信任。

我們還有另一項極端案例。一一二三年，女皇貝克十五世的孢子寄生症痊癒了，她也是數千年的歷史記載中唯一從這項感染中活下來的人。其中也牽涉到了霽希司。

笨文字。像木屑一樣扎眼的笨文字。爲什麼？她應該找點東西來咬才對，會流出溫暖又有鹽味的鮮血的東西。

她與自身抗爭，不斷扭曲，形體不斷冒泡蠕動。她差點在憤怒之下把自己撕碎了。但她終究獲勝，強迫自身變回粗略的老鼠外型。她咬著書頁，將書往回翻。她掃過烏鴉的其他筆記，但多數都沒引起她的注意——直到她看見了哈克先前提到過的兩個詞。

與威孚的祕密會議指明了應該有種找出確切位置的方法。眞可惜他決定要勒索我。算了。至少他在被我殺死之前展現出了點骨氣。

這並沒有解釋霽希司是什麼。她向前翻更多頁，找到了這章節的開頭。是什麼能夠治癒疾病？藥草？魔藥？

不，是生物。

霽希司瑞伏烈居住在以未知方式坐落於緋紅海底的宮殿內。雖然牠的年齡未知，但至少已住在同一個位置超過三百年了。

多數人會很理智地說牠只是個神話。然而，本章會證明牠毫無疑問是真實存在的，且有大量值得信任的祈求者證詞做為佐證。誠然，在緋紅海上航行並非膽小者可為之。確實有許多人會質疑任何敢在那片孢子上航行者的心智狀況，這說法一直以來都被用來反對聲稱巨龍存在的證詞可信度。

我自身想要找到這條龍的嘗試，到目前都以失敗告終，但我可以證明那些踏上這趟旅途的人並不是瘋了，而是已陷入絕望。他們的證詞值得信任。即便看上去難以相信。巨龍霽希司真的存在。

龍。

烏鴉認爲龍是眞的。

而她想要逼迫船員航向緋紅海，找到龍以治癒她的病症。

這是她在烏鴉身上發現的第一件有道理的事。子夜雀絲需要知道更多。一般人要怎麼找到龍？她有聽說過牠會實現願望——大家都聽過這種故事——但裡面肯定有更多內情。只是找到龍就足夠了嗎，還是你得付牠錢？

但不要。文字是眼睛裡的刺。又笨、又沒用、又沒血、又沒鹽、沒味道、沒尖叫的文字就到此爲止。不要更多了。

抗爭再次開始，她的形體分解，在書桌上變成一團，又砸又扭的。

腳步聲。

對抗想要文字，不想要再次文字。

外面傳來腳步聲。

不不不不不不不不快聽話。

烏鴉回來了。鑰匙插入鎖內。

必須——

在一陣閃光與黑煙爆發中，雀絲被拋回了自己的體內。她感到口乾舌燥，就像嘴裡滿是沙粒。她甚至無法辨認出自己的舌頭，那好似一條乾縮的碎布，而她的手則在眼前乾縮了。她側身倒在床上，當她想說話時卻只能發出沙啞聲。

「雀絲！」哈克蹲在她面前。「雀絲！」他用前爪不協調地握著銀刀。「妳嘴裡有一條黑線跑出來。我不知道怎麼辦，但妳在咳嗽然後……」

「水。」她成功吐出字，朝第二個水袋伸手。

哈克趕緊跑去用牙齒咬住水袋，用力拖向她。她順利把水倒入口中。水一碰到她的舌頭，她的嘴就彷彿在燃燒。她忍著疼痛繼續喝，即便被水嗆到，依舊強迫將水灌下乾如羊皮紙的喉嚨。

最終，她倒在浸溼的床墊上，大口喘氣。如果在一般情況下脫水這麼嚴重，她早就死了。但這不是一般情況。及時補充的水分逆轉了過程，讓她枯枝般的雙臂重新漲起，口腔與喉嚨的燃燒感也消退了。

她向後癱倒，享受著不疼痛的感覺，還有思考著她發現的事。她開始擔心起來。烏鴉會發現子夜孢子的殘骸嗎？當雀絲的聯繫中斷時，她感覺到自己的身體變成黑煙蒸發了。會不會留下殘渣？

「雀絲？」哈克問。「妳……還好嗎？」

「還好。」她的聲音依舊沙啞，撥開臉上在剛才抽搐時乘機逃離馬尾的髮絲。「你可能救了我一命。謝謝你，哈克。」

「嗯，那我們就打平了。」他說。「如果不是妳把我從籠子裡放出來，我早就葬身在翠綠海底了。」

他依舊扭絞著前爪，所以雀絲奮力坐起身，朝他微笑。但惡意之月啊，她有預感接下來會有怪獸般的頭痛朝她來襲。也許未來還是對子夜孢子敬而遠之比較好。

儘管如此，她還是得知烏鴉船長想要什麼了。還有——雖然無法完全確定——但看來哈克先前偷聽到的話與薩雷眾人並無關連。「祕密會議」指的是與威孚的會議，而「終於能擺脫他們」指的是她血液內的孢子。

也許薩雷、安和佛特會知道該怎麼做。雀絲等待著，想知道烏鴉船長會不會衝進來，因爲被偷窺而火冒三丈。這件事並未發生，雀絲隨後洗了個奢華的澡，然後著衣準備參加祕密會議。希望其他人在發覺她其實不是國王面具時不會太過生氣。

當然，雀絲低估了人類心智盲目地相信自己想要相信的任何事的程度。

32 解放者

「我找到方法讓我們脫離目前的困境了。」薩雷指向雀絲。「看哪，我們的解放者。」

雀絲愣住。她才剛關上補給士辦公室的房門，手都還沒離開門把，沒想到會一進門就成爲眾所觸目的焦點。「嗯……」她開口。

「她自然是不能承認，」薩雷的聲音壓低成可疑的耳語。「但我確信她是一名國王面具。」

佛特舉起他的標語板。**不是要故意唱反調，薩雷，但我真的覺得不是這樣。**

「對啊，」安說。「我同意他說的。雀絲是很棒沒錯，但她很明顯只是個來自偏僻小島的女孩。」

「整個國王面具的重點就是看起來要很無辜，」薩雷說。「你們看過幾個來自偏僻小島的女孩敢在海上行走的？隨後還抓在航行的船邊那麼久？」

佛特與安打量起她，雀絲因他們的審視而臉紅了。「我當時走投無路了，」她說。「我做的事都只是為了生存下去。」

有一點確實可疑，佛特寫。**就是妳在這麼短的時間內就成了船上的育芽人。**

「對吧？」薩雷說。「她不害怕孢子。」

「我非常害怕孢子。」雀絲更正。

「而且她在閃耀灣的時候其實可以逃離船上，」薩雷說。「卻選擇留下來、監視烏鴉船長。她早先自己向我承認的。」

雀絲嘆氣。「我……我不想顯得無禮，薩雷。但我覺得妳在錯誤解讀我所說的話。」

「等等，」安說。「薩雷，妳把這說的像是好事一樣。如果她眞的是國王面具，她就會把我們全殺了。我們現在可是法外之徒了。」

「啊，」薩雷舉起一根手指。「但她知道我們並沒有共謀殺人，」

嚴格來說，我們有，佛特寫，表情陰鬱。**我們成了海盜，結果有人死了。砲彈是不是我們發射的根本無所謂，那些可憐人的死還是要算在我們頭上。**

小房間內陷入寂靜。佛特坐在櫃檯後的凳子上，肩膀寬到差點同時頂到兩側的牆面。他穿著吊帶褲，因為先前至少有七條皮帶在被他穿上後就當場投降——我有明確消息來源指出因為他對皮帶們的暴行，所以法官命令他不得出現在距離任何皮帶三十呎以內的區域。

安坐在櫃檯上背靠牆，雙腳懸空晃動。她看起來對地板上的某個木節產生了濃厚的興趣，但實際上，佛特的話深深地影響了她。他們全都有罪。除了雀絲以外。

薩雷朝其他人踏近一步，離開門邊。「你們看，這就是為什麼她是面具這一點這麼重要。在成為逐死徒後，我們唯一的活路就是有國王的幹員替我們作保。」她看向雀絲，眼神帶著哀求。「所以她才有可能是我們的解放者。她能告訴國王我們的本意是好的。我們想要阻止烏鴉。這是條出路。是吧？」

雀絲原本將薩雷視爲一名嚴謹、剛直的人，像是堅定的握手化成了人形。但現在，她的黑色眼眸中帶著恐懼。還有痛苦。月亮慈悲，聽到她的哀求實在讓人不忍拒絕。

佛特與安都看向雀絲，眼中也同樣綻放出希望的火光。

哈克是對的。這些人不是傻子。他們希望雀絲的眞實身分與外表不同，並不是因爲他們很笨。他們只是想要一個機會。

雀絲再次口乾舌燥，這次不是因爲她濫用乙太。確實是有個方法可以證明她不是面具。只要她承認她是面具就可以了。雖然很不直覺，但假設薩雷說過國王面具不能承認自己身分的這件事是眞的，這就反而能證明她不是國王面具。

但說出口就代表踩熄了他們最後的希望之光。這麼做感覺太……殘酷了。有如踢了貓咪一腳。

不。就像是把炸藥綁在貓咪身上，然後等著看你可以讓頭顱飛多高。

雀絲說不出口。他們太渴望了。使得她也渴望起他們能得到想要的回應。所以她改變話題。她伸手進包包裡取出砲彈。

「這個，」她說。「是我從拉戈特砲臺上的祕密隔間內拿到的。」

薩雷看向另外兩人，刻意擺出雙手抱胸的姿勢，就好像在說，你們看吧？

佛特接過砲彈，將之平衡在掌心，以彎曲的手指抵住砲彈，再用另一隻手的指節穩住。他在兩掌間滾動砲彈，再放在櫃檯上，拿出鑿子和鐵鎚，以他獨特的方式抓住工具，小心輕敲砲彈的幾處特定位置，然後以一手壓住砲彈，把上下兩半轉開。

在裡面，通常會看到一袋清風孢子炸藥，以及引爆砲彈的引信系統。（我們晚點會講細節。）每顆球的外面都印著一個數字，也就是幾秒後會二次爆炸——把水噴撒出去。

但在這顆砲彈中，炸藥被一小團布給取代了，中央裝水的空心處也裝滿了鉛彈。

「被動了手腳，」安說。「這不是用來捕獲船，而是用來擊沉船的。薩雷，妳說對了，船長是故意要讓我們成爲逐死徒的！」

我早就知道這一切有些不對勁了，佛特舉起他的板子。**妳也心知肚明，安。**

「是啊，但是親眼見到……」安說。「妳是怎麼在沒被抓住的情況下拿到砲彈的，雀絲？」

「其實不困難，」她說。「沒人想靠近那些彈藥。」

「但妳究竟是怎麼發現它的？」安戳著解體的砲彈問。

「我，嗯，剛好對木桶還有祕密隔間有點經驗。」

薩雷投來狡黠的目光，還有自認了解的微笑。

我的問題是，為什麼？佛特寫。**船長能靠這項舉動得到什麼好處？我們已經是海盜了。不搶劫卻殺人，一點道理也沒有。**

「是啊，」薩雷說。「讓人想不透。」

雀絲猶豫一下，然後嘆口氣。她必須告訴他們。「我無意間聽到船長和拉戈特的對話。她擔心你們的忠誠心，除非所有人都成了懸賞罪犯——不管在哪座島，想逃走都只有死路一條。」

「嗯，她倒是沒想錯，」安說。「直到那艘船沉之前，我都還在想著脫逃的辦法。」

妳「無意間」聽到船長與拉戈特的對話？佛特寫。**怎麼辦到的？他們從不在公開場合討論祕密。**

「他們不在公開場合討論，」雀絲說。「他們在她的艙房裡。」三人都看向她，她才察覺自己犯了錯。她不該在頭痛欲裂的時候來參加這場會議的。

「妳有辦法偷聽船長，」安說。「當時她人在艙房內，而且正在和她的大副祕密策畫背叛船員的陰謀？」

「呃。對。」

話語在空中懸了一會，直到安將其拔起、囫圇吞下。「對一個來自偏僻島嶼的女孩來說，這間諜行動也太專業了，是吧？」

「只是運氣好。」雀絲嘗試快速帶過話題。「聽著，我擔心船長想要擊沉更多艘船。調包炮彈阻止了今天的屠殺，但我認爲她希望至少再殺掉一整船人來確保你們都在同一艘船上。我是說，比喻上的同一艘船。跟隨她的計畫。因爲，你們懂的。」她揮手示意他們都在船上。

「我同意面具的話，」薩雷說。「今天太驚險了。我們手上已經有夠多鮮血了。我們需要找方法來一勞永逸地處理烏鴉。」

這得花時間，佛特寫。**第一步，我認為我們必須想辦法澆熄她的嗜血欲望。**

「如果你還沒注意到，」安說。「她可不是能被澆熄的類型，我認爲我們只能把她引去她無法造成傷亡的地方。」

如果，佛特寫。**我們說服她去其他海洋航行呢？去某一片人口比較少的海。這樣我們就不**

會遇到太多她能傷害的無辜人了。

「確實，」薩雷說。「但我們就得去緋紅海，或是——更糟的情況——去子夜海。但我們絕對沒辦法說服船長那樣做的。她肯定希望待在有大量船隻的地點。」

「事實上，」雀絲說。「我很確定她會同意去緋紅海航行。」

「別想，」安說。「船長的自保欲太強了。我們絕對無法說服她……」她停頓，看著雀絲，然後瞇起眼睛。「至少，普通的船員沒辦法說服她做這麼瘋狂的事。」

「我覺得會很容易的，」雀絲感到不自在。「薩雷，妳該去提議。」

「在我今天的舉動之後？」薩雷說。「現在船長渴望有個吊死我的理由。如果我要她航向緋紅海，她絕對會把我丟下海。」

「妳眞的覺得自己能說服她嗎，雀絲？」安問。

現在，雀絲想要告訴他們她知道的事：烏鴉想去緋紅海治癒她自己。而……她發覺如果船長被治癒了，對所有人都有好處。船員不必再害怕噬孢者，烏鴉能活下去，也許他們之後就不用繼續當海盜了。

但如果雀絲要解釋她是怎麼得知這件事的，她很確定這些人百分之百會認為她就是國王面具。偷聽船長講話是一回事，但承認自己用某種方法偷看了烏鴉的私人筆記？

所以，雀絲沒有多做解釋，只是點點頭。「我去做。我確定我能夠讓她同意航向緋紅海。你們其餘人可以專注在長期的計畫上：該如何從她手中把船奪回來。」

只要她的血裡還有孢子，佛特寫。**就能免疫我們對她做的任何事。**

「嗯，假裝到時候她已經沒有孢子了。」雀絲說。「假設在不久的將來，她的能力就會被中和。理由是……嗯……跟我完全無關的原因。」

三人又藉這個機會死死盯著她。

「好了，好了。」最後薩雷將雀絲輕推出房門。「我們會負責這部分。妳就去說服她航向緋紅海。如果她同意，我有信心我能讓道格們也同意，他們大多數人都和我們一樣不喜歡殺戮。」然後，薩雷又以耳語補充。「拜託記住我們的協議：在國王面前替我們說好話、說服他說我們並不想做這些事，還有告訴他我們有協助妳阻止她，好嗎？」

「薩雷，」雀絲說。「我真的不是——」

「我知道，」薩雷說。「妳不能承認。不然這樣如何，如果妳剛好有機會在國王面前替我們說話，妳能向我保證妳會照做嗎？」

「我想可以吧。」雀絲說。

「夠好了。」薩雷說。「還有，祝妳好運。」

騙子

雀絲在頂層甲板找到了船長，她靠在船尾的欄杆邊，正一邊把水壺的水倒進一個看起來不錯的錫杯，一邊望著被夕陽燒紅的地平線。雀絲向前踏近一步，翻騰就在此刻停止了。晚班舵手道格呼叫收起船帆，船慢慢滑行停止。船像是隻安靜的巨獸，在風吹拂孢子與帆布的輕緩聲音中睡去。

每次船停下，整個世界就好像突然脫離了自身的曲調，不再有需要應對的晃動，連空氣也過於安靜。平時孢子的輕柔刮擦聲實在是太無所不在，突然消失反而感覺不自然。就連甲板都變得靜寂，因爲道格們都下去吃點心或玩牌，等待著翻騰再次開始。

船長沒有對雀絲的到來做出任何反應。她喝完杯中的水，將杯子掛在食指上搖晃，目光依然盯著夕陽。好似她是某種天文處刑人，在此確保白晝確實入土爲安。

雀絲沒有立刻開口。船長曾清楚表達過在享受飲水時不喜歡被打擾。雀絲只是希望她不要每次喝完就把杯子扔進海裡。沒錯，杯子的設計確實具有務實主義，但雀絲自己也一樣，她很不喜歡看到它們被浪費掉。

翠綠之月在天頂注視著，佔據了三分之一的天空。我常覺得孢子海上的人看月亮的頻率實在是少得奇怪。當我初次抵達那顆星球時，總是忍不住盯著月亮看。它們的距離實在太接近，幾乎是帶著惡意。大部分行星的月亮都是待在牆邊，等待有人邀請共舞，但這些月亮則早已在舞池中——而且還全身佈滿亮片。

「妳爲什麼在這裡，雀絲？」烏鴉終於問。

雀絲仔細思量。如果她一開口就請求烏鴉前往緋紅海，這個女人肯定會起疑心。

「嗯，」雀絲說。「我想要討論一些事。」

「我不是問這個。」烏鴉說。「我想知道妳爲何會到海上來。妳想要什麼？」

問得好像這是個容易回答的問題一樣。人們通常都不知道自己想要什麼，只不過他們大都很討厭被別人指示你該想要什麼。再者，雀絲一生都覺得自己不該去尋求自己想要的東西。

「我離開小島是爲了要看世界。」她說。

「很多想當水手的人都這麼說。」烏鴉說。「眞是句漂亮的小格言，對吧？上面還綁著精緻的蝴蝶結。在海上旅行，看遍上百座島嶼。問題是，所有港口的酒吧都相似得可怕——而那就幾乎是妳會見到的所有光景了。」

「至少我會遇見很多不同的人。」

「嗯。沒錯，」她又說。「這倒是眞的。問題是，他們的內在也全都相似得可怕。而身爲一名逐死徒，妳基本上也只能看見他們的內在了。」

雀絲將目光從烏鴉身上移開。她希望船能再次開動，靜止不動讓她覺得頭暈。

「就這樣？」烏鴉說。「只是因爲想去他處的幼稚欲望？」

「是的。」雀絲說。

船長看起來有點失望。遠方的夕陽終於落入海下，完全被掩熄，只留下殘留的餘光成了罪行的線索。

雀絲對近來的自己必須說這麼多謊感到不滿。但確實，對烏鴉這類人撒謊不需感到內疚才對。就如同一般而言你也不該動手打人，但這類社會規則並不適用於正啃你腿的老虎身上。所以雀絲並不是特別擔心這一個謊言。她比較在意的是近來自己說謊的頻率。沒錯，她撒謊都是爲了大局著想，但老虎可能也相信啃你的腿也是爲了大局著想。尤其是牠自己的大局。

雀絲逐漸領悟到了一件令人不自在的事實：人不能簡單分成騙子與不是騙子兩種。通常是周遭環境、個人出身或是遺傳因素導致了這些謊言——因此才會有騙子。

「事實上，」雀絲發覺自己再度開口。「還有更多原因。我愛的人被魔女抓走了。我想要去魔女的島嶼，從她手中把他救回來。」

烏鴉差點弄掉了杯子。雀絲緊張地伸出手。

「子夜海，」烏鴉說。「妳想要去子夜海。」

「是啊，希望不用孤身一人去。」雀絲說。「理論上，我想要搭船去。」

烏鴉大笑，那可不是令人開心的聲音。既惡毒又充滿嘲弄，之於一般笑聲就像看門惡犬對比小狗狗。

「妳？」烏鴉重複。「一個來自名不見經傳的地方、滿頭亂髮的洗地女孩？妳想要去……我甚至說不出口！」

聽見這聲音，雀絲心裡有什麼改變了。那沒有眞的被折斷，但肯定是被折彎了——而且發現自己比以前更具彈性。她盯著烏鴉的眼睛說：「我覺得妳這樣說不公平。我已經走這麼遠了。我母親總是告訴我，任何事最困難的部分就是說服自己開始去做。」

「身爲一個登過許多山峰的人，」烏鴉說。「我可以保證妳母親是個笨蛋。」

雀絲感覺憤怒湧上全身。就算是海盜，也有某些話是不能說的。

「妳，」烏鴉說。「覺得誰會帶妳去執行這項不可能的任務？」

「這個嘛，」雀絲說。「到目前爲止，我只知道一艘船的船員。我有點希望——」

她的話被另一陣大笑給打斷。她預料到了。她是故意挑釁的。因爲她對撒謊已經越來越不內疚了，至少面對烏鴉時是如此。

而她剛剛才想到一個絕佳的謊話。

「要是我找方法付妳酬勞呢？」雀絲說。

烏鴉笑得太厲害，都開始咳起嗽了，甚至連烏蘭都走了上來，把頭探出甲板望向聲音來源。因爲他上次聽見烏鴉笑得這麼厲害，是因爲有個水手不知怎麼讓登船鉤刺穿了自己的胯下。

「就算我想去子夜海，」烏鴉抹抹眼睛。「就算妳有辦法支付我酬勞，船員們也絕對不會同意。」

「妳大概沒說錯，」雀絲假裝思考著。「我得循序漸進。先帶他們去某個險峻，但稍微不危險的地方。那……緋紅海如何？反正我也要跨越緋紅海才能抵達子夜海，所以我們可以先去那邊。」

「他們絕不會同意的，女孩。」烏鴉說。「這組船員就跟國王本人一樣懦弱。」

「假如我能夠說服他們同意。」雀絲說。「妳會允許嗎？很少有船願意在緋紅海航行，所以上面的船肯定裝著價值連城的貨物！」

補充一下，這一點都沒道理，好像是假設住在遠方王國的人一定比較苗條，因爲他們得走很遠才能抵達那邊。

烏鴉聳聳肩。「如果妳能說服他們，沒問題。但他們不會同意的。還不會。他們還……不夠絕望。」

雀絲向船長道謝，接著離開。她不想說更多話，也不需要。因爲船長剛剛已經被一個來自名不見經傳的地方、滿頭亂髮的洗地女孩給騙了。

又一次。

34 下水道巡工

我很喜歡講雀絲世界的一個故事。聽著，在國王的宮殿中，最低階的僕人就是下水道巡工——他負責在城堡的下水道中巡視，確保沒有任何有用的東西被遺失或丟棄在那裡。因爲氣味上的明顯理由，沒人想當下水道巡工。更糟的是，沒人想要聽下水道巡工的話。不管他到哪裡去，眾人都太過忙於前往他的上風處，或是他們正在回想從地毯上清除嘔吐物的方法。（請使用肥皀、醋酸以及溫水。）

我們故事中的下水道巡工有很多想抱怨的事，其中有些與皇家飲食缺乏纖維有關。他唯一不打算抱怨的就是他的晚餐。他每天的晚餐都一樣，一顆烤馬鈴薯配上豬油。

下水道巡工最愛烤馬鈴薯了，愛到他決定在晚餐時又多要了第二顆馬鈴薯。他得到了，主要原因是想盡快趕他走，而這就成了習慣。兩顆馬鈴薯。每天都是。

狀況持續直到某天，低階僕人們的晚餐突然不一樣了：換成了玉米麵包配豬油。下水道巡工恨死玉米麵包了，他等待著再度換回馬鈴薯，但它一直沒回來。

某一天，在執行日常工作時——發現有人決定把上次舞會的潘趣酒染成綠色之後——他腦中出現了一個想法。在宮殿的生活已經夠悲慘了，但他肯定能做些什麼來改善現況。他決定要去找廚子談話，讓晚餐再次換回馬鈴薯。

所以下水道巡工出發執行他的任務。他找到廚子，對自己害牛奶都結塊了而道歉，接著說出他的請求。馬鈴薯，拜託。少點玉米麵包。

從廚子眼中的淚水看來，她很同情他的處境。但很不幸的，她無法更改菜單。她解釋菜單是由宮廷總管決定的，廚子只負責烹煮食物。

下水道巡工前去找總管談話。他發現那個男人正在進行某種奇怪的活動：嘗試弄清自己鼻孔內究竟能夠塞進多少手帕。下水道巡工說出他的問題，從總管咬緊嘴唇的樣子看來，似乎很同情巡工的處境。可惜，他不能修改菜單——因爲物資是商業大臣分配的，其中已經沒有馬鈴薯了。

結果，原來商業大臣不小心把她的戒指掉進下水道巡工的領域內了。下水道巡工在勤奮地搜尋後終於找到了戒指，不過他也在思考，像商業大臣這麼尊貴的人爲何會吃那麼多玉米。他前去歸還戒指，大臣因此親自接見下水道巡工做爲回禮。但是在戶外。而且是在強風中。而且還在下雨。還是過敏季節。

下水道巡工解釋了他的困境。從他接近時她差點昏倒看來，商業大臣聽進了他的抱怨，也很同情他的處境。然而，她幫不了他。是國王本人下令僕人只能吃玉米的。

嗯，國王不是那種你每天都能見到的人。因爲他不常辦事，這對他來說大概是每兩天做一次的事。到了適當的日子，下水道巡工——手中拿著傘——往上大喊。他知道國王會聽見他的話，因爲下水道巡工有第一手的實證經驗，證明了這個位置的傳聲效果有多好。

他拜託國王能否再次給他們馬鈴薯當晚餐，他實在太喜歡了，總是要吃兩顆。從國王暫時停止增加下水道巡工的工作並回答問題看來，國王很同情他的處境。

「我沒辦法。」國王說。「整片馬鈴薯田都遭受蟲害。還有，小心點囉。」

下水道巡工那天學到了兩堂重要的課。第一，你跟人說話的時候其實不用移開傘。第二，沒有人——就算是國王——有辦法在此刻提供馬鈴薯。

「你就是，」國王在辦事結束後說。「那個開始要求兩顆馬鈴薯的人，對吧？」

「嗯……是的？」下水道巡工往上喊，馬上後悔張開自己的嘴了。

「有趣。」國王的聲音迴蕩著。「早在植株死光前，我就得停止購買馬鈴薯了。在你拿了兩顆後，每個人都想要兩顆。因爲需求上升，馬鈴薯就變得太高價，因此我們便無法向僕人提供馬鈴薯了。」

所以實際上，這裡還有第三堂課。

就連小舉動都有後果。雖然我們能夠選擇自己的舉動，但我們很少能選擇後果。

雀絲走下甲板時，她感到某種……不適感。這種事很常見。和烏鴉船長說話常會在人身上留下殘留的穢物。情感上的皂垢。

雀絲看見烏蘭走離——他很失望於這次的笑聲跟被刺穿的胯下無關——她快步趕上他。

「醫生，」她說。「我想問你一件事。是有關……某種我絕對沒有試用過的孢子。」

「噓，」他看向走廊末端，把她趕進她房內。進門後，他仔細地檢查她。「很好……我相信妳還活著。」

「我還在跟你說話，還走來走去的。」

「這些並不如妳所想像的，能夠算是確切的佐證。」他說。「但妳說，妳想問我什麼？」

「子夜孢子……在聯繫中斷後會留下痕跡嗎？」她問。「例如，假設你正在用它偷溜進你不該進去的地方。」

「那通常就是大家要偷溜的原因，嗯嗯嗯？」

「對。但假設說，嗯，有人打破咒語、中斷了你的聯繫，好讓你不會死掉。」

「那不是咒語，而是兩個實體間的複雜共生關係。不管如何，是我的話就會送那個救了妳的人一份大禮。也許是一個備用的屁股。」

「呃……」

「人總是需要更多屁股的。妳知道嗎？至少有三個人說過要送我冷屁股來貼我的熱臉，但他們最後都沒給我。人類眞是變幻莫測。」

「對。呃，回到正題上？拜託？」

烏蘭微笑，手指在面前交疊。奇怪的是，在認識他後，他的灰皮膚與紅眼看起來很……獨特。比較不像惡魔。只是特異了點。「妳不會被發現的，」他說。「除非有人眞的看見妳正在操控的子夜精。只要聯繫中斷，它就會蒸發成黑煙，很快就會消散，不會剩下任何殘骸。」

雀絲點頭，鬆了一口氣。

「妳爲什麼這麼焦慮？」烏蘭問。

「嗯，我剛剛和船長說過話，」雀絲說。「感覺自己佔了上風，所以……」

「所以妳很明智地認爲也許她正在祕密反向操弄妳。也許是因爲她有了妳在做什麼的線索，嗯嗯嗯？令人好奇。告訴我，妳讓她同意去做什麼？」

「帶我們航向緋紅海。」雀絲說。「我知道你想說什麼。但我跟佛特、薩雷和安談過了，他們也願意在緋紅海航行，而且認爲他們有辦法讓道格們也同意。」

「我毫不懷疑他們可以，」烏蘭說。「他們三人可以很有說服力。但我們爲什麼要去緋紅海航行？妳到底爲什麼希望這件事發生？」

「喔！」雀絲說。「對，嗯，這就是我偷溜進船長艙房的時候發現的事。她想要去拜訪龍，請牠治癒她。」

「霽希司，」烏蘭說。「她想去跟霽希司做交易？」

「對，所以我說服了她航向緋紅海。」

「那不是原本她就打算做的事？」

「嗯，嚴格來說是這樣。這比較像是我在她沒意識到我正在說服她的情況下說服了她。」

「再重複一次，去做她原本就想要做的事。」

「這有點複雜。但我擔心也許我沒有自己想像中那麼聰明。」

「聽起來妳是自證其言，孩子。」烏蘭說。

「嗯，」她在床上坐下。「至少有一點點聰明吧？船長原本至少還要擊沉一艘船的。所以改讓所有人都同意現在就出發……大家都會得利，對吧？假設我們能找到龍，船長就會痊癒。不需要再擊沉船。也許當她不再瀕臨死亡後，烏鴉就會放走大家，而我……」

她則會在緋紅海上——必須一提，就在子夜海的半途上。這比她原本現實上考量能抵達的位置還更靠近查理。

易。」

「孩子，」烏蘭在床邊單膝跪下。「霽希司是一條龍。牠不會提供獎賞。牠提供的是交易。」

「交易什麼？寶物嗎？你是說，我們要先搶劫更多船嗎？」

「金銀財寶對霽希司來說毫無用處，雀絲。爲了繼續牠的實驗，牠只想要一樣東西：執行工作的僕役。又因爲牠住在孢子之下，牠想要的是一種特定的僕役。」

「什麼方式的……特定？」雀絲問。

「他們不能害怕孢子，」烏蘭說。「交易的內容總是這樣。一項合理的獎賞——我想治療也算在內——而做爲交換的是一個全天候爲牠工作的奴隸。找到牠的祕訣就在於供給牠能夠通過孢子隧道卻不驚慌的人選。」

在這個糟糕的時刻，雀絲想起了當她決定留在船上時，船長看她的目光。當雀絲自願成爲船上的育芽人那時。

妳眞的不怕孢子，女孩？烏鴉當時問。

喔，月亮啊……雀絲心想。

船外，翻騰再次開始。一下子過後船再度開始前進，她聽見船長呼喊新的命令。他們要前往港口補充更多物資，因爲他們很快就要進行一趟沒有港口可靠港……的航行……

烏鴉計畫要把雀絲交易給龍。而雀絲，在她的無知之下，讓船加速朝著這件事前進。她也許騙過了烏鴉，但也不小心騙過了自己。

她沒有得到寓言裡的馬鈴薯。但她肯定是站在一堆下水道巡工的穢物之中。

PART V

35

愛茶者

雀絲接下來三天都在苦苦思索逃走的方法。她絕對已經盡力了。她保護了整艘商船上的船員。她成功讓烏鴉之歌轉往所有人都能有安全結局的航向，只有她被犧牲而已。她的道德心現在肯定願意放她脫逃了吧。

這艘船在前往緋紅海之前要先靠港補充用水，她必須得找到方法下船。她能繼續她眞正的任務，讓烏鴉之歌在沒有她的狀況下離去。

只不過……

她坐在自己的房間裡倚著工作桌，盯著查理在旅行途中送回給她的杯子。他從頭到尾都保持對她的眞心，甚至願意航向子夜海，只因爲他拒絕屈服、與他父親挑選的對象結婚。他迎向自己的末日，就只是因爲……因爲愛。對她的愛。

她眞的能逃跑嗎？霍德是協助她找到魔女的最佳方案，再加上，這艘船上有願意在緋紅海航行的船員。還有，她眞的能拋棄朋友嗎？尤其在他們對她的期待這麼高的情況下？如果她離開了，船長會把誰交給龍？烏鴉會不會因爲缺乏資源，只能再度回到翠綠海，繼續她的燒殺擄掠？

這類問題困擾著她。擔憂有股重量，而且能夠無止境增加。你可以說擔憂是唯一一種你越想就會變得越沉重的東西。

烏鴉之歌靠港的那天，雀絲站在甲板上，讓風吹亂她的髮絲。她又一次想著查理，想念他到令人害怕的地步。她在兩人在一起時從來沒注意過，自己到底變得有多依靠他。

這並不是因爲他做了什麼特別的事。查理不是那種「做事」的人，他是那種「做自己」的人。在他身邊比較容易下決定——就好像他是某種情緒上的潤滑劑，讓心中的機器在處理困難事務時能夠運轉得更順暢。

最近，她越來越難記起他了。她可以輕鬆記起那幅掛在大宅壁爐上的他的肖像畫。但他本人呢？就沒這麼容易了。畫像只是一件物體，可以輕易定義、收納，但人是一道靈魂，因此以上幾點都不成立。

前方出現島嶼，自翠綠海中逐漸升起。道格大呼小叫，對看見陸地感到興奮。就連霍德也像腳底裝了彈簧似地從一旁跳過，身上穿著……嗯……

好吧，我穿著黑內褲配上白運動襪。好了。你知道我爲什麼感到羞恥了。我在那些日子裡與流行間的關係，大概就跟十五磅重的釘錘與沒戴頭盔的頭的關係類似。

在雀絲決定自己是否要執行她只有雛形的逃脫計畫時，拉戈特緩步走來，拍拍她的肩膀，指向船長艙房。「烏鴉想見妳，女孩。」

雀絲嘆氣，遵從指示。進入房內後，她看見烏鴉坐在書桌前，拿著一只精美的瓷杯，杯壁畫著鮮花主題的裝飾。船長啜飲一口，朝書桌另一側的椅子揮手示意。

雀絲坐下，注意到——但嘗試不要一直盯著——她先前看過的那本書。烏鴉心不在焉地用食指輕敲書本，目光望向舷窗之外。

甲板上，拉戈特下令要道格們準備靠港。整艘船慢下轉向，木板受力發出些微的呻吟聲。

「這杯子……真不錯，船長。」雀絲終於發話，膽敢當先開口的人。

「從那些商人那搶來的，」烏鴉說。「我首次得到的戰利品。」

「我們在靠港了。」雀絲說，好像這還需要解釋一樣。「我，嗯，打算到岸上去……」

「不，妳沒有。」烏鴉說。

「我沒有？」

烏鴉搖搖頭，拿出另一個茶杯。「在船員卸貨還有裝上補給品時，妳要在這裡和我聊天。我會……樂意有人陪伴。」

雀絲被烏鴉的話語衝擊，渾身一震。這代表她發現雀絲在偷窺了嗎？或者……不，這也有可能只是烏鴉單純在留心準備獻給龍的人選。雀絲心中一沉，察覺到要不要逃走不是自己能決定的。就算烏鴉不知道雀絲在計畫什麼，她也不會冒任何險。

「妳喜歡茶嗎，女孩？」烏鴉問。

「是的，我很喜歡。」

「那妳大概會很愛這個，」烏鴉說。「清風潤茶，來自卓馬托群島。昂貴的玩意。秤重算起來比黃金還貴。」

值得注意的是，她並沒有給雀絲一杯。

「逐死徒的生活就像這樣，」烏鴉繼續說。「奢侈品來得又快又急，最好是即時享受，畢竟人生苦短。我感到很欣慰，你們剩下的人也能體驗這種感受。」

「被追捕？成爲罪犯？」

「距離死亡只有一步之遙。」烏鴉說。「大多數人從未活過，雀絲，因爲他們太害怕失去未來剩下的壽命了……但到了那時候，他們同樣也不會眞的活著。這就是小心過活的諷刺之處。」她又啜一口茶，打量雀絲。「妳現在感覺活著嗎？妳如今加入了我們殺人凶手的行列，時時面對著被殺的風險？」

雀絲想要回答。因爲……她確實注意到，她不再像以前一樣總是畏懼對錯或是禮節。她……的體內是否有什麼因爲這種生活而壞掉了？

她有辦法修好嗎？

「妳錯了。」雀絲說。「有很多普通人的生活也充滿意義、充滿樂趣，用不著妳這樣的人在後方逼迫。妳不該那麼冷酷地殺死好人的。」

「我不比月亮冷酷，」烏鴉說。「妳看，祂們不論老幼好壞，全都一視同仁。在這邊死於疾病、在那邊死於饑荒；在安全的家中發生意外。我爲什麼要避免殺死好人？我跟隨著神的道路，無差別地給予死亡，做其他選擇不就代表我自認比神更高等？」

「妳就算不殺戮，也能得到自己想要的東西。」

「沒錯，但爲何不？」烏鴉說。「我是一名海盜。妳也是，不過妳當得太差了。太仁慈了。想要保護隨便一艘商船，而妳最該擔心的是妳自己。」

雀絲陷入沉默，呼吸停止。

烏鴉又啜了一口茶。「是的，我知道砲彈的事。」她說。當她可以直接欺凌人時，爲何要拐彎抹角？「拉戈特還沒搞懂，但他的腦袋就跟核桃沒兩樣。只有一個人有機會調包砲彈。」

雀絲希望自己能更冷靜，這樣眉毛上的汗珠就不會讓她露出馬腳。

「別看起來這麼害怕。」烏鴉向後靠在椅背上。「這行動很有進取心，只是方向被誤導了。如果好好訓練，妳將會是絕佳的僕役——或是，水手。不論如何，都過去了。我們現在照妳所想的航向緋紅海了。妳眞的認爲，妳能從魔女手上救出妳的朋友？」

「我這麼做不是光爲了他。」雀絲對於烏鴉的話居然能刺傷她這麼深而惱怒。「我想要保護船員；我不希望妳眞的把他們都變成逐死徒。」

船長大笑。「保護船員？所以叫他們航向緋紅海？孩子，我還在擔心殺了威孚會害我少了最大的樂子來源，但妳可是眞眞切切地接下了他的位子！」

雀絲漲紅臉，低下頭。她試著記起幾天前是如何對自己感到驕傲的——但那股情緒在現在看來實在是太天眞了。

「妳到底知不知道？」船長說。「妳有沒有眞的理解緋紅海是個什麼樣的地方？」

「我……我知道很危險……」

烏鴉再度發出嚎笑，大聲到肯定連月亮都聽見了。她重敲書桌，讓茶碟喀啦作響。「妳改了我們的航向，但妳居然不知道我們的目的地長什麼樣！」

雀絲現在發覺她之前肯定該先問這個問題的。「我知道，」雀絲說。「有的孢子比翠綠孢子更危險。但我想不透爲何一片海可以比這裡危險得多——我們現在就已經很小心不要撒出水，整艘船上也都有銀。只要我們夠小心，應該就會沒事的，對吧？」

「喔，女孩，」烏鴉咯咯笑著說。「問題不是出在孢子。是雨。」

對喔。雨。

我還沒解釋過下雨。

你們之中那些對氣象學有興趣的人，大概已經在思考這顆星球的天候型態與水循環了吧。如果你是那種認爲這些事至關重要的人，我眞的很同情你。現在去發展自己的個性還不算太晚。也許去參加個派對。但最好避開天候型態與水循環相關的話題。除非你可以解釋得像我一樣。

在雀絲的星球，雨只會下在固定的局部區帶上。鮮活的雨水就像蛇一樣在天上遊走成一線。雨水帶來死亡與生命，手搭著手——神的最佳良伴。

這些雨不是完整的風暴，比較像急陣雨，並且在晚間時最絢爛奪目。雨滴將月光散射成千種色彩。除非你到翠綠海來，見識過這裡的環狀彩虹圍繞著能吞下天空的巨大月亮，否則你就不能說見過眞正雄偉的彩虹。

乙太自然也會隨著雨水成長，在降水帶上開枝散葉。好似某個天神在地圖上畫著線，要塞就隨著祂的意志瞬間出現。那些高牆會懸在那兒，抓緊生命，接著崩落入海，被嫉妒的孢子吞沒。

這是種唯有如此恐怖的事物才能綻放出的美麗，也是唯有如此美麗的事物才能命定的恐怖。幸好，這裡的雨水是完全可預測的，它每次都會行經相同的途徑，準確到就算是一百年前所繪製的降雨地圖，現在依舊適用。

除了緋紅海以外。

「緋紅海上的降雨是無法預測的，女孩。」烏鴉說。「沒錯，那裡的孢子很危險——會長成紅脊，就跟針一樣銳利。但眞正的危險來自於雨水。陣雨隨時都有可能毫無徵兆地出現，在空中朝任意方向移動。在緋紅海航行純靠運氣。沒有任何準備能保護你，因爲不論聰明或愚蠢，雨水都會一視同仁奪命。就像我一樣。」

在房間外，雀絲聽見道格們開始搬回一桶桶的清水。「我……了解了。」雀絲口乾舌燥。「那子夜海呢？原因也一樣嗎？也是隨機下雨？」

「喔，不是的，」烏鴉起身伸展。「可是不重要，因爲子夜孢子會產生聽命於魔女的怪物。雨可以下在離你二十浬遠的地方，但怪物還是會過來吞掉你，你沒有任何可能避開——至少在緋紅海，你還有可能會走運。然而沒有人能在子夜海航行卻不被攻擊。」烏鴉微笑。「沒有任何人。」她點點頭，要雀絲離開。

道格們已經回來，船隻也已補給完畢。雀絲現在已經沒有機會脫逃了。

36 探險家

烏鴉跟著雀絲走出艙房。直到船隻安全離開港口——並筆直航向緋紅海——之後，她才被允許回到甲板下。

被困住了。她被困在船上了。

他們正在航向雨水會隨機落下的瘋狂海洋。就算成功存活，她也會被賣給龍當奴隸。

她眞的以爲自己佔了上風嗎？她眞的以爲自己能救出查理嗎？

她？在所有人之中？

最糟糕的部分是，他可能永遠也不知道她發生了什麼事。他會在魔女的牢獄中腐朽。就算奇蹟發生，他重獲自由，也會發現她已經離開巨石——而且搭乘的船被逐死徒擊沉了。

她恍惚地走下階梯，接著穿過走廊。道格們在她身後歡笑與工作，腳步聲從通往底艙的階梯傳來。而她感覺孤單一人。就好像吃晚餐時噎到了，卻沒人發現。或是根本沒人在乎。

她逃進房內，眼淚差點潰堤。她不覺得放聲大哭算是恰當的海盜行爲，所以很欣慰還來得及先關上門，然後才控制不住自己。

「哇，」哈克從趕緊爬上床的側板。「嘿，雀絲，怎麼了？發生什麼事了？」

「我……我……」她搖搖頭，倒抽一口氣，完全說不出話。這一切突然間太過沉重了。人就像是胃袋，你懂吧？他們能夠消化你餵進去的東西，但如果塞得太急，最後可是會全部吐出來的。

「他們對妳做了什麼，雀絲？」哈克問。「我會報復他們。我保證。我會咬他們的腳趾頭。」

「咬……腳趾頭？」她流著淚問，想像著那幅荒謬的畫面。

「沒錯，」他說。「這是很高貴的舉動，畢竟腳趾頭是人身上第三臭的部位。為了妳，我還是會去做。」

雀絲在床上躺下，盯著天花板，眼淚從臉頰滾滾而下。

「雀絲？」哈克說。「說真的。發生什麼事了？」

「沒事發生，」她悄聲說。「而且也沒人對我做任何事。一切都要怪我自己。船長計畫要把我交易給緋紅海的龍——我就是治療她的款項。

「我早就知道太高估自己的能力了，所以幹嘛要感到驚訝？我怎麼可能不被困在一艘由惡魔指揮的船上，直直航向我的末路？這全都是我活該。」

她用掌根揉揉眼睛，接著感覺到自己的左腳大拇趾被咬了一口。

「嘿！」她坐起身看向床尾，哈克就坐在那裡。

「抱歉，」他說。「但我確實保證過要咬害妳哭的那個人。還有……嗯，沒有冒犯的意思……但真的好噁。」

她再次倒回床上。「別逗我笑。」她說。「我可能會像被丟進熱水中的冷玻璃杯一樣碎掉。」

他沿著床跑過來，在枕頭旁看著她流淚。眼淚現在已經緩下速度，但仍持續著，就和痛苦一樣。

「我……到岸上去了。」哈克說。「我躲在道格搬出去的其中一綑布裡，在佛特賣布時溜了出去。順帶一提，他真的很厲害，我從來沒看過哪個人像他這麼會討價還價的。除此之外，那座城鎮也很有趣。妳想聽聽看嗎？」

她聳聳肩。

「當我心情不好時，想點其他事情總是會有幫助，」哈克絞著前爪。「所以請讓我知道我有沒有幫上忙，還是妳比較想要我安靜。有時候旁人——或老鼠——安靜點會比較好。我了解。至少，曾經有人這樣告訴過我。

「總之，我觀看佛特討價還價，但距離太遠，我看不見他的字。不過我知道他換來的比那些布的價值高得多了，尤其是考慮到買家明知道這些貨的來源很可疑。喔！之後他去見了島上其他的聾人們。他們人數挺多的，佛特也一直微笑，而且他是比手語，沒有用他的板子。我在想，其他島上是不是也有類似的群體，只是我從來沒注意過。

「另外，這座島並沒有掛皇家旗幟。很有意思，對吧？我知道我們已經在翡翠海的邊界，但還是很有意思。國王總是表現得像是海上完全沒有不受他管轄的島嶼，但我們剛才就停靠在一座耶！我本以為會有很多木腿或是眼罩，不過那裡的人看起來……很普通。」

吧。」

「我們現在也是海盜了，」雀絲說。「我們之中也沒有人戴眼罩。我猜我們也很普通

「想起來有點有趣，對吧？」哈克說。「世界上所有海盜都曾經只是個普通人。」他陷入沉默，像是不確定自己是否該繼續說下去。

奇妙的是，雀絲發覺聽他說話確實有幫助。她從來沒有四處去探索的渴望，但確實幻想過遙遠的地點與它們的杯子。她體內的那一塊眞的想知道島上是什麼樣子。

「你剛剛說這座城鎭很有趣，」她轉頭看著哈克。「怎麼個有趣法？」

「喔！」他說。「他們有座鐘塔耶，雀絲！我一直都想看看鐘塔。我聽到其他人在談話，說那座鐘塔裡有五十三座鐘。這數字好奇怪，妳不覺得嗎？我一直以爲鐘塔只會有一座鐘。畢竟那又不叫鐘多塔。

「我繞著鐘塔溜了一圈，從窗戶往裡面偷看，他們是用繩子來撞鐘耶！只要拉繩子，聲音就會傳過整個城鎭。不過我想他們不會讓老鼠拉繩子的。姑且不論我們也拉不動。」

雀絲露出微笑。這只是個簡單的動作，但就在不久前，那還和飛行一樣難以做到，或是想出壓「日」韻的字。（不，說眞的。試試看。）

哈克繼續述說在島上的體驗，他的話語中有種令人喜愛的特質。他講的都是最單純的東西：開滿好聞花朵的花園。走道上的鋪石完美地構成了螺旋形。用腳踩來啓動的飲水噴泉。

光是他覺得這些東西值得一提，本身就是件令人感興趣的事了。他的熱切態度比這些話題還來得重要。所以，雀絲露出了笑容。這並沒有驅趕走她的擔憂或哀傷，但確實讓這些陰沉的想法逐漸變得沒有那麼令人窒息。

「……然後女孩趁她弟弟彎腰喝水的時候用力踩了踏板，」哈克說。「把他弄得一身溼。這是不是很有趣？讓我想起了小時候。當時我並沒有在一艘遠離家鄉的海盜船上。」

「你可以回去，」雀絲說。「如果你想要的話，哈克。你可以離開的。你應該離開。」

「我不行，」他柔聲說。「我永遠都不能回去我的島了，雀絲。因爲我的家已經不在那裡。」

那聽起來像是場悲劇，所以雀絲沒有追問細節。再者，她不希望想起——極有可能——她也永遠都回不了家。

「你有沒有覺得小時候所有事物都比較棒？」哈克問。「那時候的人生是不是更有道理？」

「是啊，」雀絲悄聲說。「我記得……那些寧靜的夜晚，看著孢子從月亮落下。杯裡裝著微溫的蜂蜜茶。嘗試新烘焙食譜時的樂趣。」

「我記得不會感到害怕，」哈克說。「我記得在熟悉的氣味中醒來。我記得曾認爲自知人生的方向，跟隨父母的腳步。單純。也許不美妙，但也不可怕。」

「不過我不認爲那個時候眞的有比較好，」雀絲柔聲說，依舊盯著天花板。「我們會記得這些事，只是因爲那令我們安心。」

「還有因爲我們當時還無法預知麻煩。」哈克同意。「也許我們只是不想去面對。當年紀小時，總是有別人會去處理麻煩事。」

雀絲點頭。除此之外，我們的記憶是會變化的，隨時間變酸或變甜——就像我們喝過一種酒後，想要重現那股味道，卻只能使用幾乎正確的原料。當你品嘗記憶時，必定會摻雜著你現在爲人處事的影響。

這啓發了我。我們每個人每天都在創造自己的故事、自己的傳奇。我們的記憶就是敘事詩，而若是我們每次表演時都微調一點內容……都是爲了創造最棒的劇情。反正過去也很無聊。我們總是假裝來自過去的想法與文化會如好酒般越陳越香，但事實上，過去的想法比較像是餅乾，只會越放越乾硬。

雀絲想著她最鍾愛的自我敘事詩，裡面滿是蜂蜜、愛，以及其他甜美的事物。她眞的感覺好一點了。月亮啊，聽鐘塔和飲水噴泉的故事居然能讓她感覺變好。對某些人來說，感覺變好會是忽略現況的好理由，但雀絲喜歡把心情變化納爲己用。所以，抱著一如既往的務實態度，她從床上坐起身，面對她的問題。

「我需要防衛自己的方法，」她低聲說。「能夠讓我在被烏鴉賣給龍之前，打敗她的方法。」

幸運的是，雀絲的房間裡總共有這顆行星上五種不同的最危險物質。

學者

雀絲在搬進這房間時，曾經做過一次徹底的檢查。她翻過威孚留下的所有物品，確保沒有特別危險的東西藏在其中。先前搜查時，她是一名在扮演角色的女孩。

她現在又搜查了一遍。這次她是一名想保住性命的女孩。

她之前快速掃過的地方，現在則是深入探索。先前她隨意收拾的地方，現在則是仔細整理。沒有什麼比時間限制更能激勵人了。尤其當這項限制代表大限已至。

雀絲不只是全心投入這項作業，她連全身也投入進去了，因爲如果有心卻沒有手指的話，其實做不了多少事。威孚不是個有條理的人，雀絲原本希望他會留下集結成冊的說明，但她只找到碎紙與潦草的筆記，上面隨意寫滿了蒐集而來的點子與尚未完整的想法。不熟悉天才的人常會把這類思考碎片當成是無拘無束的智慧表現。

事實上，這些亂七八糟的資訊只代表了令人洩氣的混亂。這是思考超過自身極限，朝著差點就能碰著的想法伸去的徵兆。這個狀況在笨蛋或天才身上都同樣會發生；人類心智的極限是沒有標記的，甚至比吃太多甜點的人對自身體重的認知還更不明顯。在威孚的例子中，這些碎屑代表了他的想法囤積癖：他就像祖母蒐集陶瓷豬一般地蒐集點子。

在逐漸理解這一切的途中——還有認清了她無法奇蹟般找到解法——雀絲終於首次發現了一張可能有用的碎紙。那是砲彈構造的詳細藍圖，底下的潦草字跡顯示船長想要威孚搞清楚該如何自製砲彈，好讓他們不必一直向清風工匠購入高價砲彈。

這引起了雀絲的注意。她對砲彈結構的興致普通，大約就跟你對正在學習的語言的本地特色料理差不多。然而，引起雀絲注意的是砲彈內部精細的孢子機構。

威孚先前遇到了困境。她能從他凌亂的筆記中看出，他的字擾亂、混淆了原本整齊的圖紙。不過上面依舊顯示了一種雀絲不知道的孢子使用方式。

此時此刻，你已經看過了雀絲星球上的砲彈，知道那並不只是一顆金屬球，而是一種爆炸武器——我也答應過會詳加解釋其中的原理。你知道的，每顆砲彈裡都有個定時器，在砲彈發射一段時間後，就會產生二次爆炸，把水潑灑出去。沒錯，這些你都知道了。但你知道定時器是怎麼做的嗎？

講白了原理其實很單純，定時器的引信是一條藤蔓。從筆記中，雀絲發覺自己並不是第一個發現以下這件事的人：在乙太最初爆發後持續加水，可以使其繼續生長。雖然乙太初次的爆發生長非常劇烈，後續的成長卻很好預測，甚至是很精確。一段特定長度的翠綠藤蔓在加入特定量的水後，就會以非常固定的速度生長。

（對啦，如果你是先前那些很在意天氣型態之類玩意的人，這類生長最後還是會停止的——每截藤蔓最終都會完全耗盡生長的潛能。不然的話，就不能供人食用了。讓藤蔓完全生長完畢是拿來做爲應急糧食前的必要步驟。）

總之，一開始將砲彈發射出去的爆炸，也同時震碎了砲彈內的一個小玻璃瓶，讓水浸在一小群翠綠乙太上，藤蔓隨即在一段短管內成長——同時把一個有銀尖端的塞子向前推——朝著砲彈中央的機關靠近。砲彈中央有一堆清風孢子包圍著一顆玫瑰岩所構成的圓球，而玫瑰岩的內部則塗著蠟——讓它能裝水，卻不會直接接觸到。

銀尖端穿過清風孢子，殺死其中一小部分，但剩下多數都不受影響，再接觸到玫瑰岩球體，使其在銀的壓力下碎裂；接下來水湧出，接觸清風孢子，釋放出爆風把整個機構炸開，讓碎片與水四處飛散。

我看過新型設計，底部的筆記寫著——她認爲那是原本的作者寫的，不是威孚加注的——也深認感同。接觸引爆彈藥才是砲彈的未來。

她並不明白最後一段是什麼意思，但依舊覺得圖紙上的設計很巧妙。此處同時用上了三種乙太：翠綠做爲引信，玫瑰岩做爲裝水容器，清風造成爆炸。一開始砲彈發射時，中央的圓球並不會碎裂，因爲那比玻璃堅硬得多了——但它卻有個弱點，也就是能被銀破壞。在這項設計中，她也發現了蠟可以用來隔絕乙太與水。

她感到驚嘆不已，各種可能的實驗掠過她腦海。現在，我必須補充一下，一般而言，拿清風孢子做實驗通常會導致你不是被裝在一口普通棺材，而是被裝在很多口小棺材裡回家。但就如我們之前所展示過的，雀絲比一般在她這個位置的人來得有常識多了。

育芽人這個職業吸引而來的是一群特定的人。通常這些人都很不平凡，因爲他們居然從自己的危險欲望中存活了下來，例如從高處跳入淺水，或是從山邊騎車衝下去，或是吃下從沒看過的鮮豔莓果。

人類做為一個物種，確實需要有一些冒險犯難的人。沒有了他們，人們就會太過理智，不肯進行令人害怕的行為——例如靠近會把木頭變黑，還有讓嘎咯鬍子冒煙的那團橘色燙東西。但演化不是種精確的機制，有時候會讓某些人的神經比其他人來得更大條。有許多顯著的活動都會俐落——且血腥地——把這些人從基因庫中剃除，孢子育芽不過是近來的又一項例子罷了。

但雀絲並沒有主動尋求這項職位。她是在機緣之中接下的。她足夠聰明，看得懂圖紙，又擅於思考，因此能繼續擴張想法。她缺少的是深入訓練，而她的補償方式就像是即便鍋子已經放涼一段時間，依舊會戴著廚房手套去拿的那種人。

在這個當下，這就是創新所需要的正確組合。事實上，雖然有人會說接下來發生的事純屬運氣，我卻說那是必然會發生的。

沒有任何理由，雀絲拿起圖紙心想。不能把這種東西做成可攜式的。

不只是槍而已。槍很常見，雖然很有用，卻沒什麼彈性。她能夠進行改良嗎？模組化的孢子槍會長什麼樣子？

圖紙底部的另一條筆記——也是原作者加注的——提供了她需要的最後一張碎片。

參照我信號槍的圖紙，那是這項設計的衍生。

意義之月啊……信號槍。前幾步的開發已經完成了。雀絲需要的只有——

門外傳來敲門聲。

如此微小的打擾，如此禮貌，類似於雀絲過去生活中的經歷。儘管如此，卻還是像一千座大砲同時射擊般擊碎了雀絲的專注力。她跳起來用力打開門，非常不像她那般已經準備好要大罵一頓如此粗魯打擾她的人。

但她發現佛特站在門外，塞住了整條走廊，手上拿著盤子，上面還蓋著鍋蓋保持溫度。他舉起板子。

妳沒來吃晚餐，上面寫著。**妳還好嗎？**

雀絲眨眼，接著瞥向她房間的舷窗。外面已經變暗，她剛才肯定不自覺用力瞇眼才看得見文字。很快的，她就會需要點起油燈了——這是育芽人的特權，一般水手沒有。她一手摸頭，把頭髮向後收攏，試著想起已經過了多久。她真的有那麼全神貫注嗎？

慈悲之月……佛特好心幫她送來晚餐，她剛才居然還準備要罵他。她是怎麼了？那些紙上有讓時間消失的咒語嗎？還是她真的那麼的感興趣？太驚人了。裡面明明沒有出現杯子，也沒有窗戶。

「謝謝你，佛特。」她接過盤子，偷看蓋子底下，發現老樣子的燒焦剩菜渣。今天的菜單也許曾經是馬鈴薯泥與海鷗，但已經焦到無法辨識。雖然味道相似，但她認為這些餐點應該不是木屑和石頭做的，畢竟她還沒因爲營養不良而死掉。

妳還是欠我這些，他補充。**即便妳得到新的職位，船長還是沒命令我讓妳吃飯。**

「當我們決定好付款方式後，」雀絲喃喃自語。「我是不是就可以不用再吃鍋底刮下來的東西了？」

佛特皺眉。**什麼？雀絲，我一開始就先替妳和霍德留了一份下來，之後才讓道格們開飯的。**

「你……什麼？」

事實如鐵鎚般砸在她的頭上。

這不是剩飯。

大家都是吃這個。

「喔……喔，天啊。」她說。

佛特至少還有點羞恥心地低下頭，聳聳肩做爲道歉。**威孚死後我們試過輪流下廚**，他寫。**我是我們之中做得最好的。安的料理讓半數船員病了三天。**

「這樣啊，」雀絲說。「好吧，我想我找到方法可以做爲你——還有其他船員——如此善待我的回報了。」

在這裡煮飯不容易，他警告，在寫下文字後用掌心舉起板子。**我們只有航海口糧——大部分都是罐頭、風乾、或硬掉的食材。要做到能入口並不容易。**

「我想你會很驚訝的，」雀絲說。「明天開始你煮晚餐前先來找我……」她聽見甲板上的警告鐘聲響起，停止說話。

那不是發現其他船隻的三聲重響。也不是呼叫開飯的連續敲擊。那是兩聲敲擊，接著暫停，然後又兩聲敲擊。

「那是什麼？」她問。

邊界就在前方，佛特的手快速地寫，整個人興奮得快要彈起來了。**看見緋紅海了。想要上去看跨越邊界嗎？**

「當然要！」她來到走廊上加入他，雖然很奇怪的，她對停下研究感覺不太情願。這太傻了。她沒有接受過正式的學術訓練；她的教育只停在基本讀寫與算數。她才不是什麼沒被發掘的學者。她不過是一名洗窗戶的女孩罷了？如果她會被做研究給吸引，自己也早就該發覺了。

事實上，這只是因爲她從來沒有碰過夠有趣——或夠危險——的主題，足以引起她的興趣。

學徒

我不太確定會不會推薦別人去造訪孢子海。雖然寰宇中有很多更危險的地方，但很少有地方像此地危險得這麼隨意的。其他地方殺死你的方式通常會震耳欲聾或是天崩地裂，但孢子殺人的方法只是輕輕耳語。前一刻你還在享受手上的書，但如果運氣不好，下一刻呼吸時吸進了幾顆緋紅孢子進入體內，轉瞬間你的頭骨就變成了篩子。

這並不常發生，但發生時，感覺上比死於颶風或閃電來得更不公平。大自然在殺死你之前理當要先自報家門才對。這樣才有風度。

話是這麼說，但孢子海的景色真的不是蓋的。

佛特在船頭幫雀絲清出了一個位子，把一些道格趕上索具。現在是傍晚，在距離月極如此之遠的地方，翠綠之月的圓弧已經落在他們身後的地平線上——前方相映的則是緋紅之月。一輪巨大的紅色球體掛在空中，從地平線下探出，太陽就像活潑的小老弟般掛在其後。

就在靠近船的前方，翠綠孢子逐漸與緋紅孢子混在一起，產生漸層的色彩——從遠處看去，中央呈現深褐色；更遠處則是艷麗、閃耀，如鮮血般的紅海，彷彿緋紅之月被擊中、失血，而烏鴉之歌正航向它的屍身。

雀絲沒想過這種顏色感覺上有多不對勁。翠綠之月與海洋名副其實地染色了她見到的所有一切，現在要離開它，進入負傷般的血紅海洋，讓她心生畏懼。她這一生都在翠綠之月的注視下，而她心中有一小部分——雖然很不理智——擔心著如果翠綠之月不再注意她，她就會憑空消失不見。

他們往前接近，接著跨越邊界。佛特靠在欄杆上，舉起他的板子。**妳臉上掛著笑容。**

「抱歉，」雀絲說。「只是這實在太可怕了。」

妳害怕時會笑？

「以前不會。」她說。「我想我的腦子被海上的各種瘋狂事物嚇壞了，所以有樣學樣。」

佛特搓搓下巴，沒有再寫其他訊息。她知道他在想她的真身可能是國王面具，還有她又不合常理地並不害怕孢子。但又一次的，事實並不是這樣。她確實很害怕。

但同時，她也沒想過那些紅色孢子居然能如此美麗。還有離開翠綠海的感覺如此怪異。這些都是新的情緒，就如同新的口味一般，它們同時既令人害怕卻又迷人。

如果她沒離開島上，還有哪些關於自己的事是她永遠也不會發現的？更糟的是，還有多少人像她一樣生活在無知中，缺乏能夠深入探索自身存在的體驗？

這是我必須接受的最大諷刺之一：毫無疑問的，肯定有許多無與倫比的音樂天才終其一生只是個清道夫，只因他們從來沒機會拿起樂器。

烏鴉之歌繼續朝著緋紅海筆直前進，直到索具上的一名道格警告大喊。天空張開了口，死亡正朝他們蛇行而來。

雀絲以前從沒看過雨。在她住的島上，水都來自水井。雖然她聽過水會從天上落下，但那感覺上很魔幻、很神祕，像故事裡才會發生的事。

顯然現在其中一個故事準備吃了她。因爲雨水直線朝著他們而來：天上有著一團快速移動的雲塊，後方海面上緊跟著一整道爆發的乙太；由緋紅棘刺組成的巨牆從海面冒出，用力相互交擊在一起，就算在這麼遠的距離之外也聽得見敲擊聲。

雀絲站在原地，好似被催眠了。幸好，薩雷對此有更多經驗——她在船長下令前就已經將船轉向。他們奮力傾斜，偏向右舷然後——遲緩地——急轉回翠綠海。

那道雨並沒有追上來，而是在海洋邊界處轉彎繼續前進，留下了三十呎高、相互交錯的緋紅脊刺。那些脊刺最終歪斜沉進海底，只留下光滑平靜的海面。好像把碎掉的餅乾罐塞進流理檯下，覺得一切都會被忘記的小孩子一樣。

「月亮啊，」雀絲深呼吸。「要是……要是翻騰剛好停止了？要是我們無法動彈……」

佛特瞥向板子看她剛才說了什麼。他唯一的反應只是聳聳肩。想在緋紅海航行，這就是必須要冒的風險。雀絲轉頭看向上甲板，烏鴉就站在舵輪旁，正在從水壺大口飲水。她放下水壺，似乎在思考著。

她不會想繼續前進吧？雨線可是還在這個區域盤旋著呢？

「舵手，」烏鴉終於開口，拉高聲量讓所有人聽見。「請帶我們沿邊界往南一浬。現在進入緋紅海似乎……有點輕率。」

「遵命，船長。」薩雷說。

烏鴉跳到主甲板上，接著甩門將自己關進艙房內。拉戈特趕緊爬下樓梯，慌忙之中差點跌倒，然後大吼要道格們回去工作以掩飾自己的腳滑。沒過幾分鐘，他們就已經緩慢地沿著邊界前進。佛特離開去刷些鍋子，留下雀絲一人倚靠著船的欄杆。

拉戈特踩步從雀絲身旁經過，停下腳步。「妳，」他說。「妳現在有何感想？」

「我真的不知道，」她回答。「我的腦袋還在嘗試消化這一切。」

「我可以幫忙！」烏蘭醫生的聲音從附近傳來。

拉戈特咕噥一聲。他揮手示意要她跟上，她好奇地跟著他來到上甲板。在舵輪與船長席位後方的是船尾大砲，一樣架在專屬的軌道平臺上，就像從船尾伸出一座結構堅固的陽臺。這是船上比較危險的區域，因為這裡遠離了銀的保護，以各種方式飛躍海面與甲板落在此處的孢子要經過更多時間才會死去。當然，這對做為彈藥用的清風孢子也很重要。

拉戈特翻找著砲臺的桶子——幸好這個動作讓他低頭了。如果他看向雀絲的臉，極有可能會發現她突然露出的擔憂表情。他在做什麼？他準備要拿被調包的砲彈與她對質嗎？

月亮啊……她肯定是個差勁的間諜。薩雷和其他人怎麼會相信她是國王面具？雀絲並不理解的是，有時候你做一件事的能力可以差勁到看起來無懈可擊。在這些例子中，原因通常是大家認為這個人其實是很擅長這件事的——因為只有真正擅長的人，才能把自己假裝成如此不擅長。這就叫作無能的過渡現象，如果你看到我做錯事，那就是原因。

在這個例子中，雀絲的無能過渡並沒有發揮效果，因為拉戈特沒看見她有多緊張——他也沒拿假砲彈與她對質，反而選了一顆普通的砲彈，將之舉起，就像在欣賞一幅美麗的畫作。或者是——考慮到他的禿頭插在牙籤般細脖子上的模樣——也許他是在思考自己跟這顆砲彈有沒有親戚關係。

「現在我們是眞正的海盜了。」他告訴雀絲。「我想船上除了我與船長外，還需要其他人了解如何操作大砲。剩下的船員都太害怕孢子，不肯接受訓練。恭喜了。」

雖然他的話很勇敢，她還是注意到他伸手進彈藥桶拿清風孢子時非常小心翼翼——然後也只用了兩根手指捏起孢子袋。他快速地把孢子從大砲頂部的開口送進砲管。

「清風彈藥放這裡，」他把金屬蓋關上。「裝塡時要夠快，因爲就算在這邊，甲板上的銀還是近到能殺死孢子。砲管內層包著鋁，可以隔絕銀的影響。」

他把一小塊布塞進大砲，用一根桿子壓緊。「這塊布會塡住大砲的孔洞，」他解釋。「讓暴風不要從砲彈側邊漏掉——才能全力把砲彈射出去。」他把一顆砲彈滑進大砲。砲彈咚的一聲滾到定位。「大砲仰角不能太低，不然砲彈會從前面滾出來。」

「好的，」雀絲說。「可是……嗯，船長知道你要我做這個嗎？」

「我是砲長，」他怒回。「船長才不在意我訓練誰。妳聽命照做就是了。更何況，人都得自保。我可不希望因爲我受傷，然後這艘該死的船上沒人敢拿清風孢子，所以被敵人擊沉。」

所以，拉戈特並不知道她會被賣給龍。雀絲覺得很奇怪，因爲他知道其餘的計畫。但她馬上領悟船長很有可能把他當成備用的犧牲品。他確實是少數比較不害怕孢子的船員之一。

拉戈特拿起欄杆旁的一小個木頭裝置，把它丟下海。那是某種掛著旗幟的小浮球，與船間用繩索連著。他們往前航行，浮球則跟隨在後方遠處，像是某種盡責的跟蹤狂。

「每天發射五發，」拉戈特告訴她。「抓住開砲感覺的最好方法就是練習。」

他說完就準備離開。

「等等！」雀絲說。「你沒有要再多訓練我一些？」

「除非妳再懂多一點，不然訓練也沒用。」他說。「我很忙，妳自己弄清楚，別拿蠢問題來煩我。如果妳擊沉了浮球，恭喜。底艙裡還有更多。當妳可以在兩發以內就擊沉浮球後再來找我，到時候我們再來談真正的訓練。」

「好吧。」雀絲腦子裡浮現一個主意。「但也許我該從比砲彈更便宜、更不浪費的東西先開始。我們船上應該有信號槍，對吧？我可以先從那個開始試。」

「這是哪門子蠢問題？」拉戈特說。

顯而易見的，這是很蠢的那種蠢問題。但至少比這種多餘的問句來得好一點。

「信號槍跟大砲一點都不像，」他說。「所以照我的話去做，傻子。」他碎念著離開。

雀絲雙手交疊在胸前。她原本計畫晚間要進行研究，或是試著找出如何破解霍德的詛咒。沒想到中途出現這項阻礙。不過，或許這也有好處。如果她打算建造自己的孢子武器來對抗船長，實驗操作大砲並不算是太浪費時間。

只可惜拉戈特拒絕提供任何有用的訓練，一定會導致她必須花費好幾小時來弄清楚瞄準大砲的基本原理。就算他們在邊界多耽擱了一會，她仍然清楚自己時間還是不多。她可能只有數小時到數周不等的時間可以計畫，而那取決於龍的巢穴在緋紅海的確切位置。

她沒過多久就想到了解法。依照她之前見過的拉戈特作法，把大砲往前推。她微笑著拿起擊發棍——末端包著浸溼的布——插進接觸孔。一秒後，震波穿透了她，大砲也被沿著軌道推向後方。

再過不到一分鐘，安的頭就從後方冒出，睜大雙眼、躍躍欲試。

「妳要使用這兩個絞盤，」安解釋著，旋轉大砲下方的把柄——有點類似於絞肉機的手柄。「這一個是左右旋轉，另一個是上升下降。妳看嘛，砲彈在飛行的時候會往下掉，所以妳必須朝上瞄準，把炮彈以高飛球的弧線射出去。」

她伸出手指。「最難的部分在於判斷距離。妳會有很多引信長度不同的砲彈。如果要捕捉船隻，妳就必須讓砲彈在快要擊中前爆炸、撒出水來。」

「聽起來應該有更簡單的方法，」雀絲坐在砲臺木桶上。「例如一種擊中目標就會爆炸的砲彈。這樣只要瞄準敵船，不用再評估距離了。」

「我想是吧，」安說。「但我從來沒聽過那種東西。」

我有，雀絲心想，現在才理解她房內的圖紙是在講什麼。圖紙上提到了「接觸引爆彈藥。」有人正在發明這種武器。也許現在已經做出來了。

這應該不會太困難，對吧？要是把砲彈從球型改成尖的，然後把它的尖端朝前，如箭一般射出去。你可以把砲彈做成尖端擊中物體時會向後縮進內部，引爆整個裝置。

但不是圓型的砲彈？這種東西眞的做得出來嗎？畢竟它的名字都叫作彈丸了……

安結束轉動曲柄，接著起身，一手充滿愛意地放在武器上。唉，如果有女人以安看著大砲的方式看著你，你心裡不知道會怎麼想？如果這名女人眞的存在，答案是你大概得搬去別的王國、通知有關當局，還有小心寄來的包裹裡可能會有斷掉的手指頭。

「抱歉，我不想冒犯，」雀絲說。「但妳爲什麼這麼……嗯……」

「這麼執著於槍砲？」安問。

雀絲臉紅了，接著點點頭。

39 養雞農

「妳爲什麼這麼執著在問問題時臉紅？」安問。

「我不想麻煩人。」

「妳該多做一點，」安說。「不然要怎麼得到妳想要的東西？」

「嗯……我的意思是，其他人不該在意我想要什麼。那……」她深呼吸。「安，妳能告訴我，爲什麼妳那麼執著於槍嗎？」

「妳覺得呢？」安問。「有任何猜測嗎？」

「沒有，我……問過佛特了，他認爲妳小時候一定是奴隸之類的。他覺得發射槍砲就是在控制自己的周遭、取得力量的方法。」

「嗯哼，」安坐在一箱備用砲彈上。「他平常看人都非常準的。」

「意思是，妳小時候不是奴隸囉？」

「農家女，」她說。「養雞的。生活挺不錯。妳知道嗎？雞很聰明，而且是絕佳的寵物。」

「眞的？」

「對啊。眞可惜，誰叫牠們那麼該死的美味。還有其他對我的猜測嗎？」

「嗯，」雀絲說。「我問了薩雷，她認爲妳把大砲和槍枝視爲權威的象徵，因此妳想要操控槍砲，畢竟大家都把木匠當成理所當然——這代表妳想要更重要的職位。」

「啊，好吧，」安說。「這跟我預料薩雷會說出的話一模一樣。她對別人的評斷總是不準，可以說是差到不行。」

「我……嗯……也許有注意到。」雀絲說。

「拜託告訴我，妳也找過烏蘭問我的事。」

雀絲的臉變得更紅了。

「妳眞的有！」安指著她。「他說什麼？」

「我不是很明白他的解釋。」雀絲回答。「那，嗯，跟槍的形狀有關係……不知爲何也跟雪茄有關？」

安大笑。那是喧鬧、不受控制的笑聲，充滿了眞誠的歡樂，讓雀絲忍不住也微笑起來。這種笑聲很快就會從創造者身上滿溢出，開始感染起其他人。

「所以眞相到底是什麼？」安的笑聲終於消散後，雀絲再次發問。

「我只是……」安聳聳肩。「我只是覺得槍砲很讚。」

「就只有這樣？」

「只有這樣？」安說。「基本上妳可以用一個人喜歡的東西來定義他，雀絲。這造成了每個人之間的差異，懂吧？我們常說文化很重要，但文化是什麼？不是政府或語言，或是其他的空話。不，文化就是我們喜歡的東西。戲劇、故事、彈珠收藏。」

「杯子？」雀絲說。

「我想也算吧。」安說。「當然，誰說不算的？杯子。我敢打賭一定有很多人在蒐集杯子，並不只是因爲杯子本身很有趣。」

「而是因爲每一個杯子都跟其他杯子不一樣。」

「沒錯！正是如此。」安拍拍大砲。「而我是喜歡槍砲版的杯子。我喜歡清風噴出的味道。妳聞過嗎？就像閃電一樣的刺激味？我喜歡嘗試擊中遠方目標的挑戰感。每個傻蛋都可以打到站在旁邊的人，但在對面船上的人渾然不知，還在喝茶的時候擊中他？砰，這才叫有型。」

她看向遠方。「我以前很常聽著鎮上傳來的槍聲。每個十二日節都是。啊，還有偶爾有掠奪者攻擊港口的時候。每次有開火的聲音傳來、在山丘間迴盪，我心裡都會想，『我總有一天也要當那些人。』」

「我很遺憾，」雀絲柔聲說。「妳總是沒得到機會。」

「沒得到機會？」安說。「我年紀一到就去入伍民兵隊了！直接進入砲兵團，整整當了二十四天！直到……」安看著她。「妳知道砲彈會彈跳嗎？那眞是瘋了。我現在應該還是民兵隊中唯一一個射中自己士官的新兵……當時他在我後面……而且還在掩體裡。」

「哇。」雀絲說。

安嘆口氣，用力站起身。「總之，妳應該照拉戈特的話試射幾發。先試著射超過浮球，一開始使用長引信，然後下一發再向下調整。就連最厲害的砲長也會先進行校正射擊——有助於他們判斷風向、確定視角什麼的。」

雀絲也站起身，發覺自己被某種無理的內疚感給刺傷了。「妳現在想要試射一發嗎？」

這大概是我聽過有人說出最瘋狂、最有勇無謀的話了——我可是參加過眞正的祕密弒神計畫呢。

「哈哈。」安說。「妳……等一下，妳是認眞的？」

雀絲點頭。「妳看起來很想念那種感覺。」

安靠近，檢視著雀絲。「妳看起來一點都不害怕。妳眞的是他們的一員。」

無能的過渡現象。相信我。

安跨步過來把手放在大砲上，瞥向雀絲。「拉戈特會生氣的。」

「他叫我自己搞懂這些，」雀絲說。「而且不要去煩他。那正是我在做的事。向專家諮詢意見。」

安回頭看大砲，又看向雀絲。「眞的嗎？」

「我失去了一些事物，」雀絲柔聲說。「而且……要把那些事物——他——找回來並不容易。但妳想要的東西就在這裡。所以，我們一起讓它成眞吧。」

安再度微笑，望向浮球。

她旋轉曲柄讓大砲側轉。然後又繼續轉。接著又繼續轉。

「呃，安？」雀絲伸手一指。「浮球在那一邊耶。」

安沿著她的手指看出去，再看向大砲——角度至少差了三十度以上。「我看起來很對啊。」

「相信我，」雀絲說。「轉回來一點。」

安遲疑地照做了。她從水桶裡拿起擊發桿，接著——像是戰區的掘墓人一般咧嘴笑——開了火。

兩人等待，預期著最糟的情況。雀絲確實聞到了鮮明的金屬氣味。砲彈落入了船後方的翠綠海，最後消失了。沒有傷害任何人。

我必須誠實地說，我自己也有點驚訝。

「謝謝妳，」安輕聲說。「謝謝妳。」

「這不算什麼大事。」雀絲說。

「這是最大的事了，」安說。「我自己都開始相信了，雀絲。其他人說的話。說我被詛咒了。我沒有。我只是……嗯，只是準頭不好。」她看向海面，然後擦擦眼睛。「沒有被詛咒。妳不明白我有多需要了解這點。」

「每天都來找我吧，」雀絲說。「跟我一起練習射擊。我們可以一起變厲害。」

「一言爲定。」

「喔，」雀絲說。「還有一件事。妳知道船上有沒有信號槍嗎？」

「當然有，」安說。「如果擱淺了就會用到，或是向海盜投降時也會。喔！看來我們不用擔心那一點了。對我們來說投降就是死路一條。總之，妳大概可以去找佛特要一把。」

安在這之後就離去了——喜極而泣的淚水在未受保護的船上區域並不是好主意。

雀絲坐下，想著人們，還有他們心中的洞可以被很單純的東西填上，例如時間、即時的一小段話，或者顯然一顆砲彈也可以。除了人以外，是否還有什麼事物是你能夠只靠關心就建構起來的？

最後，雀絲自己也試射了幾發砲彈。（那些也全都沒命中。）當她收拾時，船終於在船長的命令下轉向。這一次沒有雨阻止他們進入緋紅海了。

40

主廚

隔天晚上，雀絲去拿船上的食材。她找到的東西不太鼓舞人心：陳舊變味的麵粉、沒什麼能用的調味料、發酸的油。而船上的烤箱呢？使用日光孢子來加熱，讓這個窯狀廚具的熱度分布難以想像的不平均。她把溼麵粉放在烤盤上快速進行測試，證實了這點。

難怪佛特煮任何東西都會燒焦。確實，他也有可能是故意這麼做的，目的是要蓋掉原料的難聞氣味。她雙手抱胸盯著他，而他只是聳聳肩。這次交流不需要用到他的寫字板。

「好了，」她把發酸的油交給他。「把這個丟下海吧，那已經沒救了。」

他沉思般打量瓶子，用兩隻彎曲歪扭的手指夾住瓶子，它在他巨大的雙手間顯得很小。他的體型實在太大，雀絲忍不住在想他是否不完全是人類——雖然可以理解，但不說笑了，佛特百分之百是人類。然後又額外加上百分之二十我也不確定是什麼的成分。

「相信我，」雀絲說。「我們至少還能用那些麵粉，但這瓶油絕對做不出什麼好東西。」

依妳所知是這樣，他寫。**妳會很驚訝人們願意交易什麼樣的東西**。他把油收了起來。兩人現在一起待在船上的小廚房內，這裡不比佛特的補給士辦公室大多少——不過這個房間四周都圍繞著下方有碗櫥的櫃檯，只有門與烤箱旁邊例外。

「這個，」雀絲把一小堆庫魯堅果推過檯面，送到佛特面前。「把這些搗成泥。」

搗成泥？

「沒錯，而且要在研缽裡搗，才不會讓液體流失。庫魯堅果有很多油脂，因爲油壞掉了，所以我們要拿這個來代替。」

他又聳聳肩，聽從命令照做，雀絲則是對烤盤做了些改造，讓烤箱變成蒸爐。「讓加熱更均勻，」她對他好奇的表情做出解釋。「蒸氣是良好的熱導體。」

我們不是要做麵包嗎？

「堅果麵包，」她將麵粉過篩確認是否有發霉。老麵粉她還可以用，但發霉的麵粉？那就更是糟糕了。幸好，這些看起來夠乾燥，也很乾淨。「我們要避免做普通麵包。老麵粉的味道不好，但至少不會害我們生病，所以我們要做麵粉味比較不明顯的食物。庫魯堅果麵包應該行得通——而且我們可以用蒸的。」

他相信她的解釋，持續搗碎堅果。接下來的三小時內，雀絲發現自己回到了舊有的習慣中。她有多少次只使用付得起或找得到的食材替她父母做飯？再次做同樣的事情，有種令人安心的熟悉感，只不過現在的規模更大。

她希望她不在家時雙親能過得很好。她原本打算寫信給他們，但發生了這麼多事……她突然對先前期望查理寫更多信給她感到很內疚。如果他在海上的體驗與她類似，那他能找到時間寄這麼多東西給她，簡直就是奇蹟。

佛特並沒有以閒聊度過這段時間，你可能會以為那是因為他聽不見，但我可認識許多雙手滔滔不絕的聾人呢。佛特仔細地觀察她做的所有事，而她發覺自己很難評斷他的注視。他在向她學習嗎？還是對她起了疑心？

她忐忑地取出了第一個測試糕點，切下一角拿給他。佛特用雙掌邊緣夾起麵包，細細檢查。聞了味道。嚐了一口。然後就哭了。

這種反應會讓所有創作者陷入恐慌。眼淚會沖走所有中間地帶——無限種中庸的變化形都會被剔除，只留下兩種選項：一種是好到極點，另一種是完全災難。在這瞬間，兩種解釋如量子態般共存於雀絲心中。一般人居然還不能明白為何創作家那麼愛酗酒。

佛特又吃了另一塊。

雀絲放鬆的嘆氣聲大到能吹動船帆。她繼續切肉派用的海鷗肉——幸好這是新鮮的。但佛特輕點她的肩膀。

妳怎麼辦到的？他寫。**我有留意，妳並沒有要把戲。**

「我為什麼要耍把戲？」

祕密原料。用預先準備好的另一個糕點來調包。

「你一直都這麼多疑嗎？」

我可是海盜船上的補給士。

「糕點沒有被調包，」她說。「也沒有祕密原料，除了練習與臨機應變之外。」

他又吃了第三塊。

「你說，」她一邊剁碎一邊說。「每天像這樣的一餐該值多少？」

佛特站直身子看向她，露出狡猾的微笑。**喔，我猜這很值得爭論，是吧？**

「你咬的第三塊表明爭論已經結束了。」

他猶豫一下，停下舔手指。他接著打字，**我以為妳剛說妳沒騙我**。

「真有趣，」她說。「我可不記得有這樣說過。我只說了麵包是真的，沒有說我不打算騙你。想要吃第四塊嗎？」

現在，我要補充一下雀絲這麼做時是帶著點罪惡感的。她希望佛特喜歡她，但她平常並非那種會向朋友要求交易或報酬的人。

不過她看過佛特與他人的互動方式。佛特並不是個自私的人。他不僅在第一天救起了雀絲，也在她需要時給了她食物。他看似隨時都有眾人需要的物品，默默地提供藥品、鞋子，甚至是道格們想玩的牌。而且他很少要求價值相當的報酬。

但在面對安或薩雷這些人時，他卻連最不重要的物品都要拚命討價還價，甚至是那些船上倉庫理當要提供給他們的物品也一樣。雀絲心想，也許他跟她的葛洛伏姑姑很類似，她在市場時總是要殺價殺到極限，因為擔心被佔便宜會顯得自己很傻。

這項猜測就跟用介系詞當句子結尾一樣錯誤。但一樣行得通。因為這讓她即便不想造成麻煩，依舊決定跟佛特討價還價。

我先前給了妳幾天飯，妳就做幾天飯，佛特寫。**這樣我們之間就扯平了**。

「嗯，這聽上去也許算是公平的交易，」雀絲說。「如果我頭殼裡裝的是從烏蘭的抽屜底下借來的腐爛腦袋的話。佛特，你之前給我的食物基本上一文不值。我會說，一份好餐點應該抵得上好幾打難吃餐點。」

那些食物並非一文不值，佛特寫，繼續搗碎堅果。他彎曲的手指拿起研杵還算輕鬆，現在暫停下來用指節輕點板子頂端——板子就放在桌上，如今接受輸入與顯示文字都在同一面。**只要食物沒有毒，就有基礎價值。**

「確實是沒有毒，」雀絲說。「但它很努力想要毒死我。」

那讓妳活命，而我會說，人命是無價的。所以我在妳缺乏其他來源時所提供的食物也是無價的。

「啊，」雀絲一邊切一邊說。「但船長一直說我的命毫無價值，所以這麼說來，你的食物也一樣。」

如果妳沒有價值，佛特一手搗堅果、另一手打字，**那妳的工作成果也就毫無價值。因此，我理所當然可以用低價雇用妳勞動。**

「好吧，」雀絲說。「既然是這樣，我只好找其他方法回報你了。真可惜。」她在他伸手之前抓起最後一塊測試糕點，丟進自己嘴裡。

喔，月亮啊，她已經忘記不用在吃飯時壓抑嘔吐反射是什麼感覺了。

佛特搓搓下巴，接著咧嘴笑了。**好吧。妳每提供一天這種餐點，就可以抵過我給妳食物的兩天。**

「五天。」雀絲說。

三天。

「成交。」她點頭。「但你不能告訴其他人這些餐點是我煮的。我不能被拖下水，連早午餐都煮。我還有工作要做。」

如果兩餐難吃、一餐非常美味，船員們會起疑的。

「所以剛才的食物非常美味囉？」她說。

他愣住，再次咧嘴笑了。**我低估妳了。**

「希望這是常態。」她說。「你是個聰明人，佛特，你可以想個藉口來搪塞船員。告訴他們你在試新菜單，但每天只有時間練習一道菜。再者，如果我們能讓烤箱正常運作，你做的菜可能就不會那麼……」

獨特？他寫。

「面目全非。」

我想我們達成共識了。假設妳肯答應每天也做一道甜點的話。道格們一直吵著要吃入口之前不會把盤子融掉的點心。

「他們居然想要吃更多你做的食物？月亮啊，烏蘭到底有多少大拍賣的爛腦子啊？」

佛特大聲笑了。這是全心的笑聲，和安喧鬧的笑聲不同，更像是無拘無束，而非不受控制。這是那種不在意別人眼光或評斷的人的笑聲。

我錯了，她發覺。他並不是擔心被佔便宜會顯得自己很傻。

怎麼樣？他寫。**甜點呢？**

「我想要一把信號槍，」她把切好的肉撥進派模裡。「還要信號彈。不能質疑我的用途。」

他看著她。

面具的任務？

「也許吧。」

對我們目前的困境有幫助嗎？他往上指著船長艙房。

「希望如此。」

那妳拿去吧。做為交換，整趟旅程都要有甜點。

「直到我們抵達緋紅海的目的地爲止。」雀絲說。

我還不知道我們有目的地。令人好奇。好吧，就這樣。他擦擦手，朝她伸過來。

她握手，交易成立。

謝謝妳，佛特寫。**真心的。**

「因爲食物？」她問。

因為交易。

「你爲什麼這麼喜歡交易，佛特？」她靠在櫃檯上問。

我是一名職業獵人，他解釋。**這是我們族人驕傲的象徵，而我的家族尤其看重每一場絕佳的獵捕。**

「……獵捕？」

好吧，我們隨著時間把定義放寬了，他再解釋。**畢竟，獵人社會沒辦法擴大規模。誰要做鞋子？烤麵包？規畫婚禮？**他輕敲清空板子，接著繼續寫。**所以，我們在成年時會選擇自己的獵捕目標。交易就是我的目標。這是很有價值的獵捕，和我的母親相同。我會把每次勝利都記錄下來寄信回去，掛在家族的廳堂裡。**

「哇。」雀絲說。

妳覺得了不起？安聽完可是笑了。

「我覺得很了不起，」她說。「再加上，我有個朋友肯定會很喜歡這個故事。我希望你哪一天能見到他。你……今天和我的交易也會寫在信上嗎？」

他又笑了。**雀絲，如果妳知道我剛才的獵捕有多成功，肯定會很羞愧。妳真的有吃過我的食物嗎？妳給我的第一口麵包就值得交換我給妳的所有食物了。而妳不但承諾會做更多，還允許我在道格面前攬走全部功勞？**他對她眨眨眼。**我待會兒可以吹噓整整三頁！現在，動作快點。我想要嚐那個派。**

哲學家

在拆解信號槍的時候分心並不是個好主意——但雀絲並不是刻意要分心的。分心是自然現象，就像打嗝，或是宇宙無可避免的持續增熵。

她一邊剝開信號彈外層的硬蠟紙，一邊思量佛特在交易之中獲得的純粹快樂。她在市場殺價時總是很緊張，因爲不想讓商家覺得他們自己的貨物或服務不符價值。但佛特愛死討價還價了。

還有安與大砲射擊。雀絲一邊想著她，一邊從信號彈裡倒出孢子。雀絲有看過任何人像安這麼興奮的嗎？就連看到剛出爐的派的查理，都沒表現得這麼滿意。

雀絲輕敲信號彈，接著瞥向哈克，他堅持要在工作桌上陪她——但躲在一個大湯碗下，只稍微抬起一吋左右向外偷看。他目前主要是害怕孢子，但她最近發現他更常到處躲藏，就算貓咪不在附近也一樣。

「這是什麼？」他發問，一顆粉色的石球從信號彈中央滾出。

「是水彈。」她把粉色石頭舉起，對著舷窗讓光穿透過去。當她搖動球體時，可以看見裡面的水影在晃動。「當這顆球破開，裡面的水就會湧出來點燃孢子。在這個例子中，那些是會發出高熱強光的日光孢子。」

「喔，」他把碗舉高一些。「所以這些不會爆炸囉？」

「不會。」雀絲說。「但是會產生閃光和高熱，所以可能會燙傷我們。」她咚的一聲把一顆砲彈放在桌上。「現在，這一個裡面才是塡滿了清風孢子。它就眞的會爆炸了。」

哈克刻意把護罩放得更低了。雀絲在桌上來回滾動那顆裝滿水的玫瑰岩小球。她還記得每個月節在島上最高處舉行的禮拜。在翠綠月節，人們能見到太陽與月亮完美對齊。她總是覺得自己沒弄懂這件事的重要性，因爲這種對齊——從他們的角度——看起來跟每天都會發生的普通月影沒兩樣。但顯然太陽每年只會有兩次剛好對齊月亮的正中心。

牧師會在這樣的日蝕之下佈道，內容是崇敬月亮以及人生的意義。只不過每個來到島上的牧師似乎對人生目的都有不同理解，就連出身同一所月學的兩位牧師的講法也不一致。

這部分讓她很安心。如果連宗教都沒辦法好好弄清楚了，她自己感覺一團亂也情有可原。但是現在——一邊挖著信號彈內殘餘的計時器——她忍不住思考。每個牧師都表現得像是知道答案，像是人生確實只有一種目的。所有人的生活。她了解這其中的涵義。唯一的答案能簡化一切。二加二等於四。水在特定溫度會沸騰。還有，人生目的就在於學習模仿猴啼叫，去吧！

對佛特來說，找到好交易就是人生目的。但對安來說，目的則在於學習如何開炮，而且不會意外炸掉朋友的四肢。所以，其實有很多答案囉？還是這些都只是同一個答案的不同應用而已？

我必須補充一下，雀絲可以成爲很優秀的哲學家。事實上，她已經決定了哲學並不如她所假設的那麼有價值——通常大哲學家至少要研究哲學三十年，才會領悟到這點。

她終於撬出了計時器，接著將之放在桌上。她注意到，信號槍的運作原理大致上與普通手槍相同。你需要額外裝彈藥來發射子彈。

「所以……我們在做什麼？」哈克問。

「看這邊，」她把計時器的銀製尖端剝下。那是圓錐形的，一頭很尖，形狀像是鉛筆的尖端。「這就是讓信號彈啓動的東西。銀會擊穿裝著水的玫瑰岩核心。

「我要做的就是把這個反過來。我要把這個尖點放在信號彈的前端，但是朝向裡面。所以當信號彈擊中東西時，銀就會被往內推，破壞玫瑰岩球，然後釋放出水。」

「我的意思是，當然好，」哈克說。「聽起來應該可行。但是爲什麼要做這個？」

「我得找到方法阻止烏鴉。」雀絲解釋。「但就如我們攻擊商船時所見到的，一般的槍傷不了她。」

「而妳希望信號彈可以？」哈克說。

「不盡然。」她開始重構信號彈。雀絲不但把銀啓動器從信號彈的底部移到了頂端，還把日光孢子換成了沙子以及幾粒翠綠孢子。她沒把計時器放回去，直接闔上裝置，仔細檢查。「我今天稍早問過烏蘭，他說住在烏鴉血液裡面的孢子會阻止任何能穿透皮膚的武器傷害到她。所以，我必須在不傷害她的情況下阻止她。」

「妳要從海上的哪裡找出這種方法？」

「就跟我們在不擊沉船的狀況下捕獲船的方法相同。」她說。「我把信號彈改造成會放射出藤蔓，然後用這方法來將她困在牆邊或地面上。我不需要殺死——甚至不必傷害——她。我可以阻止她行動，接下來讓薩雷掌控全船。」

「這太聰明了！」哈克從他的碗下更探出頭一些。「妳覺得眞的會管用嗎？」

雀絲把信號彈——還有一點清風孢子——裝塡進槍管又粗又短的信號槍內。她打量著槍，但沒有扣扳機——那會把水注入槍管，發射出子彈。在她的艙房內測試這種東西，似乎對身體健康不太好。

但她要如何測試？她需要擊中某種足以擊破水彈的物體，單純往舷窗外發射並沒有用。她也不想讓烏鴉知道她在打造什麼。

她要找出其他方法。雀絲把槍放下，看向一邊的哈克——他終於放棄躲藏點——朝她爬近。

「嘿，」他說。「妳看起來有點不開心。沒問題的，雀絲，妳會找到方法脫身。妳很優秀，也很聰明。妳會成功的。」

「如果我成功了，」她柔聲說。「這就代表判了烏鴉死刑。如果她沒有和龍達成交易，她的病會從體內生呑她。」

哈克翻絞著前爪，抽動鼻子。他沒有說出顯而易見的話：也就是烏鴉絕對不値得同情。雀絲早已知道這點，而他也清楚她知情。

不幸的是，同情並沒有閥門，能在淹滿院子前關掉。誠然，前往毫無同情心的人生旅途既漫長又痛苦，充滿了打折甩賣的人性交易。

爲了從自己對烏鴉下手的計畫中轉移注意力，雀絲檢查起重構信號槍時遺留在外的計時器。這個小裝置與圖紙中的描述完全一致：有著一小段從翠綠孢子長出的藤蔓爲引信，還有一小管玻璃管，比玫瑰岩珠子脆弱得多——因此在擊發時就會碎裂。

她挖出藤蔓，接著——害得哈克擔憂得後退——倒了一點水在上面。小小的藤蔓開始捲曲抖動。她觀察了一小段時間，心想自己該去練習工具。

藤蔓突然之間扭動得更活躍了。

雀絲猶豫一下，彎腰更靠近一些。乙太持續穩定成長，不過還是沒有她的手指頭長。緊接著，藤蔓的尖端——在生長的部位——轉向了她。小藤蔓開始朝著她生長。

雀絲快速往側邊移動。藤蔓的尖端又轉向朝她生長。

她的困惑加深。她又把椅子移向另一側。藤蔓又轉向跟著她，留下如鋸齒般來回延伸的形狀。

藤蔓快把水用完了，所以她又將其浸溼，然後蹲下身子，看著藤蔓緩緩接近。它在……尋找什麼嗎？在家鄉時，她曾在一處陰暗的小屋中，發現一些不知如何在高鹽環境存活下來的雜草，那些雜草全都朝著木板破洞透進來的光源生長。

「妳在做什麼？」哈克問，小心地靠近。

她伸出手指，藤蔓開始朝指尖生長。她繞起手指，藤蔓因而長成如開瓶器般的螺旋。藤蔓對她有反應，卻無視哈克。

因爲他是老鼠嗎？還是……因爲他害怕它？但她也會怕孢子，不是嗎？

只不過這一小條藤蔓並不危險。所以……不，她並不害怕。至少現在不會。

當雀絲使用子夜孢子時，她附身於造物身上。

令人好奇的是，她現在也對藤蔓有著類似的感受。一種聯繫。她覺得自己能感覺到它在搜尋。它很空虛，但在尋覓著。渴望著。

我了解，她對藤蔓想著，讓它觸碰手指並輕柔地捲在上面。佛特有交易、安有槍砲，雀絲有什麼？她想要拯救查理，但那不是她的人生目的。那是她想達成的目標。

她望向自己的杯子。雖然她還是很喜歡杯子，卻必須承認自己近來看它們只是因爲杯子會讓她想起查理。杯子本身不再像以前一樣那麼吸引她了。她已經看過世界太多。而且不光是場所而已。

藤蔓用完了水因此停止生長，依舊繞在她的手指上——不是具威脅性的緊纏，只是輕柔的接觸，充滿好奇，並不危險。

她覺得太神奇了。怎麼可能？

全世界各地每天都在與孢子打交道——至少也會碰到死掉的。人們對它的畏懼有著正當理由。但這條藤蔓不但不像是毀滅天災，反而更像是一條小狗。

有可能全世界都錯估了這麼常見的東西嗎？

雖然雀絲覺得不可能，但這是眞的——而且沒什麼好意外的。人們總是會錯估生活中常見的事物。（例如其他人。）

雀絲並不是發現了過去完全未知的現象。確實，她發覺的就是育芽人對孢子與乙太著迷的原因。一切都與恐懼有關。

適當的魯莽驅使我們的祖先發現許多新事物，而恐懼則讓他們存活下來。如果勇敢是讓我們能乘風高飛的風箏，恐懼就是那條牽住我們、讓我們不會飛離的細線。我們需要恐懼，但實際上，我們的血脈會使我們對一些錯誤的東西產生恐懼感。

舉個例子，對我們的遠古祖先來說，奇異的外地人代表了新的疾病，還有他們可能會拋出長矛、戳中我們的身體。但以今日來說，外地人唯一會拋向我們的只有從沒聽過的髒話，讓我們能學來向朋友顯擺。

對乙太這類物質的恐懼？這就跟乳頭一樣自然，但也像雄性的乳頭一樣只是種退化痕跡。當有人拋下了原本的恐懼與成見後，新世界的大門就會在她面前敞開。

42 嚮導

我喜歡記憶。那是我們自身的敘事詩、個人獨有的神話。但我必須承認，如果從未遭受挑戰，記憶可以是很殘酷的。

記憶通常是我們與過去的自己之間唯一的聯繫。記憶是化石，已死去版本的我們所留下的骨頭。更而甚者，我們的大腦是飢渴的觀眾，只在意經驗的頂峰與低谷。乏味的部分會被侵蝕消逝，僅留下鮮明的斷點，讓我們不斷回味。

不論是激痛還是激昂、極怪異還是極美好，我們珍惜保存著這些巔峰經驗的小石子，以重複回想的溫柔碰觸、拋光它們。一直持續下去的結果——就如同異教徒不斷對泥塑像祈禱——就是我們的記憶成了能裁決現今生活的神祇。

我很愛這一點。記憶也許不是我們身為人的核心，但至少也是個重要器官。儘管如此，我們還是要注意不能讓記憶中的美好時光使得當下的快樂相形失色。沒錯，我們現在很快樂，但以前是不是更快樂？如果我們放任這種思緒發展，記憶會讓現在蒙上陰影，沒有任何體驗比得上過去的高聳傳說。

我仔細思量過這件事，畢竟我的工作就是在販賣傳說，將之包裝、商品化。只要一點代價，我就會向你分享我的記憶——我鄭重保證其眞實性，只要你別太深入剖析的話。

別讓記憶追著你跑。聽從我的建議吧，我曾經肢解這頭巨獸，又替它重建出更加具有威脅性的臉孔——用來從醉醺醺的聽眾身上多騙幾個錢。沒錯，享受你的記憶，但別成爲你想像中自己曾經模樣的奴隸。

記憶不是活的。你才是。

就個人而言，我覺得自己當時沒有好好注意過雀絲的世界有多美麗。對我來說，那只是一顆被乙太渣滓給淹沒的偏僻星球。其他形態下的乙太更實用——而且要蒐集的話，直接去月亮上也比較容易。

不過，我從未在旅途中看過類似這些孢子的景象。當我們在緋紅海航行時，我覺得自己像是漂浮在殞落巨人之血上的一片樹葉。我們走得越遠，緋紅之月就昇得越高——白晝時看起來既陰暗又不祥，邊緣常透出後方太陽的光暈。

晚上，那就像在燃燒般，散發出恆定、超乎自然的光芒。我們一開始距離太遠，看不見落孢，但隨著我們接近，月極也出現在眼前。由天上降下的噴泉，垂直落入海洋的中心。翠綠孢子看起來總像是飄於空中的花粉，但這裡比較像是熔岩瀑布。從天堂噴發而出，準備熔化整顆星球。

我在這趟旅途中心智狀況不正常，但我還是看得見。而我記憶中有關那個世界的亮點部分，總是這些鮮明的畫面。超現實，如魔咒般的畫面，魔法強烈到能夠眞的從天上落下。

我相信如果景象沒有這麼驚人的話，雀絲會更開心一點。因爲她就能比較輕鬆地吸引我的注意力。

「霍德，拜託你，專心一點好嗎？」女孩要求。

我指向遠方的紅月，孢子由上落入海中。「看起來像是月亮在嘔吐。」

雀絲嘆氣。

「想像海洋就是馬桶，」我說。「而月亮是一整個晚上都在吧檯椅上轉圈的神明的臉，現在正抓著我們爆吐。」

我其實還做了一首關於嘔吐神的詩。就不殘害你了，不過那是我唯一一次替「狡兔」想出這麼好的押韻。

最後在更多的提醒之下，我轉頭放棄新取得的謬思，坐到雀絲附近的甲板。她本想到甲板下視野不佳的位置去問我的，但我很頑固。我想要看月亮嘔吐。只要是人都想要。

「我們得破除詛咒。」她說。

「啊，對，」我傾身靠近，以密謀的語氣說話。「妳知道嗎？我其實也有喔。」

「詛咒嗎？」

「沒錯。」

「我知道，霍德。」

「妳知道？」

「是的。這就是爲何我們能討論這個主題。如果我不知道，你就沒辦法告訴我。」

「我不能告訴妳妳不知道的事，只能告訴妳妳已經知道的事？」

「對，因為詛咒的緣故。」

「喔！詛咒！我——」

「——也有。我知道。我需要破除你的詛咒，讓你帶我去找魔女。沒人知道她位於子夜海的何處。」

我陷入沉默。

「霍德？」她問。「你了解嗎？」

「我想我了解。但，妳看，這很困難的。」我更靠近。「我可以告訴妳……」

「是的？」

「一件重要的事……」

「是的？」

「襪子加涼鞋，」我低聲說。「下一次的時尚革命。相信我。這會帶起所有怒氣。」

她愈發惱怒地嘆氣。

我很習慣從他人那得到這種反應，但比較偏好刻意引人煩躁。意外引人生氣違反了我的工作倫理。那就像……工人在夢遊時不小心鋪好了一條路，工頭肯定會氣死。你要怎麼叫夢遊者遵守工會制定的義務休息時間？該叫醒他嗎？

「聽著，」雀絲說。「我這裡有一張紙，看到了嗎？我在上面寫了很多我覺得可能跟詛咒有關的字詞。其中有沒有哪些是你不能跟我說的？如果有的話，對我來說就會是條線索。」

這個主意行得通。我原本覺得會印象深刻的，但我當時分心在想，不知道有沒有人用餐巾做成衣服過。

雀絲把字詞表遞給我。我閱讀後，將頭歪向一邊，接著點頭。

「有什麼嗎？」她問。

「我，」我宣布。「顯然忘記要怎麼認字了。」

雀絲展現出傳奇般的耐心，她拿回列表，開始唸給我聽。我跟著複頌。

「怎麼樣？」她問。

「我之前肯定聽過其中一些字，」我說。「不過，我忘記規則是什麼了。這是我要替每個詞畫圖的遊戲，還是我要演出每個詞的遊戲？」

她發出呻吟，往後躺在甲板上，用後腦敲擊木板幾下。「也許你能在詛咒沒被破除的狀況下，帶我找到魔女？」

我陷入沉默。

「霍德？」

我對她微笑。我把一顆牙齒塗成黑色的，看上去就像缺了顆牙，因為我覺得這樣很時尚。畢竟有好幾個道格也長這樣。

「也許我能把字母唸給你聽，」她說。「然後你同時想著破除詛咒的方法。我會問你『這個字母有在詞語中嗎？』理論上來說，如果有出現，你就沒辦法說『是』。」

這個方法不管用。這個漏洞太過簡單，魔女也有想到，因此她基本上將詛咒「編譯」成禁止有人用這種方法來確認字句。

再加上，在這個特定的例子中……嗯……

「字母，」我說。「拼字。閱讀……」

「沒錯，」雀絲說。「沒錯。不過你還是沒回答我的問題。你有辦法帶我去找魔女嗎？即便是在詛咒沒被破除的狀態下？」

我陷入沉默。

我心中有一部分希望她會注意到這股沉默有多大聲。

「等等，」她坐起身。「我每次說到要航行去找魔女，你就會安靜下來。」

「我有嗎？」我問。

「我在你身邊這段時間內，那是你唯一無話可說的時候……」她睜大雙眼。「霍德，你不能談論魔女或她的島，對不對？」

我，值得注意的，並無法回答。

「霍德，」她說。「你可以告訴我國王島的事嗎？」

「我去過一次！」我說。「妳有聽過國王的下水道巡工的故事嗎？我不太記得了，但是裡面有便便，所以肯定很好笑！」

「講到造訪國王島不會讓你閉嘴，」她說。「但是講到魔女之島就會……」她站起身。「我需要一張地圖。」

就是這樣。僅僅是幾天的嘗試，她所發現能幫助我的資訊就比烏蘭與我共處這一年來發現的還多。我發誓，那個蠢變形者肯定樂在其中，自從沙賽德釋放他們之後，他們就全都變得越來越奇怪了。

總之，薩雷正在她平時的崗位上，指引著船深入緋紅海。她並沒有把子夜海的地圖放在上面，但——在雀絲的要求下——她派了一個道格到她的艙房裡去拿。地圖上並沒有清楚標出細節；沒有任何子夜海的地圖是清楚的。幸好，就形狀來說大致還算正確，因爲每片海洋基本上都是五角形的。

雀絲開始指向地圖上的位置並提問。「霍德，我想要你帶我們去這裡。你辦得到嗎？」每一次，我都會告訴她關於那個位置有趣至極的資訊——例如我曾經穿著奶油當鞋子走到那裡去過。直到她指向某個特定的點。

當她對這個點提問時，我陷入沉默。

當我停止說話時，人們常表現得很開心。這是我職業的害處之一。但這次不一樣。雀絲把地圖緊緊抱在胸前，眼中淚光閃爍。

她知道魔女的島在哪裡了。就在子夜海與緋紅海的邊界附近，大約往內航行半天左右的位置。

這是她找出的第一條確切線索。邁向眞正拯救查理的第一步。這是個美妙的時刻，直到一條雨線出現在地平線上破壞了氣氛——而且還筆直朝著我們的船而來。

43

音樂家

我知道你們星球上的水手害怕風暴，我遇過的所有航海文化都有這項共通點。有趣的是，他們大部分也都會將其歸因於——或是過去曾歸因於——風暴本身的意志。風暴從來不只是單純存在。它渴望著什麼東西。

雀絲世界上的天候型態沒有被特別授予——所以並沒有自我意識。但看著雨筆直朝烏鴉之歌而來，你根本不會知道這點。

雀絲盯著雨看，感到全身麻木，剛才的大發現所帶來的喜悅霎時退去。一切都可能在此結束，對吧？她所有的掙扎、她的每項準備……一切都會直接結束。烏鴉之歌會消失在雨中，從上百個不同角度被刺穿，接著被拖入深海裡。

雀絲對此無計可施。

這種時刻讓風雨有了生命。我們需要目的；那是把人類的存在與意志貼合在一起的靈性接點。目的跟我們是如此密不可分，以至於我們在所有地方都會看見它。

天空之神的大喊形塑雷聲，或是閃電跟隨在腳步之後。風根據吹拂方向被取了不同的名字，也被賦予不同的意圖與動機。雨水會阻止、允許，或是送來毀滅，一切都取決於天神的情緒。

風暴不像箱子或樹木是個物品。就算對更科學化的心靈來說，風暴也只是現象，而非確切數字。什麼時候毛毛雨會變為大雨，而大雨什麼時候會變為風暴？那之間沒有明確的界線。只取決於你的感覺。

風暴是一種概念，因此更加強大。看著雨逐漸靠近——緋紅尖刺行軍般尾隨在後，有如皇家護衛交錯的長槍——雀絲想要它是月亮刻意為之的決定。她不希望自己的死輕如鴻毛。

船突然傾向一邊，害得雀絲失去平衡。她驚叫一聲，抓緊欄杆，接著趕快伸手，抓住差點被風吹走的子夜海地圖。船再度傾斜，令她往另一邊踉蹌。她感覺這些移動毫無章法，但薩雷就在附近大聲下令，道格們則是聽命操縱船帆。

薩雷並不在乎她的死亡是輕如鴻毛還是重如泰山。只要那在很久以後才發生就好。

如我所提過的，在你的星球上，也許已經習慣了舵手並不算是特別重要的職位。但在孢子海洋上可不是這樣。船再度傾斜，木板發出呻吟，帆布隨風鼓動。帆船與一般的交通工具不同，要花很多時間和力氣才能改變其動量。雀絲抓緊欄杆，雙眼圓睜地看著烏鴉船長接住一條拋下的繩子，用力拉緊。在這當下，就連她都要遵從薩雷的指令。

近處，三名道格衝向舵輪，協助薩雷往側邊轉向，使上百噸的木板服從她的意志。烏鴉之歌轉向抵達雨線的右側，與乙太高牆之間的距離近到幾支緋紅長矛都刮過了船殼。薩雷下令要水手慢下動作、站穩腳步，雀絲並不知道原因——直到她看見互相交錯的巨大尖刺正開始下沉。

從孢子長出的乙太會在海面產生波動，但它們下沉時的影響更是加倍劇烈，會導致海面震蕩，產生巨浪。你在孢子海上通常不會遇到眞正的巨浪——不像液態海洋那樣——但當你遇見時，就會陷入極端的危險。

烏鴉之歌像是高檔雞尾酒杯內的冰塊一樣被劇烈搖晃，然後又像喝了太多雞尾酒的人一樣歪向一邊。雀絲立刻感到反胃，驚慌地想起如果在孢子海中央吐在甲板上會造成什麼後果。她在船上的第一份工作此時意外地派上了用場，讓她成功找到了水桶。

這整段期間，薩雷不斷大聲下令。感覺上她是純粹靠自己的意志力阻止了船身翻覆。有幾次，她操縱船迎浪而上，但其他時間則是旋轉舵輪、隨波逐流。在這種時刻，船就像是一臺巨大的樂器，而她如大師般彈奏，指引我們前往安全之處。

不幸的是，在一切都快結束前，最後一道巨浪越過了船側。孢子散落在甲板上。殘暴。猩紅。飢渴。量多到足以壓過銀的影響數秒鐘。而雀絲並不是唯一嘔吐的人。

紅色在紅色上爆發。主甲板上閃現出一股尖刺，位置就在通往上甲板的階梯附近。才不過一眨眼，一個道格就被釘在了船長艙房外的木板上。我就不提關於針插的粗俗類比了，這樣說吧：我從來沒見過有人這麼快就流乾所有血液。但我也沒見過有人身上有這麼多地方能讓血流出來。

所有人都盯著這慘烈的景象，雀絲發出呻吟，再度轉向水桶進行第二次的反進食。接著道格們——想起了他們的訓練——衝去取來毛巾緊急吸乾血液，避免有任何一滴漏出船側。在翠綠海，從船壁流下的血會讓船動彈不得。在這裡則是會把船插成碎片。

幸好，孢子海上的船都有預防措施，所有接縫都塗上瀝青封死。銀最終發揮了效用——所有人都在死去的灰色孢子上行走，腳跟磨碎了船板上的孢子屍身。

在這淒涼的情景中，船突然減速停下。靜止期來臨。

我必須承認，就算到了現在，我還是對那段在緋紅海航行的日子感到有些不自在。我很清楚了解雀絲星球的宇宙學與祕法學，可以很有自信地說並沒有任何個體在指揮星球上的風暴。

然而，了解與相信是兩件截然不同的事。

我們在甲板上的兩打人一起轉頭，看著雨水轉向，毫無道理再度朝著我們而來。殘酷無情。前方的雨水帶領著後方的乙太一同衝鋒，總共有三艘船並排那麼寬。

即便沒有特別被授予，風暴依舊是活的。因爲「生命」這個概念也是人類所建構而出，是我們定義的。大自然才不在意，對它來說一切都只是化學反應。它才一點都不想管某天一大團碳氫氧化合物決定自己比起長凳更偏好於坐在沙發上。

因此，只要我們認定一個東西是活的，它就是活的。那一天，對船上的我們來說，雨水就是活的。它必須是活的。而我清楚地知道，當雀絲從水桶抬頭望向雨水時，她不僅全身在顫抖，她的情緒也一樣在顫抖。烏鴉船長同樣束手無策。就連薩雷也無法在靜止期時拯救全船。

雨線從距離我們數百碼處切過。

在我們恐懼的雙眼之中，那看起來像是針對我們而來的殺招，但其實只是純粹的巧合。所以我們盯著雨水消失在遠方，只留下一面由紅色荊棘構成的巨牆。這道堡壘高聳入天際，只有翻騰再啓後才會沉入海中。

雨水在遠方繞圈舞動，最後才完全消失。那是某個任性的神在嘲諷我們嗎？抑或只是自然現象，純粹是我們的大腦在自動搜尋著模式、涵義與意志？

我深知自己當天相信的是哪一種。

44 羅難者

我先前暗示我並不記得道格們的名字。那是謊言——因爲我想要你專注在這個故事的主要角色身上。

但每個人都有自己的故事，道格們也不例外。死去的那個人叫帕克森，他和他妹妹都是烏鴉之歌上的道格。帕克森在陸地上又高又尷尬——是那種天生腿比身體大一號的人。雖然他還算年輕，卻已禿了頭，而他的脖子和臉頰有點連在一起——會讓你在見過他之後，突然有種想吃長棍麵包的衝動。

他同時也難以理解地和藹。他就是當雀絲抓在船邊時，不斷過來確認她狀況的那個人。在佛特拉她上船時，帕克森也是拉繩子的其中一個。

他用餐時總是會大笑，並且不論東西有多難吃，都會記得感謝佛特。他喜歡音樂，但不會演奏，而且總是默默後悔從來沒去學。我很希望我當時的狀況有好到能夠教他幾堂課。

現在他罹難了。我們把他的屍體獻給孢子，繼續向前航行。

雀絲覺得自己有責任。也許如果船在翠綠海多待幾個月的話，那天他們就不會遇到雨了。她很害怕帕克森不會是她魯莽舉動的唯一犧牲者，所以她回到房間——以及能讓她分心輕鬆點的孢子——的懷抱中。

一如既往，哈克也在房裡，對她訴說身為老鼠的生活。他的聲音讓她能從問題上分心。老鼠的故事很令人放鬆；就算他正講著老鼠社群中的恐懼與挑戰，還是有辦法安撫她。因為那發生在遠處。很私人，同時也很抽象。

「有一件很有趣的事，」他正在對她說。「就是在這世界上，有很多我們能聞到，但你們卻似乎聞不到的氣味。每個人的鞋子聞起來味道都不一樣。妳知道嗎？」

「我以為聞起來都一樣。」

「對老鼠來說可不一樣！」哈克坐在桌上，就在她工作區域的旁邊。他開始講起故事，內容是他如何靠某個人的靴子味道在人群之中追蹤他。

雀絲的心思一半聆聽，一半工作。她正在調整改造信號槍中的其他信號彈。她在每一顆都放進了不等量的各類孢子，接著記錄在筆記內，好讓她知道哪種組合的效果最好。

甲板上傳來了海鷗的叫聲。道格們也許是要從帕克森的死上轉移思緒，因此在空中垂釣，捕捉下一餐的肉類來源。再加上鳥類在緋紅海非常少見，所以有機會時就要行動。

雀絲很快就有了四種信號彈，搭配四種推進藥。每顆信號彈理論上擊中時都會釋放出翠綠乙太，但釋放的量皆不相同，結果有助於她調整後續設計。每種推進藥內的清風孢子量也不同。

她跟自己說這項工作也能幫助到其他船員。她越早找到方法癱瘓烏鴉，他們就能越早離開緋紅海。遺憾的是，即便她只是在說服自己，她的論點還是遇上了頗具敵意的反駁。畢竟，她可是在計畫說服船員接著航向子夜海——據說那裡更加危險。為了拯救一個人，她願意賭上多少條人命？要到什麼程度，船員的安危才會重於查理的安危？

你可能會覺得這種問題對一個單純的洗窗工來說很不公平，但這類意見帶著某種傲慢。洗窗工當然會思考，就和其他人沒兩樣，他們的人生也沒有比較不複雜。就如我警示過你的，「單純」的勞動會造就很多思考的時間。

沒錯，智者與哲學家深入思考是可以拿錢的——但其他人也能擁有這些思緒。社會常看不起那些出賣肉體的人，卻不會同樣評斷出賣腦袋的人，真諷刺。

當雀絲排好最後一枚信號彈後，哈克停下了原本的話。

「所以……我想現在要去測試吧？」他說。「有什麼好主意該怎麼做嗎？」

「嗯，」她說。「最近道格們大多都待在頂層甲板上，而且底艙也沒有貨物了。」

哈克點頭，這是最明顯的選擇。她把他放在肩上，再將信號彈、手槍以及筆記本收進包包內。她前去告知拉戈特說想要去底艙查看安修補好的船殼。雀絲解釋，這也許能幫助她了解未來該如何更靈活運用玫瑰岩進行修補。

這個謊言不怎麼樣，如果拉戈特看穿了她，大概也只會覺得她是在找事情裝忙而已。砲長允許了她的請求，說他會叫其他人別去打擾她。這段對話相對來說還挺貼心的，讓雀絲有一瞬間覺得他是不是怪怪的。

在她下去前，一個道格在索具上呼喊，指向遠處。他看見了另一條雨線。雀絲倒抽一口氣，但這次的雨轉向遠離船隻，很快就消失。

雀絲把目光扯開，快速來到船底層如洞穴般的底艙。她把樓梯頂端的活板門拴上，提供多一點隱密性，再放下她的三盞油燈——一般水手禁止擁有油燈。當你基本上是住在一大塊乾燥的空木頭中間時，有太多火源可不是好事。

底艙有一半是空的，因爲他們在進入緋紅海的前一站已經卸下了貨物。她將推進藥與信號彈裝填進武器，食物與飲水補給是她唯一的觀眾。接著她轉身，舉槍對著空無一物的船尾。

必須要稱讚哈克，他這次沒有逃走，不過還是縮在她頭髮裡面。她近來很少綁辮子了——通常只綁馬尾，或是讓它隨意舞動四散。雖然她晚上梳頭時會付出代價，但感覺很……自由。在家鄉，她總是對自己的頭髮感到不好意思。但在外面，有太多更急迫的事情該去擔心。

雀絲扣下扳機——讓槍的擊錘用力擊中信號彈，震碎推進藥裡面的小玻璃管。清風孢子爆發，釋放出微藍的空氣。信號彈從槍前方射出……

……飛了一呎左右，接著就鼻頭朝下、墜在地上。她大概該再多用點清風的。

對雀絲來說很不巧的是，她其餘的工作成果都無懈可擊。基本上，她光靠圖紙就掌握住了這項機制的原理，並且她的設計也完美地發揮效果。信號彈的鼻端先接觸到了甲板，衝擊力將銀尖擠進了玫瑰岩球體，釋放出水。

翠綠藤蔓向外爆發，抓住雀絲，以令人目眩的速度纏住她。她最初的恐慌一閃而過，並且因爲藤蔓收緊，將她向上抬了兩呎而有些不舒服。但她並不覺得疼痛，在一切結束後，比起害怕，她更難爲情。

「雀絲！」哈克說。「喔，雀絲！妳還好嗎？」他跳下肩膀，落在藤蔓上。

她扭動手指，放聲大笑。

雀絲的笑聲有點傻，其中還包含了嗤笑與打嗝。這些荒唐的表現印證了這是眞心的笑容。

在這當下，雀絲對孢子還殘留的最後一點恐懼也隨之消散。她犯了錯，而未來做實驗時她也會更小心。今天，她的錯誤只害她出了點醜——隨之得到的是了解當一串葡萄掛在藤上是什麼感覺。

「幫我把銀刀拿來，」雀絲還在咯咯笑。「在我包包裡。」

哈克遵命跑走，雀絲注意到藤蔓尾端還在生長。就如同之前，當她想著藤蔓時，它們就開始轉向她。現在這個情況下，她不希望被更多藤蔓纏住，所以她想著要藤蔓遠離。驚人的是，藤蔓照做了。

這種控制並不完美。再者，她無法對已長成的藤蔓做任何事，必須使用銀刀才能切出自由。但這讓她思考起，不知道自己的控制能夠達到什麼程度。

她小心地在每一發推進藥內都加入更多清風孢子。接下來的實驗就沒那麼有趣了。三發子彈都如她所想地發射，不過其中一發只有彈開，沒有釋放出藤蔓。

另外兩枚都如她所想的爆發出藤蔓。最後一次實驗時，她試著在藤蔓生長時專心想，命令它們不要纏住任何東西。這一次，藤蔓沒有抓住底艙牆面或是船的肋材，而是直直伸向她——接著整條掉在地上。

她剩餘的下午都花在切割藤蔓，以及把碎塊拿上去、從她的窗外丟棄。她把一切有嫌疑的物品都跟哈克一起藏在房裡——一邊責怪自己剛剛出去居然忘記鎖門——接著趕去幫佛特準備晚餐。他發現她今天是個心不在焉的幫手，因爲她的心正在四處亂跑。爲什麼有一發信號彈沒釋放藤蔓？如果她面對烏鴉時發射了啞彈該怎麼辦？

她需要做更多測試才能主動出擊。但她終於有了武器。一項驚喜。
烏鴉先前在尋找不害怕孢子的人。她將面對的，正是這種人。

45 保護者

船長下令在晚餐後打開一桶酒，雀絲認爲這舉動很好心，證明了船長並不是完全沒心沒肺。（沒錯，這代表烏鴉確實是有良心的，但多數時候都對其置之不理。我敢保證那更糟糕。）

雀絲沒有參與飲酒。她一生只喝醉過一次，是在兩年前的一場節慶上，她沒注意到潘趣酒裡的原料威力這麼強。她當天喋喋不休地講著最喜愛的食譜。雖然查理覺得那樣很可愛，但她擔心如果今天有酒精潤滑，她很有可能會不小心說溜嘴洩漏計畫。

她反而裝了一整盤今夜的晚餐：比司吉以及內含蔬菜的濃厚肉汁。基本上就只是可以用手挖來吃的燉菜，但至少給了大家一種菜色多變的假象。她手邊的食材所能做出的料理種類也就只有這樣了。

但船員們還是愛死了。在吃了幾個月磁磚砂漿的親戚後，沒人會抱怨美味菜餚的味道有點重複。還有道格們其實並不笨——雖然體驗過他們支離破碎的語言之後很難相信就是了。他們都見到了雀絲在幫忙佛特，然後突然之間，餐點中開始出現了眞正的食物，而非只有——照字面上意義解釋的——可食用的物體。所以他們在她離開時高聲歡呼，這不完全只是因爲大家有點微醺。

她覺得自己不値得這些注目，尤其考慮到是她害大家陷入這種險境，所以她帶著那盤食物快步走向薩雷的艙房。晚餐時薩雷沒有現身，雀絲有些擔心她。

雀絲能找到正確的房門，全是因爲上面有號碼；她從沒拜訪過薩雷。雀絲猶豫地敲門，隱約聽見另一邊有人在擤鼻子的聲音。沒過多久，薩雷打開門，雖然她的深膚色遮蓋住了紅鼻子和臉頰，但從眼睛還是可以很清楚發現她剛才在哭。

「喔，雀絲，」她的聲音像平時一樣清晰嚴肅。「有什麼問題嗎？」

「我帶了晚餐給妳。」雀絲有點不自在。她從沒見過薩雷身穿海事服飾以外的衣物，她永遠都穿著筆挺的長褲與長外套。在她只穿著睡衣、外套著長袍時闖進房內似乎不太恰當。

不過，女人還是示意雀絲進房，並將盤子放在桌上。雀絲溜進房內，震驚地發現裡面的空間居然這麼小。這裡幾乎只有她艙房的一半大。身爲舵手，薩雷是船上指揮鏈的第三順位，她肯定値得擁有比這間櫥櫃更大的地方吧。

「感謝妳送飯來，」薩雷說。「還要讓妳拿來，我實在太沒效率了。當然，我得維持自己的體力。今天尤其證明了這點……」

她越過雀絲坐在桌子前，拿起了盤子。雀絲不確定自己是否該離開。但薩雷又繼續說話，所以她留在原地。

「我一直在想，一定有辦法避開那些雨，」薩雷解釋。她心不在焉地把盤子放在一邊，指向桌面上攤開的圖表。「但它們完全沒有規律可言。人們已經在海上航行了好幾世紀，卻仍舊不存在可以安全橫越緋紅海的已知路徑。如果到現在都還沒人找到……」

薩雷停頓，看向雀絲。「妳知道，對不對？能夠保護船員的方法？如果妳沒有好方法，肯定不會帶我們來這裡的，對吧？」

「我……」雀絲吞吞口水。「我很遺憾，薩雷。對於帕克森的事。」

「我的職責就是去做船長與大副做不到的事，」薩雷說。「或是……或是不願做的事。總要有人去照顧船員。」她槌了下桌子，用手抓著頭，盯著圖表。

雀絲在牆邊的窄床坐下，雙手放在膝上，感覺自己不請自來。房間內的個人物品驚人地稀少。牆邊的桶子裡放著幾管地圖，置物箱整齊地收在床底下，還有一張人像掛在舷窗上方，被搖曳的桌燈照亮。

那是幅畫像，這裡的人還沒發明照相技術。但它畫得很好，是由清風首都的街邊畫家專業又快速地描繪而出的。畫中是一名微笑的高個男子，以及一名與薩雷長相非常相似的年輕女孩。

「妳父親嗎？」雀絲指著畫像問。

薩雷抬頭看，接著點頭。「我向他承諾會替他付清債務。但當我回去時，他卻已經被帶走了。他被國王的收債人抓去強迫勞動。等到我終於追上了船，他們已經把他丟進港口的債務人監獄，卻不記得是哪一座港。」

「太糟糕了。」

「問題是，只要皇家船隻需要人手，就可以強迫債務人監獄內的囚犯上船，所以根本不可能追蹤他。他肯定是在各島之間來回，不斷被強迫上船下船好幾次。

「我不斷告訴自己，也以信件向母親保證會帶回他，我唯一的希望就是繼續航海。繼續造訪新的港口，繼續打聽。他肯定就在某處，雀絲。如果不是這樣……他就是被迫上了戰船，然後死在戰鬥中了。如果是這樣，那我就太遲了。我已經辜負了他。就像我辜負了帕克森。」

「薩雷，」雀絲說。「妳不能放棄希望。」

「爲何不行？」薩雷轉向面對她。「所以是眞的嗎？妳有辦法帶我們離開這裡嗎？妳有從國王那裡獲得能讓我們在緋紅海存活下來的祕密嗎？拜託。拜託告訴我，妳有計畫。」

「我……」她能說什麼？她要再次反駁說自己不是薩雷所想的身分嗎？就在她才剛要這個女人保持希望的時候？

對謊言抱持希望——對我抱持希望——並不是眞正的希望，雀絲心想。

除非她能做什麼。除非確實有能夠幫助大家的方法。雀絲清楚深刻地記得看見雨線接近，深知自己毫無能力阻止這一切。深知自己的生命現在完全仰賴於隨機事件。

她幾乎就要開始覺得自己能掌控人生了。就好像她能塑造自己的命運。接著雨來了，月亮送來一記當頭棒喝，讓她成爲落湯雞。

薩雷撇開頭。「我要求妳保護他們並不公平，是吧？我不知道妳來這裡的任務，妳眞正的任務。也許妳的職責只是單純地把我們帶出王國外。我們已成了逐死徒，所有遇上我們的人都有危險。我不怪妳爲了保護無辜人民而將我們引上死路。我也放任這發生。我在這件事上也失敗了。」她撫平緋紅海的地圖邊緣。「如果我們知道船長要帶我們去哪就好了。那樣我至少能計畫還要在這裡待多久。」

「喔，」雀絲說。「薩雷，其實我知道。」

「妳知道？」

「是的。呃，我也許該早點告訴妳的。船長要帶我們去見龍。」

「霽希司？」薩雷在位子上再度轉身。「牠眞的存在？」

「烏蘭說是。還有船長的書上也聲稱傳說是眞的。」

「好吧，烏蘭應該會知道。」薩雷搓揉著下巴。「可是爲什麼要去見龍……喔，她在想辦法治好她的症狀，對吧？我原本以爲烏鴉頑固到能夠靠自己壓制血中的孢子呢。她活得比任何噬孢者都還久。但她要拿誰做交換……？」

她們的目光對上。

「喔，」薩雷說，然後笑了。「她以爲妳會白白讓她拿妳去做交換？哈！」

「對，嗯，很有趣。」

「好吧，我想這挺值得期待的。」薩雷說。「當她發現妳的眞實身分時，肯定會很精采。但請告訴我，我知道妳不能承認或否認妳的眞正任務，但妳能給一點提示，讓我預期在烏鴉被處理後會發生什麼事嗎？」

「這個嘛，」雀絲說。「我會需要你們的支持。如果我處理了烏鴉——如果——我不希望船員解放她。我會需要……嗯……讓她面對法律的制裁，妳懂的。」

「當然！」薩雷今天第一次看起來心懷希望。「沒問題，我可以安排。當妳抓住她，我們就離開緋紅海，是吧？」

「是的，」雀絲說。「不過……好吧，這有點尷尬……但我跟住在接下來的子夜海上的魔女有筆帳要算，而我有點希望……」

薩雷瞪大雙眼，然後又笑了。她的笑聲就像呼叫水手全副武裝的鐘聲。尖銳、興奮、但也在控制之下。「妳當然有了。我為何要擔心？如果妳想航向子夜海……好吧，那對妳這種人來說，緋紅海就不算什麼了。」

她的表情變得更嚴肅。「但妳能協助我保護船員嗎？我知道對國王而言一群海盜根本一文不值，但沒有其他人會照顧他們了。就連他們的船長都不在乎他們。拜託，拜託別讓我們再多失去一名朋友。」

在這當下，雀絲的感覺就像佛特煮的食物。糊爛、焦硬、無法滿足應有的目的。她在薩雷期待的重壓下不斷縮小。雀絲能做什麼？她是個假貨。一名騙子。一個……

等等。

一個非常怪異、非常鋌而走險的點子，出現在她的腦海。也許什麼也算不上。也許只是無用之功。

值得注意的是，怪異又鋌而走險正是最有可能產生天才想法的狀態。

「做好準備，」雀絲告訴她。「我有個辦法可以試試。」

46 線人

雀絲接下來幾天都處於焦躁地探究，以及探究地焦躁的狂熱狀態。她剛萌芽的計畫比先前信號槍的作業要危險得多了。而且這一次，她沒有其他人的圖紙可以依靠。

她花了很多時間對翠綠孢子做實驗。她在年少時從沒試圖理解過的翡翠海的果實。她並不孤單——也不意外的是，當她學得越多，就變得越不害怕。大多數的課題都是這樣，恐懼與知識通常都待在網子的不同面。

當然有些明顯的例外。有些特定的人，就像特定的香腸，會破壞這項通例。雖然這兩者整體上都不可怕，但其中都有特定的個體是你應該要感到害怕的。你對他們認識越深，就越應該擔心他們。但對於人類整體來說，知識通常等同於同情，而同情會領向理解。

雀絲發現翠綠乙太幾乎可以說是充滿玩心，總是會殷切地回應她的思考指令以換取水分。在這幾天的研究中，她變得很擅長讓藤蔓螺旋生長以及長得又高又壯，甚至是以緩慢的速度生長——保留住大部分的力量。

她總是可以感覺到在藤蔓之上的一股知覺。不到意識這種具體的程度，只是一種印象。她覺得那可能是月亮本身——或是住在其上、永遠持續生長的藤蔓母體。

除了像睡覺之外的必要活動，雀絲只在去幫佛特準備晚餐時才會暫停研究。每一次，看見船員們的臉都會讓她更加擔心。

在與薩雷會面的三天後，她坐在自己的艙房內，鼓勵幾條藤蔓輕柔地繞著她的手指生長，不要太用力擠壓。船目前的航向讓她能在舷窗外看見落孢。每天的落孢都變得越來越大，船長的目的地也越來越明顯。龍的巢穴肯定在落孢附近。或者就在裡面。

雖然在大部分的海上並不明顯，但在月極點，落孢會往上堆積——就像砂漏底部的砂子一樣。海洋其實是座大小媲美王國的山丘，只不過坡度非常和緩，因此無法察覺。但他們航行得越接近，就必須越往高處前進。

目前，雀絲桌上的物品都有滑落的危險，並且相較於地平線，一切感覺都斜向一邊——就好像我們處在剛發現實驗性電影的學生鏡頭之下。

哈克不斷地替她在藤蔓上加水，他拿著一支湯匙，從用蠟黏在桌上的杯子（木製，有種長年使用後的滑順觸感）中舀水。

「如果，」雀絲說。「我學會自己駕船的話呢？」

「這整艘船？」哈克問。

「也許不是這艘。一艘小一點的。肯定有可以單人操作的帆船吧。我可以駕著前往子夜海，就不會害其他人陷入危險了。」

「妳覺得妳要花多久時間才能學會自行駕船？」他問。「尤其是在危險的海洋上？妳可能要花很多年。」

「也許那就是我該做的。」

「也許，」他說。「妳該做的是承認更困難的事，雀絲。妳找不回妳的朋友了。妳該放棄這項任務，好好照顧妳自己。」

她沒有回應，但聽到他說的話後所感到的憤怒也反映在了藤蔓上。藤蔓纏緊她的手指——就好像它們也很不滿。

她強迫自己放鬆，哈克此時又在藤蔓上倒了一匙水。他在協助她的這段時間內，變得更擅長用兩腳站立——過去他並沒有這麼多需要站立的場合。

「雀絲，」他說。「我不喜歡看妳難過，但我眞的不想看到妳受傷。妳在烏鴉之歌上所做的事確實很了不起，但這跟妳在子夜海會遇到的危險相比仍是天差地遠。」

「是這樣嗎？根本沒人知道！我問過佛特、薩雷，甚至是烏蘭。他們全都和我說子夜海很危險，但沒人能說出理由。他們只知道『魔女會看著』那些孢子、進去的船都會消失，也許還會有怪物？沒人能夠確定。」

哈克倒下更多水，接著柔聲說：「妳還記得我在最後那個港口曾下船去岸邊嗎？」

「我怎麼會忘記？你已經告訴我六個關於那裡的故事了。」

「我……沒有跟妳說最重要的那一個。」

雀絲抬眼看。捲在她手指上的四條藤蔓的尖端像是頭部一般轉向、對準哈克。

「我去找了那裡的老鼠聚落，」哈克放下湯匙，開始絞著爪子。「近來每座島上都有我們的同胞。我的意思是，會說話的老鼠。我花了一點力氣，找到了一隻去過魔女之島的老鼠。在妳發問之前，他並不知道怎麼去。他只是剛好在有去過的船上。但是……他確實告訴了我，他們所遇到的危險。」

「而你居然不打算告訴我？」雀絲的四條藤蔓突然快速向上生長，像是四支尖刺一樣。

「我不想要鼓勵妳！」哈克說。「我很擔心妳，雀絲。假如妳知道有什麼危險，也許妳就會知道那有多困難了。」

（有趣的小常識：聽見『我隱瞞妳是爲了妳好』這句話不但令人生氣，還會有被看不起的感覺。這眞的是很經濟實惠的侮辱句子；如果你想在忙碌的時間表內塞入更多貶低輕視的話，請務必試看看。）

即便花了點努力，雀絲還是能夠感激哈克的用心，而且幸好——就像一個女生突然問安靜房間內的所有人要不要看她的刺青一樣——他發覺自己現在已經不能再反悔了。

「要抵達魔女的所在地必須要通過三項考驗，」哈克說。「我猜她喜歡這種戲劇性吧。總之，第一項也是最明顯的那一項：妳必須橫越子夜海。」

「我們辦得到，」雀絲說。「霍德已經指出目的地的位置了。」

「沒錯，妳知道要去哪裡。」哈克說。「但雀絲，妳不明白嗎？子夜海就和其他地方一樣會下雨。魔女用了某種方法來餵養那些從孢子長成的怪物。妳還記得妳用來偷窺烏鴉的那個東西嗎？妳覺得妳有辦法對付上百隻準備攻擊船的那種怪物？」

那……聽起來很嚇人。雀絲手指上的藤蔓向下扭轉，躲在手掌後方。

「如果妳倖存下來了，」哈克說。「就要面對魔女的守衛：駐紮在她島上的金屬人軍團。它們刀槍不入，任何武器開火都無效，而且不眠不休。

「它們會抓住所有踏上島的人，接著囚禁他們。囚犯連魔女本人都見不到——別說想要吸引她的注意了。我聽說她認爲所有傻到會被守衛捉住的人都不値得她注意。」

嗯哼。故意被抓也是雀絲原本在考慮的計畫之一。

「而且，就算妳不知如何逃過了守衛，」哈克說。「妳也永遠見不到魔女。她住在堅不可摧的金屬塔內。那光滑到無法攀爬，也無法黏東西上去。她在晚間會站到塔頂與月亮溝通，只有兩個方法可以進入塔內，以神祕方式上鎖的門，或是聽命於她行事的烏鴉進出用的小窗。

「雀絲，如果妳想要去那座島，妳會被子夜精怪物吃掉的。如果奇蹟出現，妳倖存下來並抵達島上，妳就會被守衛抓起來，永遠囚禁。就算妳逃過它們，妳也只能坐在塔前尖叫到啞掉而已。沒有任何辦法可以達成妳想做的事。」

「霍德辦到了，」她說。「他見過她。還有查理也是。」

「查理，」哈克說。「是魔女特地綁去的，因爲她想要勒索國王！誰知道霍德身上發生什麼事了？也許是相同的情況。」

她向後靠坐，某種程度上，哈克的資訊達成了他想要的目的。這說明了她的任務有多困難。

不過，現在她無法專注在這些事上。她還有其他問題要處理。如果她先成了龍的囚犯，就連被魔女詛咒的機會都沒有了。而如果她先被緋紅海的雨水殺死，也不會有被龍囚禁的可能性。

所以，雀絲回去繼續練習操縱藤蔓。

47 詩人

信號彈在烏蘭的腳邊爆發，纏捲扭轉的藤蔓淹沒了船醫，纏住他脖子以下的全身。他試著掙脫，但他能辦到的最佳嘗試只有介於抽搐與乾嘔之間的動作。

「你覺得如何？」雀絲趕忙越過底艙來到他身旁。「這能困住烏鴉嗎？」

烏蘭努力想要聳肩。「從我對她的症狀與能力的認知來說，應該足夠了。她的藤蔓會攔截物理性的傷害，但不在乎她能不能動。它們的需求和她並非完全一致，嗯嗯嗯？所以只要她繼續活著提供它們水分，它們並不在乎她出了什麼事。」

「你會不會覺得這太小題大作了？」雀絲問。「如果你說的是對的，我們大可以趁她在睡覺時偷襲她。」

「她的藤蔓肯定會做出反應，」烏蘭說。「她體內的孢子無法判斷妳的意圖。它們會假設最壞的情況，然後擊退妳。

「妳製作的這個裝置最聰明的地方就是，並不需要直接對著船長射擊。藤蔓會認爲妳的子彈射偏了，所以也許不會做出反應。當她被纏住後，只要確保不做出任何具威脅性的舉動，孢子應該就不會反抗。」

「謝謝你。」雀絲說。「喔！讓我幫你掙脫。」她伸手拿銀刀。

「不需要。」烏蘭說。「這還滿舒服的。告訴我，妳是在哪裡找到這些信號彈的？」

「是我自己做的。」雀絲翻找著她的包包——就在我坐著的位置旁邊。她趁這個機會向我與烏蘭解釋了她的計畫。

我呢，當然則是回問她對我的鯔魚頭造型有什麼感想。請不要再想像那個畫面了。這對我們兩個都好。

「妳製作的？」烏蘭說。「全靠妳自己？」

「我有一些威孚的圖紙，說明了砲彈的原理，」她解釋。「要依此延伸並不算太困難。」

「眞了不起。我說，年輕女士，我必須取得妳的大腦。自然是等妳使用完之後。嗯嗯嗯？」

「抱歉，烏蘭，」她一邊找著包包一邊說。她把筆記本放在哪了？她想要記錄下這次的設計比上次更有效。總共十發，目前還沒有啞彈。「討論這種事還是會讓我有點想吐。」

「恐怕，妳還沒長出海盜的膽子。」

「我知道。」

「我可以幫妳多裝幾個。這項手術可是減低了百分之三十五的疼痛呢！」

「不了，謝謝。」她抽出筆記本轉過身，發現烏蘭就站在她身邊，嚇得跳了起來。他原本所在的位置散落著一堆藤蔓。

「怎麼會？」她問。

「我把藤蔓消化掉了，」他解釋。「當然只有幾處關鍵位置而已。」

「……消化？」雀絲問。

「他有夠噁心！」我說。「我好嫉妒他。」

「你確實該嫉妒我，朋友。」烏蘭說。「定義上來說，我能做到人類所能做的所有事——還有一些額外的事。我看到妳在為實驗做紀錄，雀絲。有趣。有趣。妳知道的，我肯定可以——」

「我的大腦是非賣品。」雀絲說。

「我這次是想問妳的手。多漂亮的筆跡啊。不得了，不得了。」他微笑，露出非人數量的牙齒。他說那麼做的理由是因為覺得特別寬的笑容應該會讓人類感到特別安心。我還是不確定他是不是在開玩笑。

「手，」她說。「也是非賣品。膝蓋也是。耳朵也是。全身部位都是非賣品，烏蘭。永遠都是。」

「好吧，挺斬釘截鐵的。」他說。「妳已經成長得很堅強了，嗯嗯嗯？我還記得妳剛來的時候，還因為拒絕我而覺得不好意思呢。」

「我現在並沒有改變。我只是更加絕望了。」

「比剛來船上的那幾天還要絕望？」他問。

雀絲猶豫，回想起一開始糟透了的那幾天。嗯，沒錯，她當時也很絕望。她當時肯定也會認定自己已經絕望到頂了。

也許這跟舉重類似——她容納絕望的容量也隨著時間增加了，因此就沒有空間容納其他情緒，例如不好意思。

「不管如何，」烏蘭說。「我們該放下這話題了。現在開始不再出價買器官了。說到妳對船長的計畫，妳確定其他人會加入妳的叛變嗎？」

「很確定，」雀絲說。「我……也許誤導了薩雷和其他幹部，讓他們以為我是國王面具……」

「唉唷，」烏蘭說。「妳怎麼辦到的？」

「純屬意外，」雀絲表情猙獰地說。「不知為什麼，我在說實話時似乎最能騙到人。」

「有智慧，太有智慧了，」我說。「請告訴我，妳聽過我最新的詩了嗎？」

「抱歉，」烏蘭說。「我接下來的兩分鐘要關閉我的耳朵。」

「什麼？」雀絲說。不幸的是，她的身體構造限制了她。她無法關閉自己的耳朵，除非她想讓那永久失效。

「從前從前，有個農夫有一顆鬱金香球莖，」我說。「但沒地方種莊稼。他找到位子坐下。他跟自己吵架。然後不小心把球莖壓爛了。結束。」

喔，神祇啊。

喔，碎神啊。

我變成什麼樣子了？

「這……不錯啊，」雀絲說。對一個聲稱自己不會撒謊的女孩來說，這個謊倒是講得挺順的。

烏蘭沒過多久就復原了他的知覺。「啊！」他說。「妳的耳朵居然沒流血，雀絲？太了不起了。妳今天需要我提供的協助就這樣了嗎？」

「我想是吧，」雀絲說。「但……你確定你眞的幫不上忙嗎？幫助我們的叛變？」

「哎呀，」烏蘭說。「如果妳有需要，我只能提供醫療協助。更多干預並不恰當。」

「如果我們不能盡快離開緋紅海，」雀絲說。「船可能會沉沒。你也會死的。」

「都只是假設，假設。」烏蘭往階梯走去。「霍德可是長生不死，我也幾乎是。雖然我不喜歡想像在孢子海底一路走到安全的地方——尤其是還要帶著現在這種狀態的他——但這並不在我的能力範圍之外。」

我站起身跟上他，因爲有一部分的我——稍微保持自我意識的那部分——一直想用我的爛詩突襲他。

但我停在雀絲身邊，她坐著，信號槍放在大腿上，盯著地板。船外，孢子摩擦船殼的輕柔沙沙聲是穩定的旅伴，提醒我們正無可避免地朝龍的巢穴接近。

烏鴉船長預估只要再航行兩天。

「我很擔心，」雀絲柔聲說，抬頭看著我。「我……我好害怕。」

我把手放在她的肩膀上，成功阻止自己又反胃出另一首詩。她肯定是看見了我眼中的存在，我還保存著的那一小片清醒。

「我好害怕，」她重複。「不只是替所有人害怕，雖然我也有那種感覺。我爲自己感到害怕，害怕烏鴉船長將會對我做的事。我無法打敗她。我的內心深處心知肚明這點。」

我抬起另一隻手，舉起一根手指。「妳擁有，」我低聲說。「妳所需要的一切，雀絲。」

「信號槍嗎？要是我失敗了怎麼辦？」

「妳擁有妳所需要的一切。」我輕捏她的手臂，跟上烏蘭。然後我慢下腳步。有事情不對勁，是不是？除了我目前沒有立刻朗讀起關於老藺的美麗史詩以外？

喔。船殼外的沙沙聲停下了。翻騰暫停了，船也隨之慢下。嗯，沒什麼好擔心的。這隨時都會發生，而且並不危險。

除非附近在下雨。

你大概猜得到接下來發生了什麼事。

48

惡夢

我會做惡夢。我獨特的存在狀態並沒有阻止這點，即便我不像一般人類需要那麼多睡眠。

我最糟糕的重複惡夢——每次都會掐緊我的喉嚨，直到我驚醒、渾身被汗浸溼——並不是有怪物在追我。也不是我迷路了，或是沒人愛我。

不，我最大的惡夢是夢見我發現自己這麼多年來都只在自我重複，講著同樣令人厭煩的笑話、同樣的故事——活力十足地在人們耐心與喜愛的草地上反覆走出小徑，就連上面的雜草都死光了。

所以我會節制，不再重複對緋紅海上雨水的質疑與害怕。但如果眞的有證據證明命運確實要與烏鴉之歌作對，這就是證據。因爲現在不止一條，而是有兩條雨線，分別朝船襲來。一次兩條。船擱淺在巨大緋紅山嶺的山坡上，船頭指向從憤怒之月落下的粒子高柱。

當雀絲來到頂層甲板時，見到薩雷站在上甲板，筆挺地堅守崗位，等待翻騰再次啓動，讓她有機會帶領大家逃離險境。但船身就像堅持要下地獄般停在原地。她所有的技能、所有的熱情，在船被孢子鎖住時都一文不值。她很無助。

道格們對著彼此大喊各種主意，有些人提議要跨越孢子跑向安全地帶。這當然很愚蠢。如果船被摧毀了，只要翻騰再度開始，他們就全都會死。確實有兩艘救生艇沒錯，但那又能帶來什麼？逐漸脫水的緩慢死亡。他們現在在緋紅海上。很少有人在此處航行。

理由非常、非常充分。

薩雷的目光越過道格，對上雀絲的眼睛。

是時候了，她的嘴型說。拜託。

雀絲抓住一個道格，她是一個紮著馬尾的瘦高女人。「去找薩雷！」雀絲對她大喊。「告訴她，我需要兩條很長的繩子，還有砲臺的那桶水。快去！快去！」

雀絲奔向她的房間，推開階梯上的拉戈特。他在後方對她大喊，但她沒有聽的心情。在雨水抵達、完結眾人的故事之前，她也許還有幾分鐘。除非雀絲能純靠意志力在後面再多添上一章。

英雄主義是件了不起的事，卻經常被誤解。我們都認爲自己了解，是因爲我們也想看到自身內也有相同的種子。這就是祕訣的一部分，眞的。

如果你蒐集英雄的故事——那些爲他人冒險犯難、那些明知不可爲而爲之、那些用專業跳水員從最高跳板跳下時同樣冷靜態度衝入危險的人——你會找到共通點。事實上，有兩點。

第一點是英雄可以被訓練。不是靠政府或軍隊，而是靠人本身。英雄是那些思考過自己會如何行動，並依此接受訓練的人。英雄主義通常是在一生的準備下才會突然產生的結果。

如果你問這些英雄爲何要冒著自己的生命危險，請別在群眾面前的舞臺上頒發獎章時提問。因爲事實上，他們很可能不是爲了國家而做的，或甚至不是爲了他們的理念。跨越各文化、時期與意識形態，戰爭英雄都會回覆一個同樣的動機：他們是爲了自己的朋友。

在毀滅的狂暴混亂中，對大義或王國的忠誠常會陷入渾沌。但人與人之間的連結比鋼鐵還要堅強。如果你想要創造英雄，不要給他值得奮鬥的事物。給他值得奮鬥的人。

雀絲打開艙房門鎖用力推開，害得哈克躲進床下。她衝向桌子，找出一大顆玫瑰岩球，是她過去幾天長成塑形的。它大概有孩童的頭那麼大，外層塗著蠟，裡面裝滿了非常大量的翠綠孢子，因爲外層的玫瑰岩而顯得顏色有點偏紫。

雀絲幾乎沒時間注意到她居然撒了幾顆子夜孢子在桌上，眞是太不小心了。她從桌上拿起玫瑰岩「砲彈」，接著衝回走廊上。

甲板上，道格們聚集在薩雷周圍。烏鴉船長已走出艙房外，站在上甲板喝著水壺內的水，動作帶著聽天由命的姿態。沒錯，她是希望別死在這裡，但她已經病入膏肓了。如果你每天盯著自己的死期超過一年的時間，其他種死法也不過只能稍微動一下插在心上的那根針罷了。

薩雷從道格之間走出，示意一旁的繩子與水桶。「我們拿來了，雀絲。現在呢？」

「把一條繩子綁在水桶上，」雀絲說。「接著小心地從船邊下降到孢子上。」她深呼吸。「然後把另一條繩子綁在我身上，做相同的動作。」

人群中所有人都轉身直勾勾盯著她。

接著薩雷大吼命令，船員們立刻聽令。安親自負責降下水桶，佛特與幾個道格則是小心地放下雀絲。她接觸地面，感覺腳下孢子的輕柔擠壓感。距離緋紅海如此之近，她覺得自己就像來到了某種神話中的地點，地面不知爲何充滿鏽蝕，對比之下，藍天的色調也有些奇異。

水桶降到她身旁，孢子接觸木頭發出熟悉的聲音。安在上方揮手，十幾雙眼睛看著雀絲解開水桶，將之滾到船殼邊。

她撬開桶蓋——雙手顫抖著——盯著裡面暗色的水。她準備要做的事違反了別人告訴她的一切。

「雨已經要到了，雀絲！」薩雷在上面大喊。「喔，月亮啊，要來了！」

雀絲可以聽見緋紅孢子瘋狂生長時所發出的碎裂與敲擊聲，有如成千上萬舉起的長槍。她顫抖著從紅外套口袋中拿出一根尖端爲銀製的尖刺，另一隻手拿住玫瑰岩砲彈。

抓住底艙，她心想。只要抓住。不要摧毀水桶。向外伸，然後抓住。

她用尖刺在圓球頂端鑽了個洞，露出其中的翠綠孢子，接著把球丟進水桶。

藤蔓向上爆發，粗如手臂，互相纏繞。一小點翠綠孢子就能創造出足以綁住一個人的藤蔓——而她這次裝的數量可是很多很多倍。觸手從水桶湧出、揮向船體。藤蔓迫切地吸收水分繼續成長，越來越粗大、越來越強壯。

扭曲恐怖的藤蔓推擠烏鴉之歌，讓船歪向一邊，害得船員驚叫。雀絲原本向後退開，但不行。不，這是她創造的。她不能逃避。她是其中的一部分。

她把兩手貼在還在成長的藤蔓上，感覺到緊繃的翠綠——像韌帶般——在她手指下湧動。

往上，她心想。拜託，拜託。

往上。

船身的晃動更加劇烈，開始往空中升起。巨大的翠綠藤蔓重新轉向，緊接著向上撐起，彷彿是長了很多手指的手掌。在沒有翻騰的狀況下，海面穩固到足以提供支撐，只要藤蔓底部——終於撐破了水桶——有穩定散開的話。

上升的動作傳到了雀絲這裡，因爲她胸前還綁著繩子。她只是快速閃過一個念頭，希望佛特不要鬆手放掉她，但所有注意力都還是維持在生長的藤蔓上。她能夠聽見雨在靠近，以水滴敲擊堅硬物體的聲音宣告自身的到來：雨水創造出了緋紅脊刺，接著落在其上。

我和許多水手談話過，而這——橫跨眾多世界——就是他們的惡夢。雨的聲音、風的哭嚎，還有深淵的擁抱。在雀絲的世界，危險的不是底下的水，而是頭上的水。然而，惡夢都是相同的，出自於深知讓你航行於上的存在，乘載你、賦予你生活意義的存在，總有一天會想要取你性命。

兩道雨水在烏鴉之歌上交錯，洗淨了甲板上的死孢子，淋溼了水手——從最低階的跑腿小弟到船長的羽毛帽都一視同仁。惡夢成眞。船被困在風暴中，雨水敲擊木板，發出震耳欲聾的轟雷聲。

在每個故事、警言與歌曲中，這都代表死亡。

這一天除外。這艘船除外。

烏鴉等待著最糟的時刻——等著尖刺從四周擊碎她的船，刺死船員、折斷船板。但是並沒有發生。她只感覺到雨，像上千個小拳頭般毆打她。雨水比她想像中來得冷。

道格們擠在船邊，烏鴉推開他們，咒罵著要他們讓開空間。發生什麼事了？她看見雀絲下了船，以爲她逃跑了，但毫無概念她要去哪裡。剛才船身是晃動了一下，但……

她不理解，直到她往下看，發現船底下長出了一棵巨大的樹。這是唯一能合理描述這副景象的方法：一棵由交錯的藤蔓所構成的樹。如手指般散開的藤蔓根基撐住了樹，藤蔓枝條則是抓住了烏鴉之歌。

這棵樹把船舉到了大約四十呎高——剛好超過了底下生長的尖刺叢集。尖刺刺穿了樹幹，但翠綠孢子是有彈性的。而且，藤蔓還持續在生長。硬要說的話，交錯的尖刺還協助穩定了藤蔓。

藉由佛特緊緊抓住的繩索掛在船側外的，是一名發抖、溼透了的女孩。她的臉藏在一團潮溼的亂髮下。

一直耽誤到此時，道格們才開始歡呼。我不怪他們的遲鈍反應。他們從必死無疑回到了活蹦亂跳，這種存在主義的來回抽打需要等待幾下心跳——在耳邊大聲鼓動告訴你，沒錯，這是眞的——才能恢復。

「幫忙拉她上來，你們這些粗人！」薩雷和佛特一起抓住繩子。他一腳抵住欄杆站著，抓緊繩子，即便手指變形，依舊像磚頭般穩固。他的快速反應——在藤蔓生長時把雀絲往上拉了幾呎——救了那女孩一命。因爲緋紅尖刺的頂端目前已經擦到她的鞋子了。

眾人幫忙把雀絲拉上來，毫無疑問地，其中許多人也想著他們曾做過相同的事——就是好幾周前第一次拉她上船的時候。佛特小心地將她抬上甲板，大家再度高聲歡呼。

烏鴉看著一切，不發一語。她不敢在如此成功的救援時刻多說任何話。確實，藤蔓似乎完全沒有傷到船，只要幾把銀邊斧，道格們就能夠鬆開船，接著在翻騰時回歸，樹木下沉後將完全掙脫藤蔓。他們練習過這類作業，做爲海戰時被困住的逃脫手段。

所以烏鴉並不擔心船。或是找到龍，因爲巢穴已經很接近了。她告訴所有人目的地再過兩天就能抵達，是因爲她不希望他們感到驚慌，以爲她要帶他們駛進落孢。沒有必要那麼做。

今天，烏鴉的恐懼是完全不同的種類。因爲她一生都是靠讓船員心生害怕而服從她，但她知道其實還有另一種情緒能讓人更加忠誠。不幸的是，她永遠都無法理解那種情緒。

如果烏鴉也有惡夢，現在就站在她面前。惡夢具現成了一名發抖的小女孩，不知如何居然贏得了烏鴉從未見過的愛戴。

49

烈士

數小時後，雀絲坐在補給士的辦公室裡，身邊是佛特、薩雷與安——他們正在低聲討論事情。

雀絲幾乎沒說話，只是握著杯子（有蝴蝶圖樣的那一個），裡面裝著佛特私人儲存的茶。他把茶遞給她時，甚至連提都沒提交易，顯示意義有多麼重大。雀絲爲大家所做的事讓他們欠下了佛特擔心永遠都還不完的債。

儘管如此，他還是會去嘗試。

我們必須盡快行動，他寫。**如果雀絲說的是真的，船長打算把她交易給龍，我們就沒多少時間了。烏鴉說我們的目的地再兩天就會抵達。**

「她是今早說的，」安同意。「我猜想今天在下雨前，我們已經又接近了一大段。」

雀絲啜飲著茶。她在事件後仍然一直顫抖著，因此反而很喜歡這次拿到的熱茶。那驅逐了她靈魂中的冷冽。

外面孢子摩擦木頭的安心聲響再度響起。雖然她曾擔心自己的特技會對船造成永久傷害，但船員們在翻騰開始之後就很有效率地砍倒了藤蔓。樹幹被眾多緋紅孢子的脊刺拖入海底，只留下烏鴉之歌安好地漂浮在海面上。

雀絲對自己利用了乙太樹，隨即又拋棄它而感到內疚，是不是很奇怪？乙太在底下會傷心嗎？說到底，沉下海的東西到底會發生什麼事？

也許她不該反芻這些事，而是該更擔心與龍之間越來越近的約會日。只是她感覺很赤裸，就像一把被用到僅剩最後幾根枝條的掃帚。在今天的緊張感過後，她發現自己很難再召喚出更多恐懼。

「我們必須出擊，」薩雷在門邊說。「明天早上。同意嗎？」

「同意。」安說。

贊成，佛特舉起他的板子。**有國王面具站在我們這邊，我們不會失敗**。

他們看向雀絲。她真希望自己能在他們的預期下乾枯掉，至少他們還能用她碎裂的靈魂來多泡點茶。

「也許我們不該那麼做。」雀絲柔聲說。

「什麼？」安說。「女孩，她要把妳賣掉耶。」

「我拒絕再失去另一名船員了。」薩雷說。

佛特深思熟慮地打量著她。

「今天，船員靠著奇蹟才活了下來，」雀絲說。「我擔心如果我們決定對抗烏鴉會導致什麼後果。她很危險。我能感覺到。」

所以妳就讓她把妳拿去做交易？佛特寫。**自願地？**

「侍奉龍並不是死刑，」雀絲說。「至少我想應該不是。也許我可以找到方法逃脫。或……或是買回我的自由……」

她知道自己說的話沒什麼道理。她狂亂地花了好幾日嘗試研發對抗船長的武器。雀絲確實想要逃脫。另外，說眞的，她不是應該覺得興奮嗎？感到樂觀？畢竟，她拯救烏鴉之歌船員的計畫奏效了。

但謊言會稀釋一個人。你越活在其中，就越會成爲一桶混雜的油漆，顏色逐漸變爲普通的褐色。提醒你一下，這對我來說從來就不是問題，但我不是雀絲那種人。

「我們不會輸給烏鴉的，」薩雷說。「只要我們有妳，雀絲。妳可是——」

「我不是，薩雷。」雀絲筋疲力竭。「我不是國王面具。在妳跟我說之前，我連那是什麼東西都不知道。」她搖搖頭。「請相信我。」

他們當然不相信。無趣的眞相總是難以與令人興奮的謊言競爭。

「聽著，雀絲，」安說。「妳以爲船長和龍說過話後，我們的麻煩就會全部消失嗎？我們還是在她的掌控之下。」

「你們到時候就能對抗她，」雀絲說。「她不再會有孢子保護她了。如果妳們讓她拿我去做交易，成功的機會就會大很多。」

佛特把手放在她肩上，接著把板子轉向她的方向。**但我們就得承受這項事實活下去，雀絲。是烏鴉強迫我們這樣生活的。我們並不知道她打算殺人。如果我們現在不挺身對抗她，我們就不能繼續用這個藉口了。我們現在已經知道她想做什麼。**

雀絲讀了兩次這些文字。雖然她的第一直覺還是要保護他人，但有另外一種感覺浮現出來。她會說那是傲慢，並且嚇壞她了。但傲慢和自我價值是一枚硬幣的兩面，不論是哪面都能買東西。

那一天，她迎上佛特的目光並點頭。「好吧。」

「叛變，」薩雷說。「明天一早。我會確保道格們站在我們這邊。」

「我會去吸引拉戈特的注意，」安說。「如果我去發射大砲，他肯定會過來罵我。」

我有船長艙房的鑰匙，佛特寫。**她並不知情。我們趁她在睡覺時進去抓住她，然後航向翠綠海，把她交給國王的官員，換取我們的性命。**

雀絲深呼吸。「要抓住她並不容易，佛特。她體內的孢子會對想要壓制她的人做出反應。幸好，我開發了一種可能會管用的裝置。那……」

那是什麼？

「那……」

雀絲打了個冷顫。她感覺到了什麼。一種熟悉的搔癢，和她母親的麵包一樣味道鮮明。她不假思索地伸出手，伸入佛特櫃檯懸空處底下的陰影內。

她的手指碰到了某種黑暗的物體，觸感就像裝滿的水袋。

子夜精。

雀絲感覺到另一個意識正在控制它，但那在遠而她在近。遵循直覺，她奪取了控制權。她的舌頭馬上變乾。她咳嗽，接著——慌亂地——不知如何完全切斷了聯繫。子夜精化爲黑煙，消散無蹤。

另一個意識。

那是烏鴉。

烏鴉使用子夜精偷聽。

「喔……喔，月亮啊，」雀絲倒抽一口氣。「烏鴉知道了。」

50 殺人犯

船上的響鈴開始發出持續不斷的尖銳響聲。

「全員到甲板集合，」安說。「妳……妳怎麼知道的，雀絲？」

「孢子，」雀絲說。「很難解釋。」

鈴聲持續大響，每一下聽起來都像是在威脅：死吧、死吧、死吧。

「我們該怎麼辦？」安問。「她會處決我們，就跟威孚一樣。」

「我們要戰鬥。」薩雷說。「反正原本明天也要動手的，只能提早了。雀絲，妳說妳有可以用的武器？」

雖然她現在只想睡覺，但雀絲還是點了頭。她站起身推開房門，準備跑過走廊、回她的房間拿信號槍。然而，在她一打開門後，就發現一把手槍對準了她的額頭。

「看哪，」拉戈特說。「船長最想見的就是你們四個。你們全都待在一起還真……方便。」

雀絲的顫抖回歸，然後倍增，嘗試補回失去的時光。她盯著槍管，發現嘴裡再度變乾，但這次理由不同。而她還是努力吐出幾個字。

「你不能傷害我，」她說。「船長需要我。」

「恐怕妳沒說錯，」拉戈特說。他接著槍口一轉，射中了薩雷的大腿。

安尖叫，佛特則是向前撲，想抓住拉戈特——又猛然停下，因為他看見指著他的第二把手槍。

「船長沒說要帶你們三個活著上去，」拉戈特說。「所以，佛特，你能讀懂我說的話嗎，還是用手槍講話就夠大聲了？」

魁梧的男人定在原地，但安則無視手槍，跪下來用她的手帕包紮薩雷的傷口。

雀絲感到好無助。安完成包紮，接著抬頭，一臉不確定。他們需要烏蘭，流血量太多了……

「上甲板去。」拉戈特告訴他們，往後退開指向樓梯。幾名目瞪口呆的道格迅速通過，腳步在木板上發出聲響。

「她在流血！」雀絲說。

「如果我再開個洞，流得就會更快，」拉戈特說。「上去。」

佛特輕柔地推開安，抱起薩雷，她把手臂勾住他的脖子。她對雀絲點頭，因為疼痛而表情猙獰。安瞪著拉戈特，她的雙手沾滿了血，而他只是微笑，晃了晃手槍的尖端。

雀絲不情願地帶頭，五人一起來到甲板上。緋紅之月不祥地高掛夜空，落下的孢子如寬廣的雲霧——有點像是你在其他星球上會看到雨雲之下的朦朧雨幕。此處，明亮的月光讓它們像是小小的血滴般閃閃發光。

烏鴉背對月亮站著，她的影子破壞了紅光。道格們站在甲板的兩側，空出中央留給船長——還有四名叛變者。佛特放下薩雷，她用力壓住包紮起來的傷口，另外三人圍在她身邊。拉戈特殿後上到頂層甲板，再登上上甲板，他在那裡可以清楚看見——還有瞄準——他們四人。

「所以，」烏鴉說。「你們想要把我的船從我這裡奪走，是吧？對自己人叛變？」

四人都沒有回話。

「說實在的，」烏鴉說。「我以爲你們沒這個膽子——考慮到我都能強迫你們成爲海盜了。」她揮手，一個道格上前，在他們之間放下一張小桌子。

「我很佩服。」烏鴉從皮帶上抽出一把手槍放在桌上。接著是第二把。然後是第三把。

「把我想像成……驕傲的父母吧。這不禁讓我思考起，這艘船上有多少人眞的敬重他們的船長？」

佛特剛才在看著板子後面。他從後方輸入幾個字。**沒人敬重妳，烏鴉。他們會聽命行事，只是因為害怕妳血中的孢子而已。**

「哎呀。我還以爲你是聰明人呢，佛特。」烏鴉說。「他們怕的不是孢子。是我。是不是啊，船員們？」她目光掃過道格，多數人都在她的瞪視下退開。「我必須說，妳這一手玩得漂亮哪，雀絲。我——」

「手？」烏蘭醫生從人群後方冒出。「我有——」

「閉嘴，烏蘭，」烏鴉低吼，沒有轉身看他，繼續與雀絲四目對視。「我知道我終究要處理薩雷的，也許還有佛特，但妳居然把他們全都好好地包在一起，還附上了背叛的證據。」她朝桌子揮手。「好了，我們開始吧。老派的決鬥。三把手槍。你們四人——好吧，三人，我已經看見薩雷正在與她傲慢的後果奮鬥了——對我一人。」

「一點都不公平。」安說。「妳的孢子會阻止任何朝妳而去的子彈。」

「那就別射我，」烏鴉朝上甲板揮手。「在我幹掉你們三人前殺了拉戈特，我就放棄船長的位子。」

「船長？」拉戈特往欄杆邊踏近一步。

「放下手槍，拉戈特，」烏鴉大喊。「站在那裡當個好靶子。」

「但……」他停止說話，察覺到沒錯，她就是這麼無情。他慢慢地放下手槍。

「如何？」烏鴉說。「這可不是談判。我不是在談條件，這是最後通牒。」

佛特最先行動，躍向手槍。烏鴉踢翻桌腳——讓武器在甲板上四散——接著向前衝刺，以手肘猛砸佛特的臉。雀絲從沒聽過有東西發出那種碎裂聲，像是折斷肉桂條的清脆響聲加上捶軟海鷗胸肉時的悶擊聲。

聲音震驚了她，讓她真正理解正在發生的事。她剛才還在嚇呆的狀態，但現在已跳過甲板，想要抓起其中一把槍。在一陣混亂中，她沒見到發生的所有事——不過我的視野倒是非常好。烏鴉跳過摀住臉的佛特，再揮手打落薩雷的手——她正試著爬向其中一把槍。

烏鴉抓起那把手槍，蠻不在乎地拋出船外。她回身一拳正中雀絲的腹部，將全身重量與速度都灌在這一拳內。雀絲的呼吸、動力以及希望，都從嘴裡被用力擠出，整個人被拳頭擊垮。

除了實際體驗外，沒有任何事能讓人對挨揍做出準備。概念訓練不行。學術理論也不行。

當你被打時，沒錯，你的一部分會陷入恐慌。但更大一部分只會僵住。你的意識無法接受這種事發生，因爲生活中沒有任何辦法能對這種野蠻行爲做出準備。你很難眞的內化有人願意傷害你——甚至是謀殺你——的這個事實。

這就是烏鴉這種人對上別人的其中一個優勢。她的意識很輕鬆地就能接受這些事實。她會傷人，她也會殺人。她享受兩者。

她露出瘋狂的笑容，抓起桌子砸向佛特的臉。桌子並沒有像酒吧鬥毆的故事中那樣壞掉，那是結實的好木頭做的，砰一聲擊中他的手臂——他抬起手臂護住鼻子——讓他向後翻滾。

烏鴉把第二把槍丟下船，接著尋找第三把。第三把就在安的手中，指向拉戈特。

烏鴉的笑容加深，做出手勢，就像在說：「盡量試吧。」

拉戈特開始後退。

「砲長，你敢離開崗位，」烏鴉說。「我就親自射你。仔細想想你比較想冒哪顆子彈的風險。」

他留在原地。安的手臂開始顫抖，她看向烏鴉，見到一個一無所有的女人。在這當下，安才是聰明人，因爲她理解到無論怎麼做——無論有沒有射中——烏鴉都不會讓自己輸掉的。如果有必要，她就會食言。道格們能怎麼樣？向國王的執法官告發她嗎？

但如果她射死了拉戈特，至少他們會少一個需要擔心的敵人。安穩住手臂。瞄準。開火。她的子彈最少差了半個船身那麼遠。

烏鴉大笑，把安推向一邊。好鬥的女人站起身，手中握著一把刀，眼神像是能夠殺人。

烏鴉輕笑，從口袋裡拿出一件物品。一把槍管非常寬的短手槍。

雀絲的信號槍。

透過盈滿淚水的雙眼——她依舊因爲那一拳而倒在地上——雀絲看著船長開槍擊中安的胸口。信號彈咚的一聲擊中目標，她的身體軟到不足以觸發信號彈，所以子彈落到甲板上，在那裡——因爲尖端先著地——釋放出爆發般的藤蔓纏住了安。

「作弊的下場。」烏鴉把信號槍收起來。她心不在焉地用鞋跟用力踩踏薩雷的傷腿，讓女人痛苦地尖叫出聲。烏鴉最後確認佛特——他的臉依舊血肉模糊，看起來仍處於暈眩狀態。

確認過他不會再起身揮拳後，烏鴉走向他鬆手的神奇魔法寫字板。她的鞋跟再度出擊，這次啪的一聲，把板子折成兩段。

佛特大叫。這是除了他的笑聲外，我唯一聽過他的聲音。那是人類的原始悲傷所發出的哀淒哭號。他向前癱倒，鮮血淋漓的雙手摀住滿是血漬的臉孔，用力啜泣。

雀絲終於理解烏鴉的目的了。殺了他們四人會引發道格們的反叛，她從處決威孚學到了這點。死亡會造就烈士。羞辱則會造就奴僕。

她掃視甲板，道格們紛紛低下頭。佛特的哀痛變得安靜私密。船隻陷入安靜——但不是夜裡落雪的那種安靜。這是醫院病房中所愛之人過世的那種安靜。

烏鴉打敗了船上最厲害的四名幹部，甚至不需要用到她奇異的孢子血。烏蘭後來告訴我，他很驚訝孢子居然沒有現形。烏鴉對自身症狀的控制力高過於我們所有人的想像。她刻意讓藤蔓留在體內，讓眾人不會猜測她失去藤蔓後會不會變得比較不危險。

今天過後，絕不會有人敢再與船長作對。

「砲長，」烏鴉大吼。「下錨。」

「船長？」拉戈特說。「但妳說我們得繼續航向巢穴……」

「我們已經抵達了。」

「但是——」

「給你個小建議，拉戈特。」烏鴉說。「如果你預期有叛變，告訴所有人的旅程時間就要比實際時間長上幾天。人類天生都是懦夫，不到最後一刻是不會有動作的。」

鎖鏈作響，船錨沉入海底。烏鴉不是在吹牛——我們的位置確實夠近了。不過，想吸引龍的注意力並不需要抵達某個特定位置。你只要抵達牠監控的區域就行了。烏鴉照著她書中的指示，把裝在傳統玻璃盒中的一封信丟下海，證明了這點。

接著她拉起雀絲，死死抓住女孩肩膀。「妳呢，」烏鴉說。「則是要安靜地、自願地跟我走，不然我就叫拉戈特開始處決妳的朋友們。這是另一道最後通牒。」

雀絲點頭，因爲她還沒辦法正常呼吸。這是她的首次戰鬥，但她只撐住了僅僅一拳。她的眼睛還在流淚，她的腹部疼痛。她感覺自己很沒用——至少直到薩雷看向她爲止。

在那之後，雀絲徹底覺得自己毫無價值。

薩雷握著自己的大腿，鮮血從臨時繃帶下滲出。在痛苦之下，她盯著雀絲，哀求著。

雀絲撇開頭。

在這當下，薩雷終於理解了。她終於相信了。「妳從來都不是，對不對？」

「我不是，」雀絲低聲說。「我……試過告訴妳……」

薩雷癱倒回甲板上，完全被擊潰。

船外，孢子開始波動，接著螺旋形成漩渦，就好像從底部被吸走。我和道格們衝向船邊，看到孢子中央出現一條大隧道。即便翻騰持續著，隧道邊緣依舊穩固。那通往黑暗深處。霽希司收到了訊息。

「準備離船。」烏鴉大喊。當小艇準備完成、掛在甲板邊後，她就強迫雀絲爬上船。

烏鴉接著上船，對拉戈特點頭，他拿著手槍指著安。「如果我在一小時內沒回來，」烏鴉大喊。「就殺了其中一個。」

雀絲垂頭喪氣地坐在座位上。接著她感覺到一隻手放在肩膀上。她抬頭，看見我越過欄杆靠向她。

「妳依舊擁有，」我耳語。「妳所需的一切。」

我在船長的怒吼下退開，道格們將小船像臨時升降梯般降落在海面上。

烏鴉把雀絲向前一推，踏上奇異的硬實孢子，往隧道深處而去。

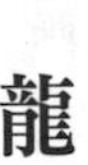

龍

相對而言，孢子海的深度並不深。例如，比起輓星上的頓挫深淵，孢子海基本上就是個小池塘而已。

但若你需要走到海底——同時還有身患不治之症的海盜在身後催促——幾百碼感覺上就漫長得不得了。即便如此，這還是比傳統抵達海底的方法來得好些。

烏鴉帶著一盞燈籠，光線在緋紅隧道上反射的樣子有如她們正在爬下龍的食道。雀絲想著不知這面硬牆碰到水會發生什麼事。會長出尖刺，還是龍的奇異力量會阻止乙太的生長？雀絲腦中閃過一個念頭，想要舔一下牆壁，看看會發生什麼事——這比我的任何言語都更能描述雀絲到底改變了多少。

最終隧道變平，擴張成一個巨大的洞窟，依舊完全是由硬化的孢子所組成。雀絲設想過下來海底會發現什麼東西。是石頭、土壤，還是只有一大堆數千年的雨水所產生的乙太尖刺呢？她想她有一生可以去學習。

這時她才感覺到一切的眞實重量。

她一生都要待在這裡了。

她辜負了查理。同樣糟糕、而且不知爲何更嚇人的是，也許她再也見不到月亮了。再也見不到天空、再也感受不到陽光、再也無法沐浴在翠綠之月的光芒下……事實的這些面向讓她膝蓋一軟。

烏鴉依舊推著她前進，導致雀絲踉蹌地跌入巨大的緋紅洞窟，然後雙膝跪下。她嚥下自己的情緒，因爲如果孢子眞的可以自由生長，淚水將會致命，但她忍不住縮成一團顫抖著。在一小段時間內，她完全沒感覺到烏鴉的咒罵，甚至是她不太溫柔的腳踢。

這一切的負擔都太大了。今天的情緒一層一層地堆在雀絲身上，與海洋本身一樣沉重。她眞的只在今天下午還因爲成功度過了雨水而感到生氣勃勃、如釋重負、洋洋得意嗎？

一天能夠有太多時刻嗎？當然，今天的小時與分鐘與每一天都相同，但裡面的每一刻都肥胖擁腫，像是撐到快爆開的酒囊。雀絲感覺就好像是她準備要被撐破了，將情緒吐得滿地都是——雀絲自身已經不足以乘載它們。

妳仍舊有妳所需的一切……

他是指信號槍嗎？烏鴉還帶著那把槍，對吧？但雀絲在體能對抗上贏不了烏鴉的，她先前的經驗就是不容置疑的證據。

「站起來，女孩。」烏鴉拉起她，將她往前推。

前方的空間看起來空無一物，只有一些巨大的孢子柱，外面纏著黑色的布帶。火盆在角落燃燒——照亮了一條通往右側的寬闊走廊——但無法完全驅逐洞穴內的黑暗。確實，陰影仍舊主宰此地，好像光線只是在它的寬容下才得以存在。

「龍？」烏鴉呼叫，她的聲音迴蕩。「我依規定帶著適合的祭品前來了！現身吧！」

「龍」這個字，一樣也滲透進入了幾乎所有我造訪過的社會語言中，但和「道格」不同，這並不是語言學自然形成的。反之，是龍確保了牠們在各處都會被認得與記住——通常是依靠在社會剛發展初期與人們互動所達成。

就像學會自己名字的小孩，文化也學會要尊敬與害怕龍。雖然寰宇中絕大多數人都沒見過龍——更別說見到牠們的眞實形態了——龍確實喜歡與凡人互動。就像祖母把她的包裹上的線頭塞好一樣，龍也喜歡保證牠們附近有一定數量可以被牠們影響的文化，以備不時之需。

說這一切都是爲了解釋，當雀絲與烏鴉看到大廳右邊有影子在移動時，她們某種程度上知道該預期什麼。確實，牠有著流線的長脖子、如爬蟲類般的身體、一對巨大的雙翼，彷彿能遮蔽天際那般。

其他細節則出人意料。

舉例來說，龍頭頂上有著銀色鬃毛，並且連到下巴與脖子形成鬍鬚；或是帶金屬色澤的銀脊將龍黑曜石般的表皮一分爲二，描繪出牠的外型。銀色的線條沿著牠的六肢生長，另外也從脖子後方朝上生長，在頭頂構成兩支閃亮的尖角，再附加背上一連串的尖刺——形狀比較緩和，在雄偉的雙角後方俯首稱臣。

龍的房子裡有其他凡人，但他們在祈求者到來時不許待在入口大廳。霽希司不想要牠的僕從被來自外界的事物給干擾。畢竟，他們有重要的工作要做：侍奉牠，以及牠對孢子海底複雜的生態系統所做的研究。

通常人們都假設龍會囤積財寶，而我總是在想，這種說法是不是源自牠們屍首上看似不屬凡世的金屬。我從來沒見過任何喜歡財富的龍。至於概念嘛……牠們確實會囤積概念，而且在這方面，牠們就是傳說中的吝嗇鬼。

雖然體型龐大，龍走路時並沒有造成地板搖動（牠至少有四個人站在彼此肩上那麼高）。確實，牠靠近的動作就像在滑行，流過柱子旁，進入房間中央的暗影中。牠的龍鋼反射火光，讓身形籠罩在兩名女人面前時，看起來就像是由液態金屬所構成。雀絲倒抽一口氣，就連烏鴉都向後退縮。

霽希司沒有說話，烏鴉找回自己的勇氣——那只往後逃了幾步而已——接著開口。「巨龍霽希司，我要求你履行遠古的契約承諾。」她指向雀絲。「為此，我帶來了這名能在你領域內工作的奴隸。」

龍低下身子，牠的鼻息類似燒焦的山核桃木味，打量起雀絲。

她盯著牠的眼睛，表面閃耀著珠母光澤，她覺得自己似乎正望向無限。

接著，在倒影中，她看見了自己。還有烏鴉。

妳仍舊擁有妳所需的一切……

雀絲的勇氣從來沒逃走，只不過被其他的情緒壓扁了。當勇氣開始發出光芒，雀絲突然有了一道狂野的想法。

烏鴉沒有任何東西可以失去……但雀絲會失去一切。在這當下，她把一切都賭在了孤注一擲的策略上。

「巨龍霽希司，」雀絲聲音沙啞。「我請求您履行遠古的契約承諾。為此，我帶來了這名能在您領域內工作的奴隸。」

接著，雀絲指向了烏鴉。

祭品

「……什麼?」龍說。

「……什麼!」烏鴉說。

「她會是一名好奴隸。」雀絲解釋。「她很強壯——我可以給您看我肚子上的瘀傷做爲證據,而且她一點也不怕孢子。她今晚稍早還使用了子夜孢子。」

烏鴉抓住雀絲,伸出手像是要用蠻力使她閉嘴。巨龍刻意伸出前肢,讓五根銀爪——每隻都和烏鴉的腿一樣長——敲擊在緋紅的地面上,打斷了她的舉動。

「我不允許妳們在我的屋內傷害彼此,」牠以低沉的聲音說。「妳們其中一人會成爲我的僕役,而我不喜歡財產受到損傷。」

烏鴉看著爪上自己的倒影,放開了雀絲。

「偉大的龍,」烏鴉說。「這名女孩是我帶來給你當報酬的僕役。我才是船長!」

「所以妳是在說,妳比較有價值囉。」雀絲揉著剛才被烏鴉指甲抓破的喉嚨。

「我確實偏好有一定品質的僕役。」霽希司說。牠的聲音不是樂理上的低沉，而是地震時讓土地全面共振的那種低沉。

「但你也比較想要年輕的僕人，對吧？」烏鴉理解到她必須表明主張、辯贏雀絲。「我老了，身體鈣化、心靈頑固。她還年輕，易於塑造。事實上，她離開故鄉島嶼還不到一個月呢！」

龍坐了下來，雙臂交疊。兩個女人驚恐地發現牠似乎樂在其中。

「繼續，」牠對雀絲說。「妳對此的回應呢？」

「嗯，」雀絲說。「您看起來喜歡挑戰。誰訓練起來會更有趣呢？是一無所知的女孩，還是縱橫四海的船長，滿是各種技能待您發掘？」

「我不喜歡花太多力氣訓練我的僕人，女孩。」龍說。「妳的論點對妳沒好處。」

「沒錯，」烏鴉說。「況且，她更專精於孢子。她甚至製作了許多聰明絕頂的裝置。她設計了某種翠綠炸彈，把我們的船抬離海平面，讓我們不被雨水摧毀！她還製作了可以發射藤蔓的槍支。她是某種孢子天才，肯定能好好服侍你。」

「眞的嗎？」龍詢問雀絲。「妳眞的製作了這些東西？」

「是的，」雀絲承認。「但我並不是很聰明。我只是拿了我發現的設計，再額外做些修改而已。」

「又很謙虛，」烏鴉補充。「有誰想要傲慢的僕人？」

「烏鴉有領導人的經驗，大人。」雀絲說。「她會很適合負責監督您其他的僕人。」

「哈，」烏鴉說。「坦白告訴牠船員們都是怎麼看我的！他們恨透我了，對不對，雀絲？

承認吧。」

龍把頭放在前臂上，看起來就像把頭放在前掌上的狗，咧嘴笑看著她們的辯論。

「神力無邊的霽希司，」烏鴉說。「我船上的所有人都鍾愛這名女孩。她只和我們一起航行了很短的時間，就贏得了他們的心。她的廚藝絕佳，而且無私到令人作嘔。當她聽見她的朋友們想要叛變，只因爲我想拿她來做交易，她居然就提議自願前來，用以保護他們不受危險傷害。」

「是這樣嗎？」龍詢問雀絲。

「我……」雀絲說。「偉大的龍，烏鴉需要您接受她當僕役。她血裡的孢子正在害死她。只有待在您身邊才能治癒她。接受她將會是既慷慨又睿智的決定。」

「哈！」烏鴉指著雀絲。「牠知道我拿妳做交易後就會要求治療當成回報！之後我就能好好活下去了。」

「正確，」龍說。「孩子，妳輸得很快。」牠指向烏鴉。「相較於一名溫和、備受喜愛、技術精湛的人，我看不出想要把這個渣滓留在我領域內的理由。」

「妳眞該試著當壞人的，女孩。」烏鴉說。「我警告過妳，這種生活不適合妳。」

「我……」雀絲深呼吸，抬頭看向龍。「我覺得自己不會是個好僕人，偉大的龍。因爲我眞的，眞的不想當僕人。」

「我就想嗎？」烏鴉說。「我——」

龍輕敲爪子要她安靜。牠瞇起泛虹光的眼睛注視雀絲。「告訴我，爲何妳不想服侍我？與妳聽說的可能相反，我很善待僕人的。妳在這裡會無病無痛。妳會有值得投入的工作、穩定的餐食，還有空閒時間能隨意閱讀的書籍。」

「可是，龍大人，」雀絲說。「我有必須要拯救的人。我愛的男人被囚禁了。我必須解放他。」

「我不在乎凡人的心，」龍說。「除了它嚐起來的味道以外。妳還有其他論點能夠說服我不現在就抓走妳，放妳在廚房工作嗎？」

「因爲……因爲……」以前的雀絲可能會接受她的命運。那個雀絲可能會盡量想讓他滿意。那個雀絲已經死了。

她現在是她已經成爲的雀絲。

「因爲我不會留在這裡，」雀絲說。「不論你怎麼做，我都不會因爲你而放棄我想要的東西，龍。」

「沒人從我的領域逃脫過。」

「那我就會是第一個。」雀絲繼續說話，聲音逐漸變大。「但偉大的龍，我向你保證這點。你永遠都無法放任我獨自一人。我會投入所有一切——所有思考、所有時間、所有清醒時的呼吸——想辦法逃離你！我不會冷靜下來！我不會安於現狀！我不會放棄我的志向！

「我會找到辦法出去的，就算要弄垮你的整個洞穴！就算我要用走的穿過孢子！就算要花五十年，我也不會軟化。而你，龍，終究需要殺了我才能阻止我。因爲我會抵達子夜海，我會找到魔女，我會救出我愛的男人！」

她的聲音在洞窟房間內環繞。龍等著回音消散，以上古雙眼觀察她。

「魔女？」霽希司說。「妳打算要去面對魔女？」

雀絲點頭。

「那也許把妳關在這裡是種仁慈。」

「正是如此！」烏鴉說。「就像我一直——」

「喔，閉嘴。」龍以帶爪的手對她一揮。包在最近柱子上的布就像活起來一般，突然開始扭動。布向前揮來，纏住烏鴉的臉並塞住她的嘴。

霽希司研究雀絲，以她無法解讀的渦卷雙眼盯著她。「我相信妳。」牠終於說。「妳太過執著，無法成爲有用的僕從。」

「謝謝你。」雀絲說。

烏鴉則是開始刮抓塞在嘴裡的布，雙眼大睜。奇異的黑布纏住她的身體，接著將她拉向後方，緊緊綁在柱子上。

「她眞的很糟糕，是不是？」龍說。

「恐怕是，大人。」雀絲說。

「好吧，既然現在莉莉升職了，我想我的確需要個刷地板的人。」龍伸展身子，站起來像隻貓一樣弓起背——只不過是隻二十呎高，渾身鱗片的貓。「我的原則是不過度干預上方社會的運作。如果妳眞的發明了她所提到的那些裝置的話，而我抓了妳，就會阻礙到這顆星球的科技發展了。我就拿這個做爲讓妳走的藉口吧。」

「藉口，大人？」雀絲問。

「是的，藉口。」牠表明牠不會多作解釋了。「妳想要什麼報酬？」

「……報酬？」她看向烏鴉。「喔！我還沒想到那裡，大人。況且……我不知道我能不能接受把人賣掉的報酬……」

「如果她眞的是噬孢者，」霽希司說。「那妳就救了她一命。沒錯，我是可以治療她的病，但我不會告訴她這種治療最多只能維持一、兩年。只要她離我太遠，感染就會復發。她唯一能長久活下去的辦法就是待在此處。」

雀絲思考牠的話，發覺如果牠是在說謊——牠的治療其實是永久的——這也會是確保烏鴉自願留下的絕佳辦法。因此，雀絲很明智地對此保持沉默。

「不論如何，」龍說。「交易已經成立。無論我認爲這項交易多沒價值，我都必須回報妳。所以，說出妳要求的獎賞吧。動作快。」

「你能移除魔女下的詛咒嗎？」

「不能，」牠說。「我也不會幫助妳的任務。這顆星球上只有一名我害怕的存在——而且，不，妳的朋友賽凡琉斯並不算數。」

眞沒禮貌。

「我不知道我有沒有想要的東西……」雀絲感到無比疲憊。「我的性命就足夠了。」她猶豫。「除非……」

「說吧？」

「你同意把一個大獎賞換成三個小獎賞嗎？」

倖存者

一小段時間後，非常疲倦的雀絲爬上最後幾呎，走出隧道，手上拿著三個布包裹——一大兩小。

迎接她的景象是拉戈特，他站在欄杆往下望。兩人站著互相對視，直到他的腦子跟上眼睛，然後才是他的常識喘吁吁地搗著腰側跟上。他放下槍退開。

一群和善的臉出現在拉戈特讓出的空間。在大家的歡呼聲中，雀絲遲緩地登上小船。道格們才開始把她拉上甲板，孢子隧道就自動崩塌了。欣喜若狂的安在上方迎接她。

「怎麼會？」安追問。「怎麼會？」

「船長應該要塞住我的嘴的。」雀絲說。「記好了，安，如果妳要去進行一項重要的交易，先確保妳打算支付的款項不能替自己講話。」

你會很意外這項建議在我的旅程中有多實用。

「這個，」雀絲把一個小包裹交給安。「我遇到的問題，龍幫不上忙，所以我要了這些給你們。」

女人皺著眉接過包裹，但雀絲實在太累，沒辦法多做解釋。船員們也察覺到這點，所以給了她一點空間，讓她接近正在接受烏蘭治療的佛特與薩雷。他們的傷口上已經塗了他神效的藥膏——那無法立即治癒傷口，但能加速復原，並且讓傷者感覺舒服多了。

烏蘭正在解釋他所能提供的各種鼻子的優點（我一直都想試試聞不到起司味的那一個），但佛特只是垂頭喪氣地靠著欄杆，呆滯地瞪著前方。

雀絲跪下，小心地拆開剩下兩個包裹中較大的那一個。裡面是另一塊板子，和烏鴉毀掉的那個一模一樣。佛特立刻坐起身。他看著她，看向板子，然後又看著她。

他接著擁抱她。不需要言語交流。安走近，拿著她剛從包裹內拆出的一副眼鏡，她用手指捏著一邊的鏡腳，好像提著死老鼠的尾巴一樣。

「那條龍，」雀絲解釋。「說妳有一種叫作視物顯小症的問題。牠說了一些技術上的解釋，但我沒聽懂。我不確定這種病會不會導致妳射中站在身後的人，但……嗯，這副眼鏡應該會有幫助。」

雀絲把最後一個包裹——更像是信封——交給了薩雷，再站起身，登上通往上甲板的階梯。她坐在階梯上，試著消化這一切。

其他人讓雀絲單獨待著，沒人打擾她，直到薩雷拄著拐杖，一跛一跛地走過來。

「妳不該用那條腿施力。」雀絲提點。

薩雷聳聳肩，花了點工夫才在雀絲身旁坐下。她拿著一張摺起來的紙。

「菲立斯翠城，」薩雷說。「我搜索過菲立斯翠城了。」

「龍說妳父親是在六個月前抵達那裡的。」

「該死。」薩雷說。「剛好就在我離開之後。我本來會繼續往前搜索，渾然不知他就在我後面……」她傾身過來，給了雀絲一個擁抱。

這正是雀絲當下所需要的。當情感開始外露時，最好的作法就是把身體用力一擠，將它們都逼出來。就像刺破燙傷水泡一樣。

當她們的情感都被完全刺破擠出後，薩雷奮力站起身，拐杖夾在腋下，她舉手敬禮。「我們大概需要一周才能抵達子夜海，船長。但補給應該很足夠，我們在上一個港口買了很多。」

「薩雷……」雀絲說。「妳才應該當船長。」

「我不能當船長。」薩雷說。「我的職責是確保船長做出正確的決定，這才是大副存在的意義。」

「但是——」

「妳正準備要做出不好的決定了，船長。」薩雷說。「看吧？我很擅長這項工作。」

「子夜海很危險。」雀絲說。「龍不肯提供我任何協助。就連牠都害怕魔女。」

「好吧，」薩雷說。「那就和緋紅海一樣，我們只好自己想出辦法在子夜海航行了，船長。我們今夜就出航，還是要等到早上？」

其他的反對意見在雀絲來得及開口前就消失了。

這就是她想要的。

「我們今晚就出航，舵手。」雀絲說。「而且，如果我現在是船長，我就要去佔用烏鴉的床了。無論如何都別吵醒我，除非雙眼打釘的死神親自現身。就算如此，也請你們多拖延點時間。」

PART VI

貼身男僕

人喜歡把時間想像成是穩定、持續、一致的。他們定義一天有多長，創造工具去量測它，將它切成小時、分鐘、秒數。他們假裝每一部分都與其他相等——但其實有些明顯是高檔肉排，其他則滿是筋骨。

雀絲現在了解這點了。因爲她已知曉了長滿肉與脂肪的健壯日子的模樣。但接下來幾天則是纖瘦又柔軟，一下子就過去了。雖然不像假期般輕薄透明，這些日子依舊轉瞬即逝——只提供了不斷增長的緊張感。船穩定地接近子夜海，只有一次靜止期時被雀絲舉起，因此中斷了航程。

雨水這一次錯過了他們，但沒有任何船員抱怨砍斷藤蔓、解放船體很麻煩。倒不如說，這次錯過反而提醒他們——在正常狀況下——自己絕對不可能還活著。

雀絲感覺到她的旅程不斷累積著動能，像是虛幻的大順風。鼓舞人心，卻也毫不留情。在這麼多流浪、這麼多繞道之後，事情終於要發生了。她正在航行，前去直面魔女。也許這就是爲何這幾天感覺如此有彈性——如果她旅程的前半段是在拉弓，現在箭已經飛出去了。

她也決定拋下一些情緒上的壓艙物。她已經厭倦謊言與欺騙。她以很坦白的態度——老實說有點不方便編成好故事——召集了薩雷、安與佛特，並向他們介紹哈克。

他先前不情願地答應了，也許只是因爲在遇到龍的那晚，當雀絲步履蹣跚進入船長艙房時，剛好發現他被關在一個小籠子內，那隻貓還在外面不斷抓著鐵條。即便經歷了這一切，雀絲還是在她心裡找到空間對沒想起哈克而感到愧疚。雖然必須要替她說句公道話，她以爲他還安全地待在她的艙房內——但知道烏鴉曾搜索過那個房間不該只是亮起警示燈，而是要亮起整場燈會才行。

不過，在聽見她反過來利用烏鴉時，他的興奮反應沖刷掉了愧疚感，就像窗上的汙垢被一洗而空。現在他坐在她的掌心，向船上的幹部們自我介紹，說明他與雀絲會面的經過。說明結束後，他與雀絲兩人都等待著他們的反應。

你提供了好多協助，哈克！佛特寫。**月亮啊！我們必須告訴所有道格，可不能讓人踩到你了！你是個英雄！**

老鼠的姿態振作起來。

「沒錯，」安說。「而且我們得對那隻貓做些什麼，不能再讓牠隨便亂跑！我會造個籠子之類的，把牠關在我房裡，直到我們抵達下個港口。」

所有人都轉向薩雷，她雖然還拄著拐杖，依舊盡力表現出冷靜與充滿威嚴的態度。她搓了揉下巴。「一隻老鼠船員，」她說。「告訴我……你對迷你海盜帽有什麼想法嗎？」

提前透露一下：他非常喜歡。說實話有點讓人分心。

雀絲以卑鄙的誠實態度所做的第二件事，就是解釋他們在子夜海會面對的挑戰。這導致她也解釋了自己是誰、爲何要離開家，還有她想要做的事。

在這之後，安發問說她愛的這個男人到底好在哪裡。雀絲盡她所能地解釋了，但她很確定他們這些交遊廣闊的人肯定會覺得她的愛既平淡又無趣。

然而她低估了以熱情態度所講出的簡單話語的威力。在這之後，就沒有人再質疑她了。

所以，這些日子就像緋紅之月般在她身後落下。前方，一顆漆黑的月亮突破地平線升起。它完全不反光，看起來不像物體，更像一團虛空，有如通往虛無的隧道。當它從地平線浮現，雀絲沒道理地害怕起它會越變越大——子夜月說不定大小和其他月亮不同，最終會擴大成吞噬整片天空的無垠黑暗。

爲了逃離它，她大多待在她的新艙房內。船長的空間比雀絲之前得到的再大得多，不過她還是會去舊房間裡做孢子實驗。她在船長的筆記本上塡滿了一頁又一頁被捨棄的點子，全都是關於如何在橫跨子夜海時保護船隻。

問題是，她的腦袋似乎不再管用。它之前都以掠食者般的活力緊緊抓住點子，現在就好像被關在了房間內，徒勞地抓刮著牆，無法造成任何效果。

她的天才到哪去了？能夠定義她存在的深思熟慮呢？隨著每一天從她身邊溜走，她也變得越來越洩氣，沒有任何進展，只有滿頭亂髮和又一本劃滿刪除線的筆記本。她出了什麼毛病？什麼也沒有。

雀絲完全沒有毛病。她的大腦運作正常。她沒有失去自己的創造力。她沒有用盡點子。她只是累了。

我們喜歡把人想像成是穩定、持續、一致的。我們定義他們是誰，創造描述固定在書頁上，將他們依照喜好、天賦、信念劃分。然後我們假裝有些人——也許是大多數人——都比自己更優秀，因爲他們會遵照他們的定義行事，但我們總是無法與定義完美契合。

事實上，人就和時間一樣是流動的。我們與倒入奇形怪狀瓶子裡的水一樣會適應自身的處境，只不過得花點時間才能流進每個轉角。因爲我們會適應，所以有時沒有認知到自己被告知必須居住於內的這個容器有多扭曲、多不舒服，甚至是有嚴重的問題。

我們在這種情況下可以繼續前進一陣子。我們能夠假裝自己與瓶子完美貼合，每個轉角都不例外。但時間過得越久，狀況就會越糟，我們承受的負擔就越重，我們就會變得越疲憊。就算我們什麼也不做，只單純維持形狀就會耗盡所有力氣。如果我們還想要看起來自然的話，負擔甚至會更重。

很多身爲海盜的面向的確很適合雀絲。她學習與成長了非常多——但自從她離開巨石後，只過了相對短暫的一段時間。她的疲憊是那種睡一夜好覺——或是十夜——也無法痊癒的。她的心智已經沒有更多能給予的了。她必須讓自己有機會追上自己已成爲的這個人。

現在距離子夜海只剩三天了，她卻還沒有任何進展，讓他們有機會安全穿越。用頭使勁砸在書頁也無濟於事，只會讓墨水沾在額頭上。

雀絲非常懼怕接下來會發生的事。確實，那也以禮貌性敲門的形式現身了。她對哈克點頭，他——因爲某種奇異的原因——決定她需要一名貼身男僕。船長都會有貼身男僕嗎？她以爲只有擁有太多雙鞋子的紳士才會需要男僕，因爲要有人替他整理鞋子。

哈克跑向入口旁的桌邊呼喊。「船長同意你們進門！」

雀絲心想，其實她能自己做這件事的。她還沒習慣身爲當權者的一些細節，通常包含了地位重要到無法以合理的方法做事。

薩雷、安與佛特進門，雀絲繃緊神經準備面對指責。此時、此刻，他們會見到眞相。她什麼計畫也沒有。她是一名不適任的船長。

現實狀況中，他們見到的只有她整潔的筆跡，甚至連反印在她額頭上時也是如此。

「好了，船長，」薩雷說。「我們已經評估過這趟航程了。魔女的保護機制看起來幾乎是牢不可破。」

「我知道，」雀絲做好心理準備。「薩雷，我……我沒……」

「因此，」薩雷繼續說，拿出一些紙張。「我們努力想了一些方法來戰勝她。如果妳想看看，我們這兒有一些不錯的提議。」

雀絲眨眨眼。

嗯，她跟平常人一樣很常眨眼。但在這個例子中，這是有意義的眨眼。其中的意義是：等等。我剛剛聽到了什麼？

「你們有……提議？」雀絲問。

「就在這裡，我們切入正題吧。」薩雷說。他們每人拉來一張椅子，坐在雀絲的會議桌前。

雀絲搖晃地走過去，驚奇地看著薩雷攤開第一組計畫。「這是佛特的點子，」她說。「他會負責解釋。」

哈克說，他在板子上寫。**有一群刀槍不入的機器人軍團在守護島。我原本在想辦法要如何**

分散它們的注意力，直到我發覺其實妳已經解決這個問題了，雀絲。

這個新的信號板比之前的更好，舊的文字會消失在上方，新的會從底下出現，所以他不必停下來——可以持續在背面輸入，以更即時的速度表達。

還可以顯示不同字體。

「我……解決問題了？」雀絲把哈克努力推向她的椅子拿過來。在她坐下後，他拍拍爪子上的灰塵，好像大功告成一般，接著前去數她有幾雙鞋子。

妳辦到了，佛特寫。**就是妳的改造信號槍！妳已經準備好如何對付無法殺死的敵人了。我們只需要擴張妳想出來的點子！我在想，如果整團機器人都被藤蔓纏住，就沒辦法傷到我們了。**

妳看，這是用妳的點子設計的砲彈圖紙，我們可以引誘出機器人，然後射出翠綠孢子轟炸海灘，將它們全都纏住，妳就能溜過去了。

雀絲接過圖紙，上面有幾處寫著「育芽人天書」，代表他顯然沒有理解她設計的細部原理。但這點子可行，甚至是非常完美。他們已經有了會依據計時器引爆的砲彈——她可以造出不是灑水，而是噴出藤蔓的砲彈。

「這太聰明了，佛特！」她說。

這交易很公平！佛特輕敲板子示意。**等到妳救回朋友後，我們才算扯平。在那之前都不算。**

她並沒有指出他一開始會失去舊板子也是因爲她的緣故——所以還他一個本身就已經是公平交易了。因爲她太訝異了。

他們解決了她的問題。他們不但沒有因為她束手無策而生氣，反而自行想出了辦法。她……不需要全靠自己來達成任務。這對她來說不應該這麼難以想像的。只是當人人都把磚頭堆在妳肩上很長一段時間後，突然有人取下磚頭替妳搬運，確實可能會讓妳失去平衡。

「謝謝你們，」雀絲努力維持鎮定。她不確定船長能不能在船員面前哭泣，感覺上會違反海事法。「太感謝你們了！我一直在嘗試又嘗試要如何才能通過這些阻礙。」

我們會支持妳，佛特寫。**我們是妳的船員，雀絲。妳的朋友。讓我們幫助妳。**

「是啊，當然，」雀絲說。「但還是……謝謝你們。」

她依序看向三人，感覺容光煥發。

「我一直想搞清楚為何妳的額頭上寫著『禮貌地拜託』，雀絲。」安說。

嚴格來說，佛特補充。**上面寫的是「託拜地貌禮」**。

「事實上兩者皆非，」薩雷說。「因為那被劃掉了，你們看？」

「喔，真的耶。」安說。「先不管那個，我們或許也能解決另一個問題：進入塔內。妳也給了我們解決這個的線索。」

「長出一棵翠綠藤蔓樹嗎？」雀絲說。「爬到頂端從上方進入？我也有想過，安，但魔女肯定會把門上鎖的。」

但窗戶是開的，佛特寫。**為了讓她的烏鴉進出**。

「太小了。」

對人類來說是這樣，他寫。

他們的雙眼一齊望向站在衣櫃前的哈克。他已經數完雀絲擁有的鞋子了，這不困難，畢竟她正穿著僅有的一雙，所以他改爲在腦海中列出她需要買的鞋子種類列表。

他感應到了目光。老鼠就是會學會這種事。所以他轉身，察覺自己像是食材室內僅存的一塊起司。「什麼？」他說。

「我們需要某個體型很小的人，」薩雷說。「從烏鴉窗戶溜進魔女的塔內。」

「那會很棘手，」他說。「因爲人絕對擠不過去……喔。老鼠。對喔。」他絞著前爪。

我們必須為船長做這件事，佛特寫。**這是我們欠她的**。

「哈克沒有欠我，」雀絲說。「如果不是因爲我，他也不會在這艘船上。」

那樣的話，他早就沉到翠綠海底了。

我不覺得他會沉到底，老鼠的體重太輕了。他比較有可能被纏在一團藤蔓中間，在海洋中層漂流，直到屍體分解。但這間房裡沒人對深層孢子密度與液體化相對黏滯力有研究，所以他們都把佛特的說法當眞了。

「沒事的，」雀絲對哈克說。「如果你不想，就不必去做。我不想強迫你做任何事。但……這確實是個好方法。你很擅長偷溜進不同的地方，哈克。」

「但我要怎麼抵達窗邊？」

「我會長出一條翠綠藤蔓讓你爬上去。」

「行不通，」他說。「塔的外層有鍍銀。我沒跟妳說過嗎？」

他沒有。那確實是問題。雀絲往後一靠，表情垮了下來。那個表情讓哈克感到痛苦。他無法忍受她近來變得這麼憂鬱。就像某座島上的霧靄一樣，他心想。所以他脫口說出了別的東西。

「我有辦法能讓妳進門，」哈克說。「我……知道一個我們老鼠才知道的方法。如果妳能想出辦法帶我到塔前，我就能打開門。但是雀絲，這一切不是毫無意義嗎？我們得先航行度過子夜海才行。但我們絕不該那麼做。我們才剛剛勉強在緋紅海存活下來！」

很不幸的，他是對的。雀絲看向她的朋友們，希望他們能像前兩次一樣提出解決這個問題的辦法。沒人說話。失敗的果實也許沒有在另外三人身上留下字跡——不管是比喻上還是實際上，但他們同樣遇到了阻礙。

不過有趣的是，團隊合作常有一點被誤解了。兩顆腦袋不一定比一顆更好（不論烏蘭醫生怎麼講）。那純粹跟是誰的腦袋有關係。

然而，當有人在嘗試，會使得其他人也更願意嘗試。當你嚐到成功的甜頭——就算是間接的——之後，那就會成爲思考的潤滑劑。

或者如果你偏好這樣講的話，一小點成功有如對心靈這臺販賣機比喻性地用力敲了一下，鬆開卡在裡面的點子。

雀絲瞪大了雙眼。

偽善者

雀絲在桌上放下正好兩顆子夜孢子，即便船長艙房內沒什麼空間可以後退，其他幹部還是明顯地往後瑟縮了一下。她花了點時間準備這項實驗，因此給了哈克逃走的時間，因爲他不想再與任何活躍的子夜孢子共處一室。

雀絲把銀刀放在桌上，拿出裝滿水的滴瓶。「子夜孢子和其他孢子的反應不太一樣。其他孢子遇到水都會立即產生的效果，幾乎像是化學反應。但這些孢子更像是活生生的。它們有欲望。」

「它……想要什麼，船長？」安問。

「水，」雀絲彎腰使目光與桌面齊平，拿起滴瓶。「這就像……一種交易。我給它水，它就暫時服從我。」雀絲舉起滴瓶，讓薩雷很不像她的倒抽一口氣。「這應該很安全。但以防萬一，準備好拿那把刀截斷我和孢子之間的連結。」

怎麼截斷？佛特向前傾。他是房中唯一看起來沒有嚇壞的人。這段對話中有個部分（如果你先前有專心，一定知道是哪個部分）引起了他的興趣——戰勝了他天生的恐懼。

「黑色的線，」雀絲瞥向他的板子。「用刀切斷它。但我希望這次沒有必要那麼做。」

她滴下一滴水。和之前一樣，孢子開始冒泡融合，表現類似於不斷起伏的膿包，或是（請原諒我）正在沸騰的沸水。

和之前相同，雀絲立刻感覺到聯繫。她的意識中有股拉力。她可以主動鏈結，提供水分以建立連結。但她目前並沒有這麼做。

「我感覺到了，」安說。「它好像在拉扯我的大腦！」

「它在尋找宿主，」雀絲說。「或是……買家。那些縱橫子夜海的怪物？這就是它們的眞面目。由魔女所創造，並受到她指揮。我眞想知道她是怎麼餵飽這麼多的……」

那一小球液體伸向佛特，接著變成一只杯子的形狀——具體來說，是雀絲的收藏品中最大也最重的那個金屬酒杯。子夜酒杯長出腳，開始爬向佛特。他不自覺地與它連結了，他突然用手摀住嘴就是證明——他肯定開始覺得口乾舌燥。一條黑線逐漸出現在他與子夜精之間。

此時雀絲奪取掌控。

上次烏鴉船長使用子夜孢子時，雀絲成功地控制住了子夜精，並在過程中摧毀了它。這次就簡單得多了。她把意識推向孢子並提議要給它水。更多的水。一種賄賂。

那東西馬上改為接近她，讓她獲得掌控。她距離孢子更近，而她認為這就是關鍵。她完全掌控住它，然後在被吸進對方的眼裡、成為子夜杯子之前就立刻截斷連結。

子夜精破開蒸發，變成黑煙，接著消失。

佛特倒抽一口氣，接過雀絲遞給他的紅瓷杯，大口飲下裡面裝的水。

「發生什麼事了？」薩雷向前靠近。

「我奪取了控制它的權力，」雀絲說。「我用自己的水賄賂它——提議進行交易，我願意提供它水分，而且比從不情願的目標身上還更容易取得。它接受後，我就控制住它，接著再驅散它。」

「然後……妳覺得妳有辦法對守衛子夜海的那些怪物做同樣的事？」安問。

「我們接下來就知道了，」雀絲站起身。「還有多久會——」

門外響起用力的敲門聲。雀絲猶豫了一下，接著點頭。安過去打開門，站在門外面對他們的是拉戈特。

糟糕，我忘記告訴你拉戈特的事了。雀絲讓拉戈特繼續留在烏鴉之歌上。她很正確地判斷他在沒有烏鴉可以討好的狀況下，是做不出什麼有趣的事情的。

（提醒你一下，就算他想也做不出來。拉戈特之於有趣就像是液態氮之於肺部健康一樣。）

他過去幾天都在甲板來來回回、上上下下。氣憤。困惑。不安。「我需要與妳私下談話，船長。」他說。

雀絲對此不太有把握，所以把手放在她的信號槍上。但她還是對其他人點頭，示意他們離開。他們照做了，拉戈特側向一邊，讓他們離開並關上門。

兩人互相打量了一小段時間，接著拉戈特抬起頭——像是一隻早上刮完鬍子後忘記穿回羽毛的禿鷹——迎上雀絲的目光。「我要求，」他說。「妳射死我。」

「射死你？」她說。

「因爲我對妳做了那些事！」

「我跟你說過我原諒你了。」

「我知道！」他開始踱步。「船長，我受不了這種謊言了。我知道妳實際上打算做的事。我知道妳在等我安心、冷靜下來，到時候再把我丟下海。這太殘酷了，居然等到一個人覺得安全後再殺了他。我以爲妳是個更好的人。」

他在她面前轉身。「我要求妳射死我。結束這一切吧。直接一點。射死我吧。」

雀絲嘆氣，揉起額頭。「拉戈特，我不會開槍射你。」

「但是——」

「聽著，我現在累到無法假裝知道你的腦子在灌輸自己什麼怪想法。我不會射死你的。但如果你堅持，我可以把你關進牢裡什麼的。」

他振作起來，伸長自己的脖子。「眞的嗎？」

「眞的。」

「妳肯這樣對我？不判我死刑，只把我關起來？」

「拉戈特，」她說。「我不會殺死你。我從來都沒有打算殺你。我連烏鴉都沒殺。」

他消化著這句話。接著更用力消化。再久一點。這些字的筋很多。

拉戈特不是個聰明人。沒錯，他對人說教的話可以寫滿一整本字典——但他眞正理解的事物只能勉強塡滿一張明信片。話雖這麼說，他也不是個傻瓜。他位於聰明與笨拙之間，安坐在鐘形曲線的頂端，並且假設這裡就是最厲害的地方，因爲高度越高越好。

但在這個當下，他理解了。

雀絲願意把他關進牢裡，但……她不打算射死他。她也不打算把他丟下海，她並沒有玩弄他。她很誠實。她是以善意對待他。

這是他有史以來被迫接受的最困難概念。拉戈特一生從未接觸過多少善意，而很遺憾的，人通常只會以自己知道的方式活著。他並不認爲自己惡毒或冷酷。他認爲自己爲人的方式很普通，因爲一直以來他都是這樣被對待。在全部人都在尖叫的國度裡，所有人也都有點耳聾。現在，我必須說有些人確實能夠逃脫這種殘酷的循環。如果你找到他們，請珍惜他們。因爲很不幸的，大部分的人都像拉戈特一樣，從來沒意識自己的作爲。直到他們也許經歷了像今天這艘船上所發生的事。雀絲向他展現了純粹的善意，原諒了他的所作所爲。

沒錯，他不再困惑了。取而代之的是驚恐。因爲他過了這麼久才發覺，會有人眞心看待自己說出的話的。

世界上是有眞誠的人的。對他這種堅決的僞善者來說，這改變了一切。他跌跌撞撞跑向門，用力推開，接著逃之夭夭。

雀絲則是歪著頭目送他離開。她很幸福地對男人心中發生的事渾然不知。她並沒有下令把他關進牢裡。如果不是他強力要求，她也不會這麼做。她只是小心地收起那盒子夜孢子。

而且說眞的，她感覺到喜悅正在滋長。她有了對付怪物的計畫。如果她能打敗它們，就能跨越她與魔女之間最後一道障礙。

她很接近了。眞的很接近。讓她感覺好想慶祝。

這種情緒只持續到她發現我過去幾天的所作所爲爲止。

叛徒

雀絲離開艙房，預期從幹部們身上感受到某種迴響。她現在覺得躍躍欲試、如釋重負、興奮不已。對於在面對魔女之前會遇到的每一項阻礙，他們現在都有了解決辦法。因此其他幹部自然也該會感受到與她類似的情緒，一同共鳴出成功的旋律。

所以她在看到薩雷一臉憂慮地跑向她時有點困惑。烏蘭醫生的治療非常成功，但雀絲希望薩雷沒有因此多長出新的腳趾頭。

「怎麼了？」雀絲的恐懼感再度回歸。「出了什麼事？」

薩雷領著她來到底艙，我坐在那裡，身上捆著鎖鏈，開心地想著可以打開話題的輕鬆開場白，例如政治、宗教，還有你叔叔的種族歧視言論。我進行著俗艷的反芻，坐在船上殘餘的食物儲藏中央。現有的儲量少到讓人警覺，因為我很歡喜地把其他儲藏都扔進海裡了。

「我們抓到他拿了三罐水，」薩雷說。「他正準備要從後舷窗丟出去——顯然這幾天他都在往那邊丟棄食物。」

雀絲發出呻吟。「我們還剩下多少？」

「水還很多，」薩雷說。「但食物只剩下不到一半。如果我們現在就離開，大概能撐到回翠綠海。另外，船長……我們在緋紅海只見過兩次鳥群，而子夜海完全沒有鳥類棲息。我們沒辦法靠沿路採集撐過去。」

他們看向我。

「我必須把水瓶丟出去，」我解釋。「因為食物在海底很孤單。還有，雀絲，妳的叔叔對於海鷗搶走他的工作和三明治有什麼感想？」

雀絲看向集合在此的幹部們，接著全員轉向烏蘭，預期他能提供答案。他們居然認為他能掌握我腦中由動機、忠誠與歷史錯誤的複雜網路所構成的變幻莫測心靈之網，實在是太傻了。

「他現在太笨，自己做不出這種事。」烏蘭說。「你們有沒有看見他打算丟出去的貨物上都有粉筆畫的標記？」

嗯，好吧。我想這次烏蘭得一分。

「老鼠說我的任務攸關生死，」我告訴他們。「而且是個祕密。所以拜託別告訴雀絲。」

一小段時間後，雀絲來到哈克的艙房找他——她將她的舊艙房分派給他。他自己的房間。沒錯，那裡沒有銀，但已經比大部分老鼠的待遇好得多了。他坐在房內列出她所擁有的帽子列表。目前表上只有一項，但他是很樂觀的那種老鼠男僕。除此之外，他也因為感到緊張，所以需要做點事消磨時間。

他看著她。「子夜孢子的測試還順利嗎？」他放下鉛筆跑向她。「我本來可以回去看的。應該回去看。但……那不是男僕必須做的事，對吧？待在子夜孢子附近？那會害我起雞皮疙瘩，雀絲。」

「我……」她不知道該說什麼。我從來沒遇過這種症狀，但我聽說還挺讓人難受的。

「雀絲？」哈克說。「我以爲妳會興奮不已或是躍躍欲試。肯定會如釋重負。不過……」

「我剛剛發現，」她說。「我們的食物存量少到令人害怕。不知爲何，我們錯估了還有多少庫存。看起來……如果我們現在就返航，也許還勉強足以撐回翠綠海。」

「喔！」哈克說。「嗯，眞是個壞消息，但我想有鑑於最近事情的進展，總是會有些事被漏掉吧。我們必須返回翠綠海重新補給，然後……」他停下，看見她的眼神後委靡下來。「霍德告訴妳了，對不對？」

「身爲老鼠，」她說。「你很擅長判讀人類的情緒。」

「這個嘛，情緒就是情緒。」他說。「和物種無關。恐懼、擔憂、焦慮。」

「背叛？」她問。「這也是人類和老鼠都有的情緒嗎？」

「到目前爲止，我覺得是。」他的聲音變得非常小聲。「我很抱歉，雀絲。我不能讓妳和魔女碰面。我就是不能。妳看，這都是爲了妳好。」

啊，這句話。

我聽過這句話。我說過這句話。這句話以無比直接的傲慢宣稱：「我不信任妳能替自己做決定。」這句話的意圖是要減輕傷害，但反而只是在現存的痛苦頂端又多加上一層輕蔑。就像屍體上的沙土。

喔，沒錯，我說過這句話。事實上，我是與另外十六人一同說了這句話。

「我很難過你不信任我，哈克。」她說。「但你該知道，我更難過的是現在我也不能信任你了。」

「我懂，」他說。「妳值得更好的。」

她替他找了個籠子。現在又把他關回籠子感覺很恰當，烏鴉也有幾個裝送信鳥的籠子，大小剛好合適。

雀絲把哈克關進去，他緊靠著欄杆，拒絕看向她，傷透了她的心。但她有船員要保護，所以不能讓哈克有機會用更激烈的手段來阻止她。現在，她幾乎無法壓制住自己的挫折感。他們已經這麼靠近了，現在卻必須再度橫跨緋紅海回去重新補給。

月亮啊……他們付得起補給嗎？她要如何支付船員的薪資？他們要繼續當海盜嗎？就算她找到了查理，之後又該如何是好？解散船員嗎？把船交給薩雷然後回家嗎？她到目前為止都專注於抵達魔女的所在地，拖延了該如何回答這些問題。如果你預期自己下周就會被抓起來、變成一隻猴猴，相較之下薪水好像也沒那麼重要了。

這些思緒重壓在身上，她打開門，發現一群道格在外面等待。

到了現在，雀絲已認識了他們所有人。站在最前面，手拿帽子的是個好心的女人，她有次解釋說她覺得鳥是死去的靈魂變成的，一面旅行一面看顧著水手。那有點尷尬，因爲雀絲當天晚上的菜單是鴿子派；但這個道格只是笑了笑，說那確實也是一種看顧方式。

他們每個人都有類似這樣的特點。個性、夢想、生活。人類就像大陸的海岸線一樣。你越靠近觀察，就會看見越多細節，基本上能延伸至無窮盡。如果我沒有進行敘事分類，你可能得坐在這一整周，聽我說一個道格有次喝得太醉，最後居然成了皇后的故事。

今天，對我們來說很幸運，他們的行動很一致——而且與故事主軸有關。因爲他們有話要告訴雀絲。

「我們繼續前進吧，船長，」領頭的道格說。「如果妳也想的話。我們繼續航行，去救妳的男人吧。」

「可是，食物……」雀絲說。

「不好意思，船長，」另一個道格說。「但我們可以吃一陣子翠綠藤蔓沒關係的。」

「同意。」又一人說。「如果能幫上妳，我們願意吃幾個禮拜的草。」

「等等，翠綠藤蔓可以吃？」雀絲問。

聽見她不知道這件事，道格們感到很震驚。或許你也一樣，因爲我在故事前段已經巧妙地先鋪陳了這項資訊。但雀絲在那段對話中被分心了，所以錯過了重點。此外，很少有島嶼出身的人知道藤蔓嚴格來說是可食用的。在島嶼上，假設你有土壤或堆肥，就能種出比藤蔓好太多的食物，而且也安全多了。

就算她的家庭如此貧窮，也一直都有正常的食物可吃。不論如何，人確實是可以靠吃翠綠藤蔓生存下去，只要它已經成長完成。要達成這點，要先將藤蔓泡水一整天。它富有熱量與營養素。如果吃的時間持續太久又沒有補充蛋白質，是會造成麻煩沒錯，但他們的確是可以光靠吃藤蔓撐過往返魔女之島的旅程，況且也還有剩下的食物。

在她身後，哈克盯著自己的腳。他發覺到了最後，自己的背叛其實沒有達成任何效果。

「謝謝你們。」雀絲對道格們說。

「船長，」站在前頭的道格說。「我們可是吃了一整個月的佛特料理。然後妳開始煮晚餐，讓它吃起來不再像是鞋底刮下來的玩意……嗯，我們絕對可以吃點藤蔓，沒問題。」

「況且，」另一人說。「繼續前進一定很值得。在這之後，我們就會是唯一搶劫過魔女本人的海盜了！」

被詆毀的時尚專家

關於這點嘛。

雀絲知道自己的計畫有個漏洞。事實上，她的計畫裡有洞的部分似乎比能夠完整運作的部分還多。舉例來說，她無法確定自己猜到了島嶼的正確位置。就算她有，也沒辦法保證他們的計畫會生效。她有可能根本就無法通過魔女的防禦手段。

然而，這些在最大的問題面前都只是次要的問題。那就像是潛伏在海底的暗影。她目前爲止都專注在如何抵達島上，還有如何進入塔內。

但接下來怎麼辦？

月亮在上，她該怎麼尋找並且救出查理？雀絲要怎麼對付魔女？他們的計畫包含了對海灘上的金屬僕從開砲，那肯定會鬧得很大，引起注意。

在造成這麼大的動靜後，雀絲該如何才能溜到塔下，好讓……

好讓哈克能放他們進去。

她的信心開始鬆動。好吧，已經鬆動好幾天了——考慮到地基如此不穩，這也不令人意外。現在它幾乎要完全倒塌。他們的計畫需要哈克放他們進塔。現在顯然不可行了。

這讓雀絲感覺反胃，但接下來幾天解答依舊沒有現身。船無情地航向恐怖的子夜之月，直到抵達邊界。孢子在此處混雜，像是一道側邊感染發黑的傷疤。一條完全壞死的手臂。

黑色的孢子朝向無限延伸。雀絲站在上甲板上眺望，感受不自然的寂靜。道格們全都靜止不動，就連船帆都像是屏住了呼吸。就在那裡。子夜海。

薩雷看向雀絲。

「下錨，舵手，」雀絲說。「準備要入夜了。我不想在夜間航行於那片海上。」

「同意。」薩雷說。

「今晚加倍看守的人力，」雀絲提議。「我不希望遇上意料之外的襲擊——不論是雨水，還是從黑暗裡來的其他東西。」

薩雷點頭，看起來很不自在。

雀絲往下走，準備回去艙房，又暫停動作。「薩雷。妳聽過任何人成功地在子夜海上航行過嗎？」

「翠綠國王一直派出艦隊想要捕捉魔女，」薩雷說。「確實有些船在緋紅海上倖存下來。畢竟那是純靠運氣。但我從沒聽說有人從子夜海回來過。他們航進海域，接著馬上就被恐怖孢子形成的黑暗造物給淹沒。」

雀絲打了個寒顫。她眞的以爲自己有辦法達成連專業水手都做不到的事嗎？她究竟在想什麼？她來這裡又有什麼用？她只是個冒牌船長，在這裡玩扮裝遊戲。

誠然，雀絲給自己的評價太低了——拜託表現得驚訝點——因爲儘管發生這麼多事，她還是來到了這一步。但國王宮廷中的眾多人士都沒有在子夜海的首航中存活下來，這也是事實。不過，你也遇過至少一位國王宮廷裡的人了：就是在故事前期登場的那個英俊傢伙，他的下顎線條和智力都和石膏像如出一轍。所以，你懂的，他們並不算什麼高標。

然而，雀絲此刻突然對自己很不確定。她逃往下方，進入中層甲板令人熟悉的走廊。她經過自己的舊房間，發覺居然懷念起前幾周的時光。只是坐在房內研究孢子，聽著頭上令人安心的腳步聲的日子。那些腳步聲聽上去充滿自信。隨機，卻還是有種韻律。就如一首全體船員熟知且共同演奏的歌曲節拍。

現在是她要負責。所有人都對她有信心。

她走向烏蘭的辦公室，輕敲門之後就被請入房內。她發現他正在檢查自己的手，而手上長了第六根手指。雀絲放鬆地嘆氣。終於有個正常又熟悉的景象了。

「雀絲！」他在手指上試著一枚戒指。「眞高興妳來拜訪！妳重新考慮我的提議了嗎？」

「謝謝你，但不用了。」雀絲說。「我還想保有全部的腳趾頭。」

「大家都是，親愛的。這就是爲何父君發明了手術刀。不過，妳現在看起來心神不寧。來這裡，坐吧。讓我來煮點水。」她坐下，看著他使用某種類似加熱板的裝置，沒有用火或孢子就能變熱。他把茶壺在頂端，轉身打量她，灰色手指在身前交疊，身體倚著櫃檯前傾。「請說吧。」

「烏蘭，」她說。「我沒辦法打敗魔女。」

「不，妳當然沒辦法。」他說。

「其他人都期待我能辦到，而……我越來越害怕會害他們失望。」

「啊，這樣啊，」他說。「讓我來幫助妳減低焦慮吧，嗯嗯嗯？我甚至不必開鎮靜劑給妳。妳不需要擔心。」

「我不需要？」她說。「眞的嗎？」

「沒錯。妳看，沒人預期妳能擊敗魔女。我相信他們全都預期自己死路一條。因此，當魔女毫無疑問地謀殺全船人時，孩子，妳是不會讓害他們失望的！」

她發出呻吟。

「那是個笑話，」他追加。「我很懷疑她有能力殺了我——雖然她覺得自己可以。就算她在這點上是對的，她也肯定殺不了霍德，即便他身處現在的狀態也一樣。所以她只會謀殺大部分的船員而已。」

雀絲感到一陣暈眩。

我必須補充，烏蘭並不以他的床邊禮儀著稱——如先前指出的，當他們族類不再被迫繼續模仿人類後就失去了什麼。我可以很眞誠地說在沒有了這項負擔後，他們全都隨時間變得越來像自己了。

話雖這麼說，烏蘭確實是我所見過最棒的醫生。如果你很容易感到壓力，卻又需要他的幫助，我建議你預先要求他在碰面前把嘴巴縫上。他八成會覺得這點子很新奇，因此願意嘗試。

然而，今天他發覺自己說得太過火了。就連烏蘭這個同情心跟生氣的鴯鶓差不多的生物，有時也能察覺其他人陷入了絕望的情緒。

「孩子，」他說。「我——」

「你怎麼能這樣？」雀絲怒罵他。「你怎麼能就坐在那裡，一點也不在乎？你有什麼毛病？」

「喔！」他說。「嗯。哈哈。好吧，沒必要咬掉我的頭吧。我有專門爲此準備的好幾把鋸子——」

「笑話幫不上忙，烏蘭！」她站起身。

提醒你，這不是個笑話，他確實有三把。他讓她踱步了一小會，而當水壺開始尖叫時，他也沒有過去拿。

當她踱步時，有一點一直留在她腦中。他又提到了霍德。那個流口水的跑腿小弟。烏蘭是擁有奇怪能力的生物，但他卻把我視爲更強大的存在。

這不是烏蘭第一次說類似這樣的話了，但這次眞的引起了她的注意。

她最終深呼吸。「我不該對你發脾氣的，」她說。「你先前總是幫助我，烏蘭，告訴我你不必告訴我的事。我不該因爲你沒做更多而生氣。我……我不知道自己出了什麼問題。我以前從來不會這樣。」

「我想，」烏蘭說。「也許沒有地方出問題。妳該更常對我發脾氣的。我有時會忘記凡人生活時所承受的壓力。」

「不過你是對的，」她在小房間內朝另一個方向走去。「我們就是死路一條。只有我爲查理冒生命危險就已經夠糟了，我不能強迫其他人加入。」

「妳沒有強迫他們，雀絲。」烏蘭起身開始泡茶。「妳見到他們近來走路的樣子了嗎？他們抱頭的樣子？他們知道自己對烏鴉所殺的人也要負部分責任。

「妳沒有欺壓他們。妳給了他們一個挽回人性的機會。他們想要嘗試救出妳的朋友。他們想要證明就算自己不是一等一的英勇男女，至少也是二手的那種。」

他轉身，交給她一杯茶，伸手向座位示意。這是個好茶杯。錫製的，上面留有被鍾愛使用過造成的可敬傷疤，把手則是被手指的輕撫給擦亮。她嘆氣，接受座位與茶，不過她把後者放在一旁等其冷卻。

「聽著，」她說。「連哈克都願意以行動阻止我。也許我該正視他的觀點。就算我不願意，現在也沒辦法靠他進入塔內了。所以任務已經失敗。」

「妳還有子夜精，」烏蘭說。「也許妳能造出一隻可以溜進門開鎖的生物。」

「塔上有鍍銀，」雀絲說。「所以我身爲子夜精時沒辦法觸碰它。至少哈克是這樣說的。我不知道這是不是眞的，或是能不能信任他，但無論如何我們都有一個更大的問題。烏蘭，我沒辦法打敗魔女。她將會知道我來了。」

「我懷疑她現在可能已經知道了。」烏蘭說。「就我對她的了解，她大概很期待妳會如何對付她的防禦。」

「有可能……讓她對我們的作爲感到佩服，因此願意釋放查理嗎？」

「不太可能。」他說。「妳最好的下場是她感覺妳夠有趣，因此對妳下了個特別有創意的詛咒，然後放妳走。」

「所以沒希望了。」

「這個嘛……」

雀絲抬頭。

「你知道的，面對魔女這種特定人士的行爲時，」他說。「我應該要保持中立的。但有一個人從不遵守這類規定。他就在這艘船上。而且他有一件鮮紅色的亮片內褲。」

「霍德，」她說。「你提過他……並不是我想像中的那樣。他眞的是比魔女還厲害的人嗎？」

「嗯，這種事情是出了名地難以判斷，」烏蘭說。「但我會說是。我眞希望妳有機會認識眞正的霍德。即便看他現在這狀態下的輝煌表現非常有娛樂性，平時他其實和妳知道的這個人大不相同。」

「而那個人……比較不令人難堪嗎？」

「嗯，通常是更令人難堪一點。但也更善於執行其他事情。如果這星球上有任何人能擊敗魔女、活著救出妳與妳的同伴，肯定只有他了。我現在並不是在說笑或誇大，雀絲。如果他想要，在全寰宇中沒有幾個人能像我們穿著不檢點內褲的朋友那樣能大幅影響事件走向。」

我要你知道我在被詛咒前就擁有那件內褲了，而且我現在還是認爲很値得。

雀絲思索這些話。她終於喝了口茶，單單這個舉動就證明了她有多勇敢。我從來不喝烏蘭給我的任何東西，或至少要等到我看見那會對盆栽產生什麼效果之後再決定。

「如果他這麼厲害，」雀絲說。「爲什麼會落到被魔女詛咒的下場？」

「我完全沒頭緒，」烏蘭說。「但這並不是那麼令人驚訝。因爲他如此強大，雀絲，他常會過度高估自己的能耐。不論一個人有多強大，只要他相信自己比實際上來得更強大一點點，兩者之間就會有巨大的落差。嗯嗯嗯？」

好吧，說得有理。

「不管如何，」烏蘭說。「我想在這個案例中，發生在他身上的事並不是意外。如果我要賭錢——或是賭上更珍貴的東西，例如我最愛的一組指甲——我會猜他是刻意被詛咒的。然而他現在卻發現那比預料中還難以掙脫。」

「爲什麼？」雀絲說。「爲什麼他要故意被詛咒？」

「我還無法確定。」烏蘭回答。

雀絲心存懷疑。但在這個案例中，烏蘭（很不幸地）說對了。我眞的以爲我到了這時候早該解決了。結果這……比我預料的來得困難。

幸好，我很接近了。比先前都接近。因爲雀絲在此時想出了最重要的點子。

「所以……」雀絲說。「也許我不需要打敗魔女。也許我只需要找到方法讓霍德去就可以了。」

「也許吧。沒錯，確實是也許吧。」

雀絲告退，晃回她的艙房，伸手到床下拿出她的杯子收藏。她上次欣賞它們已經是好久以前了。她心中喜愛杯子的那部分沒有變過，只是她……沒有她曾經擁有的時間了。說眞的，近來她只會用那個金屬的大杯子。因爲船如果突然轉向，只有它不會被摔碎。

不過，她還是將它們一個一個拿出、擺在桌上。她最後才拿出了查理寄給她的那一些。她特別盯著有蝴蝶在海上飛舞的那一個。她原本認爲蝴蝶是被逼入這麼糟糕的情況的，不然牠爲何要飛越孢子？

現在她的看法不一樣了。也許這只是一隻知道自己想要什麼的蝴蝶——無論那有多不可能，都還是願意去嘗試。

牠不是想自殺的蝴蝶。牠是有決心的蝴蝶。

她把其他杯子收起來，只留下這一個，還有那個白鐵酒杯。這兩個是她的最愛。一個是決心的象徵，另一個則是穩固又厚重的務實器具——幾乎就像是武器。

*我，她心想。就是這兩個杯子。*一方面務實至上，一方面充滿夢想。互相相反。但又為同樣的目標努力。眞了不起。

不過，那隻蝴蝶是獨自飛往海上的。牠並沒有帶上整組船員一同去送死。她深深呼吸，把頭髮綁在後方，接著拿起兩個杯子，走到甲板上。

「薩雷，」她對舵手說。「我改變主意了。我希望妳放下小船。我要搭它進入子夜海。獨自一人。」

58

怪物

反對聲浪如山一般高。

「獨自一人?」薩雷說。「船長,哪顆月亮給了妳這麼瘋狂的主意?」

「我跟妳去,」安說。「我會確保妳的安全。我身上有六把手槍,而且現在有四隻眼睛可以瞄準!」

就連在幹部後方徘徊的拉戈特看起來都有些擔心。

佛特只是舉起他的板子。**為什麼?**他問。

「我想對子夜孢子做實驗,」雀絲說。「看看我是不是真的能控制或是摧毀那些怪物——倘若我辦不到,那就沒有下一步了,一切都是枉然。我要獨自進行測試,因爲沒有理由要帶上其他人。沒有你們能做的事。」

「我認爲這主意不好,船長。」薩雷雙手交疊在胸前。「我不會讓妳獨自前往另一片海的。」

「難道我不是船長嗎？」雀絲問。「我不能下這個決定嗎？」

「妳可以，」薩雷說。「但妳不該。」

諷刺是一個有趣的概念。具體來說，我指的是傳統上的定義：就是當一項決定造成了跟原本預想完全相反的後果。許多文法學家哀嘆著這個字幾乎在各處都被誤用——只輸給另一項文字刺殺，也就是有些人對「眞的」這個詞的使用法。（他們的用法很諷刺。）

我不是那種會在乎你用錯字詞的人。我比較偏好文字的意義會變化。我們語言的不精確性是種特點，絕佳地表現了人類存在的精髓：我們的情緒——甚至是靈魂——都是不精確的。我們的文字就像我們的心，都是剛從熔爐中取出的白熱武器，每次揮舞時都將自身捶打成新的形狀。

然而諷刺是一個迷人的概念，它只存在於我們想要找到它的地方。因爲對眞正的諷刺來說，預期才是關鍵。諷刺要被注意到才能存在。我們能從空無一物的地方找出諷刺。但不同於我們創造出的其他事物，例如藝術，諷刺是關於創造悲劇。

諷刺是逆轉。鋪陳。接著崩塌。

完美的諷刺是件美妙的造物。

所以好好欣賞享受吧。

「我不能讓自己爲你們製造更多麻煩了，」雀絲說。「我需要獨自進行接下來的部分。」

薩雷輕輕嘆氣——是那種你忍住不大叫，但還是要讓肺有點事做的嘆氣。她朝一旁點點頭。「我們能私下討論一下嗎，船長？」

雀絲點頭，兩人走向一邊。

「我有其他的建議，」薩雷說。「我們把烏鴉之歌開進去一點點，沿著邊界前進一陣子，試著把怪物引來。我們再用翠綠孢子捕獲它們，然後拖上船。接下來，我們可以撤退回緋紅海，慢慢研究它們。」

「太危險了。」雀絲說。

「比妳獨自一人進去還更危險？」

「對你們來說，」雀絲修正。「太危險了。這是我必須做的事，而我不能讓你們陷入險境。」

「船長，」薩雷的語調變柔。「雀絲，當妳從龍的巢穴回來後，我的整個人生都改變了。我已經找我父親……找了很久。我心懷希望這麼久，久到希望都萎縮了。我只是一直做著同樣的事，因爲我害怕讓它完全死去。

「但它又再度活起來了。被妳灌溉、呵護，再度恢復生氣。他還活著。而且我知道他在哪裡。我需要從接下來的挑戰中存活下來，才能去接他。」

「那就去吧，」雀絲柔聲說。「妳需要活著才能拯救他。妳不能冒險。」

「我需要一組好船員才能橫跨海洋。」薩雷說。

「這裡就有一組好船員。」

「他們曾經是，」薩雷說。「未來也會成爲好船員。但是雀絲，妳知道服侍烏鴉那種人會對人的靈魂造成什麼傷害嗎？你會長出一層黑色的硬殼，就像在烤箱裡放太久的吐司。」她對著聚集在甲板上的船員點頭。「我讓妳發號司令有幾個原因。一是我覺得妳會是一名好船長，但另一個則是因爲，他們需要有人再次帶他們走上正道。某個沒有聽從烏鴉頤指氣使的人。他們需要妳。」

雀絲點頭，多理解了一點點。讓薩雷掌控全局有點像是一支球隊暫停比賽，重新調整戰略。把船交給雀絲則像是把體育場拆掉再蓋一座新的。

「自從妳來到這艘船上後，」薩雷說。「妳一直試著保護我們、幫助我們。船員都知道這點。他們會跟隨妳。我會跟隨妳。但我還無法拯救我的父親。還無法拯救……我自己。直到我能幫助妳以及這組船員爲止。所以，我請求妳，現在讓我幫助妳吧。」

「爲什麼是請求？」雀絲說。「爲何不強迫我？」

薩雷搖頭。「我們對烏鴉叛變了。我們不能讓這種行爲成爲常態。我們必須表明違背烏鴉是種極端特例。

「所以我們會跟隨妳。絕不違抗。我和幹部們，我們是其他人的榜樣，因爲我們知道如果我們不是……嗯，那船上的狀況只會變得非常糟。當例外成了習慣。所以如果妳命令我們讓妳獨自前行，我們會同意妳去的，雀絲。我們必須要這麼做。」

她以那種充滿涵義的眼神迎向雀絲的目光。

這從來不像你想的那麼有用。

因爲雀絲學到的是錯誤的一課。她聽見的是幫助船員的部分。要保護他們。所以，她反而更加堅定了。

「謝謝妳，薩雷。」雀絲說。「現在，請準備小船。我要單獨前往子夜海，在那邊測試我控制怪物的理論。」

這次的嘆氣聲伴隨著幾乎脫口而出的低吼，好像薩雷剛吞下一隻又毛又生氣的小動物。

說到這點。

在前往實驗前，雀絲回到艙房去拿她的帽子。在她拿到帽子後，房間角落傳來了說話聲。

「帶我去吧。」哈克說。

雀絲愣住，轉身面向他的籠子。

「帶上我，」他說。「我聽見妳的話了。如果有必要，就連籠子一起帶去吧。但請帶我和妳一起去，雀絲。上小船去。妳也許會需要我。」

她差點就拒絕了他。但他的聲音裡有種感覺……也許是他的語調……她戴上帽子，躊躇了一下，接著下了決定。離開時，她抓起籠子頂端的把手，推開門帶著他來到甲板上。

所以，沒過多久之後，雀絲發現自己已在一艘搖槳小船上，四周被子夜海包圍，陪伴她的只有一隻籠中的老鼠、一桶水，還有幾個空杯子。是時候看看她有沒有辦法通過魔女的第一道防線了。看看她有沒有辦法馴服在子夜海撒野的焦油怪物。這是個緊繃、戲劇性的時刻——很不幸的是，恐怖的怪物忘記要出席了。

它們肯定隨時都會出現的。

雀絲持續在黑暗上方獨自漂流。這片海吸收了大量陽光，因此是溫暖的。不知為何這裡比緋紅海感覺更為異常。她原本以為黑色的孢子會比較令人熟悉，世界每天都有一半左右的時間會變黑，那是自然的顏色。

但坐在這裡，她感覺自己的小船彷彿懸掛在虛空中。廣闊的空無一物。就連讓孢子波動的翻騰聲聽起來都令人不安心。在這裡，那聽起來很不對勁。在這片持續的黑夜上。在這片飢餓到連陽光也吞食的廣漠上。

現在太陽要下山了。雀絲轉身渴望地向後看——但她已經向外划了大約一小時。她燃燒的手臂就是證據。

烏鴉之歌已經在可見範圍之外，緋紅海也一樣。只有她獨自一人。除了哈克以外，他縮在籠子裡，既安靜又害怕——即便是他自己要求跟來的。爲了消磨時間，雀絲嘗試在她的筆記本上做點紀錄。但她太過擔憂，又太過分心了。並不光是因爲子夜精，而是因爲孢子就在這麼近的地方。就在她的小船船殼外翻騰跳動著。

她想要抬頭看天空，但她這麼做時，太陽沉到了地平線上月亮的後方。子夜之月，就像是現實的破洞。

所以她等待。世上很少有東西比高壓——卻無事可做——的時間來得更難熬。無事可做的空閒時間感覺上總像是自然本身在嘲弄你。

但終於，雀絲看見了動靜。

子夜精在被她發現前就已經接近到讓人緊張的距離。也許是因爲黑上加黑，不過它在孢子之間穿梭這點也一樣隱藏了它的行蹤。但她一發現後，就能輕易地追蹤到它——因爲它就像油一樣會反射她燈籠的光芒。

她停止呼吸。她停止擔心孢子，完全專注在逐漸接近的恐怖存在上。什麼樣的野獸能在孢子之間移動？沉浸在其中？或是……在其中游泳？這是正確的說法嗎？

雀絲是從查理的故事裡得知那個詞的。雖然她覺得那個概念很驚人。有個地方的水多到可以淹過你的頭？你不會沉下去淹死嗎？

不論說法是什麼，那隻接近中的怪物都在那麼做。你也許會認爲這隻子夜精看起來像是某種鰻魚或是海蛇，長度約有烏鴉之歌一半長。但你來自於海中住著生物的世界，這對雀絲來說卻是完全陌生的概念，所以她覺得這隻野獸的行動方式非常不自然、令人不安。脊椎骨不該像那樣移動，像是一條弦，柔軟地波動著。

牠像掠食者般繞著她的船。也有點困惑。

爲什麼這裡會有個人類獨自坐在小船上？如果你穿過森林，發現有一盤溫熱的牛排晚餐就放在樹樁上，你也會有類似的反應。這是什麼把戲？

直到今日，我還是無法肯定子夜精是不是活的。它的路海聯繫很奇異，這點可以確定。爲了故事的脈絡，請假設在她船外巡游的這東西擁有自我意識。至少，它被賦予了非常明確的命令要僞裝成生命體。

所以，它知道要小心。這也給了雀絲需要的空檔。她伸出發抖的手，在那東西游過時碰了它。

在那個東西的認知中，這件事令它非常不安。它是有著恐怖外型的上古怪物，被灌輸了對一切生物的恨意。它存在的所有時間都在搜尋船隻，接著長出腳溜上船，吃掉船內的所有人。當人們見到它，就會發出各種聲音——但每一個都會以痛苦的吐血聲做爲結束。那是工作完美結束的聲音、充實存在的聲音。

人們懼怕它。他們不該伸手碰它。這就像是一片火腿站起身，想要跳進你嘴裡。不是說你不能喜歡好火腿，但好歹也要出點力氣才對。

還有，她還會心靈控制。

雀絲把一切都賭在她能夠做到先前做過的事——掌控住這隻怪物。

這計畫比你所想的還來得實際。你看，海域實在太過廣闊，魔女無法對每隻怪物都投以注意。她大規模生產它們，接著讓它們聽令向外而去，大致上只維持著寬鬆的控制。確實，如果她想要主動命令全部的怪物，就連她都會很快脫水而死。

除此之外，這些怪物的自我意識也剛好足以自行做出決定。去做出選擇。這在能自由移動的嘍囉身上是種危險的特質，但同樣的，魔女並沒有其他選擇。她需要讓它們有一定的自主性，才能執行她設計它們去執行的任務。

所以沒錯。雀絲的計畫原本會成功的。

如果她再多育芽幾個月的話。

雀絲想要像先前一樣奪取掌控，將自己的意識壓向它。那東西從孢子中拱起，遠離她的手，以子夜雙眼盯著她。她腦中出現一個疑問，就像是……它想要什麼。她嘗試提供它水分，希望那比魔女所給予的還更多。

那東西拒絕了她。魔女自然是知道有這種可能性。她了解自己造物本質上的弱點，所以她用複雜的機制將它們打造成能夠辨認出外部控制的嘗試。即便雀絲有頑強的才華與堅毅的意志，但她的經驗還不夠。

魔女，你要知道，她可不是毫無經驗。

那東西發出嘶聲拱起身子，張開嘴巴，準備大快朵頤。雀絲撲向船底，驚恐無比。

此時，一個小小的尖細嗓音發聲了。

「停，」哈克聽起來不情願地再說。「帶我們去見你的女主人。我……能自由通行。」

怪物歪過頭，引導它的複雜指令使它專注在聲音的主人身上。它被指示不能吃的存在。接收命令後就必須帶回去給主人的存在。

老鼠哈克回到了他被創造出來的地點，一如魔女的命令。

囚犯

雀絲在隔天早上抵達魔女之島。

她被允許喝水以及使用搖槳小船上的廁所（一個夜壺）。但除此之外的時間，她都被子夜精纏在船上，動彈不得。另外兩隻相似的怪物從孢子內出現，以極快的速度推著船，朝向目的地移動。

她對哈克提出質疑，要求他解釋自己的行爲，還有爲何怪物會聽從他的話，但哈克都拒絕回應。然而雀絲有她自己的懷疑。

所以在度過這段難以形容的旅程後，雀絲終於抵達了魔女之島，並且發現那裡比她想像中還小。値得注意的是，雀絲出身的島嶼以大多數世界上的一般標準來說已經夠小了，因此她的驚訝就有點像是一名四歲小孩在說：「你知道嗎？我本來以爲你會更成熟點的。」

由於孢子海缺少了魚類消化珊瑚後所產生的碎化矽酸鹽（沒錯，你最喜歡的海灘其實是魚大便），魔女之島其實只是從孢子海中突起的一堆岩石。在這個例子中，這座由灰色板岩構成的礁石形狀圓得有點可疑，大約有兩百碼寬。

有幾棵樹試圖改善地景但失敗了，因爲太過稀疏，品種也不對。它們長得細長扭曲，只有枝椏的頂端有一小點葉子，就好像它們只是聽過「樹」這個概念，盡了努力想要模仿。

雀絲整段旅程的思緒都在痛恨哈克與痛恨自己之間來回，身上壓著的玩意也幫了不少忙。她現在坐著，身子纏著子夜精，絕望地看著逐漸靠近的島嶼。值得一提的是，現在子夜精看起來比較不像鰻魚，反而像是一堆翠綠藤蔓。

小船的船殼上鑲了銀，因此在船後方留下了一道逐漸散開的死去孢子。怪物很留意不要觸碰到銀，但——就像雀絲從子夜老鼠雙眼往外看時的感覺相同——它可以接近銀，不會因此被毀滅。

怪物也打開了哈克的籠子他坐在靠近船頭的船板座位上。兩隻子夜怪物穩定推著小船前進，孢子隨之擠壓舞動。

「你以前來過這裡，」雀絲提出她的猜測。「那些在老鼠社會裡長大的故事——全都是謊言，對吧？」

「是的。」哈克小聲說。

「你隸屬於她。」雀絲說。「你是魔女的使魔，或是類似的東西。你一直以來都隸屬於她。」

「是的。」他的聲音更小了。

每個答案都有如一枝飛箭，有著倒刺的那種，被射中時很痛，但拔出時更會造成一片血肉模糊。因爲害怕移除時的疼痛，所以你會想將它遺留在永遠無法痊癒的傷口內，繼續生活。

即便感到痛苦，她還是強迫自己認清一件事。哈克用盡了他的全力——只差沒有在港口時棄船——制止雀絲朝這個方向而來。他是爲了從魔女的手下保護她。

他說了謊，沒錯，但他顯然非常懼怕魔女。她不能因爲他的表現而太過怪罪他，畢竟是她強迫帶他來這裡的。然而，她可以怪罪自己。

她該更聰明點，想出另一個計畫的。也許她應該接受薩雷的建議，讓船員協助解決問題？但雀絲在考慮這點時便好似在懸崖上擺蕩。

變化有種幻象的成分在裡面。我們假裝劇烈的變化是取決於單一時間點的單一決定。確實是這樣沒錯。但反過來說，單一時間點與單一決定背後，也潛藏了堆積如山的小決定。即便是最後一片雪造成雪崩的，你也先需要有一整山的積雪才行。

別忽略了重要決定背後堆積如山的時間。這就是雀絲現在身處的時刻。完全的理解尚未初昇，但地平線上已有亮光。

子夜怪物推動小船以奇異的路徑接近島嶼，而雀絲很快就看見了理由。鋸齒狀的長條岩石劃破了此處的海面，像是長了牙齒的沙洲。魔女精心選擇過她的島嶼，靠近此處極端困難。隱藏的岩石就像地雷，僅僅從翻騰的孢子中露出一小點，讓人幾乎無法察覺位置。

因此，要靠岸幾乎是不可能的事。當船進行了一連串的精準轉向後——因爲是靠魔法天賦得知正確路徑的怪物所操縱的——雀絲的胃裡一沉。這是一項他們沒料到的島嶼防禦機制。哈克沒有告訴他們，也許是因爲惡意的理由。（實際上他只是忘記了，但那不是重點。）

如果烏鴉之歌抵達此處、打算航向島上，岩石肯定會把船殼扯成碎片，讓眾人死在孢子中。她的任務打從一開始就毫無希望。

最後他們的小船——在虛空頂端飄蕩的唯一一點顏色——抵達了岸邊。雀絲從這邊可以看到魔女之塔外圍列隊站著的金色金屬人軍團，它們裝備著長槍與盾牌。雀絲幾乎可以將其想像成身穿裝甲、面甲拉下的眞人。如果它們沒有如此不自然地靜止不動的話。

除了孤單的樹與百名金屬人外，島上唯一的特徵就是塔本身。與島本身的尺寸對比之下，塔比雀絲想像中大得多了，又寬又高，頂端尖起。雀絲太有教養，不會大聲說出那長得像是什麼。我當然不知道教養爲何物——所以當我提到那長得像什麼時，魔女問我是不是想要在額頭上多個象徵陰性的大口子。

雀絲原本希望在船著陸後有機會逃跑，但怪物把她緊緊捆住，將她抬在身後，跟上已跳下船的哈克。他在石面上望向雀絲。自從他們上了小船以來，這是他第一次正眼看她。

她回瞪著他。他明顯地委靡下來，就像沒有足夠水分的藤蔓。然而，他又接著振作起來——好像決定了什麼事。「沒錯。沒錯，就是這樣，」他說。「完全不要照她的話做。」

他看向怪物，在雀絲來得及責罵他前就跑走了。他們穿過平地來到塔前，金屬軍團允許他們通過。在雀絲的想像中，它們似乎在睡覺，只是一座座的雕像。

她的注意很快被塔吸引過去。這個景象令人驚嘆，她從沒看過這麼多銀聚集在同一個地方。事實上，這裡的銀多到能以不可思議的速度摧毀孢子。足以防禦敵對的育芽人。

門就建在塔的一側，顯然也是銀製的。哈克在門前站起身，以宏亮的聲音說：「承我接受的命令，我已帶著俘虜回來與魔女會面。魔法門啊，請開啓吧！呃，聽說——」

門自動打開了。

「好吧，」他說。「很好。」他溜進塔內，接著低頭看著自己，再回頭望向雀絲。不確定接下來會發生什麼事。

子夜怪物——現在看起來像是以觸手爲腳的巨大蜈蚣——放開雀絲，將她推進門內。它不能跟上，因爲裡面有銀。它反而是丟給她了什麼東西。是她的杯子。她的白鑞杯以及有蝴蝶圖案的杯子。它也把杯子帶來了——它在船內發現了杯子，不確定是否具有重要性。

當雀絲手忙腳亂接住杯子時，門又滑動關上了。把她鎖在塔內，讓她只剩下一個選擇。前進。面對她的命運。

60 魔女

雀絲花了點時間重整狀態，深呼吸、揉揉手臂——嘗試甩掉子夜怪物的詭異觸感。她想要抓住哈克，但他已經快速地消失在前方階梯上——他將側板當成了斜坡用。

雀絲待在原地一會兒。她進入的地方是一條全金屬構成的走廊，只在中央鋪著如舌頭般的紅地毯。習慣四處遠遊的人會認出地毯上繡的圖案是艾歐符文，但在雀絲眼中這只是些神祕符號。是也沒差太多啦。

牆面上——並沒有掛著畫作或織錦——而是鑲著幾個面板，讓雀絲想起佛特的寫字板。大部分的敘事者都會把這條走廊形容爲冰冷、一塵不染，這主要是被過去的印象影響了。天花板上——透過塑膠濾光板——均勻撒下的穩定白光，可能會讓你想起辦公室的照明，而毫無修飾的金屬表層則可能會讓你想起手術室的環境。

對雀絲來說，這間房並不冰冷。也不寡欲、或蒼涼、或嚴厲——或是其他政客逃出垃圾箱後會在法庭上使用的形容詞。

「眞是美麗，」她低聲說。「又乾淨又明亮，就像我想像中的來世。」她的聲音在走廊中迴蕩。最後，她深呼吸。她在這裡了。她還沒死。也許……也許她能找出拯救查理的辦法。縱使身處這樣的處境。畢竟，這裡就是她整趟旅行的目標。

所以，她整理好僅剩的決心走上樓梯。到了樓梯頂端，此處的門自動滑向一邊敞開。魔女對這種場所的內裝有非常挑剔的喜好。

通過門口，雀絲進入了一間寬敞的圓形房間，四周有許多扇門。這房間有人居住在內的跡象，四周放置了許多物品，魔女如果想要快速離開可能會搞得一團亂，例如傢俱、書架等。地板依舊是金屬製——上面銘刻著這顆星球的地圖——頭上也依舊是工業燈光，但她把此處布置得很舒適。

那名女人則是坐在書架旁的書桌前，抱著一隻毛絨絨的白貓，閒散地使用著她的筆記型電腦。或者，我是說，她的「魔法窺視板」。她用它來觀看外界的事件，或是偶爾在上面玩點魔法卡牌遊戲來消磨時間。

她的皮膚會發光，周圍散發出一種銀暈。她大概五十多歲——或者，那是她決定不要繼續老化時的年紀——外型與她以前萎縮的空殼模樣大不相同。她的個子不高，有點微胖，喜歡把頭髮纏起節省麻煩，而且厭惡化妝。是說，如果我會發光，我肯定也不喜歡。她的同胞喜歡以衣物或其他不會遮擋發光本質的配件來裝扮自己。

雖然她離家鄉很遠、很遠，但她依舊非常強大。她坐在椅子上轉身，把魔法板放在桌上，再把貓趕下大腿。牠跳到地板上，然後盯著哈克——他縮在書桌上。魔女指向門外，白貓安靜地走向門口，溜過雀絲身邊離開。

雀絲沒有太注意，因爲她被桌面上方的各種窺視板迷住了。其中一面展示了雀絲剛進入的走廊，桌上另外幾面則展示了島上不同角度的景象——但其中一面顯示的居然是烏鴉之歌的甲板。

「啊！」魔女站起身。她看向哈克，他蜷縮在她的目光下。「這就是她啊。你的供品。我必須說，沒有驚艷到我。她太瘦了，還有那頭頭髮！女孩，我知道你們的星球不是很重要，但你們好歹有發明梳子吧。」

雀絲吞了吞口水。對她來說，這個女人看起來就像神祇。都是那身發光皮膚的緣故，眞的對第一印象很有幫助；我已經羨慕那種模樣好幾世紀了，而且一直打算要想辦法獲得，實際上，那就是這一切的開端。但我又跳得太快了。

雀絲壓下她的敬畏，準備好自己搖搖欲墜的計畫。她挺起身子，握住杯子，鼓起勇氣，然後開口說話。「魔女，妳抓了我愛的人。我前來要求妳返還他。」

「要求？」她說。「妳怎麼會認爲自己有辦法對我提要求？」

「因爲我，」雀絲宣告。「已經打敗了妳。」

「打敗了我？」女人興味盎然地問，瞥向哈克。

「我穿過了妳的海洋，」雀絲說。「接近了妳的島嶼、通過了妳的金屬軍團、進入了妳的巢穴。我已經征服了妳在我身前所設下的四道試煉，親自來到妳的面前。」

「哈！」魔女說。「我的四道試煉？我喜歡。妳肯定聽霍德說過故事。告訴我，烏蘭還好嗎？」

「呃……」雀絲看著哈克，他正翻絞著前爪。「他……很好，女士。至少，他在烏鴉之歌上看起來很開心。」

「都過了這麼久，」魔女說。「他居然一直都沒來見我。有智慧，我想是吧？他知道我為他準備了一缸酸液。那是少數能夠對付他們的辦法，妳懂吧？不然就是要好好點個火。」

魔女漫步走向圓形房間的中央，橫跨銘刻在地上的世界地圖。外世界人稱此地為「露瑪」，這名字是從數個當地語言所翻譯過來的，翻得還算不錯。雀絲從沒見過這麼細緻入微的地圖，但實在有太多事情發生，所以她沒有對此多想。

魔女直接站在雀絲面前，顯然不害怕肢體衝突。

「所以，」雀絲說。「我打敗了妳……」

魔女咧嘴笑了。「妳真的以為那會有用嗎，親愛的？假裝妳是刻意被抓，其實是為了通過我的防禦？」

雀絲再吞口水，提出她的備用點子。「我……嗯……我想跟妳做項交易。我有一把信號槍，射出的子彈會爆發出藤蔓。」

「是的，我見過了。」魔女朝她的觀看板伸手示意。其中一個還是顯示出烏鴉之歌——畫面正在上下搖晃、移動著……而且側邊還可以見到抓握住的手指……

佛特的板子，雀絲察覺。那是從他的板子向外看的畫面。魔女一直都在用那個偷窺我們。

她確實是。如果我的心智狀況正常，在很久以前就會發現上頭的安全協議預設是關閉的，讓外人能夠輕易駭進去。魔女這一整段時間都在偷看，佛特失去板子的那一小段時間除外。當雀絲離開後，她就不再繼續注意烏鴉之歌的狀況了。

「我的槍，」雀絲繼續說。「是我自己設計的，在每片海洋都前所未見。我想要用這項設計跟妳做交換。交換條件是返還查理，我愛的男人。」

「妳以爲，」魔女問。「我有這麼多先進科技可以使用，還會對妳的孢子槍感興趣嗎？就連在這顆星球上，都已經有好幾片海在製造相同類型的武器了，只是單純還沒傳來妳所在的海洋而已。」

雀絲的決心原本就在剝落，現在則是徹底崩塌。她看向哈克，他——奇怪地——將前爪握拳朝她舉起。鼓勵她。

雀絲察覺這裡還有其他事在發生，但她還沒掌握到是什麼事。她開始依序回想讓她抵達這裡的事件。哈克有辦法要求子夜怪物帶她來島上。魔女似乎對她和她的船員很感興趣。他們值得被注意與偷窺。爲什麼？

霍德，雀絲心想。霍德能打敗她。她是在監視他。

那哈克在這裡面扮演什麼角色？還有爲什麼魔女與雀絲談天，而不是直接把她關起來？

雀絲並不知道自己預想中與這名女人對峙的情況會是如何，但和平地對話肯定不是選項之一。這讓雀絲感到非常不確定。

魔女轉身走向她的書桌。「好吧，孩子，我用不著妳的科技，但我覺得妳很有意思。瑟思洛，請打開艦橋的囚禁艙。」

「如您所願。」一個平淡的聲音回應。那是居住在此處的靈體，你知道的，會聽從此地主人的命令。沒錯，就像你見過降落在你星球上的船艦之內那些會說話的意識。

房間側邊的一扇門發出聲響，接著敞開。門後是查理。

他看起來狀況有點糟。查理穿著一件正式服裝，雀絲曾見過他穿這件衣服跟隨他父親學習，衣服上現在滿是皺褶，還破了幾處。除此之外，他看起來就和她記憶中的一模一樣，頭髮沒梳好，臉上帶著大大的笑容。

「我就知道妳會來，」他朝雀絲跑來。「我就知道！喔，雀絲。妳救了我！」

在這個當下，雀絲的情緒很複雜。就像那條你每次都發誓有收好的繩子，但從倉庫拿出來時，看起來總像是有人發明了可以扭曲時空的新型結構。

這是查理。見到他實在是太棒了。她很開心，也鬆了一口氣。值得慶賀、難以承受、興奮不已、心懷感激——沒錯，全都有。所有你能預期到的情緒都在那裡。

但她也感覺到一種無法解釋的悲傷。（我們待會解釋。）除此之外，還有困惑。懷疑。就這樣？她眞的就這樣得到了她所想要的嗎？

「我用他來交換，」魔女說。「這兩個杯子。」

「什麼，眞的嗎？」雀絲問。

「眞的，」魔女說。「把杯子留在門邊的架子上就行了。」

「他……有被下任何咒語嗎？」雀絲問。

「喔，那個啊。我得演好我的角色，是不是？嗯哼。

「『燈泡在上。

「吞嚥而下，

「我鄭重宣告，

「我解除此道魔咒。』」

太野蠻了。她根本是針對我。

但這完全是雀絲預期會聽見的話。祕法的胡言亂語——令人心安的魔幻。查理一手摸頭，接著傾身輕輕吻了她一下。

這讓雀絲的情緒更加交纏了。

「看吧，老鼠，」魔女說。「我告訴過你了，對吧？」

哈克在書桌上低著頭。

「說出來，」魔女繼續說。「說出來，老鼠。」

「妳是對的。」哈克低聲說，幾乎細不可聞。他從桌上悄悄離開，跳到地板上，消失無蹤。

雀絲抓緊她的心情，把它們打醒、排回原有的位置上。之後會有時間處理它們的。在這當下，她做了決定。

該是離開的時候了。她抓住查理的手，把兩個杯子放在架子上，快步走出門來到樓梯上。查理欣然接受這一切，開始說起關於他被囚禁日子的無聊故事，我在此就不乏味地重複一遍了。尤其是他很快就說起其他事情。「喔，雀絲，」他說。「能夠回到巨石上的日常生活該有多好？回去關於派、刷洗窗戶、做園藝的生活該有多好？」

就在此處——在樓梯底部，聽著查理的問題——雀絲的傷感猛然襲擊了她。它出招很骯髒，你懂的，傷心通常都這樣。總是瞄準了你的腎臟。或是你的心。

查理看起來完全沒變。這很棒。她還擔心被囚禁會對他的心靈造成傷疤。但他就在這裡，一如既往活潑又興奮。他甚至能幫小狗上一課該怎麼表達熱情。原原本本的查理。和以前一模一樣。

但雀絲變了。

她在離開巨石後改變太多了。她發現自己不再像以前一樣在乎派、洗窗戶，甚至是杯子。她在乎孢子，還有她能利用孢子所做的事。還有航海，還有她的船員。

這一切……這一切都代表了她沒辦法回去當原本那個人了。你懂的，她才是長了傷疤的那個人。

就是這樣！好諷刺。她爲了追尋目標而踏上的旅程，反而使她變成了一個無法享受最終勝利的人。她望進查理的雙眼，然後情緒裂解，對逐漸累積的陰鬱俯首稱臣，將其加冕爲女王。此刻，望進查理的眼中，她想起了另一個人。雀絲理論上不該在乎的人。這是我們在故事中太常搞錯的一點。我們假裝愛是理性的，因爲我們只能看到片段、看到動機。

查理咧嘴一笑。這笑容如此熟悉。與他完美地相似。

但雀絲不相信。那個笑容過火了一點點。因爲她了解查理。

雀絲轉身、奔上樓梯、衝進主房內，嚇到了魔女——她正打算坐回位子上。雀絲以電流般的反抗情緒大喊：「那不是查理。」

魔女頓了一下。

「妳喜歡折磨人，」雀絲指著魔女，朝她靠近。「妳會對每一個人降下妳所能想出最惡毒的詛咒，針對每個人的狀況與痛苦量身打造。妳沒有把查理關在這裡。」

「那妳，」魔女說。「認爲我對他做了什麼？」

「妳把他變成了一隻老鼠。」

哈！終於。

61 男人

雀絲繼續朝著魔女前進，一步接著一步。「每次我想問哈克關於這裡或是妳的資訊，他都會結巴。他會思考用詞，因爲咒語阻止他說出眞話，讓我知道他就是被詛咒的查理。」

「如果是這樣，」魔女說。「他怎麼能告訴妳這裡的防禦工事？我知道他說過。我知道很多事，孩子。」

雀絲停下，瞪大雙眼。「因爲當他告訴我時……他是想要阻止我來這裡……」她專注在魔女身上。「因爲我抵達此處就是破除詛咒的條件，對不對！月亮啊，妳詛咒了他，然後告訴他破除詛咒的唯一方法，就是把我帶來此地交給妳！這就是他用盡一切阻止我來這裡的理由。因爲……因爲他愛我。」

房間陷入寂靜，只剩下一個聲音。吸鼻子的聲音。

雀絲走向書桌，發現老鼠哈克躲在後方。他抬頭看她，雙眼泛紅。與她獲得的複製品不同，哈克看起來一團糟。他縮成一球，一邊發抖一邊哭泣。

雀絲跪下。「查理……」

「對不起。」他小聲說。「我不想證明她是對的。她說我最後一定會帶妳來供她玩弄。我試著不要跟隨她的預言，但我很笨，雀絲。又笨又沒用。妳值得更好的人。看看妳達成了多少成就，我卻連確保妳的安全都做不到……」

「喔，查理。」她低語，捧起老鼠，環抱著他。他發著抖，雙眼緊閉。

魔女隨手一揮，書桌就滑向一邊，她站到房間的正中央。假查理已經走進房內，織光術的效果解除，顯露出一個長得只是有點像人的生物——有著爬蟲類般的外表、金色眼睛與露出尖牙的笑容。

我的最佳猜測是她想要在烏鴉之歌上安插人馬來永久處理掉我。我懷疑她已經開始擔心起我們的賭注。還有和我這麼親近的人居然有辦法進入她的堡壘，即便只是以囚犯的身分。

魔女完全沒有顯露出這些情緒。她反而拋下了和藹可親的態度，眼神變得像岩石般冷硬，嘴唇抿成一線。她不喜歡雀絲看穿了這項把戲。除此之外，她還覺得有哪裡不對勁。對你來說可能很明顯。如果沒有，等一下就會揭露。

雀絲對此一無所知，仍然捧著老鼠查理。他確實有好幾次都想告訴她。當他說不出自己的名字是查理時，他試著說「查克」，只是詛咒讓他只能說出「哈克」。

「查理，」雀絲低語。「你寄了杯子給我。」

他看著她。「那已經是上一段人生了，雀絲。」

「我愛它們。尤其是畫著蝴蝶在海上飛的杯子。就像我們一樣，查理。在我們從沒想過要去的地方翱翔。還有那個白鑞杯。就像我們一樣，查理。變得比我們原本更堅強、更直接。」

「但我們落入她的掌心了，」他說。「因爲我的緣故，我們兩個都被她抓住了。她告訴我……獲得自由的唯一方法就是把我愛的人帶來交給她，讓她降下詛咒。她說她會逼我在旁邊看。月亮啊，看著妳逐漸航近，實在是難以忍受。我早該自己跳下海的，這樣妳就絕對不會知道要怎麼進來這裡了……」

他停頓下來，因爲她將他舉起到面前，凝視他的眼睛。「查理，」她低聲說。「這是我想要的。」

「我……」

「你還記得你和我說過的話嗎？在我們分別之前？」

「永遠，」他耳語。「永遠……都是妳想要的。」

「我想要這樣，」她說。「想要和你在一起。」

他迎上她的目光，在其中找到兩人足以共享的力量。接著他抬起頭，兩人同時出現了相同的想法。

「查理，」她說。「如果破除你的詛咒的方法是帶你所愛的人來魔女這裡，那爲什麼你還是隻老鼠？是因爲……你有其他愛人嗎？」

「不！」他說。「就是妳。但是……」

「那是因爲，」魔女在他們身後說。「我還沒詛咒妳。他的折磨只有在他帶妳來接受這個下場時才會結束。」

雀絲起身，掌心捧著查理，看向魔女——她看起來完全變了一個人。外型相同。靈魂完全不同。不再有歡快的玩心，取而代之的是冷酷的怪物。有些學者說，當你成了如魔女或我這樣的永生者時，你的靈魂就被新的存在給替換掉了。如同化石形成的過程。

在她的例子，是純粹的寒冰取代了她的靈魂。被她的心永遠凍住。

面對這景象，查理——在這趟旅行中，他也一日接著一日地改變著——說話了。「妳錯了。」他柔聲說。「我還是隻老鼠，而且也會一直是老鼠。因爲要破除我的詛咒，我必須要把她帶來，用她交易我的自由。我在途中理解到我並沒有這麼做。我是帶她來了，魔女，但不是要做交易。不是要讓她被詛咒。我帶她來是爲了打敗妳。」

「了不起，」魔女說。「我可沒有給你老鼠的智商，看來你是自願變成了那樣。我不會敗給——」

她的書桌上出現一道紅光。

牆上也亮起好幾道光。接著又更多。魔女驚訝地轉身，命令建築的靈體展示是什麼觸發了警報。一道牆前面的空中出現了一面大螢幕，顯示出一艘船正穿越翻騰的子夜孢子而來。

就如我說的，她並沒有太過注意。如果她有，就會提早發現了。

因爲烏鴉之歌已經抵達。

62 獵人

怎麼會？

讓我們倒回前一天。回到耐心等待雀絲安全回歸的船員們身上。在主桅最高點值勤的道格——透過望遠鏡——見到了雀絲被帶走的那一幕。他趕緊爬下向大家解釋狀況。

這讓船員們陷入了困境。他們該怎麼辦？總不能追進子夜海吧？抓走雀絲的怪物肯定也會抓住他們的。也許他們可以回頭，嘗試逃出緋紅海，回去比較安全的孢子海。雀絲會希望他們這麼做。

但他們反而召開了緊急會議。佛特提出了一個解決辦法。

這是他能成爲他的同族有史以來最偉大獵人的機會。獵捕子夜孢子所構成的怪物的機會。其他人聽進了他的計畫，接著去向道格們提案。除了拉戈特以外，所有船員都一致同意。

所以他們航入了子夜海。十五分鐘後，第一群怪物出現。其中三隻爬上了甲板，傳統武器對它們完全無效。它們尋找著能大快朵頤的血肉。液體。水。死亡。

但它們發現的卻是一名壯碩的男子站在甲板中央，四周圍繞著水桶。每一個桶子上都用繩子懸掛著一罐孢子。

歡迎，他對三隻怪物寫——安在一旁大聲朗讀，以免怪物看不懂字。**今天我有一項好買賣要提供給你們**。

怪物蛇行前進，準備捕食他。佛特伸手準備割斷罐子上的繩索。

小心囉，他寫，道格們也做出和他相同的舉動。**如果你們不謹慎點，我們就會把水都餵給這些孢子，一點都不留給你們**。

子夜怪物停下動作。它們不需要文字，因爲它們能感應到人說的話與想表達的意思。它們的精質就像路海聯繫般朝人延伸，所以它們某種程度上能理解佛特想說的。它們以扭動的觸鬚互相溝通，而佛特……他能理解。不是因爲他也會這種手語，而是因爲同一種聯繫。它們確實想要水。但船上還有血這種水源，那也就足夠了。

警告，他指向其他船員，他們都聚集在船尾的大砲旁。**如果你們不停下來，他們就會跳下海，把體內的水餵給孢子。其他的孢子。不給你們**。

怪物們終於掌握他的用意了。這是道難題。有好多水。但……如果它們不小心一點……水就會被其他人吸收。

佛特把一隻手插進水中，接著用另一手做了個手勢——因爲彼此已聯繫，怪物們知道這手勢代表的意義。

我可以把水餵給你們，他表示。你們三個共享全部的水。

怎麼做？它們回傳，要做什麼才能又吃又喝又活又喝又喝又喝？

保護我們，佛特表示。讓我們安全度過接下來的航程。

如我所說，使用具有自我意識的魔法生物來當守衛是有缺陷的。魔女能夠大規模派遣它們，過程很有效率，但她無法太專注在它們身上。

而子夜乙太的饑渴是永無止境的。況且它們的天性就是要做交易。以聽從人類的指示做爲報酬，獲得水與形體。這讓理解這項魔法機制又擅長交易的人非常容易就能影響它們。

因此，利用雀絲從我這裡問出的地圖，烏鴉之歌抵達魔女之島的時間，只比雀絲晚了一個半小時，並且準備救出他們的船長。

這給了雀絲她急需的空檔。魔女爲了因應新抵達的人，必須啓動她的防禦。她開始大喊命令——暫時忽略了雀絲與查理。

「他們來救我了，」雀絲說。「那些美妙的傻瓜。他們應該遠離這裡的！」

「就像妳應該遠離這裡？」查理說。「而不是來救我？」

雀絲看著坐在掌心的他，眼眶泛淚。雪崩終於開始了。她發覺自己是個傻瓜。不是因爲她來救查理——而是因爲想要阻止其他人跟隨本心，做出與她相同的舉動。

「我們得做點什麼，」她低聲說。「我必須警告他們孢子下方有礁岩。一定有辦法可以跟他們說話。」

兩人一起看向魔女的書桌——更精確來說，是桌上那一面顯示出佛特板子視野的魔法板。接著，在魔女喚醒她的軍隊時，雀絲與查理抓起板子盯著看，嘗試找出操作方式。

「呃，」查理說。「板子？可以請你讓我們和現在顯示中的對象說話嗎？」

「視訊通話啓動！」板子開心地提供服務。

佛特從椅子上站起身，板子拿在手中。他整晚都在喝水並且——透過連結——餵給那三隻怪物，所以他很疲累，感覺也有點怪異，因爲他已經喝了好幾桶水，卻一點也不覺得飽。

不過，他們即將抵達還是使他警戒起來，他已經派出那些子夜怪物——因爲連結加強，現在已完全在他的控制之下——游去阻擋其他想要登船的怪物了。他的怪物理所當然每次都會獲勝，因爲就算它們受傷了，也有更多水量能利用周遭的孢子來修補肢體。

不論如何，現在他稍微清閒了下來，所以他能低下頭，皺眉看著板子的背面——平常會顯示出文字給他看的那一面——現在竟顯示出了雀絲與老鼠，在對面的鏡頭前緊緊靠著。

「佛特？」雀絲問。「你看得見我們嗎？」

文字從螢幕上滾過，稍微擋住影像。

可以！他打字，文字出現在剛才的文字下方，不過是靠著另一邊。他向其他人揮手，安與薩雷馬上就到了他身邊，就連我都好奇地擠過去。

「船長？」薩雷問。「船長！妳還好嗎？」

「我們在塔裡面，」雀絲低聲說。「你們怎麼存活過孢子的？不，現在先不管了，晚點再解釋。薩雷，妳要小心，這邊的海面孢子下方都是礁岩，構造非常險惡！」

「我會注意，」薩雷說。「謝謝妳。」

「你們不該過來，」雀絲說。「如果妳想穿過那些岩石，肯定會沉船的。」

三人皺眉。接下來，薩雷直接問：「妳是在命令我們回頭嗎？」

她是嗎？

她能嗎？

她敢嗎？

在這個當下，她做出了決定。石塊歪向一邊，雀絲心中堆起的雪堆開始崩塌。

「不，」雀絲低聲說。「請幫幫我。」

三人咧嘴笑了。我則是抓抓頭。因爲我從雀絲背後可見到她現在身處的地方，對我來說有點眼熟。

「我們會的，」安說。「我們來了。」

「別害自己受傷！」雀絲說。

「船長，」安說。「我們會救出妳的，因爲妳値得。還記得嗎？妳有一次對我說了一句話，讓我從此以後都用嶄新的角度看世界。」

「我說了什麼話？」雀絲問。

「來，試試看這副眼鏡。」

安，佛特寫，**這幾乎跟霍德的笑話一樣糟糕**。

「但這不只是個笑話，」安輕點她的眼鏡。「這是眞的。我看見了新世界。一個我們不再是有罪之人的世界。一個我們能有未來的世界。」

「妳知道我不是國王面具，」雀絲說。「我沒辦法要他赦免我們。」

「我們會找出其他辦法的。」安望向其他人，眾人一一點頭。「如果我們能闖進魔女的老巢又成功離開……嗯，我想之後，我們任何事都辦得到。」

三人向她齊點頭，感覺超過她所能承受的程度了。因爲他們的忠誠、因爲她自己（終於）願意接受幫助、因爲……

等等。

在雀絲的情緒雪崩之前，有什麼露出了頭。主要是因爲我就站在三人身旁，努力想用舌頭挖鼻孔。

你也許會說，她的想法很有趣。

我則會說，那是啓示。

「霍德。」雀絲說。「霍德沒辦法指出魔女的所在位置。我們是靠著排除掉所有他能夠指出的地點才猜到這裡的。他能夠談論其他所有地方……」

然後呢？佛特寫。

「我原本以爲原因是他無法提起自己的詛咒，」雀絲說。「但查理的詛咒解法包含了要他回到魔女身邊。如果霍德無法帶我們來這裡，至少是無法直接那麼做，那或許他的詛咒解法也包含了他必須來到此處。」

她低頭看向地面。

世界地圖。

妳必須帶我去妳的星球，雀絲。

「沒錯……」查理低聲說。「一旦知道了霍德身上發生的事，他就可以提起自己的詛咒，也應該很輕易地就能談論魔女與她的島嶼才對。但如果他沒辦法？就代表這麼做有助於破除他的詛咒。他的詛咒解法肯定包含了回到魔女之塔。通過她的試煉……雀絲，這說得通！」

她再次抬頭看向其他人，睜大雙眼。「你們必須帶他過來。來到這間房。」

「那個打雜小弟？」安發問，皺起眉頭。

「沒錯，」雀絲說。「拜託。帶他來找我。我知道很困難，但拜託你們。」

「嗯，如果這是妳的命令……」薩雷說。

「別因爲是我的命令才去做，」雀絲說。「要因爲信任我，所以願意去做。」

其他人點頭。他們確實信任她。這是件好事，因爲魔女此時注意到了雀絲的舉動。女人眼裡瞬間充斥著狂怒，大吼命令切斷他們之間的通訊。她一手用力伸向空中，手指畫出光的線條，構成強力的符文。她以花筆結尾，一道強光從符號中射出，穿越房間，把雀絲重重砸向牆面，困住了她。

兩只杯子從架上跌落，發出出碎裂聲與撞擊聲。畫著蝴蝶的杯子粉碎了，另一個杯子則落地反彈，又多了一處凹痕。

魔女轉身回去動員她的軍隊。查理——當雀絲被砸向牆面時落在了地上——起身快跑向她，沿著衣服爬上來。他想要咬斷光索解救她，但效果就跟你想的一樣差。

「查理。」雀絲耳語。

他抬頭看她，對光構成的線條居然這麼強韌而氣餒。「我……我很抱歉，雀絲。妳沒辦法依靠我。我眞沒用，我又失敗了，我……」

「查理，」她說。「我一直有件事想告訴你。我眞希望自己早點說出來，所以我現在要說了，即便這大概是個很糟的時機——我愛你。」

「我也有同感，」他說。「我也愛妳。」

「太好了。如果不是這樣的話就會很尷尬。」她掙扎起來，轉頭看向螢幕上的烏鴉之歌，船正朝著島嶼直駛而來。「拜託，查理，我很不想麻煩你，但就算他們能夠通過所有防禦，也絕對進不來塔裡救我們。」

他恍然大悟。「我……我可以替他們開門，雀絲。我做得到這件事。」

「如果不會太麻煩的話。」她說。

是的，她是改變了。但即使是重大事件，也只會一次改變我們一點點，她依舊是雀絲。

查理望向敞開的房門，門外朝下的樓梯通往外門。魔女的貓正潛伏在那裡。

「這對老鼠哈克來說可能太恐怖了，」他說。「但我想也許園丁查理的本性更加堅強。」

他把鼻喙湊向雀絲的臉頰。「謝謝妳，」他的聲音非常溫柔。「來救我。我眞希望我能早點告訴妳。」

他說完便跳下去，開始他的任務。

駕駛

魔女並不生氣。還沒。

甚至不害怕。還沒。

她主要是覺得煩躁。而且必須承認有點擔心。她原本以爲已經妥善處理我了。當我開始橫越緋紅海時，她監視我的原因並不是害怕我能抵達她的塔樓，而是因爲喜歡看我出洋相。她在想，或許最終我會落入海底，那種景象肯定值得一看。

現在，我不知爲何出現在了這裡。但我肯定無法穿過她的防禦，尤其只是身處在一艘普通的船上。但她也沒料想到我能穿越緋紅海或是在子夜海上航行。她現在是認爲，即便我身陷於極大的不便，卻還是以某種辦法讓船在這些危險中倖存下來。她並不理解，其實我眞正的長處從來都不是我獨到的聰明才智。

而是我能找到正確的人，並且跟在他們身邊的能力。

在這當下，我手抓著烏鴉之歌的船緣——位於上甲板舵手的崗位旁。我偷了哈克的小海盜帽，心裡認爲他配不上這頂帽子。嚴格來說，我錯了。你眞的能怪一名海盜從背後捅你一刀嗎？

我戴起來醜多了。所以我當然是把它緊別在頭上。我咧嘴露出大大的笑容，風吹動我的頭髮，我的雙眼圓睜——因爲我想這樣眼球很快就會乾掉，然後我就不用眨眼了。

薩雷旋轉船的舵輪，她對道格們發號施令，他們則對船帆施加他們的魔法。魔女對自己的防禦工事非常有自信，確信沒有人能夠穿過島嶼外的礁岩群。

她只是還沒遇過薩雷這樣的女人。她將父親的最後一封信放在胸前，知道如果自己死在這片海上，他就會因爲欠債永遠爲奴。一位才剛剛重新發現生活意義的女人。一位下注在雀絲身上，卻贏回了所有船員性命的女人。

一位當朋友性命危在旦夕時，絕對不會退讓的女人。請祈禱你一生中至少有遇過一位這樣的女人。接著祈禱自己來得及閃開，別擋著她的路。

她緊抓舵輪，木板呻吟，她的意志對抗孢子，駛船在岩石間穿梭。沒眨眼的我對此感到驚奇。

「爲什麼？」安抓著扶手，爬上階梯接近我。「霍德，爲什麼雀絲會有這種奇怪的想法，認爲你能夠拯救她？」

「或許，」我的喊叫聲壓過風與孢子的呼嘯聲。「是因爲我剛剛發覺我應該去學畫畫！魔女肯定會被我的才能嚇壞！」

「你眞的讓人很火大！」安說。

「胡說，」我回應。「安，妳的艙房！感覺上需要加點東西活絡氣氛。如果樹不適合的話，也許可以畫些戴帽子的狗。喔！」我雙眼大睜看著她，此時船轉了個幾乎不可能達成的彎，黑色的孢子撞向船，從我身邊噴起。「喔！我想到最棒的主意了。我可以把圖畫在絲絨布上。」

「以翠綠之月的背面之名啊，你爲什麼要做那種事？」

「當然是讓妳舔畫的時候多點口感啊。」我說。「說眞的，妳在問這些蠢問題前應該先多想想的，安。」

她確實該多想想的。她問的也許不是蠢問題，但對蠢人問問題也一樣白費工夫。

薩雷實在太過專注，她並沒有聽見剛才的對話。回到塔內，魔女愣在原處，看著船掠過礁岩，越來越接近。帆船控制起來很奇妙——我相信你們之中有人明白。你常常不是在主動操縱，而是在乘著海浪、風，還有海流。你需要速度來轉向，但動量永遠同時是你的敵人與盟友。太少，你就無法完成轉向；太多，結果就是親上岩石。

但在那一天，這艘船沒有聽命於海浪、或風、或孢子、或淺灘。船聽命於薩雷，在這短短的超越時刻中，我們似乎完全不在船上。我們腳下的是她意志的具象，以幾吋之差閃過岩石，有時傾斜的角度大到我很確定要翻覆了。但她基於孢子翻騰的模式，本能地察覺了礁岩的位置。而她做這一切時，目光都保持朝前，專注在她的目標上。

在魔女的震驚注視之下，我們突破了礁石，來到島嶼前的小海灣。她搖搖頭，從感到煩躁變成眞的有點擔憂。在她身後，萊喜——那隻貓——尖嘯前撲，讓焦慮的查理退回房內。他再度嘗試衝下階梯，但又被追了回來。

魔女下了另一道命令，她的金屬人軍隊開始向前進軍，準備戰鬥。它們肯定能結束這場鬧劇，這一直都是她最穩固的一道防線。

「砲長！」薩雷在船上說。「準備武器！」

她指的是安。

安趕往船頭的大砲位置。她的機會終於來了。證明自己以各層面來說都不可小覷。她過去幾天都在練習，目前戰況足以讓她擔憂。她已經不像以前那樣瞄準差到幾乎是超自然的地步，但這並不代表她很神準。她眞的，眞的很擔憂。即便她一直夢想著這一天，但突然之間一切都要依靠她了。

海岸邊，金屬人立刻對魔女的命令做出反應，列隊朝前行軍。它們有著擦亮的黃銅外表，每個都有七呎高，手持的長矛尖端閃耀，這幅景象令人心驚膽顫。它們的指令（是魔女以彩息魔法使它們活過來時精密寫入的）既複雜、又謹愼、又細微入理。

和子夜精斥候相比，它們是更加完美的僕役，運作時能夠構成屏障，阻止任何人登陸。安看得出來爲何國王的軍隊對上它們完全沒有勝算。火槍子彈只會從它們身上彈開，而砲彈……嗯，也許可以擊倒其中一人留下凹痕，但它很快又會再站起。

但雀絲的設計——會有效。她的手顫抖著，將擊發棍插進大砲，發射出砲彈。金屬人連躲都沒躲。一部分是因爲她射歪了。砲彈撞斷了一棵樹，在石面上彈跳，接著消失在附近的孢子海中。

安因壓力而汗流浹背，又裝塡了一顆砲彈。她沒有轉身看其他船員。她知道他們在想什麼。安的問題並不只是視力不佳。她還有其他哪裡有問題。

她是對的。

但原因不是厄運，或是其他神祕的緣由。原因更加稀鬆平常，但一樣有害。安沒射中不光是因爲她的視力不好。她沒射中的原因是氣勢。

生命中也有一種與雀絲正感受到的雪崩完全相反的狀況。事情總是相對的，你懂吧？就像我的老對手常說的，每個拉都有個推。有時候我們生命中的時刻堆積起來後，會成爲一股無法抵擋的改變力量。但有時候也會成爲永遠無法登頂的高峰。

每個人偶爾都會射偏，如果你是以射不中聞名——而且自己也內化了這點——突然間，每次射偏都會是新堆上的一顆石頭。當你每一發都射偏，你就會變成像安這樣：手臂顫抖、臉上滿是汗珠，被無形卻無比眞實的自證預言緊緊抓住。然後你射不中的理由就不是因爲你沒瞄準好或是你視力不佳，而是因爲你的手在抖，還有你的臉在流汗。

因爲你就是射不中。

懼怕著她曾熱愛的事物，安把桿子舉到大砲旁邊。一個冷靜的嗓音打斷了她。

「穩住，安海員。」拉戈特一手抓著前撐繩保持平衡，瞇眼眺望岸邊。

安猶豫了。

「往船尾三度，向上一度，安海員。」拉戈特的聲音冷靜又堅定。

她只猶豫了一下，便開始照他的指示搖動大砲曲柄。船繼續隨著淺灣內的波浪上下晃動，沿著海岸線前進。

「穩住。」拉戈特在她把擊發棍舉到定位時說。「穩住。射擊！」

孢子爆發，衝力將砲彈噴射出去。一如她所想像的，炮彈擊中了一個金屬人的胸口，將它撞倒在地，不過並沒有摧毀它。然而，隨即爆發而出的藤蔓抓纏、包覆住了附近的每一個金屬人。

金屬人的反應是全然困惑。船上，安朝她的山登上了一步，發現那其實比她想像中矮。

「重新裝填。」拉戈特說。

「重新裝填，長官！」安以能讓任何海軍軍官刮目相看的速度進行動作。

「向上兩度。」拉戈特說。

「向上兩度！」她說。「還有向左舷一度！」

「沒錯，」拉戈特驚訝地說。「還有向左舷一度。現在穩住。穩住……」

「射擊！」安和他同時喊出指令。

這發砲彈也正中紅心，抓住了另一群金屬人。

「重新裝填，長官！」安在他能下令前就先大喊了，迅速完成了下一次射擊。她望向他，氣喘吁吁。

「射得太棒了，」拉戈特點頭。「該死的太棒了，砲長助手。」

站在她心中高山的頂端，安心想，這裡看起來怎麼這麼矮。

英雄

回到塔內，雀絲依舊被俘虜。

很丟人沒錯，但不知爲何……也有點令人滿足？畢竟以某方面來說，這正是她預料會發生的事。

從她自巨石出航開始，就一直預期著徹底失敗。她能來到這並不是因爲她認爲自己會成功，只是因爲她做了必須做的事。雖然她的任務中有很多地方出了差錯，但不知爲何每次都能導回正軌。

她覺得自己的成功已經持續到有點讓人不舒服了。就像是骰子不斷擲出六點，讓你開始擔心起骰子是不是有問題。在這裡失敗，被抓住，動彈不得又幫不上忙……

嗯，她對此並不開心。但她心中有一部分確實鬆了口氣。這終於發生了。早該發生了。她不是國王面具，也不是海盜，她只是個洗窗戶的女孩。而且非常需要把頭髮綁成馬尾，因爲她現在視線被頭髮擋住，幾乎看不見前面了。不幸的是，魔女的束縛以發亮的光索鎖住了她的雙手，緊緊按在牆上。

透過頭髮，雀絲可以看見砲彈困住了魔女的部隊，讓魔女更加煩躁。她的設計讓這些金屬人能抵抗砲火。它們可以直接走進海中，甚至有鉤索可以登上船隻——通常在那之前還會先用長槍從海底刺穿船殼。

這顆還處於工業化前的行星，基本上沒有任何武器能傷到它們。令人恐懼、充滿破壞力、絕對致命。

但它們不知道怎麼應對藤蔓。

即便識喚士兵是能半自主控制的造物，依舊需要依賴指令行動。它們比依靠傳統電腦程式控制的器具要來得更泛用，但並不是眞正活著。所以當這些士兵被藤蔓壓制住時，它們完全無法應變。

它們接受的指令是完全不必害怕入侵者的武力，所以它們一直嘗試要前進。砲彈持續在它們周邊爆炸，導致更多藤蔓湧出。當無法行動時，金屬人的指令是呼叫增援。通常這是很合理的編排。

但此時此刻，這讓整個隊伍陷入一團混亂。它們在朝船隻行軍與解救彼此之間搖擺不定，被困在兩項選擇之間，但又兩者都做不到。

簡單來說，砲彈有用。

月亮祝福，那有用。

即便身處這種狀況，看著她的設計癱瘓了一整隊號稱無人能敵的軍團，雀絲還是忍不住咧嘴笑了。

查理爬到她腿上緊抓住她的褲管，貓就在她腳下徘徊，他因用力過度而喘著氣。「我……面對那頭野獸時遇到麻煩了。」

「沒關係的，查理。」雀絲依舊看著砲彈射擊。

「嘿，」他說。「妳不准哭。那可是違反海事法的。」

「抱歉，」她說。另一顆砲彈爆炸，藤蔓像是章魚與雜草堆的不純雜交物般四處竄動。

「只是……那太美了。」

只是如果查理開不了門，他們都會被困在塔外。故事就會在這裡結束。

雀絲看著查理。「我很抱歉。到了最後，我們還是被抓了。就像我們曾經聊過會發生的狀況，對吧？」

他點頭。「可是，雀絲，」他說。「我還記得那段對話的另一部分。我們還提到了閃亮的盔甲。」

「我不認爲他們有老鼠尺寸的盔甲，查理。」

查理看見了地上的一件物品。他眯起眼睛。「讓她分心。」他說。

他接著凝聚起僅存的每一克勇氣——那沒多少，但當你的身體只有一丁點大，勇氣（就像酒一樣）的效果就會比你想像中還強。

查理縱身一躍，貓咪馬上追了上去，緊跟在後。他朝著樓梯附近地面上的一項物品衝過去。

是那個巨大的白鐵酒杯。

魔女正將注意力轉向塔本身的防禦系統。如果雀絲不照查理所說的去做，魔女就有可能會察覺到發生了什麼事。

「魔女，」她說。「妳聽過那些故事嗎？柔弱女子被抓的故事？」

「在思考妳的命運嗎？」魔女說。她總是不會錯過能額外造成傷害的機會。「在思考妳大老遠跑來此處，結果卻是被鍊在這裡？」

「是啊，」雀絲說。「而且思考過後……嗯，其實這好像不算太糟。」

「不算太糟！」魔女朝前靠近，忽略了身後一連串的叮咚聲——就像有金屬物品從樓梯上滾下的聲音。「親愛的，妳根本毫無力量！妳想要拯救妳的愛，卻連自己都救不了！妳以爲自己是個強大的海盜，現在卻落得這個下場。妳的任務到了最後，依舊讓妳成了每個故事裡的女孩。需要別人來拯救。」

先在這個瞬間暫停。

想像一下：老鼠查理，在白鑞杯內的空間中旋轉，從階梯彈跳而下。貓咪一臉逗趣地在上方觀看，正是牠把杯子推下樓的。

佛特、安與薩雷把我舉在頭頂，剛剛抵達塔底。

雀絲，被發光的繩索束縛著，被困在牆面上。

充滿自信。

「那些故事總是漏掉了一點，」雀絲說。「被別人拯救從來都不是問題。每個人都需要幫助。身爲惹出麻煩的人確實不好過，但事實上，每個人都會惹麻煩。如果沒人需要幫助，那我們不就沒人可以幫助了？」

「而妳呢？」魔女開始在空中畫起符文。「我告訴妳，妳會得到一個特別厲害的詛咒。這可是我爲了特殊場合刻意保留下來的呢。接下來數十年，妳都會在悲慘中度過，孩子。」

底下，一個微小的聲音順著走廊迴響而上。「魔法門，請開門！」

「故事沒有說的部分是，」雀絲說。魔女的符文已經形成了一整面閃動的光牆。「在那之前發生的事。聽著，我發現需要幫助並沒有關係。只要先前的行爲證明了自己是個值得被拯救的人。」

魔女釋放她的詛咒，強光與能量向前噴出，準備包裹住雀絲、轉化她。但是，符文卻爆炸了，形成令人目眩的強光瀑布。房間被純白的能量佔據，一時之間阻擋了所有感官。

當能量退去，我就站在雀絲與魔女之間——身後站著烏鴉之歌的幹部，肩膀上坐著一隻小老鼠——我的雙手前伸，剛剛創造出一面授予的光之盾護住雀絲。那是符文構成的。我現在可以畫符文了。你可能會覺得其中的機制很無聊。不過，成果倒是很顯眼。

我穿著一件花襯衫、褲管過短的短褲，還有涼鞋。

還穿著襪子。

「妳好啊，蕊依娜。」我說。「我希望妳過去幾年享受的時光就和妳本人一樣討人喜歡。」

她垂下雙手，目瞪口呆。

「怎麼，當然，」我示意身穿的衣服。「我清楚知道這一身服飾有多糟。我也知道跟岳父母吃飯時絕對不該談政治。我還知道，有些人就算不好笑，也仍是個徹底的小丑。而妳，親愛的，就是活生生的例子。」

我的皮膚底下開始透出光芒。終於。

結果要讓這項能力生效，光是假造聯繫是沒用的，你還需要受邀加入一個非常挑剔的群體。我唯一的機會就是找到一個聰明到足以身爲群體的一份子，但又蠢到會受我玩弄，並嗜虐到想看我受詛咒的模樣，因而願意拿加入群體做爲交換的人。

「你去死吧。」她喃喃自語。

我的詛咒被破除了。我的感官恢復了。對她而言也顯而易見。

我贏了。

「做得很好，打雜小弟。」雀絲還是貼在牆上。「我們之後該替你升職。」

「等等……我們贏了嗎？」薩雷問。「霍德，你是……嗯……你究竟是誰？」

「稱我爲『魔法師』就行了。」我告訴她。「我們之間的打賭是我贏了。」

「等等，」查理在我肩上說。「這眞的是打賭？你只單純因爲要和她打賭，所以就讓她詛咒你？」

「拜託，」我說。「我們剛才做的事有哪一點單純了？」

魔女揮手，讓雀絲從牆上落下。「滾吧。」她說。「在我還沒改變主意之前。」

佛特幫助失去平衡的雀絲起身，她點頭道謝，接著轉身面向魔女。「首先，」她說。「解除查理的詛咒。」

「我沒辦法，」魔女說。「只要條件沒有達成，我就無法破除詛咒。那是不可能的。」

雀絲望向我。是有其他的辦法，但魔女大概辦不到。所以我點頭。她的回答足夠眞實。

雀絲深呼吸，然後回望魔女，表情變得如鋼鐵般冷硬。「我們不會離開，」雀絲說。「要離開的是妳。」

「妳再說一次？」魔女怒斥。

「妳詛咒了那些只是想與妳對話的人，」雀絲說。「妳抓人當囚犯、搶劫商人，還摧毀艦隊。妳就是這片海、這顆星球的災難之源。」她挺起身子，一部分是爲了驅散體內被自己的膽大妄爲給嚇壞的部分。「我要求妳離開這個世界。離開這裡，永遠不要回來。」

「喔，拜託，」魔女說。「妳以爲自己是誰，居然想對我提要求？」

做爲回應，薩雷與佛特都掏出手槍對準她。安不知如何居然能一次掏出三把。查理低吼，那沒有什麼威脅性，但有參與讓他感覺好一點。

雀絲沒有費工夫拿槍。她輕推了我。「跑腿小弟，」她說。「把她電暈什麼的。」

「妳在對我下命令？」我低聲說。

「你還是我的船員，不是嗎？」她說。至少她還知道要不好意思地臉紅。

我嘆口氣，遵從命令，向前一步舉起雙手。我迎上魔女的目光，知道她在想什麼。她就和她大部分的同胞一樣，非常擅於我們稱之爲風險/利益評估的技能。她會來這顆星球就是因爲這裡沒有東西能威脅到她。然後她才發現這裡住著條龍。然後我來了。

她也許能打敗我。再次詛咒我。但她也許做不到。就算她輸掉的機會只有五分之一，但若你想活得久，就不該去試有五分之一死亡率的活動。而蕊依娜可是活了非常、非常久。

一小段時間後，我們全都站在烏鴉之歌的甲板上，抬頭看著一個閃亮的光點消失在天上。高塔不見了，魔女也一起走了。

我對周圍的人有一種效果。在我身邊太久，你就會不免俗地嫉妒起從沒見過我的人。

在我們身後，道格們大聲歡呼。佛特滾出了一桶美味的佳釀，那是他爲了這種場合特地保留的。安決定要幫大砲取名，讓拉戈特悲慟不已。薩雷把手伸進口袋——裡面裝著她父親的信——暫時忍住一切情緒，她甚至讓自己享受這場歡慶。

雀絲走向我，手上捧著查理。他還是一隻老鼠。「你……什麼都做不了嗎？」她問。「沒有破除詛咒的辦法嗎？」兩人都以充滿希望的眼神看著我。

「我沒辦法復原詛咒，」我說。「以我目前持有的能力來說是辦不到的。沒有人可以。」

「喔。」查理說。

「但也許，」我觀察著查理周遭我所能辨識的符文。「我可以稍微改動一下參數……」

終曲

五個月後，一艘船停靠在不只是石頭的巨石邊。那艘船慢下來，但輕觸到了碼頭，因爲它的見習舵手經驗還不足。薩雷的父親面露悔恨，而薩雷只是微笑，給了他一些指點。

這艘船不是烏鴉之歌。船員們決定新的開始能幫助他們展開新的生活，除此之外，船長也想要多幾個艙房。所以在接受國王赦免後，他們賣掉了舊船，買了艘新的，還取了新的名字。

船長很快就來到雙杯號的甲板上，穿著船長的長外套，頭戴插著羽毛的帽子。她對船舵方向比了幾個手勢——是佛特教給船員的。結果，在船上使用手語有許多好處：你不需要大喊蓋過孢子聲或風聲，就能與索具上的船員溝通，或是向舵手指示航向。在現在這個情況中，她是在恭喜見習舵手首次成功靠港。姑且不論撞到那部分。

在那之後，雀絲走到欄杆邊，從杯中啜飲著茶。那是畫著蝴蝶的那個杯子，在被摔成碎片後又被重新黏了回去。船長並不在意碎片。有缺角、凹痕、甚至是裂縫的茶杯都代表有故事。她特別喜歡這個茶杯所講述的故事。

碼頭管理員與查驗官抵達，薩雷很快地向他們展示了一份特別了不起的皇家諭令，上面詳述了這艘船有多重要。獨力擊退魔女並不只讓雀絲與船員們獲得了赦免而已，再加上他們獨佔的技巧，讓他們得以穿過緋紅海與子夜海進行交易，開啓了與曾經遙遠的海洋之間的全新貿易可能。在幾年內，船上的所有人都會因此變得極度富有。（我在他們還只是道格的時候就認識他們了喔。）

國王當然堅持說他一直都是這麼計畫的——他從一開始就完全信任查理，還有他選中的新娘。如果你覺得聽起來很虛僞，這個嘛，我們偏好稱之爲政治。

在碼頭管理員與查驗官閱讀諭令時，查理終於來到了甲板上。

他再次變回了人類。

他身上的詛咒說他必須要將所愛之人帶回魔女的家，讓她受到詛咒，才能交換回自己的自由。我的調整讓他必須要把所愛之人帶回她自己的家，讓她好好享受，才能交換回自己的自由。又好心、又合理、又不牽強的押韻。

應他的要求，雀絲離開他們的艙房，讓他在轉化時能保有隱私。現在他大步走出房門，手上拿著爲她寫的詩，臉上帶著傻氣的笑容。

她好愛這個笑容。

還有，他渾身上下穿著的只有那頂小小的海盜帽。當他走到她身邊時，她傾身靠向他。

「我的愛，」她小聲說。「衣服。人類會穿衣服。」

他低頭看。「這得花點時間才能適應。」他說。「嗯……不好意思。」

沒錯，他們還是在一起。兩人都因爲旅程而改變了很多——卻是以互補的方式。雀絲依舊是船長與育芽專家，而查理成為了非常稱職的男僕，以及還過得去的說故事人與音樂家，確實是能讓人好好享受。

在接受幾項建議後，他就一點也不讓人感到無聊了。我偷偷告訴你，其實你也不無聊。任何會這樣說你的人，都只是想要貶低你的價值。別相信他們。他們知道若不這樣做，自己就配不上你。

船員們動身下船，為了能上岸休假而興奮不已，即便這裡是巨石。他們全都露面了，除了拉戈特以外，因為他在上個港口的酒吧打架，正在被關禁閉。

你會很高興聽到，在我持續追蹤船員們的數年間，就連拉戈特也成長了不少。看起來他不會延續家族傳統當個悲慘的討人厭渾蛋直到害死自己，而是改變為……嗯，其他任何可能。

當查理著衣時，雀絲讀著他寫的詩，好好享受以解除他的詛咒。

不過那是專寫給她的，抱歉囉。

她抬起頭，見到一幅令人振奮的景象。她的父母正急忙走上碼頭，年幼的弟弟跟隨在後。在她離開後，雀絲的母親幾乎每晚都盯著海面，搜尋著女兒的蹤跡，即便終於收到雀絲寄來的信，她還是無法確信雀絲會回來。他們都不相信，直到真的見到雀絲站在這裡。

雀絲下到碼頭上，走上一度熟悉的石面——富有鹽分的黑石。奇怪，這裡感覺很陌生。怎麼會有地方既熟悉又陌生？不過當她的家人靠近、擁抱她時，雀絲只感覺到極度的熟悉感。一點也不陌生。

他們還帶著行李。而且她也準備好他們的艙房了。她催著他們上船，卻被終於抵達的公爵打斷。他滿臉漲紅，準備怒吼。雀絲判斷他其實只有一種怒吼。因為雖然每個場合都需要不同的微笑，怒吼卻不需要分種類。

「這是什麼？」他拿諭令用力砸手。「妳做了什麼？」

「我救了你的兒子。真正的兒子。不是那個只認得六個字、會走路的下巴。」

「我是指妳對這座島做的事！」公爵指著國王的命令。「任何人想要就能隨意離開？那這座島很快就會杳無人煙了。」

「好好讀讀下一段吧。」她啜飲著茶，沒等他回覆就轉身離開。

他必須重讀好幾次才搞懂。國王宣布只要有任何人願意在巨石工作並居住二十年，就能獲得一筆豐厚的酬金。只要你夠幸運，能在迪根之尖找到工作，退休時就能存到一筆不容小覷的財富。

但先警告你，現在要在那裡找到工作可不容易。因爲沒人想離開。那裡的啤酒很棒、同伴還行，而酬勞……這個嘛，補足了其他所有缺點。

雀絲走回船的甲板上，碰見剛穿好衣服走出房間的查理。她朝碼頭上他的父親點點頭。「想去打個招呼嗎？」

「不了，謝謝。」查理說。「妳有把母親的信留給他嗎？」（補充一下，公爵夫人已經在幾個月前就搬離島上——更重要的是，離開了她的丈夫。結果顯示，把獨子送上死路對婚姻幸福沒什麼幫助。）

「就在那一堆紙裡面，」雀絲說。「如果他有耐心讀完的話，會發現的。啊，你看，他又在怒吼了。」

「對他來說，這樣的人生比較簡單，」查理說。「他只要擺出一種表情就行了。」他伸手環抱她，把頭靠在她的肩上。「沒有毛皮是有點惱人，但別的優點肯定能補足這項損失。」

「我在想，」她悠閒地說，把手搭在他手上，讓他繼續摟著她。「不知道有沒有海事法禁止船長與她的男僕約會？旁人會怎麼說？」

「他們會說，」他柔聲說。「這個男人實在是太幸運了。」

他們沒有待太久，只留到補給完成，還有等雀絲向數個月前幫助她逃離的那些人再次表達感謝爲止。

然後船再次航向海洋，上面載著一名女孩與一隻老鼠。

結果那隻老鼠並不是老鼠。從很多層面上來說都是這樣。

你可能也發現了，那名女孩也不是女孩。雖然年紀輕輕，她至少從七個層面上來看都已經是傑出的女性了。

不過，那片海也許與你想像的一模一樣。只要你想像的海是翠綠色、由孢子構成，而且還乘載著無限的可能。

（全書完）

後記

我很確定這次的Kickstarter集資專案會成爲我職業生涯中一個重大的時刻，所以回想起如此輕鬆的開端，感覺有點奇怪。

這本書是把好幾個點子融合在一起而誕生的，對我來說，這是很常見的狀況。思緒互相摩擦而產生故事，就像板塊運動拱起山峰那般。這個故事的第一個點子大概很明顯：我想用霍德的語氣來寫一部篇幅完整的故事。

總有一天，我會寫霍德過去的故事，在那之前，我想先練習到流利地以他的視角描述事情。我不認爲他的起源故事會使用與現在相同的語氣（指的是他在這本書中說故事的方法）——那需要更眞實，比較不這麼幻想。不過，我想要先以一個比較像是他會講的故事做爲起頭——有點類似〈流浪帆號〉或是〈狗與龍〉，但是要有完整一本書的長度。

所以我知道這本書已經有一隻腳踏進了幻想的領域。我不是想寫童話故事，但想要稍微近似的調性。然而，我不希望結果變得太像童書。我想要寫出我的書迷能享受的書，可以說是大人的童話故事。所以，我的想法飄向了威廉・戈德曼（Willaim Goldman）了不起的著作《公主新娘》（The Princess Bride）。這是就我所知中，基調最接近我想要的感覺的作品（不過尼爾・蓋曼與已故泰瑞・普萊契特爵士合著的《好預兆》也是另一個類似於我想達成的目標的作品）。

我在Covid-19封城期間向家人介紹，也一起觀賞了《公主新娘》的電影版，當時還不知道自己最後會寫成這本書；我根本就還沒想要這麼做，只是在腦海深處把玩著不同點子而已——像我平時那樣。通常這些點子要好幾年甚至幾十年才會成熟。

這部電影當然成功通過了時間的考驗，但我一直對其中一部分有點意見。小說與電影的名稱都來自於公主，但她……實在沒做什麼事。我太太愛蜜莉也注意到同一點，在看完電影後，她提到了類似以下的評論：「如果奶油杯沒有在聽說威斯利身亡後就立刻放棄，而是出發去尋找他的話，故事不知道會怎麼發展？」

這就是我的種子。點子開始竄動，像翠綠乙太般在我的腦中生長。

喔，我應該還要提到乙太。很多年來，我一直想像著人們在非水構成的海洋上航行的世界（我的大腦總是一直回到非液體海洋的概念上）。一開始我是想像人拉著風箏在表面上滑行。那行不通，後來我想起了流體化，也就是當從下方注入空氣時，沙子就會變得像液體一樣。這就成了我的海洋。

但對於這類的世界觀設定，我想要的不只是單純的物質替換而已。如果海洋是孢子構成的，但表現上卻與海水沒有差別，意義何在？視覺效果很酷——有時候這理由就已足夠。但我想要讓這點對故事造成更重大的影響。

所以，我回頭取用了大概二十五年前想到的點子——被稱作乙太的一系列原始元素。我暗示過它們在寰宇中的存在，在其他寰宇小說中也提到過，或是置入彩蛋。這個時機感覺正好能介紹乙太以及它們爆發性的潛力。未來，我們會提到更多關於乙太的事，因為此地並不是乙太的發源星球。

孢子遇到水就會變得很危險，給了我在故事設定中需要的張力。因此我有了三片拼圖：打造出完整環境設定的魔法系統、霍德講故事的語調，還有故事情節——主角出發去拯救消失在海上的心愛之人。

但角色該怎麼辦？這個嘛，關於這部分，我做了平常會做的事：著手寫作，接著探索這名年輕女性會是什麼樣的人。我喜歡探索角色，還有依據他們的選擇來建構故事。

我八成不該這麼做的，我指的是祕密寫作這本書。誰都不講，甚至把檔案藏在雲端的隱密位置，不讓我的團隊發現。但我想要一個只為了我與我太太寫的故事。我能與她分享，不需要擔心交稿日或別人的期望。我只是想要寫作，不被事業限度或書迷期待給束縛住。看著故事會帶我去哪裡，就像我很久以前不受如此多侷限時所創造的作品。

我把這篇故事藏了快兩年，只分享給愛蜜莉。現在，我也將它獻給各位。我希望你們也能享受這段旅程，並且繼續閱讀我接下來的三本集資作品——它們也都各自擁有獨一無二的特別之處。

布蘭登．山德森

邪惡天才奇幻大神**布蘭登・山德森**作品集

（謹以臺灣已出版作品列表）

◆颶光典籍系列

王者之路（上下冊）、燦軍箴言（上下冊）
引誓之劍（上下冊）、戰爭節奏（上下冊）

◆迷霧之子系列

迷霧之子三部曲：最後帝國、昇華之井、永世英雄
迷霧之子第二紀元：執法鎔金、自影、悼環、謎金

◆審判者系列

鋼鐵心、熾焰、禍星

◆天防者系列

天防者、星界、超感者、無畏者

◆邪惡圖書館系列（皇冠文化出版）

眼鏡的祕密、幽靈館長的詭計、
水晶騎士的戰鬥、最後的暗黑天賦

◆其他單行本及圖像小說

伊嵐翠
皇帝魂
軍團
陣學師
無盡之劍
無垠祕典
晨碎
無名之子
快照行動（電子書）
白沙（漫畫）
破戰者（上下冊）（蓋亞出版）

中英名詞對照表

A

Aether　乙太
Ann　安
Aon　符文
Aonic　艾歐符文
Assistant Cannonmaster　砲長助手
Aviar　靈羽
Awaken　識喚

B

Battle of Lakeprivy　廁湖之戰
Bek the Fifteenth　貝克十五世
Bone Spore　骸骨孢子
Breath　彩息
Brick　布瑞克
Brigantine　前桅橫帆雙桅船
Burnswick　本史威克

C

Cannonmaster　砲長
Cephandrius　賽凡琉斯
Charlie　查理
Connection　聯繫
Core Archipelago　核心群島
Cosmere　寰宇
Crimson Sea　緋紅海
Crow　烏鴉

D

Deadrunner　逐死徒
Delph　德爾夫
Diggen's Point　迪根之尖
Dirk　德克
Dormancy　多曼西
Dorp　多普
Doug　道格
Dragon　龍
Dragonsteel　龍鋼
Dromatory Isles　卓馬托群島
Dug　德格
Duhg　道葛

E

Emerald Moon　翡翠之月
Emerald Sea　翡翠海
Emu　鴯鶓
Erik Island　艾瑞克島
Essence　精質

F

Familiar　使魔
Fate　命運
Father　父君
Filistrate City　菲立斯翠城
Flik　飛立克
Fort　佛特

G

Glorf　葛洛伏
Great Filter　大過濾理論
Gremmy　葛瑞米
Gret　桂塔
Gustal　古斯投

H

Hoid　霍德
Holmes　荷姆斯
Horgswallow　霍格斯瓦羅
Huck　哈克

I

Inspector　檢查官
Intent　意圖
Invest　授予（動詞）
Investiture　授予（名詞）
Iriali　依瑞雅利
Islands of Lobu　羅布列島

J

Jule　朱歐

K

Kaplan　卡普蘭
Kazoo　卡祖笛
King's Mask　國王面具
Kingsport　國王港
Klisian　柯立斯語
Knocks　敲敲
Kulunuts　庫魯堅果

L

Lacy　萊喜
Laggart　拉戈特
Lead　李德
Lem　勒姆
Lightweaving　織光術
Lilting Abyss　顛挫深淵
Linji　林吉
Lotari　洛塔力
Luhel Bond　路海聯繫
Lumar　露瑪
Lunagree　月極

M

Mallory　瑪洛莉
Marple　瑪波
Micropsia　視物顯小症
Midnight Essence　子夜精
Midnight Sea　子夜海
Midnight Spore　子夜孢子
Moon of Veils　紗月
Moonday　月節
Moonschool　月學
Moonshadows　月影

N

Nahel Bond　納海聯繫
Nalthis　納西斯

O

Oot's Dream　兀特之夢

P

Pakson　帕克森
Poloni　波羅尼

Q

Quartermaster　補給士

R

Regalthon　皇拉松
Riina　蕊依娜

Rock　巨石
Rod　羅德
Rose Sea　玫瑰海
Rose Spore　玫瑰孢子
Roseite　玫瑰岩

S

Salay　薩雷
Sapphire Sea　寶藍海
Sazed　沙賽德
Seethe　翻騰
Seslo　瑟思洛
Seven Straits　七重海峽
Shard　碎神
Shimmerbay　閃耀灣
Smocke　斯莫奇
Snagu　史納古
Sor　梭爾
Sorcerer　魔法師
Sorceress　魔女
Spiritual Realm　靈魂界
Splintbox　莢盒
Spore　孢子
Spore Eater　噬孢者
Sporefall　落孢
Sprouter　育芽人
Stilling　靜止期
Sunlight Spore　日光孢子

T

Thanasmia　薩納司密亞
The Crow's Song　烏鴉之歌
Threnody　輓星
Tress　雀絲
Twelveday Festival　十二日節
Two Cups　雙杯號

U

Ulaam　烏蘭
Ulba　烏爾芭

V

Verdant King　翠綠國王
Verdant Lunagee　翠綠月極
Verdant Sea　翠綠海
Verdant Spore　翠綠孢子

W

Weev　威孚
Whistlebow　哨弓號
Worldbringer　世界引領者

X

Xisis　霽希司
Xisisrefliel　霽希司瑞伏烈

Z

Zapriel Tea　清風潤茶
Zephyr Isl ands　清風群島
Zephyr Sea　清風海
Zephyr Spore　清風孢子

國家圖書館出版品預行編目資料

翠海的雀絲 / 布蘭登．山德森 (Brandon Sanderson) 作 ; 傅弘哲譯 . -- 初版 . -- 臺北市 : 奇幻基地出版 , 城邦文化事業股份有限公司出版 : 英屬蓋曼群島商家庭傳媒股份有限公司城邦分公司發行 , 2024.02
面：公分 . -（Best 嚴選 ; 148）
譯自：Tress of the emerald sea
ISBN 978-626-7436-00-4（精裝）

874.57　　112022302

ISBN 978-626-7436-00-4
EAN 471-770-2124-04-5
Printed in Taiwan.

城邦讀書花園
www.cite.com.tw

BEST 嚴選 148

翠海的雀絲

原著書名／Tress of the Emerald Sea
作　　者／布蘭登．山德森（Brandon Sanderson）
譯　　者／傅弘哲
企畫選書人／王雪莉

責任編輯／王雪莉
版權行政暨數位業務專員／陳玉鈴
資深版權專員／許儀盈
行銷企畫主任／陳姿億
業務協理／范光杰
總　編　輯／王雪莉
發　行　人／何飛鵬
法律顧問／元禾法律事務所　王子文律師
出版／奇幻基地出版
城邦文化事業股份有限公司
台北市 115 南港區昆陽街 16 號 4 樓
電話：(02)25007008　傳眞：(02)25027676
網址：www.ffoundation.com.tw
e-mail：ffoundation@cite.com.tw
發行／英屬蓋曼群島商家庭傳媒股份有限公司城邦分公司
台北市 115 南港區昆陽街 16 號 8 樓
書虫客服服務專線：(02)25007718．(02)25007719
24 小時傳眞服務：(02)25170999．(02)25001991
服務時間：週一至週五 09:30-12:00．13:30-17:00
郵撥帳號：19863813　戶名：書虫股份有限公司
讀者服務信箱 e-mail：service@readingclub.com.tw
歡迎光臨城邦讀書花園　網址：www.cite.com.tw
香港發行所／城邦（香港）出版集團有限公司
電話：(852) 2508-6231　傳眞：(852) 2578-9337
e-mail：hkcite@biznetvigator.com
馬新發行所／城邦（馬新）出版集團
【Cite(M)Sdn Bhd】
41, Jalan Radin Anum, Bandar Baru Sri Petaling,
57000 Kuala Lumpur, Malaysia.
Tel: (603) 90563833 Fax:(603) 90576622

封面設計／朱陳毅
文字編輯／陳千之
排　　版／芯澤有限公司
印　　刷／高典印刷有限公司
■ 2024 年 4 月 2 日初版
■ 2024 年 4 月 26 日初版 4 刷

售價／ 599 元

廣　告　回　函
北區郵政管理登記證
台北廣字第000791號
郵資已付，免貼郵票

115臺北市南港區昆陽街16號8樓

英屬蓋曼群島商家庭傳媒股份有限公司城邦分公司 收

請沿虛線對摺，謝謝

每個人都有一本奇幻文學的啓蒙書

奇幻基地粉絲團：http://www.facebook.com/ffoundation

書號：1HB148　　書名：翠海的雀絲

奇幻基地・2024山德森之年回函活動

好禮雙重送！入手奇幻大神布蘭登・山德森新書可獲2024限量燙金藏書票！
集滿回函點數或購書證明寄回即抽山神祕密好禮、Dragonsteel龍鋼萬元官方商品！

【2024山德森之年計畫啟動！】購買2024年布蘭登・山德森新書《白沙》、《祕密計畫》系列（共七本），各單書隨書附贈限量燙金「山德森之年」藏書票一張！購買奇幻基地作品（不限年份）**五本以上，即可獲得限量隱藏版「山德森之年」燙金藏書票；購買十本以上還可抽總值萬元進口龍鋼公司官方商品！**

好禮雙重送！「山德森之年」限量燙金隱藏版藏書票＆抽萬元龍鋼官方商品

活動時間：2024年1月1日起至2024年10月30日前（以郵戳為憑）

抽獎日：2024年11月15日。

參加辦法與集點兌換說明：2024年度購買奇幻基地任一紙書作品（**不限出版年份，限2024年購入**），於活動期間將回函卡右下角點數寄回奇幻基地，或於指定連結上傳2024年購買作品之紙本發票照片／載具證明／雲端發票／網路書店購買明細（以上擇一，前述證明需顯示購買時間，連結請見奇幻基地粉專公告），寄回五點或五份證明可獲限量隱藏版「山德森之年」燙金藏書票，寄回十點或十份證明可抽總值萬元進口龍鋼公司官方商品！

活動獎項說明

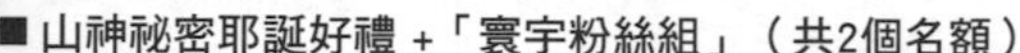

■ **山神祕密耶誕好禮＋「寰宇粉絲組」（共2個名額）**

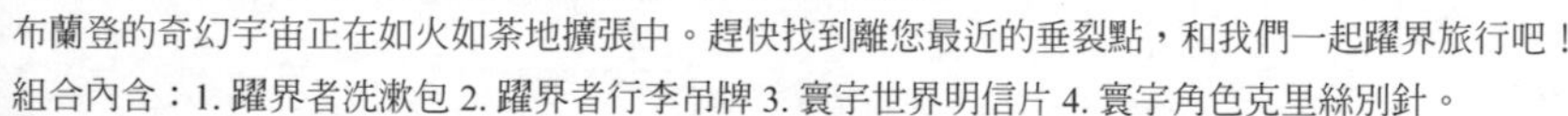

布蘭登的奇幻宇宙正在如火如荼地擴張中。趕快找到離您最近的垂裂點，和我們一起躍界旅行吧！

組合內含：1. 躍界者洗漱包 2. 躍界者行李吊牌 3. 寰宇世界明信片 4. 寰宇角色克里絲別針。

■ **山神祕密耶誕好禮＋「天防者粉絲組」（共2個名額）**

衝入天際，邀遊星辰，撼動宇宙！飛上天際，摘下那些星星！組合內含：1. 天防者飛船模型 2. 毀滅蛞蝓矽膠模具 3. 毀滅蛞蝓撲克牌 4. 寰宇角色史特芮絲別針。

特別說明

1. 活動限台澎金馬。本活動有不可抗力原因無法執行時，主辦單位有權決定取消、中止、修改或暫停本活動。
2. 請以正楷書寫回函卡資料，若字跡潦草無法辨識，視同棄權。
3. 活動中獎人需依集團規定簽屬領取獎項相關文件、提供個人資料以利財會申報作業，開獎後將再發信請得獎者填妥資訊。若中獎人未於時間內提供資料，主辦單位有權取消得獎資格。
4. **本活動限定購買紙書參與，懇請多多支持。**

個人資料：

姓名：＿＿＿＿＿＿＿＿　性別：　　　年齡：＿＿＿＿　職業：＿＿＿＿＿　電話：＿＿＿＿＿＿＿

地址：＿＿＿＿＿＿＿＿＿＿＿＿＿＿＿＿＿＿　Email：＿＿＿＿＿＿＿＿＿＿　□ 訂閱奇幻基地電子報

想對奇幻基地說的話或是建議：＿＿＿＿＿＿＿＿＿＿＿＿＿＿＿＿＿＿＿＿＿＿＿＿＿＿

請剪下右邊點數，集滿十點寄回奇幻基地即可參加抽獎，影印無效。

1 A Year of Sanderson 2024